정령왕 **엘퀴네스**

이환 판타지 장편소설

6

dream
books
드림북스

정령왕 엘퀴네스 6

초판 1쇄 인쇄 / 2014년 10월 31일
초판 8쇄 발행 / 2022년 9월 9일

지은이 / 이환

발행인 / 오영배
책임편집 / 편집부
펴낸 곳 / (주)삼양출판사 · 드림북스

주소 / 서울특별시 강북구 도봉로 173
대표 전화 / 02-980-2112 팩스 / 02-983-0660
편집부 전화 / 02-980-2116 팩스 / 02-983-8201
블로그 / blog.naver.com/dreambookss

등록번호 / 제9-00046호
등록일자 / 1999년 3월 11일

ISBN 979-11-313-0163-0 (04810) / 978-89-542-4481-7 (세트)

* 지은이와 협의하에 인지는 생략합니다.
* 잘못된 책은 구입한 곳에서 바꾸어 드립니다.

이 도서의 국립중앙도서관 출판시도서목록(CIP)은 서지정보유통지원시스템홈페이지
(http://seoji.nl.go.kr)와 국가자료공동목록시스템(http://www.nl.go.kr/kolisnet)에서
이용하실 수 있습니다. (CIP제어번호: 2014031167)

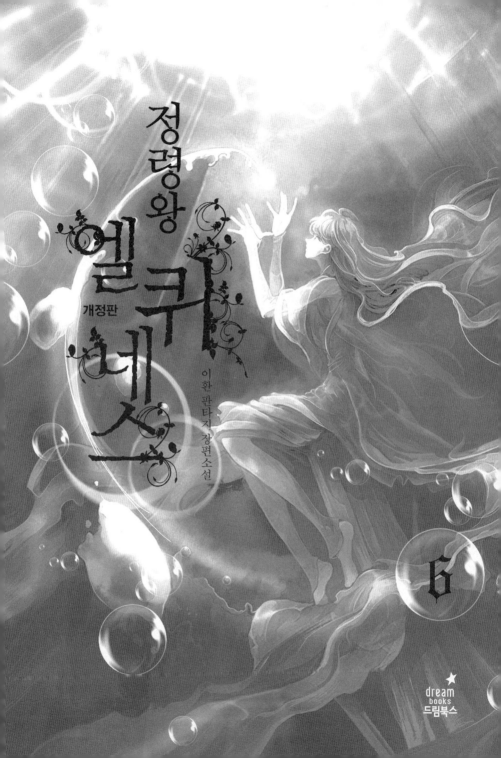

정령왕

엘퀴네스

개정판

이환 판타지 장편소설

6

dream
books
드림북스

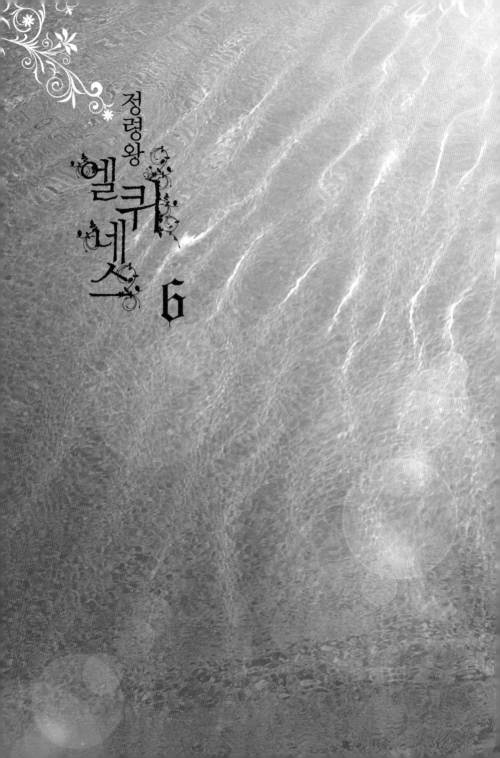

정령왕

엘퀴네스

6

Contents

제1화

1.

1초가 영원 같은 침묵이 흘렀다. 물론 어디까지나 내 기준이었을 뿐, 정작 이 모든 사태의 주범인 남자는 이 순간이 마냥 기쁜 듯 즐거운 표정이었다. 기대감으로 휘어진 눈빛이 나를 똑바로 응시하자 저절로 식은땀이 흘렀다. ……어색하다.

사람을 착각하고 있는 것은 저쪽인데, 왜 내가 민망한 기분을 느껴야 하는지 모르겠다. 나는 마른침을 삼키며 눈앞에서 웃고 있는 남자의 모습을 다시금 천천히 훑어 내렸다. 외형은 어디를 봐도 엘프가 틀림없는데 피부색이 특이하리만치 파랗다. 달빛을 곱게 빻아 놓은 것 같은 은발은 이사나의 것만큼은 아니더라도 못지않게 화려한 느낌이었다. 거기까지 생각이 미치자 문득 이런 존재들을 부르는 호칭이 있다는 것이 떠올랐다.

"음, 그러니까…… 블루 엘프……?"

분명 바다에 사는 엘프 일족이 이런 외형이라고 들었던 것 같다. 내 말에 남자는 즉각 반응을 보이며 고개를 끄덕였다. 비록 이어진 대답은 내가 원하는 것과는 거리가 멀었지만.

"내 유희용 모습이 뭐냐고 묻는 거야? 맞아, 블루 엘프."

"네? 유희?"

"응, 알다시피 본신은 너무 눈에 띄니까."

"……그럼 조금 전에 본 말의 모습이 본신이에요?"

"새삼스럽게 당연한 걸 왜 물어? 하지만 말(馬)이 아니라 일각수야."

"일각수?"

"다른 말로 유니콘이라고도 불리지. 말이랑 외형은 닮았지만 엄밀히 말하면 전혀 다른 존재야. 그러니 앞으로 언급할 때 조심해 줘. 원숭이랑 인간이 닮았다고 인간을 원숭이라고 부르진 않잖아."

"으음, 네, 좋아요. 그건 그렇다 치고요. 유니콘이 어떻게 사람으로 변신해요?"

"어떻게냐니…… 변신할 수 있으니까?"

……제발 누가 나한테 이 상황 좀 알아듣게 설명해 줘!

나도 모르게 머리를 부여잡았나 보다. 순식간에 표정이 굳어진 남자—이름이 시벨리우스랬던가?—가 성큼 내 앞으로 다가섰다.

"왜 그래, 엘? 어디 아파?"

"네? 아, 아뇨, 그런 게 아니라……."

갑작스러운 기척에 놀란 나는 남자가 다가선 만큼 뒤로 물러섰다. 그러자 남자의 눈빛이 크게 흔들렸다. 애먼 양심이 찔려올 만큼 상처받은 표정이었다.

"엘, 너 혹시 아직도 날 못 알아보는 거야? 이 모습을 봤는데도?"

"어, 저기, 그러니까, 그게 말이죠……."

나는 당황해서 어떻게 변명해야 할지 머리를 굴리기 시작했다. 솔직한 심정으로는 너만이 아니라 블루 엘프를 보는 것조차 처음이라고 당당하게 대꾸하고 싶었지만, 왠지 그래 봤자 전혀 통하지 않을 것 같다는 우울한 예감이 들었다. 그리고 난 예전부터 불길한 예감은 정말 잘 맞는 편이다.

그때 무언가 덜그덕거리는 것이 발에 밟혔다. 무심코 시선을 아래로 내린 나는 바로 얼굴을 찌푸렸다. 내가 마물의 잔해 위에 서 있었기 때문이다.

아무리 다 타고 잿더미만 남은 상태라곤 하나, 한때는 인간이었던 것의 잔해다. 나는 기겁해서 황급히 발을 치웠다. 그러자 조금 전까지 내 발밑에 붙어 있던 것이 툭하고 바닥에 떨어졌다. 동그랗고 딱딱한 황색의 물체였다. 전부 다 새카만 가루가 되었는데, 유일하게 그것만이 온전한 색과 형태를 지니고 있었다.

'이게 뭐지?'

순간 치미는 호기심을 이기지 못한 나는 눈앞에 있는 남자의 존재도 잊어버린 채 몸을 굽히고 앉아 물체를 가만히 살폈다. 표면은 단단했지만 생각 외로 무게가 가벼웠고, 무엇보다 생김새가 매우 익숙했다. 나는 곧 어렵지 않게 그것의 정체를 파악했다.

"……씨앗?"

그런데 왠지 평범한 씨앗치고는 느낌이 이상했다. 보통 식물들은 생명의 기운을 강하게 품고 있는데 비해 이건 오히려 정반대의 기운에 가까웠다. 그렇다고 죽은 것 같이 보이지도 않았다. 나는 씨앗의 정체를 파악하기 위해 좀 더 자세히 들여다보려 했다. 그런데 그때 누군가 내 손에서 씨앗을 빼앗듯이 가져갔다. 훼방한 사람은 바로 블루 엘프의 모습을 한 유니콘—이라고 자신을 주장한—남자, 시벨리우스였다. 황당해서 쳐다보자 그가 굳은 얼굴로 고개를 저었다.

"조심해, 엘. 이건 이곳의 것이 아니야."

"그게 무슨……."

"겉으로 보기엔 평범해 보이지만 마기를 품고 있어. 보아하니 마목의 씨 같은데, 왜 마계에 있어야 할 게 이곳에 있는 거지?"

"……!"

마목.

그 말을 듣자마자 나는 자리에서 벌떡 일어섰다. 시벨리우스가 당황한 눈으로 바라보는 게 느껴졌지만 지금은 그까지 신경 쓸 여유가 없었다. 주위를 훑자 울창한 삼림만이 눈에 들어왔다. 나는 빼곡히 들어찬 나무들 사이를 노려보며 소리쳤다.

"루카르엠! 거기에 있죠! 당장 나와요!"

고함소리 때문인지, 아니면 바람 소리 때문인지 나뭇가지에 매달린 잎사귀들이 살랑거렸다. 하지만 당연히 돌아와야 할 화답은커녕 아무런 반응도 없었다. 나는 더 발끈해서 외쳤다.

"얼른 나오지 못해요?!"

쏴아아

그 순간 유리가 우는 것처럼 눈앞의 풍경이 일그러지고 갈라지기 시작했다. 갈라진 틈 안에서 새카만 마기가 뱀처럼 스물스물 기어 나오는 것이 뚜렷하게 보였다. 이윽고 한데로 뭉친 기운이 물감을 들이붓듯 위에서부터 아래로 천천히 쏟아져 내렸다. 그 기괴한 현상은 이내 새카만 머리칼을 지닌 한 남자의 모습을 완성했다. 루카르엠이었다.

"……뭐야, 저거?"

갑자기 나타난 남자의 모습에 놀랐는지 시벨리우스의 얼굴이 굳었다. 루카르엠은 그는 안중에도 없다는 듯이 나를 보며 나른하게 웃었다.

"이런, 아름다운 물의 왕께서 왜 이렇게 화가 나셨을까요?"

여전히 태연하고 밉살맞은 말투였다. 나는 루카르엠을 힘주어 노려본 다음 시벨리우스에게 다가가 그가 들고 있던 씨앗을 다시 빼앗았다. 안 그래도 당황한 상태였던 그는 내 행동에 무척 놀란 듯 눈을 휘둥그렇게 떴다. 나는 옆에서 느껴지는 강렬한 시선을 모른 척하며 루카르엠에게 씨앗을 내보였다.

"이거, 당신 짓이죠?"

내 질문에 그는 느릿하게 눈을 깜빡였다. 상황을 파악하기 위해서라기보단, 치밀어 오르는 흥분을 자제하려는 것처럼 보였다. 그 모습에 속이 부글부글 끓었다.

"대체 무슨 짓을 한 거예요?"

기억에 의하면 루카르엠은 분명 다양한 종류의 마목을 키운다고 했다. 그런 취미 자체도 흔치 않은 것이 분명한데, 때마침 우리를 공격한 사람에게서 마목의 씨앗이 발견됐다? 누가 보기에도 우연으로 치부할 상황이 아니었다. 예상대로 그는 순순히 자백했다.

"아수라라고 불리는 나무의 열매죠. 피를 먹여 각인시킨 후에 숙주의 몸에 넣으면, 그 속에 가만히 잠복해 있다가 주인이 원할 때 숙주를 마물로 변화시키는 마목입니다."

"당신……."

"아아, 그렇게 화내지 마십시오. 오해십니다."

"오해라고요?"

이렇게 뻔한 정황을 보고도 그런 말이 나와? 황당해서 쳐다보자 그는 냉큼 고개를 끄덕였다.

"정말입니다. 전 단지 그의 고민을 들어줬던 것뿐입니다."

"고민?"

"선술집에서 우연히 만났는데 몇 마디 주고받고 보니 인간을 넘어서는 강한 힘을 얻고 싶어 하더군요. 그래서 방법을 알려줬죠."

"그 알려준 방법이란 게 사람을 마물로 만드는 씨앗을 준 거예요?"

"강해지는 건 사실이니까요. 무엇이든 힘을 얻는 것엔 대가가 따르지 않겠습니까?"

"그걸 지금 말이라고……!"

"물론 전 사전에 이 모든 사실을 전부 경고했습니다. 그럼에도 선택한 것은 그 인간이죠. 솔직히 말해서 저도 설마 그가 정말 그 방법을 실행하리라곤 생각하지 못했습니다. 인간이란 가끔 마족보다 잔인할 때가 있다니까요. 그래도 물의 왕께는 나쁜 일만은 아니었던 것 같은데요? 인간보다는 마물을 상대하는 게 더 편해 보이시던데."

"……."

마치 허를 찔린 기분에 나는 이어야 할 말을 찾지 못하고 입을 꾹 다물었다. 루카르엠은 그럴 줄 알았다는 듯 싱글싱글 웃었다.

"게다가 뜻밖의 수확도 얻으셨군요. 서클렛의 봉인이 풀렸으니 이제 더 이상 찝찝한 기분을 느끼지 않으셔도 되시겠어요. 더구나 그 속에 들어 있던 것이 설마 성마일 줄이야. 기껏해야 등급이 조금 높은 마수쯤이나 될 줄 알았는데 말입니다."

"성마?"

"한때 유니콘이라 불리던 일족이죠. 지금은 신계에 귀속되어 지상에서는 찾아볼 수 없는 존재가 되었지만요."

그 말에 시벨리우스의 눈썹이 살짝 꿈틀거렸다. 뭔가 불쾌한 과거를 떠올린 것 같은 얼굴이었다. 루카르엠은 기괴할 정도로 들뜬 눈으로 그를 바라보았다.

"심지어 날개를 달고 있는 성마라니. 끊어진 줄 알았던 룬의 혈통을 이런 곳에서 뵐 줄은 몰랐군요. 이렇게 뵙게 되어 정말 영광입니다."

"……넌 뭐지?"

"루카르엠이라고 합니다. 마족이죠."

"마족이란 건 그냥 보면 알아."

정중한 인사에 시벨리우스의 눈이 차게 식었다. 그는 잠시 루카르엠을 노려본 다음 나를 향해 물었다.

"엘, 너 마족과도 인연이 있었어? 대체 어떻게 알게 된 사이야?"

"네? 아니, 뭐……."

"아무튼 엘은 사람이 너무 좋다니까. 그래도 마족이라니, 너무 수상한 녀석이잖아. 아무나 함부로 만나고 다니면 안 돼. 넌 사람을 좀 경계할 필요가 있어."

……그러는 그쪽은 언제부터 날 봤다고 친한 척인가요.

나는 마치 어린아이를 다루듯 짐짓 엄격하게 훈계하는 시벨리우스를 어이없어하며 바라봤다. 네가 지금 자각이 전혀 없는 모양인데, 지금 이곳에서 가장 수상한 사람은 바로 너거든?

"호오, 벌써 애칭을 허락하실 만큼 친해지신 겁니까? 전 그렇게 쫓아다녀도 근처에 얼씬도 못하게 하시더니, 이거 좀 서운한데요?"

황당해하는 내 모습을 보면서 루카르엠이 얄밉게 말했다. 그러자 시벨리우스가 그의 말에 바로 반응했다.

"애칭?"

"네, 방금 물의 왕을 엘이라고 부르셨잖습니까."

"엘은 그냥 엘이야. 오히려 너야말로 왜 아까부터 엘을 이상한 호칭으로 부르는 거지? 물의 왕이라니?"

"엘퀴네스 님을 물의 왕이라고 칭하는 게 뭐가 잘못된 겁니까?"

"엘퀴네스?"

"네, 지금 당신의 앞에 계시는 분 말입니다. 물의 정령왕 엘퀴네스 님이시니까요."

"그게 무슨……."

뻣뻣하게 굳어진 얼굴이 나를 향했다. 충격과 혼란이 가득한 두 눈을 보며 나는 한숨을 푹 내쉬었다.

"아까도 말했잖아요. 저는 정령왕이고, 정식 이름은 엘퀴네스라고요."

"무, 무슨 소리를 하는 거야, 엘. 넌 인간이잖아. 인간인 네가 대체 왜 정령왕이라는 거야? 난 도무지 이해를 못하겠어. 게다가 엘퀴네스는 너랑 전혀 다르게 생겼잖아?"

역시나 이번에도 그는 내 말을 믿지 않았다. 그것도 모자라 사실과 전혀 다른 주장까지 설파하려고 하니 답답함을 넘어 불쾌한 기분까지 들었다. 반대로 무슨 생각인지 루카르엠은 그의 말에 매우 흥미를 보였다.

"흐음, 당신이 아는 정령왕 엘퀴네스는 이분과 다른 모습이라는 겁니까?"

"그래. 전혀 달라. 그 녀석은 엘보다 키도 훨씬 크고, 머리도 더 길었어. 기분 나쁠 정도로 예쁘장하긴 했지만 누가 봐도 성인 남자의 모습이었다고. 게다가 시니컬하고 재수 없는 성격이었지. 엘과는 공통점이라고 할 만한 게 전혀 없었단 말이야."

"하지만 머리색과 눈동자 색은 똑같지 않나요?"

그 말에 시벨리우스의 눈동자가 정곡을 찔린 듯 흔들렸다. 그는 찝찝한 얼굴로 날 살피고는 투덜거리듯이 말했다.

"내가 지금 제일 이해할 수 없는 게 바로 그거야. 엘은 원래 금발에 녹안이었어. 그런데 왜 갑자기 그 녀석과 같은 색으로 바뀐 건지 영문을 모르겠어."

"그 녀석이라……"

"그 망할 정령왕 말이야. 그 녀석이 엘에게 무슨 짓을 한 게 틀림없어! 그렇지, 엘? 대체 내가 없는 동안 너에게 무슨 일이 있었던 거야? 아니, 그보다 내가 봉인진에 갇힌 지 얼마나 지난 거지?"

당연한 일이지만 난 그의 질문에 어떤 대답도 할 수 없었다. 돌아가는 상황조차 전혀 파악할 수 없었으니까. 그때 무언가 생각에 잠겨 있던 루카르엠이 씩 웃으며 말했다.

"실례지만 그 의문은 왠지 제가 해결해드릴 수 있을 것 같군요."

"네가 안다고?"

"대충 짐작 가는 부분이 있어서 말입니다. 그전에 한 가지 확인해 두고 싶은 게 있습니다. 당신이 마지막으로 기억하고 있는 해가 언제입니까?"

발랄하게 묻는 말에 시벨리우스는 잠시 얼굴을 찌푸리더니 이내 내키지 않는 어조로 대답했다.

"……세이크 제국력, 445년."

"호오, 아산트라 대륙의 세이크 제국 말입니까? 정복왕 라비올스가 건국한?"

"그래, 맞아."

시벨리우스가 담담하게 고개를 끄덕이는 걸 보며 나는 고개를 갸웃거렸다. 아무리 기억을 떠올려 봐도 들은 적이 없는 명칭들이었기 때문이다.

"그렇군요. 역시 그렇게 된 거였어."

루카르엠은 뭐가 그리 좋은지 연신 히죽거리고 있었다. 나는 더 이상 답답함을 참지 못하고 물었다.

"무슨 소리예요, 루카르엠? 뭐가 어떻게 된 건데요?"

"아아, 그저 아주 간단한 문제입니다, 엘퀴네스 님. 시간의 편차가 발생한 것뿐이죠."

"시간의 편차?"

"조금 전에 제가 드린 말씀 기억하십니까? 유니콘 일족이 이 세상에서 사라진 이유 말입니다."

"신계로 갔다고 했잖아요?"

"네, 맞습니다. 유니콘이 중간계와는 걸맞지 않는 종족이라는 판단을 내린 신들이 그들을 신계로 받아들였죠. ……지금으로부터 약 4천 년 전에 말입니다."

"……네?"

마지막으로 이어진 말에 나는 한순간 내 귀를 의심했다. 시벨리우스 역시 선뜻 의미를 파악하지 못한 듯 얼굴을 찌푸리고 있었다.

"……4천 년?"

"아산트라는 고대에 쓰던 대륙 명칭 중 하나죠. 4천 년 전, 지금의 인간들이 황금기라 부르는 시절 말입니다. 그 당시에 있었던 수많은 제국들 중에서 가장 부강했던 국가의 이름이 바로 세이크 제국이고요."

"그게 무슨…… 그럼 지금이 그때로부터 4천 년 이후라는 소리야?"

잠시간 멍해져 있던 시벨리우스는 혼잣말로 중얼거리기 무섭게 얼굴을 굳혔다. 부릅뜬 그의 눈동자에 충격과 경악, 혼란의 감정이 천천히 차오르고 있었다.

"내가 봉인된 이후로 4천 년이나 흘렀다고? 지금 그렇게 설명한 게 맞아? 몇십, 몇백도 아니고…… 4천 년?"

"네, 맞습니다. 유감스럽지만."

"말도 안 돼! 그럼 여기에 있는 엘은?"

"말씀드렸다시피 물의 정령왕 엘퀴네스 님이시죠. 당신이 알고 있는 정령왕은 아마 이분의 전대에 있었던 엘퀴네스일 겁니다. 훤칠한 키, 아름다우면서 성인 남성다운 외형, 차갑고 냉정한 성품. 전대의 물의 왕이 이런 모습이라고 들었는데, 맞습니까?"

"네? 아, 네에……."

루카르엠의 질문에 나는 얼결에 고개를 끄덕였다. 그러고 보니 4천 년 전이면 엘뤼엔이 아직 정령왕이었을 시절이다. 왜 묘사를 들었을 때 바로 떠올리지 못했을까. 누가 보더라도 엘뤼엔의 모습이었는데 말이다.

하지만 시벨리우스는 여전히 납득하지 못한 표정이었다. 그는 분노한 얼굴로 소리쳤다.

"거, 거짓말 하지 마! 누가 마족이 하는 말 따위에 속을 줄 알아? 너희 마족들이 밥 먹듯이 거짓말하는 종족인 거 다 알아!"

"이런, 그렇게 말씀하신다면야 할 말은 없지만, 안타깝게도 지금 드린 말씀은 전부 사실이랍니다. 그렇지 않습니까, 엘퀴네스 님?"

"네? 아, 뭐……."

"이럴 게 아니라 저 가여운 분에게 정령왕의 능력을 보여 주시는 게 어떻겠습니까? 아무래도 그래야 믿으실 것 같은데요."

"정령왕의 능력이요?"

"물의 정령왕이시니 직접 물을 다뤄 보이시는 것도 좋을 것 같습니다만."

흠, 물이라. 이런 걸 말하는 건가?

나는 어깨를 으쓱한 다음 두 손을 펼쳐 공중에 물 덩어리를 만들어 보였다. 쏴아아! 철썩! 눈앞에서 거대한 샘이 출렁거리자 시벨리우스의 호흡이 잠시간 멈추는 것이 느껴졌다. 그는 망연자실한 얼굴로 나를 바라보았다.

"정말…… 정령왕?"

"이제 믿으시겠습니까?"

루카르엠은 것 보라는 듯이 얼굴 가득 의기양양한 미소를 지었다. 재주는 곰이 부리고 돈은 주인이 번다더니, 마치 그를 돋보이게 만드는 역할을 한 것 같아 기분이 영 찝찝했다. 하지만 결과적으로는 매우 탁월한 방법이었다. 지금까지 무슨 말을 들어도 요지부동이던 시벨리우스가 드디어 현실을 인지하기 시작한 것이다.

"……그럴 수가…… 그럼 정말로 4천 년이 흘렀다고……."

느릿하게 중얼거린 그는 이내 바닥에 털썩 주저앉았다. 까마득하게 기나긴 시간을 통째로 잃어버린 탓인지 좀처럼 충격에서 헤어나지 못하는 모습이었다. 나는 혼을 잃은 사람처럼 멍해져 있는 시벨리우스를 안타깝게 응시했다. 루카르엠 역시 그답지 않게 애석해하는 얼굴로 말했다.

"갇힌 동안의 일은 전혀 기억에 없으십니까?"

"……없어. 아무것도. 내가 기억하는 건 봉인진에 갇혔다는 사실뿐이야. 어느 정도 시간이 흘렀다는 건 자각했지만 길어봤자 몇 년 정도일 거라고 생각했어. 그런데 그 어느 정도의 시간이 몇천 년이었다니……."

한동안 혼란스럽게 중얼거리던 그는 이내 뭔가 퍼뜩 깨달은 얼굴로 고개를 들었다.

"자, 잠깐……! 그럼 내가 아는 엘은……? 엘은 어떻게 된 거지?"

"글쎄요. 전 그분이 누구신지 모릅니다. 하지만 당신이 알고 있는 그분이 인간이었다면 이미 죽었겠죠. 인간이 4천 년의 세월을 살 수는 없으니까요."

"……그래, 그렇겠지."

루카르엠의 대답은 이미 정해진 사실을 재확인시켜 주는 것에 지나지 않았다. 시벨리우스 역시 큰 기대는 하지 않았다는 듯 허탈하게 중얼거리며 고개를 끄덕였다. 창백하게 질린 얼굴은 금방이라도 울 것처럼 일그러져 있었다.

세대교체를 한 정령왕은 모두가 다 경험하는 일일까? 라피스 때도 그러더니만, 만나는 사람마다 물의 정령왕을 엘뤼엔으로 알고 있으니 기분이 조금 묘했다. 그만큼 엘뤼엔의 영향력이 컸다는 뜻이겠지만. 마치 그가 해결하지 않고 내버려둔 것들이 강제로 내게 떠넘겨진 것만 같았다.

'그런데 나랑 닮았다는 '엘'은 누구지? 엘뤼엔도 그 사람을 알고 있는 건가?'

왜일까. 무심코 떠오른 생각에 갑자기 기분이 급속도로 가라앉았다. 나 스스로도 이런 감정을 이해할 수 없어 어리둥절할 정도였다. 그때 영원히 주저앉아 있을 것만 같았던 시벨리우스가 천천히 자리를 털고 몸을 일으켰다. 여전히 멍해 보였지만, 충격은 많이 수습한 것 같았다.

"괜찮으십니까?"

"……생각보단 멀쩡해. 기분은 더럽지만."

"원하신다면 지금이라도 신계에 편입할 수 있도록 제가 도와드리겠습니다. 유니콘, 현재는 성마라고 불리는 당신의 일족은 룬의 혈통을 잃은 덕분에 지난 시간 동안 구색만 겨우 갖추고 있었죠. 당신이 살아 있다는 걸 알면 매우 기뻐할 겁니다."

룬의 혈통이라는 게 뭔지는 모르겠지만 유니콘 일족에게 꽤 중요한 존재인 것 같았다. 그러나 호의 어린 제안에도 불구하고 시벨리우스는 바로 고개를 저었다. 오히려 그의 제안에 기분이 더 나빠진 것 같았다.

"아니, 필요 없어. 애초에 날 봉인진에 가둔 게 바로 그 망할 일족들이니까."

"저런, 내분이었습니까?"

"당시 신계로 이주하는 게 거의 확정된 상태였는데 내가 그걸 거부했거든. 이제 와서 그때의 결심을 바꿀 생각도, 그들을 다시 만나고 싶은 생각도 없어. 자기들끼리 잘 먹고 잘 살라고 해."

"그럼 이제부터 어쩌실 생각입니까?"

"글쎄……."

시벨리우스는 씁쓸한 표정을 지으며 말끝을 흐렸다. 가볍게 주위를 훑어보는 눈동자가 낯선 것을 억지로 받아들이려고 애쓰는 듯이 보였다. 십 년이면 강산도 변하는 세상에서 몇천 년이라는 세월이 흘렀다. 아는 사람도, 익숙한 것들도 그 무엇 하나 남아 있지 않을 것이다.

완전히 낯선 공간에서 새로 시작한다는 것이 말처럼 쉬운 일은 아니다. 그와는 경우가 많이 다르지만, 나 역시 이곳에 처음 태어났을 땐 막막한 심정이 더 컸으니까. 그래서 아주 조금은 그의 심정을 이해할 수 있었다.

그렇게 얼마의 시간이 흘렀을까. 문득 고개를 돌린 그가 나를 바라봤다 느낀 순간이었다.

"너, 뭐야?"

돌연 시벨리우스가 새파랗게 날이 선 눈으로 날 노려보았다. 지금까지 친근하게 대하던 모습을 전혀 떠올릴 수 없을 만큼 싸늘한 태도였다. 갑작스러운 적의에 나는 바로 반응하지 못하고 멀거니 눈을 깜빡거렸다.

"……네?"

"넌 뭐냐고. 네가 뭔데 엘이랑 똑같이 생긴 거야? 목소리도, 체향도 전부 똑같이 꾸미고! 젠장, 정령왕들은 하나같이 성격이 거지같아! 그중에서도 넌 특히 최악이야! 남을 속이는 게 재밌어?"

"자, 잠깐만요. 말을 이상하게 하시네요. 제가 언제 그쪽을 속였는데요?"

"그럼 그 모습이 진짜라고?"

"당연하죠. 전 태어날 때부터 이 모습이었어요."

"하지만 내가 엘이라고 불렀을 때 그냥 가만히 있었잖아!"

"그야…… 제 애칭도 엘이니까요."

"닥쳐! 누구 맘대로 엘이야? 그건 아무나 맘대로 써도 되는 이름이 아냐! 너! 애칭 바꿔! 지금 당장!"

속사포로 쏟아지는 호통에 어안이 벙벙했다. 황망한 심정으로 루카르엠을 쳐다보니 그 역시 당황한 듯 어깨를 으쓱해 보였다. 그러곤 나만 보이는 각도에서 자신의 머리를 가리키고는 손가락을 빙글빙글 돌려 보였다. 그의 시선에도 시벨리우스가 정상으로 보이진 않는 모양이다.

'……왠지 골치 아픈 사람한테 걸린 것 같네.'

등장 장면부터 심상치 않더라니, 왜 만나는 이종족마다 성격이 다 이 모양인 걸까? 나는 속으로 투덜거리며 크게 한숨을 내쉬었다. 기분이 상하긴 했지만, 지금 그의 입장에선 주위의 모든 것들이 전부 혼란스럽게 느껴질 것이다. 신경이 많이 예민해져 있는 탓이라 생각하니 별로 화내고 싶진 않았다.

"으음……."

그때마침 들려온 신음 소리가 내 신경을 한순간에 빼앗았다. 경황이 없었던 탓에 쓰러져 있던 이사나를 까맣게 잊고 있었던 것이다.

"헉! 맞다, 이사나!"

화들짝 놀라서 소리치자 덩달아 놀랐는지 시벨리우스 역시 움찔 입을 다물었다. 나는 그를 무시한 채 급히 이사나에게 다가가 몸을 부축했다. 의식이 돌아오는 중인지 그의 눈꺼풀이 파르르 떨리고 있었다.

"이사나! 괜찮아?"

"……으응, 엘?"

"그래, 나야. 정신이 들어?"

"마, 마물은?"

"괜찮아. 전부 다 죽었어. 이제 안전해."

"정말? 다행…… 윽……!"

이사나는 몸을 일으키려다 말고 신음을 토했다. 아직 정령이 역소환된 충격이 고스란히 남아 있는 상태였으니 당연했다. 나는 혀를 차며 곧바로 그의 몸에 치유의 기운을 불어 넣었다.

"이런, 미안해. 많이 아프지? 지금 바로 치료할게. 곧 편해질 거야."

"으응, 고마워, 엘."

"흥, 엘은 누가 엘이야?"

평화로운 분위기는 또다시 찾아든 불청객에 의해 산산이 깨어졌다. 퉁명스러운 목소리의 주인공은 역시나 시벨리우스였다. 그를 발견한 이사나의 눈이 휘둥그렇게 떠졌다.

"……어? 누, 누구? ……블루 엘프?"

의식이 없는 동안의 일을 알 리가 없는 이사나는 갑자기 나타난 낯선 이종족의 모습에 크게 당황한 모습이었다. 하지만 시벨리우스는 이사나에게 친절히 정체를 밝힐 생각이 전혀 없는 것 같았다. 그는 턱짓으로 이사나를 가리키며 성의 없이 물었다.

"그 인간은 뭐야?"

"제 계약자인데요."

"계약자?"

그제야 조금은 관심이 생겼는지 시벨리우스의 눈에 이채가 서렸다. 그는 탐색하는 듯한 시선으로 이사나를 위에서부터 아래로 천천히 훑어 내렸다.

"……정말이네. 정령왕의 인장을 가지고 있군."

"어? 정령도 아닌데 그게 보여요?"

"유니콘 일족의 눈은 영안에 가깝습니다. 평범한 사람들이 볼 수 없는 것들을 보고, 들을 수 없는 걸 듣지요."

이번에도 반응 없는 시벨리우스를 대신해서 루카르엠이 친절하게 설명했다. 알고 보니 유니콘은 정령의 인장뿐만이 아니라

명계의 존재— 즉, 혼령이나 귀신의 존재도 감지한다는 모양이다. 심지어 죽어서 사체가 사라져도 안구만은 남는데, 그걸로 혼령을 비출 수 있다고 했다.

"헐, 혼령을 비춰요?"

"선명하지는 않지만 흐릿하게는 보인다고 하더군요. 하지만 유니콘의 눈이 가진 가장 특별한 능력은 따로 있습니다. 그걸 먹으면 일시적으로 혼령과 접촉할 수 있다는 거죠."

"네에? 먹……?"

"뭐, 맛은 별로 없다고 합니다. 그래도 많은 사람들이 그 힘을 원했죠. 예를 들어 사랑하는 연인이나 가족을 갑자기 잃은 사람이라든가. 귀신과 싸워 특정 장소에서 내쫓고 싶어 하는 사람이라든가. 가진 게 돈뿐이라 단지 특별한 경험을 해 보고 싶어 하는 사람도요."

"그, 그렇군요."

"아무튼 그래서 고대에는 유니콘의 눈이 부르는 값에 팔릴 정도로 귀한 보물이었습니다. 그들 일족만 노리는 전문 사냥꾼들도 있었을 정도로요. 물론 유니콘 자체가 굉장히 강하기 때문에 성공한 사례는 거의 없지만 말이죠. 그래도 유니콘들의 입장에선 굉장히 귀찮은 일이었을 겁니다. 애초에 영안 자체가 중간계에 속한 것이 아니니 이 세상에 머무는 것이 곤욕이었겠죠."

"그래서 신계로 이주를……."

"거기 마족, 쓸데없는 소리는 닥쳐."

불쾌한 기억을 떠올린 탓인지 시벨리우스의 목소리가 더 낮아졌다. 찔끔해서 입을 다물자 그는 나를 가만히 노려보더니(왜 나한테만 그러는 건데!) 다시 심드렁하게 이사나를 살피며 말했다.

"그나저나 인간 계약자라니, 별일이군. 정령왕 중에서 가장 계약이 어렵다는 엘퀴네스가 또다시 인간에게 소환되다니. 그럼 이번이 두 번째 계약자인가?"

"네? 아뇨, 첫 번째인데요?"

그러자 또 뭐가 마음에 안 들었는지 시벨리우스의 표정이 굳어졌다. 앙다문 입술에서 마치 씹어 뱉기는 듯한 목소리가 흘러나왔다.

"누가 첫 번째라고?"

"여기 있는 이사나가 엘퀴네스를 최초로 소환한 인간이라고요."

"무슨 소리를 하는 거야. 그럼 엘은 뭔데?"

"엘······요?"

"그래, 엘! 엘도 엘퀴네스의 계약자였어. 4천 년 전이니 저 녀석보다도 한참 먼저 물의 정령왕을 소환했다고! 그런데 왜 저 녀석이 첫 번째라는 거야?"

엘이란 사람이 정령왕의 계약자였다고? 이건 정말 생각지도 못했던 이야기라 나는 그저 눈만 깜빡일 수밖에 없었다. 루카르엠 역시 상당히 묘한 표정을 짓고 있었다.

"저기, 잠깐만요. 그럴 리 없어요. 뭔가 오해가 있는 것 같네요."

"오해라고?"

"엘퀴네스를 최초로 소환한 인간은 이사나가 맞아요. 다른 정령왕들에게도 확인받은 사실이고, 제 본능도 그렇게 말하고 있어요."

"맞습니다. 저도 지금 계신 분 이전에 정령왕을 소환했다는 인간에 대해서는 들어본 적이 없습니다만?"

내 대답에 이어 루카르엠이 바로 설명을 거들었다. 그러나 시벨리우스는 전혀 납득하지 못한 것 같았다. 그는 파란 피부가 붉어질 정도로 흥분해서 소리쳤다.

"뭐야, 그럼! 지금 내가 거짓말을 한다는 거야?"

"아뇨, 그게 아니라……."

"너 지금 내가 4천 년이나 갇혀 있었다고 아무것도 모를 거라 생각하는 모양인데! 내 기억은 틀림없어! 엘은 정령왕의 계약자였어! 엘퀴네스를 소환한 최초의 인간이었다고!"

"저기, 흥분하지 말고 좀 진정을……."

"내가 지금 진정하게 생겼어? 갑자기 덮쳐져서 봉인진에 갇혔지, 눈을 뜨니 4천 년 이후라지! 엘은 이미 세상에 없다고 하지! 그것만으로도 믿을 수가 없고 정신이 산만한데 이제 엘이 한 일까지 아니라고 우기고 있잖아! 네가 뭔데 엘을 없는 사람 취급하는 거야?"

"……이봐요. 제가 언제 없는 사람 취급을 했다고……."

"지금 그런 식으로 행동하고 있잖아! 엘의 얼굴, 엘의 목소리, 엘의 이름까지 다 네가 쓰고 있잖아! 솔직히 말해! 네가 그에게서 빼앗은 거지?"

"하?"

이건 또 무슨 소리인가 싶어 나는 황당한 기분으로 그를 쳐다봤다. 그러자 시벨리우스의 입술이 크게 비틀어졌다.

"왜, 내가 너무 정곡을 찔렀나?"

"지금 대체 무슨 헛소리를……."

"모른 척해 봤자 소용없어. 분명 다른 정령왕이나 누군가가 그에 대해서 말해 줬겠지. 그래서 네가 부러운 나머지 그의 모습을 흉내 내고 있는 거잖아? 엘은 모두에게 사랑받았으니까 너도 그렇게 되고 싶어서! 그런 점은 확실히 정령왕이로군. 탐욕스럽고 뻔뻔한 게 선대를 아주 빼닮았어!"

"함부로 말하지 마세요. 당신에게 그런 소리 들을 이유 없거든요?"

"흥, 욕먹는 게 싫으면 행실을 똑바로 하든가. 잘 들어. 네가 아무리 감추려고 해도 소용없을 거야. 내가 엘의 존재를 증명할 테니까. 4천 년 전의 사람이니 흉내 내도 아무도 모를 거라 생각한 모양인데……!"

더 이상은 한계다. 머릿속이 울리다 못해 터질 것 같은 느낌에 나는 버럭 고함을 내질렀다.

"아, 젠장! 시끄러! 이제 그만 좀 해! 뭐 이런 정신 나간 말이다 있어?"

"……!"

그 반응이 모두에게 예상 밖이었던 모양이다. 루카르엠은 물론 이사나까지 눈을 동그랗게 뜨고 숨을 죽였다. 그리고 시벨리우스는 하얗게 질린 얼굴로 부들부들 떨기 시작했다.

"너, 너 방금 지금 뭐라고……."

"시끄럽다고 했다, 왜! 소리는 너만 지를 수 있는 줄 알아? 아직은 혼란스러울 거라 생각해서 그냥 가만히 있었더니 이게 누굴 가마니로 보나! 대체 내가 너한테 뭘 어쨌다고 이러는 거야? 내가 널 봉인진에 가뒀어? 4천 년의 시간이 사라진 게 나 때문이냐고! 왜 말도 안 되는 억지를 부리고 난리야?"

"내가 억지를 부린다고?"

"그럼 이게 억지가 아니고 뭐야? 뭐? 엘의 것을 빼앗아? 목소리든 얼굴이든 내가 똑같은지 알 게 뭐야! 난 그 사람이 어디에 사는 누군지도 몰라! 동대문에서 뺨 맞고 한강에 와서 화풀이하는 것도 유분수지, 나도 참을 만큼 참았거든? 제발 적당히 좀해!"

그 순간이었다. 머리끝까지 화난 것처럼 일그러졌던 시벨리우스의 얼굴이 갑자기 멍하게 변했다. 마치 무언가에 한 대 얻어맞은 것 같은 표정이었다.

"……한강?"

"그래! 한강! 왜? 이젠 한강도 엘 거냐? 그럼 서울도 엘 거겠네? 아예 지구가 전부 다 엘 거라고 하지, 왜? 그 엘은 완전 부자겠다? 그래, 그러라고 하지 뭐! 아주 부러워 죽겠네! 이제 속이 시원해?"

"너……."

"왜! 뭐! 엘한테 다 준다잖아! 여기서 뭘 또 안겨 줘야 만족할 건데? 그 엘이란 녀석 참 욕심도 많네!"

솔직히 말하면 나도 내가 무슨 소리를 지껄이고 있는 건지 알 수 없었다. 단지 화가 나서 마구 생각나는 대로 내뱉었을 뿐인데, 왠지 그때마다 시벨리우스가 조용해진다는 느낌을 받았다. 그게 조금 이상했지만 나는 심각하게 생각하지 않고 계속해서 말을 이었다.

"단, 넘겨받을 건 받더라도 순서는 정확히 해. 엘이란 이름을 독점할 거면 전국에 있는 모든 엘들의 이름부터 개명시키고 난 뒤에 따져. 나한테만 이러지 말고. 알았어? 그때까진 나도 절대 양보 못 해! 아니, 안 할 거야!"

"엘."

"그래, 엘! 너 설마 이 세상에 엘이란 이름이 그 녀석 하나밖에 없다고 생각하는 건 아니겠지? 만약 그렇다면 그건 정말 심각한 바보나……."

뒷말은 잇지 못했다. 바로 그때, 시벨리우스가 두 팔로 나를 강하게 끌어안았기 때문이다.

"뭐, 뭐야! 왜 이래!"

워낙 갑작스럽게 일어난 일이라 나는 저항도 하지 못하고 그의 품에 끌려들어 갔다. 당황해서 버둥거렸지만 꽉 붙잡은 두 팔은 쉽사리 풀리지 않았다. 물론 그렇다고 얌전히 안겨 줄 생각은 추호도 없었기에 나는 계속해서 몸부림치려고 했다. 바로 그 뒤에 이어진 말을 듣지 못했다면.

"야! 너……!"

"엘이다……."

"어? 뭐라고?"

"엘이다. 분명히 엘이야. 그럼 그렇지. 내가 잘못 봤을 리 없지. 엘이 아닐 리가 없지."

"……."

깊은 안도감을 담은 목소리가 조용히 어깨 위에 내려앉았다. 잔잔하게 울리는 음성은 물기를 가득 머금은 채였다. 끌어안은 어깨가 가늘게 들썩이고 있다는 건 조금 나중에 깨달았다. 그것을 의식하는 순간 찬물을 얻어맞은 것처럼 머릿속이 한순간에 식었다. 그러자 뒤늦은 후회가 슬금슬금 밀려들어오기 시작했다.

'……내가 너무 심했나.'

시벨리우스가 이성적으로 생각할 수 있는 상태가 아니라는 건 알고 있었다. 한순간에 모든 것을 잃고 낯선 시대에 떨어졌는데 제정신을 유지할 수 있는 사람이 얼마나 될까. 더구나 지인이라고 생각했던 존재가 알고 보니 전혀 모르는 사람이었다면? 아마 이곳에 있는 누구도 지금 그가 느끼고 있을 심정을 완벽하게 이해할 순 없을 것이다. 그걸 뻔히 알면서도 순간의 화를 참지 못해서 막말을 퍼붓고 말다니. 나란 녀석도 인내심이 참 종잇장처럼 얇구나 싶어 한숨이 저절로 흘러나왔다.

할 수 없이 나는 그가 진정할 때까지 가만히 등을 두드려 주었다. 이윽고 한참 동안 나를 끌어안고 있던 시벨리우스가 천천히 몸을 떼어 냈다. 고개를 든 그의 얼굴은 온통 눈물로 범벅이 된 상태였다. 그는 무언가를 찾는 듯한 눈으로 나를 바라보고 있었다. 이내 시선이 마주쳤고, 죄책감을 견디지 못한 나는 얼른 사과부터 하려고 했다. 하지만 시벨리우스의 말이 내 변명을 가로막았다.

"저기, 미안해. 아까는 내가 너무 흥분해서……."

"다시 한 번 말해 봐."

"으응?"

"조금 전에 나한테 이상한 말 했잖아. 뭐라고 했었지? 동대? 한강……?"

질문을 파악하는 데 걸린 시간은 별로 길지 않았다. 다만 왜 갑자기 이런 걸 묻는지는 이해할 수 없었다. 나는 잠시간 눈을 깜빡이다가 의아해하며 답했다.

"……동대문에서 뺨 맞고 한강에서 화풀이한다고……?"

"그래, 맞아, 그거!"

순식간에 시벨리우스의 얼굴이 환해졌다. 그와 동시에 그가 내 손을 덥석 붙잡았다.

"엘도 그랬어. 화가 나면 가끔 알아들을 수 없는 명칭이나 비유들을 썼어. 인간보다 훨씬 긴 세월을 살았지만 이곳에선 단 한 번도 들어 본 적이 없는 낯선 말들뿐이었어. 그런 식으로 말하는 사람이 세상에 또 있을 리가 없지. 그래, 그러니까 분명히 엘이야. 응, 맞아. 내 눈은 틀리지 않았어."

"뭐? 자, 잠깐만. 그건……."

"무엇보다 이렇게 똑같은걸? 지금은 네가 잠깐 날 잊어버린 것뿐이야. 나한테 했던 말 기억해, 엘? 언젠가 시간이 아주 오래 흘러 전혀 다른 상황에서 만나게 되더라도, 서로를 알아보지 못하게 되더라도 우린 여전히 친구일 거라고 했어. 그땐 그게 무슨 말인지 이해하지 못했는데 이제야 알 것 같아. 그 약속은 여전히 유효한 거지? 그렇지?"

"……."

꽉 잡은 두 손등 위에 맑은 눈물이 뚝뚝 떨어졌다. 그는 울면서 웃고 있었다. 그래서일까. 그 약속을 한 건 내가 아니라고, 네가 상대를 착각하고 있는 거라고 확실히 말해 줘야 하는데 입이 선뜻 떨어지지 않았다. 그러자 망설이는 기색을 어떻게 해석했는지 그가 전부 이해한다는 듯 고개를 끄덕였다.

"괜찮아. 언젠간 너도 날 기억해 낼 거야. 설령 끝까지 알아보지 못해도 상관없어. 백지가 됐다면 다시 처음부터 시작하면 돼. 내가 많이 노력할게. 그러니까……."

"그, 그러니까?"

"날 책임져."

……뭐?

단호한 요구에 한순간 머릿속이 멍해졌다. 굳어 있는 내 뒤편에서 이사나가 헛숨을 삼키는 소리와 루카르엠이 휘파람을 부는 소리가 연달아 들려왔다.

클모어를 떠나온 지도 어느덧 두 달여. 뜻밖의 동행인을 얻은 어느 날의 일이었다.

2.

나를 멋대로 '엘'이라고 인정한 뒤부터 시벨리우스는 나와 이사나에게 무척 자상해졌다. 표정이나 말투가 부드러워졌을 뿐만 아니라 우리 쪽의 입장을 배려하고 적극적으로 맞춰 주려고 했다. 다만 그게 원래 인성이 아니라는 걸 증명하듯 루카르엠에겐 여전히 퉁명스러웠다. 불청객인 건 본인도 마찬가지인 주제에 마족과 함께 다닐 수는 없다고 강력하게 주장해서, 결국 루카르엠은 예전보다 더 먼 거리까지 떨어져야 했다. 아무래도 자신이 좋아하는(또는 잘 해줘야 할 가치가 있다고 판단하는) 상대한테만 호의를 베푸는 성격인 듯했다.

그렇기 때문에 일행으로 받아들인 후에도 나는 그를 대하는 것이 몹시 불편했다. 지금이야 날 다른 사람으로 오해하고 있으니 잘해 주겠지만, 또 상황이 달라지면 어떻게 튈지 모른단 불안감이 컸기 때문이다.

나도 인지하는 경계심을 시벨리우스가 알아차리지 못할 리 없었다. 그래선지 그는 더욱더 적극적으로 이사나와 친분을 쌓으려 들었다. 이사나가 자신을 잘 따르게 되면 내가 차마 내쫓지는 못할 거라고 계산한 게 틀림없었다. 순수한 이사나는 자신에게 호감을 표하는 시벨리우스에게 금방 마음을 열었고, 두 사람은 급속도로 친해졌다.

"흐음, 네가 이 제국의 황제라고?"

"아뇨, 여기가 아니라 바다 건너 스왈트라는 제국이에요. 피치 못할 사정으로 지금은 잠시 황성을 떠나 있는 상태지만요. 그런 도중에 엘을 만나게 됐죠."

"헤에, 황제가 제국을 떠날 만한 사정이라면 내란 같은 것밖에 없잖아. 그럼 도망자 신세에서 하루아침에 정령왕의 계약자가 된 건가? 너 굉장히 운이 좋구나."

"네, 저도 그렇게 생각해요."

시작부터 가볍게 자신의 신분을 밝힌 이사나는 그동안 겪었던 일들을 대략적으로 들려주었다. 황성에서 도망친 후 기사들과 헤어져 사촌 형을 만나러 갔다는 것이나, 대공의 추격을 피하기 위해 드래곤의 도움을 받아 마법으로 외모를 바꾼 것, 내가 신관으로 위장하는 과정에서 교황이 되어 버린 웃지 못할 여담 등. 대부분 세상에 알려지면 안 되는 사안들이었다. 또한 이곳에 오게 된 가장 결정적인 계기—사촌형이 마신의 저주에 걸렸다는 것—
에 대해서도 숨김없이 밝혔다. 평소에 워낙 신중한 편이고 개인
적인 일이라도 남에게 함부로 발설할 성격은 아니었는데, 아무래
도 상대가 이종족이다 보니 경계가 쉽게 풀어진 듯했다. 하기야
이미 내 정체를 밝힌 시점에서부터 숨겨 봤자 의미가 없겠지만
말이다.

"굉장히 정신없는 일정을 보내고 있구나. 그래서 이곳엔 마검
을 찾기 위해 온 거란 말이야?"

"네, 맞아요. 형님에게 걸린 저주를 풀려면 그게 필요하다고
하더라구요."

"흠, 따라다니는 마족 녀석이 하나 있잖아. 그 녀석한테는 마
검이 없나?"

"아……?"

아차, 그러고 보니 루카르엠이 마족이었지? 그제야 떠오른 사
실에 나는 속으로 신음을 흘렸다. 심지어 그냥 마족도 아니고 마
계에 4명밖에 없다는 공작 신분이었다. 그 정도라면 마검 한두
개 정도는 당연히 가지고 있을 것이다. 이사나 역시 같은 생각을
했는지 표정에 기대감이 감돌기 시작했다. 그런데 그 순간 시벨
리우스가 고개를 저으며 말했다.

"아니, 아니다. 그 녀석한테는 신세를 지지 않는 게 낫겠어.
행여나 부탁할 생각은 절대 하지 마."

"네? 왜요?"

생각지 못한 경고에 이사나의 두 눈이 휘둥그레졌다. 사탕을 받았다가 다시 빼앗긴 어린아이 같은 얼굴이었다. 시벨리우스는 혀를 끌끌 차며 말했다.

"왜긴. 믿을 녀석이 따로 있지, 다른 것도 아니고 마족을 어떻게 믿어? 예로부터 마족이 끼어들어서 제대로 된 일은 하나도 없었어. 그놈들은 절대 공짜로 거래를 하지 않아. 그걸 빌미로 뭘 요구할지도 모르고, 자칫하면 오히려 더 최악의 결과를 불러올 수도 있어."

"으음……."

"진심으로 충고하는 거야. 일이 벌어진 후에는 후회해도 아무 소용없어. 도박이 위험하다는 걸 아는 사람은 애초에 손을 댈 생각을 하지 않아. 그리고 마족과의 거래는 도박보다 더 위험하지. 괜찮을 거라고 정말 장담할 수 있겠어?"

하긴, 그의 말이 맞기는 했다. 세간에 익히 알려진 악명만 봐도 마족은 절대 유순한 종족이 아니다. 특히 루카르엠이 선한 사람이 아니라는 건 이번에 겪은 일만으로도 충분했다. 그는 위험하다는 걸 뻔히 알면서도 인간에게 마목의 씨앗을 건네줬고, 그 때문에 무고한 희생자가 생겼는데도 자책감조차 갖지 않았다. 누구라도 그런 존재를 안전하다고 평가할 수는 없을 것이다. 더구나 나는 아직 루카르엠이 마왕을 배신했다는 말을 온전히 신뢰할 수 없었다. 설령 지금은 그렇다 해도 나중에 다시 마음을 바꿀 것 같았다.

'……그래도 배낭에 아공간은 그냥 걸어줬는데.'

나는 찜찜한 기분으로 내가 메고 있는 배낭끈을 만지작거렸다. 마법을 걸어줬을 때 루카르엠이 꿍꿍이를 감춘 기색은 전혀 느끼지 못했다. 기척을 감추지 않겠다는 약속 역시 잘 지키고 있는 중이다. 그러고 보니 마목의 씨앗을 줄 때도 사전에 위험성을 경고했다고 하던데, 그 정도라면 믿어도 괜찮지 않을까?

클모어 공작에게 걸려 있는 저주를 풀려면 한시라도 빨리 마검을 찾아 돌아가야 한다. 기한이 촉박한 일정이다 보니 저절로 마음속에 번민이 일었다. 하지만 그 순간은 그리 오래가지 않았다. 내가 뭐라고 하기도 전에 시벨리우스가 단호한 말로 쐐기를 박았기 때문이다.

"자, 이 문제는 여기서 끝! 더 이상 생각하지도, 논하지도 말자. 사촌 형이 마신관에게 적의를 보였다고 했지? 그 정도면 상태가 썩 나쁜 편은 아냐. 주기적으로 마신관이 방문한다는 것이 바로 그 증거지. 감시인을 보낸다는 것 자체가 저주가 불완전하다는 소리거든. 그리고 저주는 원래 고통을 주는 게 주목적이라 몇 년 사이에 갑자기 상태가 악화되진 않아. 굳이 위험을 무릅쓰고 마족의 도움을 받지 않더라도 마검을 구할 시간은 충분해. 나도 최선을 다해 도울게."

"네, 제가 생각이 짧았어요. 깨우쳐 주셔서 고맙습니다."

"……."

이사나가 호응까지 하는 바람에 계획은 무를 틈도 없이 그대로 결론을 맺었다.

나는 조금 허무한 기분으로 배낭을 다시 바라보았다. 물론 좀 더 고민한다 해서 결과가 달라졌을 거라고 생각하진 않는다. 마족의 위험성은 둘째 치고, 그들의 배후엔 마왕이 존재하고 있다. 그리고 그 마왕은 현재 대공과 모종의 관계를 맺은 상태다. 이런 상황에서 그의 수족이라 할 수 있는 마족들과는 가능한 엮이지 않는 게 좋았다. 게다가 루카르엠처럼 수상해 보이는 사람은 불안해서라도 가까이하고 싶지 않았다. 아마 최종적으로는 나도 시벨리우스와 같은 결론을 내렸을 것이다. 하지만 그것과는 별개로 왠지 모를 패배감이 들었다. 차례가 정해진 것도 아닌데 괜히 순서를 빼앗긴 기분이랄까. 그 순간에도 두 사람은 화기애애하게 대화를 이어 나가고 있었다.

"다 잘 해결될 테니 너무 걱정하지 마. 내 능력도 생각보다는 쓸 만할 거야. 나 이래 봬도 세라핀이었거든."

"세라핀이요?"

"우리 일족 최고의 전사에게 내려지는 칭호야. 오십 년에 한 번씩 열리는 무술 대회의 승자만이 받을 수 있지. 난 열 번 연속 세라핀이었어."

"우와, 굉장해요. 그럼 시벨리우스 님은 어떤 무기를 다루세요?"

"그냥 시벨이라고 불러. 무기는 딱히 정해진 건 없어. 검도 다루고 창과 활도 다룰 수 있고, 권법도 조금 할 줄 알고, 그 밖에 이것저것……?"

"그렇게나 많이요?"

"우리 일족에서 태어난 사내라면 모두 그 정도는 할 줄 알아. 어릴 때부터 그런 것만 배우고 자라거든."

씩 웃은 시벨리우스는 설명을 빙자한 자랑을 늘어놓기 시작했다.

"풍문에 의하면 유니콘은 원래 정의와 분별의 신이 신계의 문지기로 만든 전투 종족이었다고 해. 그때만 해도 마계와 신계의 통로가 연결되어 있었는데, 몰래 들어와서 분탕질을 치는 마족들이 많았던 모양이야. 이후 통로가 닫히면서 더 이상 문지기가 필요 없어지자 자유롭게 살라며 중간계로 내려 보냈다고 하더군. 하지만 애초에 전투를 위해 만들어진 종족이라 몸을 단련하는 습관이 계속 이어져 온 거지. 뭐, 결국 이곳의 생활을 버티지 못하고 다시 신계로 돌아갔지만."

"헤에, 그렇군요."

직후 이어지는 말에서 나는 유니콘에 관한 몇 가지 정보를 더 얻을 수 있었다. 우선 그들 일족이 드래곤만큼이나 마나가 풍부하다는 것, 더불어 술법이라고 불리는 특이 능력을 지니고 있다는 것이었다. 특히 시벨리우스는 어릴 때부터 인간 세상에 대한 동경이 강해서 일찌감치 출가했고, 그 덕에 모험을 비롯한 여행 경험이 많을 뿐만 아니라 다양한 이종족의 언어도 익히고 있다고 했다.

하지만 아무리 그래 봤자 내게 있어 그는 갑자기 늘어난 덩치 큰 군식구 한 명에 불과할 뿐이었다. 능력만으로 따지면 마족인 루카르엠도 못지않게 대단한 존재다. 강하다고 해서 무작정 좋아해 줄 수는 없는 노릇 아닌가(물론 이사나를 자기편으로 만들어서 그러는 건 절대 아니다!).

그때까지만 해도 내 머릿속의 생각은 확고했다. 그런데 정작 엉뚱한 계기로 그에 대한 평가가 달라지는 일이 벌어졌다.

3.

"이게 뭐야?"

해가 오후로 접어들 무렵, 내가 건네주는 것을 빤히 응시한 시벨리우스가 의아한 목소리로 물었다. 그 표정이 너무 미묘해서 나는 그의 얼굴을 한 번, 내 손에 들려 있는 것을 한 번 번갈아 바라본 다음 대답했다.

"뭐기는. 빵이랑 육포잖아?"

"……설마 이게 식사라고?"

"응."

고개를 끄덕이자마자 그의 얼굴이 급격히 굳었다. 뭐야, 설마 이 녀석도 라피스랑 같은 과였나? 나는 어디를 가도 고급만을 외쳐대던 붉은 용을 떠올리며 한숨을 내쉬었다. 그 녀석이 동행하지 않으면서 유일하게 좋았던 점이 바로 그놈의 고급 타령을 듣지 않는 것이었는데, 앞으로 또 시달릴 거라 생각하니 벌써부터 머리가 지끈거리는 것 같았다.

"불편해도 한동안은 참아. 마을에 들어가면 제대로 된 음식을 실컷 먹게 해 줄 테니까."

"자, 잠깐만. 마을에 들어가면 이라니. 그럼 노숙하는 동안엔 내내 이런 걸 먹는 거야?"

"할 수 없잖아. 그럼 여행하면서 호의호식 할 줄 알았어?"

사실 나라고 이런 편협한 식사가 좋을 리는 없었다. 무엇보다 한창 성장기인 이사나에겐 질과 양이 턱없이 부족했으니까. 그런데도 굳이 이런 식으로 끼니를 때우는 건 우리 둘 다 요리에 별로 재능이 없기 때문이다. 황제로서 살아온 이사나는 말할 것도 없고, 나 역시 음식을 만들어 본 경험이 별로 없었다. 더구나 이 세상은 음식 재료도 조리 방식도 한국과는 다른 게 너무 많았기 때문에 선뜻 시도하지도 못했다.

물론 마음먹고 연구하면 못할 것까지야 없겠지만, 문제는 내가 시장기를 전혀 못 느낀다는 것이다. 무엇을 먹어도 그 맛이 그 맛처럼 느껴져서 적정량 이상을 삼키지도 못하는데, 적극적으로 요리를 연구해봐야겠다는 의욕이 생길 리가 만무했다.

'……하지만 계속 이런 식으로 살 순 없을 텐데. 이사나를 위해서라도 요리를 배워 봐야 할까.'

앞으로는 마을보다 밖에서 지내는 날이 더 많을 것이다. 그때마다 매번 형편없이 끼니를 때우게 하는 건 이사나에게 매우 가혹한 일이었다. 내가 속으로 조금 자책감을 느끼고 있을 때였다.

"혹시 식재료는 전혀 없어?"

"으음, 저녁에 수프나 끓여 볼까 해서 몇 가지 사둔 건 있는데……."

"그래? 내가 한번 봐도 될까?"

별로 어려울 것도 없는 부탁이었기에 나는 바로 배낭을 열어 재료들을 꺼냈다. 설탕과 소금을 비롯한 조미료 몇 가지와 말린 과일들, 그리고 약간의 채소들과 얼린 생고기 두 덩이였다. 시벨리우스는 그것들을 하나씩 둘러보며 심각한 표정으로 중얼거렸다.

"흠, 이 정도면 될 것도 같은데."

"뭐가?"

"잠깐만 기다려 봐."

짧은 대답과 함께 그는 자신의 허리에 찬 주머니에 손을 넣고 휘저었다. 그러자 손바닥만 한 주머니 안에서 무언가 하나씩 커다란 것이 잡혀 나오기 시작했다. 아마도 그것 역시 아공간 안에 있었던 물건인 듯했다.

잡혀 나오는 것들은 국자와 냄비를 포함한 갖가지 조리도구들이었다. 나는 순식간에 수북하게 쌓인 도구들을 보며 떨떠름하게 물었다.

"갑자기 이게 다 뭐야?"

"내 보물들이야."

"보물?"

요리도구가 보물이라고? 황당해서 반문한 말에 시벨리우스는 흐뭇하게 웃으며 고개를 끄덕였다. 왠지 매우 들뜬 것 같은 얼굴이었다.

"어디 보자……. 보존마법이 걸려 있는 거긴 하지만 워낙 시간이 오래 지나서 불안했는데 다행히 다 괜찮은 것 같네."

"그걸로 뭘 하려고?"

"뭘 하긴. 음식을 만들어야지."

그는 뭘 당연한 것을 묻느냐는 표정으로 대꾸했다. 나는 조금 떨떠름한 심정으로 시벨리우스의 모습을 훑어 내렸다. 훤칠하게 큰 키, 단단한 근육이 잡힌 팔과 다리. 어디를 봐도 주방과는 거리가 먼 모습이었다.

"……그런 것도 할 줄 알아?"

"흐음, 역시 기억 못 하는구나. 요리는 내가 가장 즐겨하는 취미이자 특기야. 예전에 너한테도 해 준 적 많았는데?"

"그, 그래?"

"그랬어. 너 내가 만든 요리 되게 좋아했잖아. 맛있다면서 매일 해달라고 했었는데. 정말 하나도 기억 안 나?"

당연히 그런 걸 기억할 리가 없다. 오히려 들으면 들을수록 그가 아는 엘이 내가 아니라는 사실만 선명해질 뿐이었다. 내가 떨떠름한 반응을 보이자 시벨리우스는 약간 서운한 표정을 지었다가 곧 어쩔 수 없다는 듯이 웃었다.

"뭐, 할 수 없지. 일단 잠시만 기다릴래? 적당히 먹을 만한 걸 만들어볼게."

시벨리우스는 그 즉시 재료를 다듬어 가기 시작했다. 요리가 특기라는 말이 허풍은 아니었는지 한눈에 보기에도 수준급의 실력이었다.

그의 분주한 손길만큼이나 음식들은 매우 빠른 속도로 만들어졌다. 콩을 갈아 넣어 달달하게 조리한 수프는 물론 채소와 함께 알맞게 익힌 감자볶음, 다양한 소스를 곁들인 고기찜 등등이 차례차례 접시에 담겼다. 식탐을 거의 느끼지 않는 나조차 눈이 휘둥그레질 만큼 먹음직스러워 보이는 모습이었다.

다음으로 시벨리우스는 식탁과 의자들을 꺼내 늘어놓았다. 식탁보와 천막을 치고 식기를 나란히 늘어놓고 나니 순식간에 그럴듯한 캠핑장이 만들어졌다. 아공간을 이런 식으로 알차게 활용할 수도 있구나 싶어 절로 감탄이 흘러나왔다.

"자, 먹어 봐. 맛있을 거야."

시벨리우스는 완성된 요리를 차례로 배치한 다음 자랑스럽게 말했다. 육포 따위와는 말할 것도 없고, 여느 고급 식당과 비교해도 뒤처지지 않을 만큼 풍성하고 화려한 식탁이었다. 몇 가지 되지 않는 재료들로 이런 식단이 만들어질 줄이야. 이런 일이 가능하다는 것이 믿어지지 않았다. 만약 조리과정을 직접 지켜보지 않았다면 음식을 만드는 마법이 있다고 생각했을지도 몰랐다.

무엇보다 이 상황을 가장 크게 반긴 사람은 이사나였다. 식탁에 앉자마자 조심스레 한입을 먹어본 그는 바로 감탄을 연발했다.

"우와, 굉장해요, 시벨 님! 정말 맛있어요!"

"후후, 그렇지? 내가 이래 봬도 왕성에서 요리사로 일한 경력도 있거든. 귀족들이 내가 만든 요리를 먹기 위해 줄을 설 정도였어."

"정말 그러실 것 같아요. 이렇게 맛있는 음식은 태어나서 처음 먹어봐요."

그 말이 거짓이 아니라는 건 붉게 상기된 두 뺨만 봐도 알 수 있었다. 이사나는 평소에 음식을 가리진 않았지만 그렇다고 특별히 흡족한 감정을 드러내는 편도 아니었다. 그런 녀석이 저렇게 크게 감탄할 정도면 굉장히 맛있는 것이 분명했다. 시벨리우스 역시 그 반응에 매우 만족한 듯 흐뭇한 표정을 지었다.

"그렇게 말해 주니 고맙네. 넉넉하게 만들었으니까 많이 먹어. 한창 잘 먹어야 할 나이에 부실한 음식으로 끼니를 때우면 쓰나. 이제부터 식사는 내가 전부 책임질게. 맛있는 거 잔뜩 만들어 줄 테니까 기대해도 좋아."

"정말이요? 하지만 준비한 식재료는 이게 전부인걸요?"

"없으면 찾으면 되지. 다행히 조미료는 충분하더라고. 아마 근처를 좀 돌아보면 먹을 만한 것들을 구할 수 있을 거야."

"그래도 번거로우실 텐데……."

"뭘 그 정도 가지고. 아, 그렇지. 혹시 달콤한 거 좋아해? 말린 과일이 좀 남았거든. 다 먹고 나면 후식도 만들어 줄게."

"와아, 고맙습니다!"

기뻐하는 이사나 만큼이나 나도 속으로 감탄했다. 사람을 겉으로만 봐서는 모른다더니, 설마 시벨리우스에게 이런 재능이 있었을 줄이야. 머릿속에 완고하게 잡혀 있던 부정적인 인식이 처음으로 크게 흔들리며, 그의 모습이 완전히 다르게 보였다. 요리를 배워 볼까 고민하던 차에 전문가 수준의 요리사가 나타나다니, 의외의 횡재를 한 기분이랄까? 만약 첫인상이 나쁘지 않았다면 두 팔 벌려 환영하고도 남았을 것이다.

내가 그에 대한 평가를 군식구에서 '썩 나쁘지 않은 동행인' 쯤으로 상향조정하고 있을 때였다.

"엘, 뭐해? 너도 어서 먹어 봐."

"응? 아, 나는……."

"왜 그래? 어디 안 좋아?"

"아니, 아무것도 아냐. 먹을게."

안 먹어도 괜찮다고 하면 서운해하겠지? 사실대로 말할까 하다 모처럼 정성껏 만든 음식을 거절하는 것도 예의는 아닌 것 같아, 나는 어쩔 수 없이 식기를 들었다. 가장 만만한 수프부터 한 모금 삼키자 고소하고 달달한 맛이 입 안에 천천히 퍼져 나가기 시작했다. 하지만 그것은 단지 머리로 인지되는 정보일 뿐, 실제로 식감이나 미각을 느끼는 건 아니었다. 그래도 나는 그의 기분이 상하지 않게 칭찬의 말을 건넸다.

"음, 맛있네. 의외다. 너 정말 요리 잘 하는구나."

"정말? 그게 입맛에 맞아?"

그러자 조금 전까지 자화자찬을 늘어놓은 사람답지 않게 시벨리우스가 크게 반색해서 물었다. 이사나가 칭찬했을 때 당연하다는 식으로 반응하던 것과는 상반된 태도라 나는 조금 어리둥절해졌다. 기쁨과 설렘, 그리고 알 수 없는 기대감을 담은 눈빛이 나를 똑바로 응시하고 있었다. 부담스러운 기분에 나는 살짝 얼굴을 찌푸렸다.

"왜 그렇게 봐?"

"헤헤, 실은 그거 다 네가 좋아했던 것들이야."

"……어?"

"마음에 들어 할 줄 알았어. 기억은 나지 않아도 입맛은 그대로구나. 다행이다."

……또 그거냐.

한창 좋았던 기분이 급격하게 가라앉았다. 이 녀석은 아주 조금이라도 나와 '엘'이라는 사람을 연결하지 않으면 못 견디는 모양이다. 나는 한숨을 푹 내쉬며 스푼을 내려놓았다.

"응? 왜 더 먹지 않고."

"저기, 어떻게 될진 모르겠지만 한동안 동행한다고 하니까 그냥 솔직하게 말할게. 요리를 해 주는 건 고마워. 하지만 앞으로는 내 건 만들지 않아도 돼. 난 별로 음식이 필요 없거든."

"······뭐? 필요 없다니?"

"정령이잖아. 맛에 대한 정보는 인지하지만 미각이 선명하진 않아. 실제론 아무 맛도 나지 않는 종이를 삼키는 기분이야. 억지로 먹으려면 먹을 순 있긴 한데, 굳이 편한 장소에서까지 그렇게 하고 싶진 않아."

"그런······ 그게 정말이야?"

되묻는 목소리가 가늘게 떨렸다. 나는 당혹감과 실망감으로 일그러진 시벨리우스의 얼굴을 보며 다시금 한숨을 내쉬었다. 필요한 과정이긴 하지만, 이럴 때마다 자꾸만 내가 악역이 되는 것 같아 기분이 썩 좋지는 않았다.

"미안해. 모처럼 생각해 줬는데."

"아, 아냐. 어쩔 수 없지. 그나저나 엘 넌 괜찮아? 먹는 게 삶의 낙이라고 했던 녀석이 맛을 느낄 수 없게 되다니······ 힘들거나 괴롭진 않아? 난 상상도 하지 못하겠어."

"글쎄, 딱히 배고프지도 않고, 안 먹어도 상관없으니까 별로 불편하진 않은데."

"그렇구나. 그러고 보니 그 비슷한 말을 들었던 것도 같아. 하지만 조금 이상하네. 엘퀴네스 녀석은 곧잘 식사 시간에 참여했는데 말이야. 그럼 그 녀석은 일부러 참고 먹었던 건가?"

"응? 잠깐, 그게 무슨 말이야?"

왠지 그냥 넘어가선 안 되는 말을 들은 것 같아 나는 급히 그에게 물었다. 그리고 이어진 시벨리우스의 설명은 나를 더욱 놀라게 만들었다.

"네 전대의 엘퀴네스 말이야. 그 녀석은 엘이 음식을 권하면 주는 대로 잘 받아먹었거든. 그래서 난 정령도 다 똑같이 식욕을 느끼는 줄 알았어."

"……엘뤼엔이?"

"응? 그게 누군데?"

"아, 아냐. 아무것도."

나는 얼른 고개를 저으며 마음속으로 혼란을 다스렸다. 음식을 권하는 대로 받아먹어? 엘뤼엔이 그런 성격이었나?

그의 정령왕 시절에 대해선 들은 게 거의 없다. 하지만 불쾌한 감각을 견디면서까지 일부러 인간들의 음식을 먹을 성격이 아니라는 것만은 잘 알았다. 오히려 정령왕 시절에는 지금보다 더 퉁명스러웠다고 했으니, 더하면 더했지 덜하지는 않았을 것이다.

시벨리우스가 말하는 전대 엘퀴네스가 정말 엘뤼엔이 맞기는 한 걸까? 왜 정보를 얻을수록 점점 더 불투명해지는 건지 모르겠다. 처음엔 같은 그림을 보며 다른 평가를 한다고 생각했는데, 이젠 같은 것을 보고 있는 것이 확실한지조차 의문이 들었다.

"그러고 보니 시벨 님은 4천 년 동안 갇혀 계셨다고 하셨죠? 그럼 지금 몇 살이신 거예요?"

때마침 건네진 이사나의 질문에 화제는 자연스럽게 전환됐다. 시벨리우스는 어깨를 으쓱하며 대답했다.

"나? 당시에 천 년을 조금 넘게 살았으니까 지금은 5천 살이라고 해야겠지? 적지는 않지만 그렇다고 아주 많은 나이도 아냐. 우리 종족은 별다른 일 없으면 만 년까지는 살거든.”

“그렇군요. 그래도 거의 반평생을 잠들어 계셨던 거네요. 너무 아까워요.”

“음, 그게 그렇지도 않은 것 같아.”

“네?”

이사나가 어리둥절해져서 묻자 그는 자신의 몸을 가볍게 주물러 보며 말했다.

“아무리 우리가 오래 사는 종족이긴 해도 그만큼 시간이 흘렀으면 피부가 노화하거나 신체 기능이 달라졌어야 하거든. 그런데 예전이랑 똑같아. 아무래도 봉인된 동안 내 몸의 시간이 멈췄던 모양이야. 하긴, 그러니 그 사이의 일이 전혀 기억에 없는 거겠지.”

“헤에, 그럼 신체 나이는 여전히 천 살이라는 건가요?”

“정확히는 1,200살쯤 됐어. 그나마 다행이지. 아무것도 한 것 없이 나이만 먹었다면 정말 억울했을 거야. 솔직히 아직도 시대가 변했다는 실감은 나지 않지만. 언어나 복식도 크게 달라지지 않은 것 같고.”

‘아, 그러고 보니……’

그 말에 나는 새삼스럽게 시벨리우스의 옷차림을 살폈다. 깊이 눈여겨보지 않아 몰랐는데, 지금과 차이점을 찾기 어려울 정도로 매우 흡사한 복식이었다. 한 번 멸망했다가 다시 시작했다더니, 아무래도 그 영향을 받은 게 아닌가 싶었다.

그때 문득 시선이 느껴져 고개를 드니 시벨리우스가 나를 빤히 바라보고 있었다. 또 무슨 말을 하려는 건가 싶어 나는 초조한 기분으로 물었다.

"왜?"

"아니, 그냥 새삼 굉장하다는 생각이 들어서. 엘 너는 신기하지 않아? 4천 년이나 지났는데 이렇게 다시 만난 거잖아. 우리 진짜 대단한 인연인 것 같아."

"……."

"그러고 보니 엘, 너는 어떻게 된 걸까? 너도 나처럼 시간이 멈춘 건 아닌 것 같고…… 종족이 달라졌으니 아마도 환생을 한 거겠지?"

지구에서 비과학적인 분야로 취급하던 것들이 오히려 주를 이루는 이 세상에선 사후의 세계도 단순히 막연한 개념이 아니었다. 그의 입장에서 환생은 가장 떠올리기 쉬운 판단일 것이다. 아마 나 역시 다른 상황에서 그를 만났다면 같은 생각을 했을지도 모른다. 내가 정령왕이 아니었다면 말이다. 나는 씁쓸한 기분으로 고개를 저었다.

"미안하지만 넌 지금 상대를 착각하고 있는 거야. 정령왕은 인간과 영혼의 성질부터 달라. 정령왕이 인간으로 환생할 순 있어도, 그 반대는 불가능해."

"하지만 어디든 예외는 있잖아. 또 어떻게 알아? 인간으로 먼저 태어나 본 정령왕도 있을지."

그래, 그 말이 사실이긴 했다. 내가 바로 그 '인간으로 먼저 태어나 본' 정령왕이었으니까. 하지만 한 번으로도 특이하다는 경험을 두 번이나 했을 리는 없었다. 심지어 4천 년 전이라니. 그렇게 머나먼 시절의 이야기는 하나도 알지 못했다. 때문에 나는 강경히 고개를 저었다.

"없어. 절대. 무조건. 전혀."

"……너무 단정하는 거 아니야?"

"당연하지. 그건 절대 있을 수 없는 일이니까."

"어? 하지만, 엘. 전에는……."

그때 옆에서 듣고 있던 이사나가 머뭇거리며 입을 열었다. 언젠가 남자로 산 기억이 있다고 한 고백을 떠올린 것이 분명했다. 나는 그의 말이 더 이어지기 전에 황급히 대답했다.

"그건 일종의 사고였고, 이곳에서 일어난 일도 아니었어. 저 녀석이 말하는 것과는 하등 상관없는 얘기야."

"그, 그래?"

"응, 그러니까 이사나 너도 저 녀석이 하는 말 너무 귀담아 듣지 마."

"윽! 잠깐, 엘. 그렇게 무조건 아니라고만 하지 말고 잘 생각해 봐. 어쩌면 기억이 날지도 모르잖아."

"말했다시피 그럴 일은 있을 수 없어."

암, 그렇고말고. 기억이 난다면 그것이야말로 오히려 비극이다. 수십 해도 아니고 몇천 년 전의 일이다. 만약 내가 그때 처음 태어난 거라면 지금에 이르기까지 도대체 얼마나 많은 생을 거듭해 왔다는 말인가. 그 까마득한 시간 동안 정체성도 찾지 못한 채 계속 헤매고 다녔다는 소리잖아. 생각하는 것만으로도 머리가 아득해지는 것 같아 나는 끝까지 단호한 태도를 거두지 않았다. 시벨리우스가 노골적으로 서운한 표정을 짓는 것이 보였지만 그래도 어쩔 수 없었다. 다행히 이번에도 이사나가 적절히 화제를 전환해서 분위기는 썩 나쁘지 않게 흘러갔다.

"저기, 그런데 시벨 님은 왜 블루 엘프로 변하신 거예요?"

"응? 왜? 이상해?"

"아뇨, 이상한 건 아니지만 그다지 흔한 종족은 아니잖아요. 지금은 저희밖에 없으니 괜찮지만 인가로 들어가면 굉장히 눈에 띌 텐데 괜찮으시겠어요?"

우려가 담긴 질문에 나 역시 속으로 공감했다. 지금은 눈에 익어 괜찮아졌지만 시벨리우스의 푸른색 피부는 굉장히 시선을 끄는 편이었다. 엘프 자체도 흔치 않은데 블루 엘프라고 하면 앞으로 가는 곳마다 주목을 받게 될 것이다. 그러자 시벨리우스가 멀뚱멀뚱하게 눈을 뜨고 물었다.

"블루 엘프가 눈에 띈다고? 그런 말은 금시초문인데. 설마 그 사이에 종족 수도 달라진 거야?"

"숫자는 잘 모르겠지만 요즘은 이종족을 쉽게 만날 수 없어요. 그들은 자신들의 영역 밖으로 거의 나오지 않거든요."

"헤에, 그렇구나. 예전에는 안 그랬어. 몬스터가 아닌 이상에야 어느 종족이든 전부 섞여 지내는 편이었지. 뭐, 그 시절에도 유니콘이나 드래곤은 정체를 감추고 다녔지만."

시벨리우스는 그 시절이 그리운 듯 잠시 아련한 표정을 짓다가 곧 쓰게 웃었다.

"내 외형 말인데, 바꾸는 건 가능하지만 너희들만 괜찮다면 난 지금 이대로 지내고 싶어. 이 모습에 추억이 많아서 애착이 좀 있거든. 그래도 될까?"

"전 괜찮아요."

"나도 상관없어."

"정말? 고마워."

딱히 감사 인사를 받을 일도 아닌데 시벨리우스는 진심으로 고마워했다. 이런 걸 보면 타고난 성정 자체가 모난 사람은 아닌 것 같았다. 날 다른 사람으로 착각만 하지 않는다면 정말 잘 지낼 수 있을 것 같은데. 아쉬운 기분에 나는 속으로 한숨을 내쉬었다.

'정말 이대로도 괜찮은 걸까.'

그가 보내는 호의는 그저 나와 닮은 그의 친우를 향한 것일 뿐, 나를 위한 것이 아니다. 지금이야 그저 혼란스러워서 그러려니 대강 넘어가고는 있지만, 언제까지 이런 애매한 관계를 지속할 수는 없었다. 차라리 헤어지게 되더라도 그가 현실을 인정하게 만드는 것이 나을지도 몰랐다. 그때까지만 해도 나는 시벨리우스와의 동행에 회의적인 기분을 지울 수가 없었다.

……저녁이 되기 전까진 말이다.

"오늘은 여기서 노숙해야겠다."

날이 저물자 주위가 빠르게 어두워지기 시작했다. 우리는 이동을 중지하고 밤을 보낼 적당한 장소를 물색했다. 숲이라곤 해도 평지가 대부분이라 자리를 잡는 건 어렵지 않았다. 본격적으로 터를 닦기에 앞서, 나는 멀뚱히 주위를 살피고 있는 시벨리우스를 바라보았다.

"시벨리우스, 물어볼 게 있는데."

"그냥 시벨이라고 부르라니까. 본명으로 부르니까 딱딱하잖아."

"……그럼 시벨, 너 침낭 있어?"

"침낭?"

"노숙하려면 필요할 텐데 준비한 게 우리 것밖에 없거든."

"아, 그거라면……."

시벨리우스는 이해했다는 듯이 고개를 끄덕이더니 주머니에서 무언가를 주섬주섬 꺼냈다. 막대기와 종이, 그리고 붓으로 보이는 필기구였다. 도저히 침낭으로는 보이지 않는 것들이라 내가 의아해하자 그는 싱긋 웃었다.

"잠깐만 기다려 봐."

이윽고 시벨리우스는 종이에 무언가를 적더니 바닥에 놓은 다음 막대기로 찍어서 고정시켰다. 그런 행위는 막대기가 울타리처럼 우리 주위를 둘러칠 때까지 여러 번 반복되었다.

"다 됐다."

"뭐하는 건데?"

"두고 보면 곧 알게 될 거야."

시벨리우스는 종이에 또다시 무언가를 적고는 이번엔 손바닥 위에 올려두었다. 그러자 갑자기 화르륵, 종이 위에서 불길이 치솟아 오르더니 강한 바람이 그의 몸을 휘감기 시작했다. 더욱 놀라운 건 시벨리우스의 모습이었다. 푸른색이었던 그의 눈동자가 어느새 진한 황금색으로 바뀐 것이다. 심지어 동공마저 사라져서 완전히 투명한 유리구슬 같았다. 더불어 그의 이마에 빛으로 이루어진 금색의 뿔이 돋아났다.

"킬리다."

그가 무언가 알 수 없는 언어를 읊자, 바닥에 꽂혀 있던 막대기들에서 전등이 켜지듯 선명한 빛이 일었다. 그리고 그 빛은 금가루처럼 흩뿌려지며 다른 쪽의 막대기와 서로 이어져 나갔다.

"키클로스. 그라미. 모티보. 스피라."

시벨리우스가 한 마디 한 마디 내뱉을 때마다 금빛의 가루는 점점 더 크게 주위를 가득 채워 나갔다. 바닥에 거대한 원이 그려지고 기둥이 세워지더니, 불쑥 치솟아 올라 지붕처럼 하늘을 덮어나갔다. 그동안 나와 이사나는 빠르게 뻗어나가는 빛의 줄기를 그저 망연한 표정으로 지켜보고만 있을 수밖에 없었다. 마치 쏟아지는 빛줄기에 갇힌 기분이었다.

"시마디."

잠시 후 그의 한마디가 떨어지자 주위를 가득 채운 빛이 순식간에 사라졌다. 그것을 깨달았을 때 우리는 침대와 가구가 배치된 아늑한 공간 안에 서 있었다. 바닥엔 카펫이 깔려 있었고, 벽과 지붕이 단단하게 주위를 감싸고 있었다. 마치 여느 안락한 저택 안에 들어와 있는 것 같았다.

"……."

"……."

장소가 달라지지 않았다는 건 창문(그렇다! 심지어 창문까지 있었다!) 밖으로 보이는 수풀 덕분에 알았다. 나무의 모양이며 주위 광경들이 변하기 직전까지 봤던 것과 전부 똑같았다. 이사나 역시 그것을 확인하고 마른침을 삼켰다.

"어때? 이러면 침낭이 따로 필요 없지?"

이 상황에서 느긋한 사람은 시벨리우스 한 명뿐이었다. 그는 굳어 있는 우리를 향해 태연히 웃으며 말했다. 나는 도무지 따라 웃을 수가 없어서 여전히 얼이 빠진 채로 물었다.

"……마법이야?"

"아니, 그거랑 조금 달라. 우리 유니콘만 할 수 있는 고유의 술법 같은 거야."

"술법? 그걸로 이런 것도 돼?"

"응, 간단한 진을 사용한 거라 좀 허술하긴 하지만. 그래도 임시로 쓰기엔 나쁘지 않지?"

"나쁘지 않다니⋯⋯."

이건 그냥 나쁘지 않은 정도가 아니잖아.

황망해서 바라보자 시벨리우스는 순진무구해 보이는 미소를 지었다. 웃고 있는 그의 등 뒤로 새하얀 날개가 펼쳐져 있는 것만 같았다. 요리도 잘하는 녀석이 이런 기똥찬 재주까지 지니고 있을 줄이야.

'⋯⋯그냥 이대로 지내는 것도 괜찮을지도.'

갈대처럼 흔들리는 마음 틈으로 처음과는 달라진 결심이 슬그머니 자리를 잡았다. 그래, 까짓것 다른 사람으로 오해 좀 받으면 어때? 어차피 4천 년 전의 사람인데. 시간이 지나면 시벨리우스도 결국은 내가 다른 존재라는 걸 받아들이게 될 거다. 그때까지 적응하는 과정이라고 생각하면 그것도 괜찮을 것 같았다. 아니, 오히려 그 덕분에 이런 혜택을 누릴 수 있다면 나로선 마다할 이유가 없었다.

회의감을 느낀 지가 언젠데 그새 마음이 바뀌다니, 나란 녀석도 참 어지간하구나. 스스로가 한심한 기분에 저절로 쓴웃음이 지어졌다. 지금 이 결정이 좋은 일이 될지 나쁜 일이 될지 지금의 나로선 알 수 없다는 것이 조금 답답했다.

4.

"또 만나네, 데르온."

마왕성에 들어서자마자 들려오는 음성에 데르온은 고개를 들었다. 그곳에 서 있는 것은 흑단같이 새카만 머리카락을 길게 늘어트린 여인이었다. 그 머리칼만큼이나 검은 드레스가 그녀의 풍만한 몸매를 아슬아슬하게 가리고 있었다.

"세르피스. 자주 보는군."

데르온은 살짝 얼굴을 찌푸리며 무뚝뚝하게 말했다. 원래도 그리 원만한 관계는 아니었지만 지난번 임무 실패 이후로는 대화를 섞는 일조차 없었던 참이었기에 인사를 주고받는 건 오랜만이었다.

"마왕 전하를 뵈러 왔나 봐?"

"병력 사용을 허가 받으러 왔다. 최근 경계 쪽의 치안이 엉망이라서."

"호호, 여전히 바쁘네. 동쪽 영토의 주민들은 좋겠어. 주인이 이렇게 부지런해서."

"너는 뭘 하고 있지?"

"응? 나?"

"서쪽 영토에서도 사고가 많이 일어나는 것 같던데. 그런 것 치곤 매우 한가해 보이는군. 자신의 영토보다 마왕성에 더 오래 머물고 있는 것 아닌가?"

"어머나, 동쪽 영토의 주인님은 참 자상하기도 하지. 다른 구역의 사정에까지 관심을 다 가져주시고 말이야."

능청스러운 대답에 데르온은 더 눈살을 찌푸렸다. 그때 문득 시선을 돌린 그의 눈에 그녀의 손에 들린 은쟁반이 들어왔다. 쟁반 위에는 다 마시고 비워져 있는 것으로 보이는 유리잔이 있었다. 코끝까지 풍겨오는 피비린내가 아니었더라도, 그 안에 담겼을 내용물을 짐작하는 건 어렵지 않았다. 데르온의 눈빛이 더 낮게 가라앉았다.

"마왕 전하의 것인가?"

"맞아."

"마왕성에 있는 수많은 시종들은 전부 뭘 하고 공작인 네가 직접 전하를 수발하는 거지?"

"후후, 전하가 요즘 많이 예민하셔서 말이야. 내가 직접 하는 편이 더 안심이 되시나 봐. 그만큼 날 신뢰하고 계신다는 뜻 아니겠어?"

자부심을 가득 담은 말에 데르온은 피식 코웃음을 쳤다. 그 마왕에게 신뢰라니, 거리를 방황하는 들개가 들어도 비웃을 이야기였다. 그는 경멸이 섞인 눈으로 세르피스를 훑어 내리며 말했다.

"요즘 전하와 많이 가까워진 모양이군."

"그렇게 보여?"

"그래, 구역질이 날 정도로. 마왕이 되지 못할 것 같으니 그의 비(妃)가 되기로 마음을 바꾸기라도 한 건가? 그렇다면 시간을 오래 끌지 말고 한시 빨리 작위를 반납해 줬으면 좋겠군. 그래야 서쪽 영토의 주민들도 새 주인을 맞이할 것 아닌가."

"……정말 너무하네. 나 말고 어느 누가 서쪽 영토의 주인이 될 수 있단 말이야?"

"글쎄, 누가 되든 지금의 너보단 잘 이끌어 나갈 것 같은데."

노골적인 빈정거림에 세르피스의 얼굴에서 처음으로 미소가 지워졌다. 그녀는 분한 얼굴로 데르온을 잠시 노려보고는 이내 비틀린 웃음을 지었다.

"참, 마왕 전하를 뵈러 왔다고 했지? 안됐네. 오늘은 알현하기 힘들 거야."

"왜지?"

"조금 전에 막 잠드셨거든. 스스로 일어날 때까지 깨우지 말라고 하셨어."

"……요즘 부쩍 수면 시간이 늘지 않았나?"

마족은 원래 깊은 잠을 자지 않는다. 잠든다 해도 그 시간은 길어 봤자 한두 시간 정도에 불과했다. 언제 어느 때 누구에게 습격을 당할지 모르기에 고대로부터 몸에 각인된 습관이었다. 특히 높은 자리에 있는 마족일수록 사방에 적이 많기 때문에 일평생 거의 잠을 자지 않는다고 해도 무방했다. 하물며 마왕이라면 말할 것도 없는 일이다. 그런데 최근 들어 마왕 카류드리안은 수시로 잠을 청하고 있었다. 심지어 한번 잠들면 한동안 깨어나지도 않았다.

"긴장이 풀린 게 아닐까? 루카르엠이 마계에 없으니까."

"루카는 왕좌에 관심이 없어."

"하지만 신경 쓰이긴 하잖아. 지금의 마왕을 힘으로 누를 수 있는 유일한 존재인걸. 오죽하면 감시 명목 하에 본토에서 살게 해놨을까. 덕분에 그가 관리하는 남쪽 영토는 주인이 없는 땅이 된 지 오래지. 그럼에도 지금까지 단 한 번도 분쟁이 일어난 적이 없어. 돌아오지 않는 주인이 무서워서 주민들이 모두 얌전히 살아간다고. 하루라도 조용히 지내면 좀이 쑤시는 게 특성인 마족이 말이야. 그게 말이 된다고 생각해?"

"……."

"난 마왕 전하를 이해해. 나라도 그의 존재가 신경 쓰여서 견딜 수 없었을 거야. 전하는 왕이 된 이후로 한동안은 선잠에 든 적도 없다고 들었어. 이참에 푹 쉬고 싶겠지. 오랜만의 자유를 어떻게 보내든 그건 자기 맘 아냐?"

"……네 입에서 마왕을 두둔하는 말이 나오다니 믿을 수가 없군. 정말 그에게 빠지기라도 한 건가?"

세르피스는 대답 없이 빙긋 웃기만 했다. 무언의 긍정이었다. 데르온은 황당하다는 표정으로 그녀를 바라봤다.

그가 아는 세르피스는 오직 자신만을 위해 사는 존재였다. 그녀에게 타인은 그저 이용할 수 있는 수단과 무기에 불과했다. 허술한 듯 웃는 얼굴도, 유혹하는 듯한 몸짓도 전부 상대를 방심하게 만들기 위한 연기일 뿐. 자신의 아름다운 외모로 남자를 홀릴

지언정 대상에게 빠지진 않았다. 그것이 그녀가 공작의 자리까지 올라올 수 있었던 이유였다.

그녀가 마왕을 알고 지낸 세월만 햇수로 벌써 4백 년이 넘었다. 길다면 길다고 할 수 있는 그 시간 동안 둘 사이에서 애틋한 분위기를 느꼈던 적은 한 번도 없었다. 아니, 오히려 시기심으로 인한 반감이 더 큰 편이었다. 굳이 멀리 돌아갈 것도 없이 바로 얼마 전까지만 해도 그랬다.

그런데 이제 와서 마왕에게 반하다니. 제정신이 맞는지 의심까지 들었다. 수상하게 바라보는 시선에 세르피스는 입술을 살짝 삐죽이더니 수줍은 표정을 지었다. 그것만으로도 익숙지 않은 광경이건만 이어진 말은 데르온을 더 큰 충격에 빠트렸다.

"좋은 향기가 나."

"하?"

"진짜 향기를 말하는 게 아냐. 특유의 체취라고 해야 할지, 마력이라고 해야 할지. 뭐라고 정확히 설명할 순 없는데, 왠지 갈수록 점점 더 근사해지는 것 같아. 그의 곁에 있으면 뭔가 가슴이 벅차오르는 것이 느껴져. 굉장히 황홀하고, 동시에 무서우리만치 오싹한 기분이야."

"……완전히 맛이 갔군."

"네가 뭐라고 하든 상관없어. 어차피 네게 이해받을 생각은 없으니까. 아무튼 난 전하가 잠들어 있는 동안 그 곁을 지킬 거야. 누구든 왕좌를 노리려면 나부터 먼저 상대해야 할걸?"

뚜렷한 호선을 그린 입술과는 달리 그녀의 눈은 웃고 있지 않았다. 진심이라는 소리였다. 데르온은 두통이 이는 것을 느끼며 머리를 짚었다. 그때 그의 머릿속에 문득 한 가지 생각이 스쳤다.

"……그러고 보니 전하가 드시는 그 피 말인데. 그건 어디서 나는 거지?"

"왜 갑자기 그런 게 궁금해?"

"그렇게 말하는 걸 보니 넌 뭔가 알고 있나 보군."

"알고 말고 할 게 뭐 있어. 내가 전달자인걸."

"네가?"

"직접 구하는 건 아냐. 그냥 전하의 계약자에게서 받아 와서 전해드리는 것뿐이니까."

"계약자라면 그 대공이라는 인간 말인가? 계속 그자한테서 받아왔다고?"

"그래. 왜, 무슨 문제 있어?"

"……아니, 아무것도 아니다."

데르온은 얼굴을 찌푸렸다. 정령왕 엘퀴네스로부터 들었던 말이 떠올랐다. 마왕의 계약자가 아이들을 죽여 제사를 지내고 있다고 했던가. 아마도 그 피는 그 아이들의 피일 것이다.

'내 생각대로다. 역시 제대로 된 제사가 아니었어.'

정말 마신에게 제사를 드리는 게 목적이었다면 중간에서 피를 빼돌렸을 리가 없다. 아마도 그 제사는 마왕과 계약한 대가일 것이다. 전달된 피는 마왕이 직접 마시기도 하지만 때로는 수하들에게 나눠 주기도 했다. 그런 것을 보아 어쩌면 그 피 자체엔 그다지 큰 의미가 없는 걸지도 모른다.

하지만 거기까지 파악했어도 여전히 풀리지 않는 의문은 남아 있었다. 데르온이 기억하기로 마왕이 피를 마시기 시작한 지 벌써 20년이 넘었다. 그렇다는 건 대공이 인간을 죽여 온 것도 그 정도 기간이 된다는 뜻이다. 인간이 자신의 탐욕을 위해 같은 인간을 희생하는 건 흔하디흔한 일이지만, 이렇게까지 장기적으로 일을 꾸리는 경우는 몹시 드물었다.

마족과의 계약은 반드시 소원을 동반하고, 치르는 대가가 클수록 계약의 보상도 커진다. 그렇게까지 하면서 그가 이루고자 하는 목적은 무엇일까. 또한 마왕은 무엇을 준비하고 있는 걸까. 데르온은 치밀어 오르는 한숨을 간신히 억눌렀다.

"그럼 난 돌아가도록 하지. 전하께서 깨어나시면 그때 다시 오겠다."

"좋을 대로. 나도 이만 전하께 가 봐야겠어. 잘 가."

세르피스는 가벼운 대꾸를 마치곤 날듯이 몸을 돌렸다. 데르온은 총총 걸음으로 사라져 가는 그녀의 뒷모습을 복잡한 표정으로 바라봤다. 뭔가 일이 이상하게 돌아가고 있었다.

마왕이 잠들었다. 항시 왕좌를 탐하는 공작들에게는 절호의 기회나 다름없었다. 그러나 루카르엠은 공석이었고, 또 다른 공작인 자크는 매우 바쁜 시기라 얼굴을 보기도 어려운 상황이었다. 데르온 역시 최근 영토에서 갑자기 일어나기 시작한 분쟁들 때문에 정신을 다른 데 둘 겨를이 없었다. 그리고 가장 탐욕스러웠던 세르피스는 오히려 왕의 파수견을 자청하며 그의 곁을 지키고 있다. 반대로 생각하면 이런 상황이기에 마왕이 안심하고 잠이 든 걸지도 모른다. 하지만 그게 아니라면? 어쩌면 이 모든 것들이 그의 의도에 맞춰 전부 안배된 것은 아닐까?

데르온은 자신이 '너무 과민반응을 하고 있다고 생각했다. 루카르엠을 중간계로 보낸 건 확실히 짚어볼 만한 문제였지만, 다른 부분은 강제로 만들 수 있는 것들이 아니다. 특히 세르피스가 왕에게 반한 건 누구도 예상하지 못한 일이었다. 아무리 마왕이 대단한 존재라 해도 그렇게까지 하는 건 불가능했다. 하지만 이미 뿌리를 내린 불신이 꼬리에 꼬리를 물고 의심을 틔웠다.

'마왕, 당신은 대체 무슨 생각을 하고 있는 거지?'

한동안 굳게 닫힌 정문을 노려본 데르온은 이내 무거운 걸음을 돌렸다. 그때 문득 고개를 든 그의 시야에 복도 건너편에서 오고 있는 사람이 보였다. 발끝까지 늘어진 로브 위에 붉은색 망토를 걸친 장신의 남자였다. 언뜻 보기에는 흑발로 보이는 머리칼은 사실 자세히 보면 마족에게서는 찾아볼 수 없는 짙은 남청색을 띠고 있었다. 데르온은 굳은 표정으로 걸음을 멈추었다. 좀처럼 마왕성에서 마주칠 일이 없는 자를 만나게 되어 놀란 탓이었다.

"……자크?"

"오랜만이군, 데르온."

미형의 얼굴과는 어울리지 않는 낮은 음성이 남자의 입에서 흘러나왔다. 정식 이름 '데자크 룬'. 4대 공작의 한 사람이자 마계 북쪽 영토의 지배자였다.

헛숨을 삼킨 데르온은 몇 번이나 두 눈을 깜빡였다. 잘못 본 것이 아니었다. 정말로 자크였다. 무엇보다 그의 독특한 머리색이 부정할 수 없는 가장 큰 증거였다. 남청색 머리칼은 오직 북의 주인만이 지닐 수 있는 특징이었기 때문이다.

역대로 북쪽 영토를 지배했던 마족은 전부 남청색 머리칼을 지니고 있었다. 타고난 것이 아니라 후천적인 영향이다. 즉, 누구든 북의 주인이 되면 머리칼이 남청색으로 변한다는 것이다. 자크 역시 한때는 다른 마족들과 똑같은 흑발이었지만 북쪽 영토를 소유하면서부터 색이 변했다고 밝힌 바 있다.

그 이유는 북쪽 영토만이 가진 특별한 역할과 관련이 있었다. 피와 죽음이 난무하는 다른 지역들과는 다르게, 북쪽 영토는 마족의 생명이 시작되는 유일한 곳이었다. 그곳에 마족의 알이 부화하는 장소인 탄생의 숲 '카르텐'이 있기 때문이다.

마족 여성은 백 년에 한 번씩 찾아오는 번식기에만 알을 낳는데, 이렇게 태어난 알은 그저 마력 덩어리일 뿐 정상적인 방법으로는 부화하지 않는다. 제대로 부화하기 위해선 카르텐 깊숙한 곳에 있는 마력의 샘에서 마신의 정수를 받아 수정 과정을 거쳐야 했다. 하지만 누구나 그 샘을 이용할 수 있는 건 아니다. 다른 마족이 사용하면 그저 평범한 물에 불과할 뿐, 제대로 된 마신의 정수는 오직 북의 주인이 지닌 마력에만 반응하여 만들어지게 되어 있었다. 마신이 정해 둔 마계의 규정 중 하나였다. 남청색 머리칼은 그 자격을 드러내는 일종의 표식인 셈이었다.

여하튼 이러한 특징 때문에 마계에선 번식기가 되면 마족의 알을 전부 북쪽으로 보내 일괄적으로 관리해 왔다. 어차피 부화시킬 수 있는 존재가 북의 주인밖에 없기 때문에 어쩔 수 없는 선택이기도 했다.

정수를 받은 알은 이후 숲에서 마력을 공급 받으며 성장하고, 부화한 후에도 성체가 될 때까진 북의 보호를 받는다. 데르온 역시 성체가 되기 전까지 자크에게서 교육을 받았다. 그때의 기억 때문에 같은 공작이면서도 그를 대하는 것이 무척 조심스러운 편이었다.

'이상한 일이군. 지금은 알이 부화할 시기라 눈코 뜰 새 없이 바쁠 텐데. 이런 때에 자크가 자리를 비우다니……?'

백 년에 한 번이라는 기나긴 간격의 번식기. 게다가 모정(母情)이 없는 마족의 특성상 알은 수거율 자체가 별로 높지 않았다. 운 좋게 카르텐에 들어간다 해도 전부 성체가 될 수 있는 것도 아니었다. 약한 알은 조금만 관리가 부족해도 부화를 하지 못하거나 태어나더라도 오래 살지 못하고 죽었다.

하지만 가장 큰 문제는 호시탐탐 아이를 노리는 침입자들이었다. 갓 태어난 어린 마족은 약하면서도 마력이 풍부하기 때문에 성인 마족들에겐 최고의 먹잇감이다. 그래서 자크는 알이 부화하는 시기엔 늘 극도로 예민해졌다.

"자크, 당신이 이 시기에 여긴 어쩐 일이십니까? 숲에 계셔야 하는 것 아닙니까?"

"마왕 전하를 뵈었나?"

얼떨떨해하며 묻는 말에 자크는 도로 질문으로 답했다. 데르온은 어리둥절해하면서도 순순히 고개를 저었다.

"예? 아, 아뇨. 잠이 드셨다고 해서 뵙지 못하고 가는 길입니다."

"그래……."

그때였다. 갑자기 목에 가해지는 악력에 데르온은 두 눈을 부릅떴다. 자크가 그의 멱살을 움켜쥔 것이다. 예상치 못한 공격에 데르온은 미처 저항할 겨를도 없이 그대로 벽면에 떠밀렸다.

쿠웅!

"윽! 큭! 자, 자크?"

"한 가지 묻지. 최근 카르텐에 들어간 일이 있나?"

목을 조이는 어마어마한 악력과는 다르게 질문하는 목소리는 고저 없이 평온했다. 데르온은 온몸에 가해지는 고통에 신음을 흘리며 이를 갈았다.

"대체 이게 무슨 짓입니까! 이건 놓고 말……."

"닥쳐. 내 말에 대답이나 해. 미안하지만 난 지금 매우 화가 나 있거든. 보이는 건 죄다 죽여 버리고 싶은 기분이니 방식이

다소 과격해도 이해해 줬으면 좋겠군."

"그게 무슨……?"

낮게 속삭이는 말에서 심상치 않은 기운을 느낀 데르온은 얼굴을 굳혔다. 그가 아는 자크는 마계에서 루카르엠 다음으로 조용히 지내는 편이었다. 어지간한 한 화를 내는 일도, 필요 이상의 말을 하지도 않았다. 그런 그가 이토록 분노할 만한 일은 단 한가지 밖에 없었다.

"……설마 숲에 무슨 문제라도 생겼습니까?"

그 말에 자크의 눈빛이 붉게 달아올랐다.

"모르는 척하는 건가, 정말 아무것도 모르는 건가."

"모릅니다. 추궁을 하시기 전에 왜 이러는 건지 이유나 말해 주시죠."

"그 말에 책임질 수 있나?"

"책임을 못 질 건 또 뭡니까?"

"……하긴, 자네는 묵묵히 명령을 따르는 타입은 아니긴 하지. 얌전한 사자보다는 지렁이라도 꿈틀거리는 쪽을 즐기는 더러운 취향이니까."

"……좀 알아듣기 쉽게 설명해 주시면 안 되겠습니까?"

대체 내가 무엇을 했다고 이런 막말을 들어야 한단 말인가? 데르온은 어이없어하는 얼굴로 자크를 바라보았다. 그 순간 목을 옥죄고 있던 힘이 일시에 사라졌다. 자크가 드디어 그를 놓아준 것이다. 곧 막혀 있던 숨이 트이고, 차가운 공기가 한꺼번에

밀어닥쳤다.

"쿨럭, 쿨럭!"

"미안하군. 자네에게 딱히 유감은 없다."

마른기침을 토하는 데르온을 향해 자크는 전혀 미안하지 않은 얼굴로 말했다. 그 단정한 얼굴을 향해 주먹을 날리고 싶은 것이 오늘만큼 간절한 적은 없었다. 데르온은 부글부글 끓는 속을 억지로 가라앉히며 엉망이 된 옷깃을 정리했다.

"후우, 부디 다음번엔 언행이 일치하는 모습을 보여 주셨으면 좋겠군요. 정말 유감이 없다면 말입니다."

"노력은 해 보지."

"……그래서 대체 무슨 문제가 생긴 겁니까? 또 누가 숲에 침입해 알을 훔치기라도 한 겁니까?"

부화 직전의 알은 몹시 단단하여 깨트리거나 섭취하는 것이 불가능하다. 때문에 침입자들이 숲을 노리는 건 대개 알이 완전히 부화하고 난 후였다. 알째로 가져가면 부화 시기를 마냥 기다려야 하는 데다 그 사이에 발각될 가능성이 높기 때문이다.

하지만 간혹 무모한 마족들 중에서 아직 부화하지 않은 알을 훔쳐 가는 자들이 나타나곤 했다. 물론 그런 자들의 말로는 언제나 숲에 침입한 순간 자크에게 붙잡혀 처절한 응징을 당하는 것으로 끝나는 편이었다. 설령 알을 훔쳐 무사히 달아난다 해도 별로 좋은 결과를 맺지는 못했다. 자크의 눈을 피하려면 마계를 떠나는 수밖에 없는데 마땅히 갈 만한 장소가 하나뿐이었기 때문이다. 차원 바이톤이 바로 그곳이었다.

바이톤은 수많은 중간계 차원들 중에서 마계와 연결된 유일한 세계였다. 어느 마족이든 자유롭게 왕래할 수 있는, 마족들에겐 일종의 휴양지와 같은 곳이기도 했다. 그 외의 다른 차원으로 가는 건 공작 급이나 가능한 일이기에 대부분의 마족들은 사고를 치면 바이톤으로 도주하는 편이었다. 문제는 그곳이 은신하기엔 그다지 적합한 장소가 아니라는 사실이다. 그곳은 형벌의 신 엘뤼엔의 주 관할 영역이니까.

냉혹하며 강력한 상급신. 풍문에 의하면 마신과 힘을 견줄 수 있는 유일한 신이라고 했다. 특히 마족에 관한 한 손속에 사정을 두지 않기로 유명한 존재이기도 했다. 심지어 일 처리도 매우 빨라 방심을 기대하기도 어려웠다. 그런 자의 주 관할 영역에 숨어들다니, 여우가 무서워 호랑이 굴에 뛰어드는 꼴이다. 실제로 자크는 알을 훔친 마족이 바이톤으로 건너가면 그 즉시 모든 추격을 멈췄다. 굳이 자신이 나서지 않아도 처참하게 응징당하기 때문이다.

'그러고 보니 얼마 전에도 하나 있었지. 훔친 알을 바이톤에 가져가 부화시킨 멍청한 녀석이. 꼭 그렇게 생각이 모자란 놈들이 있다니까.'

데르온은 그리 오래되지 않은 기억을 회상하며 작게 혀를 찼다. 알에서 부화한 아이를 조금 더 키워서 잡아먹을 요량으로 일부러 인간들이 사는 마을에 풀어놨다고 하던가. 하지만 그 과정에서 아이가 오히려 죽어버리자 그에 대한 분풀이로 인근 지역을 전부 폐허로 만들었다고 했다. 마족이 배회하는 것조차 불쾌해하는 형벌의 신에게 아주 정성껏 결투장을 보낸 셈이다. 역시나 그 한심한 마족은 천군에게 붙잡혀 친히 신계로 끌려갔다고 들었다. 태형 천 대와 꼬챙이에 꿰이는 형벌이 내려졌다고 하니 결코 살아 돌아오지는 못할 것이다.

데르온은 이번에도 그런 종류의 사건이 벌어진 거라 생각했다. 자주 있는 일은 아니지만 자크의 입장에선 지겨울 정도로 익숙한 일과 중 하나였다. 그럼에도 이렇게 화가 난 것을 보면 이번엔 도난당한 알의 숫자가 좀 많은 걸지도 몰랐다. 그러자 그런 생각을 비웃기라도 하듯이 자크가 코웃음을 쳤다.

"훔쳐? 흥, 그 정도 장난이라면 차라리 귀엽기라도 하겠군."

"예? 그럼…….”

"알이 전부 파괴됐다."

“……!”

한순간 데르온은 자신의 귀를 의심했다. 그는 하던 생각을 모두 멈추고 망연해진 얼굴로 고개를 들었다. 지금, 뭐가 어떻게 됐다고?

"방금 뭐라고 하셨습니까? 뭐가 어떻게 돼요?"

"알이 파괴됐다고 했다. 그것도 전부. 이번 번식기엔 유독 강한 알들이 많이 들어와서 다들 기대가 컸었지. 하지만 지금은 단 하나도 멀쩡한 게 없어."

"맙소사…… 그런 말도 안 되는 일이……."

벼락을 맞은 것 같은 충격에 데르온은 한 손으로 입가를 덮었다. 마족의 알을 관리하는 건 자크의 역할이지만, 종족의 존속을 지키는 일은 4대 공작 모두의 공통적인 책무였다. 그렇지 않아도 마족이란 종족은 타고난 성질이 워낙 거친 탓에 고위급의 일부를 제외하면 대부분 천수를 누리지 못하고 죽었다. 어느 종족보다 세대교체가 빠르게 이뤄지는 편이지만 그에 비해 번식은 지루할 정도로 느렸다. 이런 실정에서 알을 모두 잃었다는 건 매우 심각한 사건이었다.

"카르텐은 누구도 침범할 수 없는 금역 아닙니까? 자크가 하루 종일 지키고 있는데 어떻게 그런 일이 가능한 겁니까?"

떨리는 목소리로 묻는 말에 자크는 말없이 고개를 저었다. 그자신도 알 수 없다는 뜻이었다. 데르온은 애써 충격을 다스리며 간신히 물었다.

"마왕은, 전하께선 이 사실을 알고 계십니까?"

"글쎄, 알고 있지 않겠나? 아마 나보다 먼저 알았을 것 같은데."

"그게 무슨……."

의아해하던 데르온은 곧 얼굴을 굳히고 마른침을 삼켰다. 그말에 감춰진 의미를 파악했기 때문이었다.

"……설마 마왕 전하가 한 일이라고 생각하시는 겁니까?"

스스로 내뱉고도 심장이 서늘해지는 말이었다. 자크는 대답할 가치도 없다는 듯 조소를 지었다.

"마계에서 루카르엠 님의 자리가 공석이 된 건 이번이 처음이다. 마왕이 굳이 그분을 중간계로 내보낸 이유가 뭐라고 생각하나? 그의 눈이 없는 사이에 처리할 일이 있다는 뜻이겠지."

"하, 하지만…… 그건 너무 심한 억측이 아닙니까?"

"그런가? 하지만 난 그 외에는 달리 생각나는 것이 없는데 말이야."

"그럴 리 없습니다. 마왕은 단지 루카가……."

"내 앞에서 그분의 존함을 함부로 줄여 부르지 마라."

젠장, 지금 그런 걸 따질 때야? 서릿발 같은 경고에 데르온은 입술을 악물었다. 자크가 루카르엠의 열렬한 추종자라는 건 마계에서 모르는 자가 없을 정도로 유명한 사실이었다. 하지만 아무리 그래도 때와 장소는 가려야 할 것 아닌가! 물론 이런 말을 실제로 쏘아붙일 용기는 없었기에 데르온은 그저 속으로만 투덜거렸다. 광기에 찬 자크를 상대하는 건 루카르엠과 대화하는 것만큼이나 피곤하다는 진리를 이미 오래전에 터득했기 때문이다.

"……네, 아무튼 마왕이 루카르엠을 중간계로 보낸 건 단지 그가 제일 강하기 때문입니다. 상대가 다름 아닌 물의 정령왕인걸요."

"글쎄, 상황을 낙관하고 싶은 기분은 모르는 건 아니다만. 그러기엔 정황이 너무 확실하지 않나? 자네도 알다시피 부하 직전의 알은 매우 단단하지. 그것들을 전부 파괴할 수 있는 힘을 지닌 자가 마계에 몇이나 될 것 같은가? 만약 루카르엠 님이 마계에 있었다면, 그래도 알이 파괴됐을까?"

"……그건…….."

"아, 그러고 보니 이번 번식기에 들어온 알을 보며 루카르엠 님이 이런 말을 하신 적이 있었지. 이들 중에서 차기 마왕을 넘볼 만한 아이가 나올 것 같다고 말이야."

"……!"

그 말에 데르온은 크게 숨을 몰아쉬었다. 다른 사람도 아니고 루카르엠이 그렇게 말했다면 그건 거의 기정사실이나 다름없었다. 현 마왕인 카류드리안 역시 태어나기 전부터 루카르엠에게 특별한 주목을 받았다. 이미 유명한 이야기라 마왕이 모르고 있을 리가 없었다. 그의 귀에 이번 루카르엠의 발언이 들어갔다면? 결국 데르온은 자크의 추측을 인정하기로 했다. 카류드리안, 그가 차기 마왕의 탄생을 저지하기 위해 알을 전부 파괴한 것이다.

'맙소사, 어떻게 이런 일이…….'

카르텐은 마신의 영역이다. 그렇기에 마왕에게도 허락되지 않는 유일한 땅이기도 했다. 물론 그것을 무시하고 금역을 침범한 마왕은 예전에도 얼마든지 있었다. 왕좌는 4대 공작들을 비롯하여 주위를 끊임없이 견제해야 하는 위치다. 하물며 미래에 있을지 모를 새로운 도전자를 사전에 제거해 두려는 욕심은 당연히 있을 수밖에 없었다.

하지만 지금까지 거사를 진행한 마왕들은 전부 현장에서 루카르엠에게 발각돼 실패했다. 설령 운이 나빠 소실된 알이 있더라도 그건 수많은 알들 중 일부에 지나지 않았다. 지금처럼 모든 알이 파괴된 것도, 현장에서 범인이 발각되지 않은 것도 마계 역사상 처음 있는 일이었다. 데르온은 얼굴을 딱딱하게 굳히며 입을 열었다.

"노파심에 드리는 말씀이지만 혹여 마왕 앞에 설 생각이라면 그만두십시오. 증거도 없이 나섰다간 역으로 당신이 위험해질 겁니다."

금역에 침범한 마왕은 '마신의 순리를 거역하는 자는 참형에 처한다.'는 마계의 규율에 의거, 4대 공작의 심판 아래 죽임을 당하는 것이 관례였다. 하지만 그것도 어디까지나 확실한 증거가 있을 때의 이야기다. 아무리 사태가 위중하다 해도 마왕은 단지 심증만으로 추궁할 수 있는 대상이 아니었다. 그의 진심을 담은 충고에 자크는 가볍게 코웃음을 쳤다.

"흥, 나도 그렇게까지 멍청하진 않아. 루카르엠 님이 묵인하신 일을 굳이 들춰내 봤자 나만 개죽음당하겠지. 단지 자네도 마왕의 뜻에 동조하고 있는지 확인하고 싶었을 뿐이다. 아닌 것 같으니 이제 됐어. 자넨 내가 키워낸 아이 중에서 가장 아끼는 아이였거든. 내 손으로 죽이지 않아도 되어서 다행이야."

"……과분한 칭찬 감사하군요. 그런데 방금 전에 하신 말은 무슨 뜻입니까? 루카…… 아니, 루카르엠이 묵인했다니요?"

어리둥절해져서 묻는 말에 자크는 돌아서려다 말고 피식 웃었다.

"아주 간단한 이야기야, 데르온. 모든 비극적인 사건은 결코 우연히 발생하는 게 아니라는 거지. 잘 생각해 보게. 루카르엠 님이 고작 그런 명령 따위에 순순히 마계를 떠나신 것부터가 이상하지 않나?"

"자, 잠깐만요, 자크! 그럼 루카르엠은 이미 이 상황을 전부 짐작하고 있었다는 겁니까?"

"당연한 걸 묻는군. 이 마계 안에서 그분이 알지 못하는 일이 있을 것 같은가?"

"……."

데르온은 아무런 대답도 하지 못했다. 아니라고 하기엔 그의 본능이 먼저 인정하고 있었다. 루카르엠은 단 한 번도 정해진 자리를 이탈한 적이 없지만, 그럼에도 언제나 모든 일을 눈앞에서 본 것처럼 파악하고 움직였다. 세르피스가 말하고자 했던 것도 아마 그런 부분이었을 것이다. 자신이 마왕이었더라도 루카르엠이 신경 쓰여서 견딜 수 없었으리라. 살다 보니 그녀의 말에 공감을 할 때가 올 줄이야. 데르온은 속으로 헛웃음을 삼켰다.

"하지만 이해할 수가 없군요. 그가 왜 이런 일을 묵인한 겁니까? 이번 알에 차기 마왕이 있을지도 모른다면 더더욱 지켜야 하는 것 아닙니까?"

"글쎄, 그것까진 나도 알 수 없지. 다만 좋지 않은 예감이 들어."

자크는 혼잣말처럼 중얼거리며 멀거니 창밖을 응시했다. 그곳에 펼쳐져 있는 건 여느 때와 똑같은 정경들뿐이었다. 그가 실제로 보고 있는 것이 무엇인지 데르온은 전혀 짐작할 수 없었다. 혼란스러워하는 그의 기분을 이해한다는 듯, 자크가 그의 어깨를 두드렸다.

"마음 단단히 먹게, 데르온. 아무래도 이 마계에 곧 큰일이 벌어질 모양이니까."

제2화

1.

이동할수록 주변의 풍경은 점차 변해 갔다. 무성하던 밀림과 늪지대가 서서히 줄어들면서, 이제 눈앞에 보이는 것이라곤 온통 광활한 사막밖에 없었다. 알폰프 제국의 영토에 완전히 진입했다는 뜻이기도 했다. 국토의 대부분이 사막으로 되어 있다고 하더니 생각만큼이나 척박한 환경이었다. 바닥은 대부분 말라비틀어져 있었고, 시종일관 강한 모래바람이 불었다.

의외였던 건 이곳의 기후였다. 숲 안에 있을 때도 느낀 거지만 이곳의 온도는 예상했던 것보다 높지 않았다. 사막으로 들어가면 달라질 거라고 생각했는데 막상 진입하고 보니 조금 더 더워진 것 빼고는 거의 큰 차이가 없었다. 일교차가 크긴 했지만, 바닥이 건조한 것치고는 공기 중의 습도도 나쁘지 않았다.

보통의 사막이 이런 수준이라면 가장 기후가 좋다는 바론 사막은 굉장히 온화한 날씨일 것이다. 그쯤 되면 사막이라 불리는 것이 오히려 이상할 것 같은데, 당당하게 사막으로 표시되어 있는 지도를 보니 묘한 기분이 들었다. 마치 사막으로 존재하기 위해 사막인 기분이랄까.

"이제 알겠다. 여긴 타라 대륙이었구나."

사방에 끝없이 펼쳐진 사막을 보면서 시벨리우스가 중얼거렸다. 그는 긴 천으로 얼굴을 둘둘 감아 눈만 간신히 내보이고 있는 상태였다. 옆에 있는 이사나도 크게 다른 차림은 아니었다. 모래바람이 워낙 강렬해서 감쌀 수 있을 만큼 감싸다 보니 불가피한 선택이었다.

"타라 대륙?"

"내가 살던 시대의 지명이야. 여기서 가장 번성한 국가로는 라반 제국이 있었을 텐데. 혹시 알아?"

"아니. 근데 그걸 알아보겠어?"

"사막이니까."

사막이라서 알아본다고?

선뜻 납득하기 어려운 대답이었지만 난 대수롭지 않게 고개를 끄덕였다. 4천 년 전에도 여기가 사막이었나 보지, 뭐. 제국은 사라졌어도 지형은 그다지 변하지 않았나 보다. 하긴, 사막은 어지간히 부강한 나라라도 개간하기 힘든 조건이긴 했다.

"그러고 보니 지금 여긴 뭐라고 불려, 이사나?"

고대에도 대륙을 부르는 호칭이 있었으니 지금도 마찬가지일 것이다. 문득 떠오른 의문에 질문을 건네자 예상대로 이사나가 빙긋 웃으며 대답했다.

"롬 대륙이라고 해."

"롬?"

"응. 마스카, 아라투스, 롬, 이렇게 세 대륙으로 나뉘어. 그중 우리가 있던 곳은 마스카 대륙이고, 아라투스엔 마법 제국인 카터스가 있어. 아라투스와 롬 대륙은 거의 붙어 있어서 나라들 간 분쟁이 잦은 편이야."

"헤에, 그렇구나."

그제야 알게 된 정보들을 머릿속에 되새기며 나는 고개를 끄덕였다. 사실 아크아돈은 지구에 비해 많이 작은 편이기 때문에 대륙이라고 해도 그렇게 넓은 규모는 아니라 구분하는 의미가 없긴 했다. 어쩌면 사막 지대답지 않게 어중간한 기후를 갖추고 있는 이유도 그 때문일지 몰랐다. 그런 것치곤 보이는 광경만큼은 훌륭한 사막이었지만.

그즈음 우리 일정엔 커다란 변동이 생겼다. 제국 중심부까지 뱃길로 이동하려던 기존 계획을 철회하고 육로로 노선을 변경하기로 한 것이다.

원인은 우리가 타고 가야 할 배가 고장 났기 때문이었다. 풍랑에 휘말리는 바람에 돛대와 노가 완전히 파손되었다는데, 생각보다 상태가 심각해서 수리하는 데만 한 달은 족히 걸린다고 했다. 심지어 목적지까지 가는 유일한 배였다.

어느 정도 대기 시간을 감안하긴 했지만 그래 봤자 며칠 정도였지 한 달이나 같은 장소에 묶여 있을 생각은 없었다. 다음에 또 이런 일이 일어나지 않는다는 보장이 있는 것도 아니었다. 그때마다 계속 발이 묶인다면 계획했던 일정보다 늦어질 것이다. 이런 상황에서 육로로 전환하는 건 거의 불가피한 선택이었다. 물론 그렇다고 해서 딱히 마음에 드는 결정은 아니었지만.

"하아, 망했어."

지도를 바라보며 한숨을 푹푹 내쉬자 시벨리우스가 피식 웃으며 물었다.

"육로가 그렇게 오래 걸려?"

"말을 타고 가도 몇 년은 걸릴 거라고 했거든. 이미 대륙은 넘어왔으니까 그 정도는 아니겠지만."

"흠, 나도 지도 좀 볼 수 있을까?"

나는 순순히 시벨리우스에게 지도를 건네줬다. 받을 때는 몰랐는데, 이프리트가 준 알폰프 제국 지도는 지형 정보는 물론 길의 방향까지 기록된 세부 전도였다. 완전히 일치하는 건 아니라고 했지만 그래도 대강의 거리감은 파악할 수 있긴 했다. 지도에 표시되어 있는 육로는 항로보다 훨씬 긴 거리였고, 그것만 봐도 육로가 더 오래 걸린다는 건 기정사실이나 다름없었다. 그런데 잠시간 지도를 훑어 내린 시벨리우스가 뜻밖의 말을 건네 왔다.

"그냥 길이 아닌 곳으로 가면 될 것 같은데."

"응? 길이 아닌 곳?"

"애초에 인간들이 정해 둔 육로라는 건 그들을 기준으로 하는 거거든. 즉, 인간의 입장에서 안전한 노선이라는 거지. 우리가 굳이 그 방식에 따를 필요는 없잖아?"

"……!"

헐, 그러고 보니 그러네?

그제야 깨달은 사실에 어안이 벙벙해졌다. 왜 지금까지 그걸 생각하지 못했을까. 내내 지도를 보았으면서도 다른 경로는 한 번도 염두에 둔 적이 없었다. 당연히 지도에 표시된 대로 따라가야 한다고만 생각한 것이다.

내가 스스로 한계를 미리 정해 놓을 거라고 하더니, 그게 바로 이런 거였구나. 그동안 다른 정령왕들이 내게 해 왔던 충고와 염려들이 새삼스럽게 마음에 와 닿았다. 나름 정령의 생활에 많이 익숙해졌다고 생각했는데 아직도 갈 길이 먼 모양이다.

"보아하니 사막 한가운데나 몬스터 서식지는 전부 피해가는 노선인 것 같아. 여기만 그냥 돌파해도 길이 한결 짧아질 거야. 그럼 항로보다도 단축될걸?"

"으아~ 그럼 나 지금까지 삽질한 거야?"

"삽질? 재밌는 단어를 쓰네. 헛수고를 한 거냐는 뜻이냐면 딱히 그렇진 않아. 대륙을 건널 때 뱃길이 제일 빠른 건 사실이니까. 다만 지금부터는 육로가 더 나을 거란 거지. 내가 보기엔 시기적절하게 노선 변경을 잘 한 것 같아."

"정말? 하아, 다행이다."

벼랑 끝까지 몰렸다가 간신히 구명줄을 잡은 기분이었다. 나는 가슴을 쓸어내리며 안도의 한숨을 내쉬었다. 인생사 새옹지마라더니, 배가 고장 난 걸 다행으로 여기게 될 줄은 몰랐다. 하마터면 더 가까운 길을 놔두고 돌아갈 뻔한 것이다.

"잘됐다, 이사나. 육로가 더 빠르대."

"응!"

얼결에 잡은 행운이긴 하지만 기분이 급속도로 좋아졌다. 이사나의 얼굴 역시 기쁨으로 상기되어 있었다.

"후후, 그런 것보다 더 좋은 방법이 있을 텐데요?"

그 순간 눈앞의 공간이 일렁거리더니 불쑥 사람이 튀어나왔다. 루카르엠이었다. 이 마족은 왜 자꾸만 소리 소문 없이 나타나는 걸까. 순식간에 경계하는 일행들을 뒤로한 채 나는 가볍게 한숨을 내쉬었다.

"또 뭐예요, 루카르엠."

"자아, 이게 뭘까요?"

시큰둥한 내 반응에도 아랑곳없이 그는 생글생글 웃으며 품에서 뭔가를 꺼내 보였다. 그의 손에서 가볍게 흔들리고 있는 건 새카만 검집에 감싸인 장검이었다. 갑자기 무슨 엉뚱한 행동인가 싶어 어리둥절해하던 나는 문득 머릿속을 스치는 사실에 얼굴을 굳혔다. 아니나 다를까. 검신에서 진득한 마기가 흘러나오는 것이 느껴졌다.

"설마……."

"네, 바로 그 설마입니다. 보아하니 여러분이 찾고 계시는 게 이거랑 관련 있는 것 같더군요?"

루카르엠은 돌려 말하지 않고 바로 긍정했다. 내 예상이 맞았다. 정말 마검인 것이다.

아무래도 일전에 시벨리우스와 나눈 대화를 들은 모양이다. 장난기가 어린 얼굴을 보며 나는 살짝 신음을 흘렸다. 그에게 신세 질 생각은 없었건만, 막상 눈앞에서 존재감을 드러내고 있는 마검을 보니 마음이 몹시 심란해졌다. 이사나와 시벨리우스 역시 굳은 얼굴이었다. 루카르엠은 그 둘에겐 시선도 주지 않고 내 앞에 사뿐히 내려앉았다.

"그냥 여행 중이신 줄 알았지, 설마 마검을 구하고 계시는 줄은 몰랐네요. 진작 말하지 그러셨어요. 저한테 이런 거 엄청 많은데."

"……말하면 주긴 할 거구요?"

"물론 당연히 드려야죠."

"어? 정말요?"

"엘."

나도 모르게 솔깃해서 반응하자 시벨리우스가 바로 경고를 주듯이 불렀다. 하지만 그게 아니었더라도 나는 곧 정신을 다잡을 수밖에 없었다. 루카르엠이 내민 한 장의 종이 때문이었다.

"이게 뭐예요?"

"계약서입니다."

"계약서?"

"후후, 아무리 저라도 마검을 그냥 넘겨드리는 건 수지타산이 맞지 않아서요. 일종의 매매서라고 보시면 됩니다. 마검을 드리는 대가로 제 부탁을 한 가지 들어준다는 조건이랄까요."

"……기각."

그럼 그렇지. 그냥 처음부터 무시로 일관할 것을 괜히 상대해서 손해 봤다. 당황스러웠던 건 루카르엠의 반응이었다. 그는 내가 거절할 거라곤 전혀 예상하지 못했는지 단호하게 고개를 젓기 무섭게 자리에서 펄쩍 뛰어올랐다.

"아니, 왜요! 고작 부탁 하나일 뿐인데?"

"왜긴요. 그게 무슨 부탁일 줄 알고 덥석 계약을 해요? 심지어 상대가 마족인데."

"하지만 원래 이럴 땐 사정이 급한 사람 쪽에서 굽히고 들어오는 거 아닙니까? 뭐가 이렇게 태연해요?"

"사정이 급하다고 다 불리함을 감수해야 하는 건 아니거든요? 계약을 제시할 거면 부탁할 내용이나 정확히 밝히든가요."

"그치만 미리 다 밝히면 재미가 없잖아요!"

……그래, 덕분에 확실히 알겠다. 이 마족이랑은 절대 계약해선 안 된다는 걸. 잠깐 사이에 10년은 늙은 기분이다. 나는 크게

한숨을 뱉은 다음 얼른 사라지라는 뜻으로 손을 휘휘 내저었다.

"재미는 무슨 얼어 죽을. 됐으니까 다른 데 가서 알아보세요."

"와, 정말 너무하시네. 저 막 무리한 부탁 하고 그런 사람 아닙니다? 좋은 사람이거든요?"

"진짜 좋은 사람이 자기 입으로 그런 말 하는 거 봤어요?"

"네, 저요."

아아, 오늘도 날씨가 참 좋구나. 나는 뻔뻔하게 대꾸하는 목소리를 대놓고 무시하며 딴청을 피웠다. 이사나와 시벨리우스는 이미 한참 전부터 그를 없는 사람 취급하는 중이었다.

제아무리 위풍당당한 루카르엠이라도 자신에게 불리하게 돌아가는 분위기는 파악한 것 같았다. 그는 어쩔 수 없다는 표정을 지으며 어깨를 으쓱해 보였다.

"뭐, 좋습니다. 언젠가는 제 진가를 알아주실 테니까요. 그때 가서 후회하셔도 전 모릅니다?"

"후회 안 해요. 그보다 대체 언제까지 따라다닐 거예요? 이제 이만하면 충분하지 않나요?"

"무슨 섭섭한 말씀을. 아직 시작도 안 했습니다."

"……그거 왠지 무서운 말인데요."

"후후, 겁나십니까?"

"아뇨! 하나도 안 납니다만!"

"저런."

울컥해서 소리치자 루카르엠은 안타깝다는 듯이 혀를 찼다.

물론 표정은 전혀 안타까워 보이지 않았지만. 오히려 노골적으로 싱글싱글 웃는 낯이 어디를 봐도 이 상황을 즐기고 있는 모습이었다.

얄밉게 웃는 얼굴을 빤히 쳐다보다가 나는 고개를 절레절레 흔들었다. 이제 어느 정도는 파악할 만도 하련만, 여전히 무슨 생각을 하는지 알 수 없는 사람이다. 아마 이 마족에겐 영원히 익숙해지지 않을 것 같았다.

2.

그날 이후 루카르엠은 매일 지치지도 않고 마검을 들이밀었다. 딱히 계약이 목적이라기보다는 그냥 날 놀리는 것에 재미를 붙인 것 같았다. 단검의 형태부터 시작해서 대검에 레이피어까지, 제시하는 마검의 종류도 갖가지였다. 단 한 번도 같은 것이 겹치지 않는 걸 보면 그 말대로 보유한 마검이 많기는 한 모양이다. 누구는 한 개도 없어서 애타게 찾으러 다니는 걸 저렇게 많이 갖고 있다니, 세상은 정말 불공평하다.

그러나 하루도 멀다 하고 이어진 그의 마검 자랑은 전혀 엉뚱한 결과로 이어졌다. 다채로운 검의 자태에 자극을 받은 이사나가 돌연 검술 수련에 매진하기 시작한 것이다.

이사나는 이동하는 틈틈이, 잠자는 시간까지 쪼개가며 체력

훈련과 검 수련을 병행했다. 정령술만으로도 이미 충분한 것 같은데, 아무래도 원래 검을 익힌 몸이다 보니 검사로서 성장하고 싶다는 욕심은 버리지 못하는 것 같았다. 그리고 시벨리우스는 그 모습을 매우 흥미롭게 주시했다.

"흐음, 재미있네. 엘퀴네스의 계약자가 연달아 정령 검사의 길을 걷다니. 그들 사이에 내려오는 전통 같은 건가?"

"그게 무슨 소리야?"

"엘, 너도 정령 검사였거든."

무슨 소리인가 싶어 잠시간 두 눈을 깜빡였다가 나는 곧 그의 말을 이해했다. 나랑 닮았다는 과거의 '엘'에 대한 이야기인 모양이다. 최근 들어 잠잠하다 했더니 또 시작인가. 대체 언제쯤이면 나를 그 '엘'과 동일 인물로 취급하지 않을 건지 모르겠다. 이젠 아니라고 반박하는 것도 귀찮아서 나는 적당히 대화에 응수했다.

"엘도 검술을 배웠어?"

"응, 게다가 상당히 강했어. 검성의 경지에까지 올라갔으니까."

"검성?"

"검술을 완전히 터득해서 그 한계마저 벗어난 존재를 말해. 그 방면으로는 따라갈 사람이 아무도 없다고 할 수 있지. 모든 검사들의 목표일 거야."

"아, 혹시 소드 마스터를 말하는 거야? 검술로 최고의 경지에 오르는 사람은 그렇게 부르던데."

"그래? 지금은 그런 호칭으로 바뀌었나 보네."

무심코 고개를 끄덕이다 말고 나는 살짝 얼굴을 찌푸렸다. 시벨리우스가 너무 아무렇지 않게 말해서 바로 깨닫지 못했는데, 생각해 보니 그냥 간단하게 넘어갈 일이 아니었다. 정령왕과 계약하는 것도 엄청난 일인데 심지어 소드 마스터라니. 그 엘이란 녀석은 대체 어떻게 되어 먹은 인간이야? 아니, 그보다 정말 인간이긴 한 건가?

생각하지 않을 땐 괜찮은데, 한번 관심이 생기기 시작하면 이상하리만치 마음이 초조해진다. 건드리지 마. 건드리면 안 돼. 이유를 알 수 없는 경고가 계속해서 똑같은 말을 외쳤다. 그러나 머릿속을 울리는 경종과는 다르게 솟구치는 호기심을 막을 수가 없었다. 나는 잠시 망설이다가 슬쩍 시벨리우스의 눈치를 보며 물었다.

"……내가 정말 그렇게 엘이랑 많이 닮았어?"

"응? 아, 응. 머리카락 색이랑 눈동자 색만 빼면 판에 박은 듯이 똑같아. 분위기는 조금 다르긴 하지만."

"분위기?"

"그때의 너는 조금 아슬아슬한 느낌이었거든. 모두와 쉽게 친해지고 잘 어울리긴 하는데, 어딘가에 정착하지는 않는 듯한 기분? 마치 금방이라도 훌쩍 떠나버릴 사람 같았어. 왜 그런 건가 싶었는데 지금 널 보니까 알겠어. 아마 눈빛 때문이었을 거야."

의아하게 바라보자 시벨리우스는 회상에 빠진 듯 아련한 표정을 지으며 말했다.

"뭔가 공허하다고 해야 하나? 조금 외로워 보이는 눈이었어. 실제 성격은 밝고 명랑했으니까 그저 타고난 분위기였을지도 모르지. 아무튼 그 특유의 아슬아슬한 느낌 때문에 더 시선을 끌었던 것 같아."

"그, 그렇구나."

"하지만 개인적으로 나는 지금의 네 분위기가 더 좋아. 네가 드디어 안정을 찾은 것 같다는 느낌이 들거든. 날 기억하지 못하는 건 좀 서운하지만, 다시 태어난 덕분에 네 분위기가 이렇게 변한 거라면 이런 것도 괜찮다 싶어. 난 네가 행복한 게 더 좋으니까."

다정한 말에 가슴 한구석이 묵직해졌다. 타인의 행복을 위해 자신의 존재마저 지워지는 걸 감수한다는 건 어떤 기분일까. 지금 그 말만 들어도 그가 얼마나 엘을 소중하게 생각하는지 알 것 같았다. 내가 그런 사람으로 오해받는 것조차 미안해질 만큼. 목구멍까지 치솟아 오른 사과의 말을 삼키며 나는 간신히 다른 말을 내뱉었다.

"굉장히 많이 친했나 봐."

"그야 내 생애 첫 친구인걸. 넌 나한테 먼저 손을 내밀어준 유일한 존재야. 인간에 대한 선입관을 버리게 된 것도 다 네 덕분이었어."

"되게 좋은 녀석이었나 보네."

"단순히 그 정도가 아냐. 그냥 옆에 가기만 해도 힘을 얻는 기분이랄까? 마치 온몸으로 빛을 뿜어내는 것 같았지. 다른 사람들도 다 널 많이 좋아했어."

"다른 사람들?"

"응. 네 주위에 있던 사람들."

"……엘퀴네스도?"

엘뤼엔을 언급한 건 다분히 충동적이었다. 무심코 물어본 즉시 나는 곧바로 후회했다. 시벨리우스가 기다렸다는 듯이 고개를 끄덕였기 때문이다.

"당연하지. 그 냉정하고 무뚝뚝한 녀석이 넌 얼마나 살뜰하게 챙겼다고. 노골적으로 귀찮아하면서도 네가 부탁하는 건 다 들어줬어."

"그, 그렇구나."

"아마 그에게 그런 특혜를 받은 존재는 이전에도 이후로도 너밖에 없었을 걸? 단순히 계약관계 때문이라고 보기엔 그것을 넘어서는 깊은 유대감 같은 게 있었던 것 같아. 오죽하면 별명이 '아버지'였을까."

아버지.

예상치 못한 단어에 한순간 눈앞이 하얗게 점멸했다. 아마 가벼운 충격을 받은 것 같기도 했다.

"……아버지?"

"하하, 특이하지? 네가 그를 그렇게 불렀어. 엘퀴네스도 딱히 그 호칭을 싫어하는 눈치는 아니었고. 그래서 주위에선 대부분 너희를 부자(父子)로 알고 있었지."

"너, 내 아들 해라."

아직도 잊히지 않는 말이 다시금 귓가에 울렸다. 그 말을 떠올릴 때면 늘 뭉클해질 만큼 기분이 좋았던 것 같은데, 지금은 그저 먹먹하기만 했다.

그때 그가 그런 제안을 한 이유가 늘 궁금했었다. 왜 하필 아버지인지, 왜 그날 처음 보는 나를 아들로 삼으려 했는지. 아무리 생각해도 그럴 만한 이유가 없었으니까. 그런데 생각지도 못했던 곳에서 이런 식으로 해답을 얻게 될 줄은 몰랐다. 왜 '엘'에 대한 언급만 들으면 마음이 초조해졌는지 알 것 같았다. 바로 이걸 확인하고 싶지 않았던 거다.

지금 내가 무슨 표정을 짓고 있는 건지 모르겠다. 깍지 낀 두 손에 저절로 힘이 들어갔다. 당장이라도 이 자리를 벗어나고 싶은데, 끝까지 남아서 마저 이야기를 들어야 한다는 이중적인 마음도 같이 들었다. 이런 내 상태를 의식하지 못한 듯 시벨리우스는 신 난 얼굴로 떠들고 있었다.

"그러고 보니 네가 물의 정령왕이 됐다는 건 그 녀석은 이미 소멸했다는 뜻이겠구나. 하긴, 그 당시에도 이미 소멸할 시기가 가깝다고 듣긴 했지. 조금 아쉽네. 네가 자신의 후임으로 태어났다는 걸 알면 그 녀석이 무슨 표정을 지을지 궁금한데 말이지."

"……별로 아무렇지 않던데."

"응? 뭐라고?"

"아냐, 아무것도."

고개를 흔들자 시벨리우스는 의아한 표정을 지었다가 곧 다시 자신의 이야기로 돌아갔다. 전대의 엘퀴네스가 얼마나 괴팍한 정령왕이었는지, 그 때문에 계약자인 엘이 얼마나 고생했는지, 등등. 대부분 엘뤼엔에 대한 험담들 위주였다. 처음부터 정령왕에 대해 감정이 좋지 않아 보이더라니, 그와는 별로 사이가 좋지 않았던 모양이다. 하지만 난 그의 말을 거의 듣고 있지 않았다. 이미 내 머릿속은 엘뤼엔과 처음 만났던 그 순간으로 돌아간 지 오래였으니까.

그래, 그때 엘뤼엔은 정말 아무렇지 않은 표정이었다. 나란 존재 자체를 처음 보는 얼굴을 하고 있었다. 아들처럼 생각하던 존재와 똑같이 생긴 사람을 만나는데 감정을 전혀 비추지 않을 수 있다니. 아무리 엘뤼엔이 무뚝뚝한 편이라지만 조금 이해되지 않았다. 그때의 무심한 시선은 그저 반가운 기분을 숨기고 있었던 것뿐일까? 그게 아니면…… 아무리 닮아 봤자 내가 '엘'이 아니었기 때문이었을까.

"아, 그러고 보니 트로웰은 어때? 아직 그 녀석은 그대로 있지? 벌써 소멸할 시기는 아닌 것 같은데."

그 순간 귓가에 들려온 낯익은 이름에 퍼뜩 정신이 들었다. 나는 천천히 눈을 깜빡였다.

"트로웰?"

"응, 짧은 흑발에 금안을 지닌 소년의 모습이었을 텐데. 피부는 까무잡잡하고 약간 고양이 같은 눈매를 한."

"그렇긴 한데……."

"역시. 그럴 줄 알았어. 거참, 그런데도 네가 아무것도 모르고 있다니. 그 녀석이 과거의 일을 한 번도 언급한 적이 없단 뜻이겠지? 쯧, 대체 무슨 생각을 하고 있는 거야? 아무튼 기분 나쁜 놈이라니까."

"……저, 저기, 잠깐만. 왜 갑자기 여기서 트로웰 이야기가 나와? 설마 트로웰도 엘을 알아?"

설마 설마 하면서도 나는 또 묻고 말았다. 마음속 간절히 아니라는 대답을 바랐다. 하지만 이번에도 시벨리우스는 무정하리만치 단숨에 고개를 끄덕였다.

"그야 물론 알지. 네게 검을 가르쳤던 게 바로 그 녀석인걸."

"검을 가르쳐?"

"응. 네가 가르쳐달라고 부탁했고, 그 녀석 쪽에서 그걸 받아들였다고 들었어. 상당히 지독하게 훈련시켰다고 하던데. 그런데도 뭐가 그리 좋은지 네가 트로웰을 엄청 따랐어. 귀찮아하는데도 노골적으로 달라붙어서 나중엔 트로웰이 두 손 두 발 다 들었지. 그 더러운 성질머리가 나중에 가선 조금 나아졌는데, 그게

다 네 공헌이라고 보면 돼."

"……."

엘뤼엔에 이어 트로웰도 그와 인연이 있을 줄이야. 생각해 보면 그 역시 처음부터 내게 지나치게 친절했었던 것 같다. 눈이 마주쳤을 때 그가 지었던 반가운 표정은 오랜 가뭄이 끝난 덕분이라고 생각했는데, 아무래도 그 이유만은 아니었었나 보다. 아, 그리고 보니 날 처음 '엘'이라고 부르겠다고 한 사람도 아마 그였던가?

"……그래, 그랬던 거구나."

나는 조금 크게 숨을 내뱉었다. 충격을 크게 받았다고 생각했는데, 의외로 기분이 별로 나쁘진 않았다. 소중한 사람과 닮았다면 잘해 주게 되는 것은 당연한 일이다. 아마 솔직하게 말했어도 난 전부 이해했을 것이다. 그저 이왕이면 다른 사람의 입을 통해 듣게 하는 것보다 직접 말해 줬다면 좋았을 거라는 아쉬움이 남았다.

그런데 왜일까. 갑자기 주위가 차가워진 기분이 들었다. 빠르게 스며드는 한기에 어깨를 움츠리고 두 팔을 살짝 감싸 안았다. 난 분명 온도를 느끼지 못할 텐데 이상한 일이다. 그런 내 모습이 이상해 보였는지 한참 신이 난 얼굴로 떠들던 시벨리우스가 걱정스럽게 나를 바라보았다.

"엘? 왜 그래? 기분이 안 좋아 보여."

"으응, 아니, 아무것도 아냐."

억지로 웃으며 고개를 흔들었지만 분명 어색했을 것이다. 하지만 지금은 내 표정이 남에게 어떻게 보이는지 신경 쓸 정신이 없었다. 복잡하게 엉켜드는 감정을 추스르는 것만으로도 버거웠으니까.

'네가 정령왕이 아니었어도, 그들이 널 사랑했을까?'

언젠가 꿈속에서 들었던 목소리가 다시 내게 물었다. 마치 그 질문 자체가 지금의 나를 향한 대답 같았다.

틀어진 수레바퀴가 다시 제자리를 찾아가기 시작한다. 지금까지 나를 채워 나가던 것들이 한꺼번에 와르르 무너져 가는데, 나는 멍하니 지켜보는 것 말고는 아무것도 할 수 없었다. 그걸 내가 잡아도 되는 것인지조차 알 수가 없었기 때문이다. 그게 내심 허무하면서도, 조금 서글펐다.

*　　　*　　　*

엘뤼엔의 궁처는 오늘도 몹시 분주했다. 천사들의 품에 한가득 안긴 서류들이 처리하는 속도보다 더 빠르게 탁자 위에 쌓이는 모습은 이미 이곳에선 너무 익숙해진 광경 중 하나였다. 특히 최근엔 억지로 떠맡은 마계의 일까지 합쳐져 그야말로 숨 돌릴 틈도 없는 업무가 진행되는 중이었다.

그 살벌한 현장 한가운데, 나드엘은 천천히 두 눈을 천천히 껌뻑거렸다. 조금 전부터 이상하리만치 머리가 멍했다. 다른 천사들은 아직 그녀의 상태를 알아차리지 못한 상태였다.

"피를 나눠줬다?"

나직한 목소리가 청량한 울림을 담고 공기 중으로 퍼져 나갔다. 방금 전 올라온 보고서를 검토하던 엘뤼엔이 입을 연 것이다. 그저 간단한 반문일 뿐인데, 맞은편에 서 있는 천사들은 귓가에서 속삭이는 밀어라도 들은 것처럼 얼굴을 붉혔다.

외모가 빼어나게 아름다운 신은 많다. 하지만 그만큼 좋은 목소리를 가진 신은 없을 거라고 그들은 자부하고 있었다. 오죽하면 화가 나서 빈정거리는 목소리조차 너무 매력적이라 더 듣고 싶다고 생각할 정도였다. 물론 이 사실이 본인에게 알려지는 날에는 단순히 빈정거림으로 끝나진 않을 테지만. 그 사실을 상기한 천사들은 황급히 일에 집중했다.

"자주는 아닙니다만, 간혹 연회를 열어 베풀거나 치하하는 뜻으로도 피를 내렸다고 합니다."

"전부 인간의 피가 맞나?"

"예. 피의 질과 신선도를 보아 연령대는 대부분 이십 대 미만. 성년을 넘기지 못한 인간들의 것으로 보였다고 합니다."

톡톡.

엘뤼엔은 턱을 괸 자세에서 가볍게 손가락으로 책상 위를 두드렸다. 마음에 들지 않는 일이 생길 때 보이는 버릇이었다.

명계의 신 섀넌에게서 들은 언질에 따라 최근 그는 마계 내부에서 유통되고 있는 피에 대해 조사하고 있었다. 하지만 드러나는 정황마다 딱히 문제로 삼을 만한 것이 없었다.

마왕 카류드리안은 매우 노련한 자였다. 그는 대부분의 일을 공개적인 자리에서 처리했고, 어설픈 꼬리를 남기지 않았다. 주술의 흔적은커녕 그가 홀로 피를 독식하고 있다는 증거 역시 어디에서도 찾을 수 없었다. 의심스러운 부분이 있을 것 같으면 어김없이 합당한 부재증명이 함께 따라왔다. 뒤가 너무 깨끗해서 오히려 의심스러울 정도였다. 엘뤼엔은 문득 섀넌과 마지막으로 나눈 대화를 상기했다.

"단독 범행이라고 할 경우, 사태가 얼마나 심각한 거지?"

그저 최악의 상황을 가늠하기 위해 물었던 말이었다. 주신의 권능에 도전한다는 건 스스로 육신을 벗고 초월자가 된다는 걸 의미한다. 암흑 주술은 대개 질이 나쁘지만 유독 그 주술만이 금기로 정해진 건 그런 이유에서였다. 엘뤼엔의 질문에 섀넌은 진지하게 대답했다.

"흡수한 힘이 꽤 많긴 하지만 아직 그 정도까지 진행되지는 않았을 겁니다. 아마 지금쯤 변화하는 육체의 힘에 적응하지 못해 잠들어 있는 시간이 많을 테지요. 그 상태가 더 진행 되면 본격적인 탈피가 시작됩니다. 그렇게 되면 위험합니다."

"신이 된다는 건가?"

"그것도 그냥 신이 아닙니다, 엘뤼엔 님. 수천수만의 피를 삼키고 태어나는 악신입니다. 그 힘이 완성되면 주신의 권능에 필적하고도 남습니다."

주신이라. 엘뤼엔은 자기도 모르게 얼굴을 찌푸렸다.

주신은 모든 신들의 조물주이자 만물의 부모와 같은 존재다. 생명의 탄생과 죽음, 살아가는 것에 필요한 모두가 주신이 정한 규칙에 의해 돌아가는 것이라 해도 무방했다. 그런 그와 같은 힘이라면 아무도 악신에게 대항할 수 없다는 소리와 다름없었다.

그건 현재의 신계에는 매우 심각한 일이었다. 지금 이 세상은 주신의 부재 상태가 된 지 오래다. 그가 깊은 잠에 빠져 스스로 자신의 몸을 봉인했기 때문이다. 시기마다 새로운 신의 영혼이 창조되고 주신으로부터 공치사를 받기도 하지만, 그건 어디까지나 그가 남긴 힘의 흔적에 불과할 뿐, 진짜 주신의 본체는 어디에 있는지 아무도 알지 못했다. 이런 상황에서 악신이 태어나면 세상이 송두리째 그의 권속에 들어갈 것이 뻔했다.

문제는 그 사실을 증명할 만한 증거가 없다는 것이다. 마계는 정령계, 신계, 명계와 함께 4대 차원에 속하는 곳이다. 중간계와는 달리 4대 차원은 서로 동등한 조건하에 공생하는 관계이기에 아무나 함부로 개입할 수도, 오갈 수도 없었다. 그래서 문제가 생겨도 다른 쪽에서 파악하는 것이 늦고, 적극적으로 수습하는 것이 힘들었다. 정령계에서 벌어진 이상 현상을 신계에서 뒤늦게 파악한 것 역시 바로 이런 이유 때문이다. 신들 중에서 마계에 직접 간섭할 수 있는 건 모든 조건에서 자유로운 주신과 마계를 창조한 마신, 오직 그 둘뿐이었다.

"아참, 그러고 보니 한 가지 더 재밌는 사실을 알아냈습니다만."

게다가 섀넌이 암시한 건 그것만이 아니었다. 엘뤼엔은 급격하게 피로해진 눈가를 꾹꾹 문질렀다. 금기의 흔적 외에도 증거를 찾아야 할 것이 하나 더 있었다. 어떤 면에서는 악신의 탄생 전조보다 그의 심기를 더욱 거스르는 사안이었다.

"이번 대의 정령왕 엘퀴네스가 행방불명되었다가 돌아온 사건을 기억하십니까? 아, 하긴 워낙 유명한 일이라 모르실 리가 없겠네요."
"……그래서 할 말이 뭐지?"
"당시 영혼의 분배를 담당하던 자들을 전부 조사해 봤는데 말입니다. 그중 한 자에게서 최면이 걸렸던 흔적이 발견됐다더군요."
"최면?"
"모두가 공통적으로 증언하는 상황을 혼자 달리 기억하

고 있었습니다. 예를 들어 3이라는 숫자를 2라고 인식하고 있는 식으로 말입니다. 본인은 다섯 번째 통로로 향했다고 알고 있지만 실상은 두 번째 통로였던 거죠. 워낙 교묘한 왜곡이라 자세히 짚어 보지 않았다면 발견하지 못했을 겁니다. 지금까지 그랬던 것 같고요. 아마 꼬리를 밟아 가다 보면 더 나올지도 모르겠습니다."

"그렇다는 건……."

"저와 같은 생각을 하신 것 같군요. 솔직하게 말씀드리겠습니다. 전 누군가 고의적으로 엘퀴네스의 탄생을 방해한 것이라 보고 있습니다."

온몸의 피가 싸늘하게 식는 것 같았다. 흉흉하게 빛나는 엘뤼엔의 두 눈을 보며 섀넌은 말없이 웃었다. 그 역시 엘뤼엔이 정령왕 엘퀴네스를 양자로 맞이했다는 소문을 들은 것이 분명했다.

"범인은?"

"유감스럽게도 아직 추적 중입니다. 물론 짐작 가는 곳이 없는 건 아니지만 말입니다."

엘뤼엔은 섀넌의 말을 바로 이해했다. 엘퀴네스가 사라짐에 따라 아크아돈엔 큰 재앙이 일어났고, 그 틈에 수많은 아이들이 죽었다. 그리고 그 피가 모두 마계로 유통되었다. 이런 사실 속에서 짐작할 수 있는 상황은 너무도 뻔했다.

"마계의 짓이라고 보는 건가?"

"무대가 필요했겠지요."

"무대?"

"처음부터 피를 모을 작정으로 일을 벌인 겁니다. 순조롭게 유통할 수 있는 장소를 찾았겠죠. 가급적 생명력이 넘쳐 흐르는 땅, 그러면서도 신계의 감시가 덜 미치는 곳 말입니다. 그런 조건에서 보기에 아크아돈 만큼 최적의 장소가 없었겠지요. 단 하나, 정령왕의 존재가 방해가 되었겠지만 마침 세대교체가 일어나는 시기였죠. 오히려 그것마저 계산했을지도 모릅니다. 정령왕 하나의 탄생만 막아도 다른 정령왕들의 발까지 묶을 수 있을뿐더러, 아크아돈엔 재앙이 일어나게 되니까요."

물론 어디까지나 제 개인적인 소견일 뿐입니다. 설명이 이어질수록 점점 흉포해지는 엘뤼엔의 기세를 보며 섀넌은 서둘러 뒷말을 붙였다. 하지만 그것이 고작 소견 따위에 지나지 않는다는 건 섀넌도 엘뤼엔도 너무나 잘 알고 있었다.

"감히 내 아들을 희생양으로 삼았다……."

"예?"

그의 혼잣말을 들은 천사가 반응했지만 엘뤼엔은 대답하지 않았다. 이미 머릿속이 생각으로 꽉 차 있어, 주위의 반응을 인지하지 못하는 상태였다.

운명을 잘못 배정받은 영혼은 대체적으로 평탄하지 않은 삶을 보낸다. 그렇기에 굳이 일부러 엘의 전생을 알아보려 하진 않았다. 흉터는 지금도 그의 곳곳에 남아 있었고, 그것을 보는 것만으로도 충분히 불쾌했으니까. 그런데 심지어 그것이 누군가의 의도적인 술수로 벌어진 일이라니. 관련자들을 전부 잡아다 찢어발겨도 시원치 않을 것 같았다.

금기를 저질렀든 그렇지 않든 간에, 이 사실 하나만으로 마계는 징계를 면하지 못할 것이다. 하지만 이것 역시 증거를 찾기가 쉽지 않았다. 애초에 마족이 명계에 어떻게 접근했는지도 문제였다. 사자(死者)의 영역인 명계는 대차원 중에서 가장 은밀하며, 방문이 까다로운 곳이었다. 육체를 지닌 존재는 접근하는 것조차 불가능하기 때문이다.

신계에 속한 신족들조차 허가를 받지 않으면 명계인과 접촉할 수 없었다. 그 반대의 경우라도 마찬가지다. 애초에 그들의 몸은 영체이기 때문에 육체를 가진 자들의 눈에는 보이지도 않는 것이 정상이었다. 마족의 눈에도 당연히 그랬어야 했다. 그런데 그 당연한 규칙이 송두리째 흔들렸다. 어디서부터 어떻게 조사를 하고 알아봐야 하는지 생각하는 것만으로 머리가 온통 지끈거릴 지경이었다.

"……?"

그때 무심코 고개를 든 엘뤼엔의 시야에 한구석에 멍하니 서 있는 천사의 모습이 들어왔다. 솜사탕처럼 달콤해 보이는 분홍색 머리칼을 지닌 귀여운 얼굴의 소녀. 나드엘이었다.

"나드엘."

"……."

"나드엘?"

"네, 네?"

뒤늦게야 그의 부름을 들은 듯 화들짝 놀라서 대답하는 모습에 엘뤼엔은 얼굴을 찌푸렸다. 그와 동시에 정렬해 있던 다른 천사들의 얼굴이 파리해졌다. 업무 시간, 그것도 집무실 안에서 수행천사가 모시는 신의 부름에 즉각 반응하지 못한다는 건 아주 심각한 문제였다. 아무리 총애받는 나드엘이라도 가볍게 넘어갈 일이 아니다.

"왜 그러고 서 있지?"

"예? 아…… 죄송합니다."

"사과를 하라는 게 아니다. 무슨 문제라도 있는 건가?"

"아, 아뇨. 아무 문제도 없는데요……."

그러나 대답과는 다르게 나드엘의 두 눈은 여전히 흐리기만 했다. 본인조차 자신의 상태를 전혀 인식하지 못하는 것 같았다. 도리어 주위에 있던 천사들의 몸짓만 더욱 다급해져갔다. 그 모습을 잠시간 주시하던 엘뤼엔이 곧 무언가를 떠올린 얼굴로 허공을 손으로 쓸었다. 그러자 손이 스쳐 지나가는 자리에 거대한 화면이 생겨났다.

화면을 가득 채우고 있는 것은 엘 일행들의 모습이었다. 얼마 전까지만 해도 바다 위에 있더니, 어느새 장소를 옮겼는지 지금은 사막 한가운데에 들어가 있었다. 여느 때와 별 다를 것 없는 평화로운 광경에 엘뤼엔의 굳은 얼굴이 조금 풀어졌다. 다행히 위급한 일이 생긴 건 아닌 듯했다.

신족은 자신이 모시는 신의 감정에 강하게 교감한다. 궁처의 천사들이 서로 비슷한 성격을 지니게 되는 것도 그러한 영향이 크다고 할 수 있었다. 그러나 나드엘의 경우엔 탄생 과정에서 엘의 영향을 받은 탓에 그의 감정에도 함께 교감했다. 즉, 나드엘이 이유 없는 행동을 한다는 건 엘의 심리가 그만큼 불안해졌다는 뜻이다.

영상 가득 비치는 그의 아들은 누군가와 대화를 나누고 있었다. 그제야 그 옆에 있는 낯선 존재에 시선이 미쳤다. 푸른색 피부에 은발, 불쑥 솟아오른 귀가 몹시 튀는 사내였다.

"저건……."

사내를 발견한 엘뤼엔의 두 눈이 가늘어졌다. 아무리 정교한 변신이라도 신(神)인 그의 눈까지 속이진 못한다. 겉모습은 블루 엘프였지만, 사내의 정체는 틀림없는 성마였다. 그것도 상당히 강한 편인.

'아직 지상에 남은 성마가 있었나.'

한때 유니콘이라 불린 그들 일족은 지금은 신계에 편입한 지 오래된 상태였다. 이후에 중간계에 다시 내려간 성마는 없으니 아마도 편입할 당시에 남은 자일 것이다. 하지만 그런 것치곤 영상에 비치는 사내는 지나치게 젊었다.

"사나엘."

그의 부름에 기다렸다는 듯이 천사 하나가 조용히 나타났다. 업무에 바쁜 엘뤼엔을 대신해서 엘 일행을 간간히 살피라 일러둔 천사였다.

"저건 뭐지?"

"얼마 전부터 엘퀴네스 님의 일행에 합류한 자입니다. 시간의 봉인진 안에 갇혀 있다가 엘퀴네스 님 덕분에 최근에 풀려난 것으로 보입니다."

이미 보고를 준비해 두고 있었는지 사나엘이 막힘없이 질문에 답했다. 시간의 봉인진에 갇혀 있던 성마라, 그렇다면 젊은 이유도 이해가 됐다. 엘뤼엔은 심드렁하게 고개를 끄덕이며 물었다.

"성향은 어떻지? 엘을 방해하거나 귀찮게 할 만한 여지는 없나?"

"성정이 나쁜 편은 아닙니다. 다만 기억에 조금 문제가 있는 자 같습니다."

"자세히 말해 봐."

"물의 정령왕이 인간과 계약한 건 이번이 최초입니다. 그런데 저자는 4천 년 전에 이미 엘퀴네스와 계약한 인간이 있었고, 그와 친분이 있었다고 주장하고 있습니다. 심지어 그 자가 지금의 엘퀴네스 님과 똑같은 얼굴이었다고 합니다."

"똑같은 얼굴?"

"네, 그래서 엘퀴네스 님을 그자의 환생이라 여기는 것 같습니다."

어처구니없는 이야기에 엘뤼엔은 얼굴을 찌푸렸다. 정령왕이 전생을 지니지 않는다는 건 수명이 긴 종족이라면 대부분 알고 있는 사실이다. 하물며 신족에 가까운 성마 일족이 이 사실을 모르고 있을 리가 없었다. 엘이 조금 특별한 경우긴 했지만, 사실 그것도 기록되지 않은 인생이기 때문에 그냥 꿈을 꾼 것이나 마찬가지였다.

무엇보다 4천 년 전이라면 엘뤼엔 그 자신이 엘퀴네스였을 시절이다. 하지만 그는 인간과 계약을 하기는커녕 소환된 일조차 없었다. 아무리 오랜 세월이 흘렀어도 그런 사실까지 잊었을 리는 없다. 하물며 자신을 소환한 인간이 엘과 닮았다면 더더욱.

"봉인된 충격이 컸던 모양이군. 헛소리를 하는 걸 보니."

심리가 흐트러진 게 그 때문이었나.

대강 어떤 상황인지 짐작은 갔다. 아마 엘 역시 그의 주장을 듣는 순간 거짓이라는 걸 알았을 것이다. 굳이 역사서를 살펴보지 않더라도, 그 정도 사실쯤은 몸에 새겨진 감각을 통해 본능적으로 알 수 있으니까.

하지만 그는 아직 정령왕의 본능을 완전히 일깨우지 못했다. 그 때문에 자신의 판단을 확신하는 것도, 의견을 당당히 피력하는 것에도 조금 약한 편이었다. 그런 상태에서 누군가 자신이 아는 것과 다른 역사를 말하면 혼란스럽기는 할 것이다. 물론 기록된 사실이 분명하니만큼 그리 오래 휘둘리지는 않을 터였다.

'크게 걱정할 일은 아닌가.'

엘뤼엔은 속으로 중얼거리며 다시금 성마의 모습을 훑어보았다. 그의 주장대로라면 당시의 자신과도 안면이 있었다는 말이 된다. 하지만 아무리 생각해도 기억에 없는 얼굴이었다.

"알아보시겠습니까?"

"아니."

사나엘의 질문에 엘뤼엔은 바로 고개를 저었다. 엘을 주시하는 시선에서 불순한 의도는 읽히지 않았다. 본인은 진심으로 그렇게 믿고 있는 것 같았다. 기록된 사실과 다른 주장을 하는 성마라니 흥미가 일기는 했다. 그러나 단지 그것뿐, 다른 감상은 전혀 떠오르지 않았다. 하물며 스쳐 지나간 인연이라도 있었다면 이렇게까지 아무 느낌이 없지는 않을 것이다. 그것만 보아도 주어진 진실은 명백했다.

"난 모르는 자다."

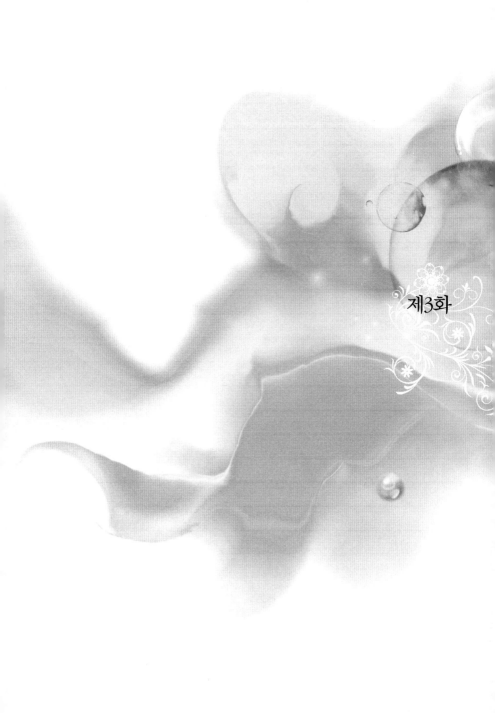

제3화

1.

삶은 노른자처럼 퍽퍽한 모래바닥은 제국 안쪽으로 들어갈수록 점점 더 건조해졌다. 곳곳에 오아시스와 샘이 있긴 했지만 워낙 작은 규모라 수풀은커녕 작은 나무조차 제대로 자라지 못했다. 그나마 다행인 건 제국 전반을 가로지르는 큰 강줄기가 있다는 사실이었다. 그 근방으론 거대한 숲과 평야도 곧잘 형성되어 있었다. 사람들이 사는 지역 역시 마찬가지였다.

강과 가까운 거리일수록 마을의 규모도 달라졌다. 성벽은 더 크고 견고해졌고 내부도 훨씬 넓어졌으며 주민들은 이방인을 경계하지 않았다. 그러던 중 우연히 지나게 된 소레타라는 곳은 지금까지 거친 마을들 중에서 가장 경관이 화려했다. 거리는 활기차고 생동감이 넘쳤으며, 잘 정비된 길 위엔 거대한 건물들이 즐비하게 늘어서 있었다. 대륙을 건너온 이후 처음으로 맞이하는 제대로 된 마을이었다.

"꽤 큰 마을이네요."

"그러게. 여기라면 좀 더 다양한 향신료를 구할 수 있겠는걸?"

"그럼 모처럼 온 김에 잠깐 상가를 돌아볼까? 어차피 부족한 비품들도 새로 구입해야 하니까."

내 제안에 이사나와 시벨리우스는 흔쾌히 고개를 끄덕였다. 몇 날 며칠 황량한 사막의 풍경만 보다가 오랜만에 번화가에 와서 그런지 둘 다 들뜬 기색이었다.

우리는 그 길로 곧장 상가를 찾아 걸음을 옮겼다. 마을은 주택을 비롯한 상가가 밀집된 지역과, 수풀과 경작지가 펼쳐진 지역으로 분류되어 있었다. 각 경작지 쪽으로는 드문드문 거대한 저택이 세워져 있었는데, 아마 그곳에 소유주가 사는 것 같았다. 평소라면 그저 스쳐 지나갔을 정경이었지만 문득 한 광경이 눈에 띄었다. 까무잡잡한 피부를 지닌 난쟁이들이 우르르 몰려다니는 모습이었다.

"어?"

"응? 왜 그래, 엘?"

"어, 아니, 그냥……."

난쟁이들은 싹이 자라고 있는 밭을 마구잡이로 뛰어다니고 있었다. 일꾼들이 본다면 기함을 할 광경이었지만 근처에 있는 누구도 그들을 제지하지 않았다. 아마 그 사실조차 까맣게 모르고 있을 것이 분명했다. 그들은 땅의 정령인 '놈'이었으니까.

오히려 일꾼들 입장에선 놈이 뛰어다닐수록 좋은 일이었다. 땅의 정령이 발을 구르는 곳은 토지가 더 비옥해지기 때문이다. 실제로 놈이 짓밟을 때마다 싹 잎이 더 생생하게 살아 올랐다.

경작지에 땅의 정령이 있는 건 너무 당연한 일이라 새삼스러울 것도 없었다. 내가 주목한 건 놈의 분포도였다. 보통 같은 조건의 토지라면 땅의 정령들 역시 비슷한 숫자로 골고루 분배되어 있는 것이 정상이다. 그런데 이곳에선 이상하리만치 대부분의 놈들이 한 곳에 몰려 있었다.

'유독 저곳에만 땅의 정령들이 많네?'

그것도 그냥 많은 정도가 아니라 매우 심하게 많았다. 이곳보다 기후가 훨씬 좋은 스왈트 제국과 비교해도 월등할 정도였다. 그래선지 다른 곳에 비해 그 밭의 경작물만 풍성히 자라 있었다. 아마 수확물의 품질도 훨씬 뛰어날 것이다.

"특이하네. 땅의 정령들이 왜 저 밭만 편애하지?"

그때 내 옆에서 시벨리우스가 중얼거리는 소리가 들렸다. 나는 조금 놀라서 그를 돌아보았다. 정령의 인장도 알아보더니 자연체 상태인 정령들도 보이는 건가 싶어서였다.

"알아보겠어?"

"정확히 정령의 모습이 보이는 건 아냐. 그냥 다른 곳보다 유달리 대지의 힘이 강하다는 것만 느낄 뿐. 게다가 저 밭만 유독 작물이 잘 잘라고 있기도 하고."

"그렇구나. 응, 맞아. 아마 저 밭의 관계자 중에 땅의 정령사가 있는 것 같아."

"헤에, 땅의 정령사? 이곳 타라 대륙에서?"

시벨리우스가 놀라는 건 당연했다. 사실 나도 조금 의외라고 생각했으니까. 보통 정령사의 속성은 자신이 사는 곳의 환경에 영향을 많이 받는다. 예를 들어 불의 기운이 강한 곳에서 자란 정령사는 불의 속성을 갖기 쉽다. 가뭄이 이어지는 동안 물의 정령사가 태어나지 않은 것도 바로 이 때문이었다. 같은 이유로 사막에선 땅의 정령사가 태어나기 힘들었다. 토지가 비옥하지 않다는 건, 땅의 정령의 숫자가 그만큼 적다는 뜻이었으니까.

"하긴 벌써 4천 년이나 흘렀으니까. 이제 다시 원래대로 회복되려는 건가 보네."

"원래대로?"

"여긴 내가 살던 시절엔 사막지대가 아니었거든."

"그렇…… 어? 사막이 아니었다고?"

"응, 오히려 대륙 중에서 가장 살기 좋은 땅이었어. 유달리 바람의 기운이 강한 편이라 바람의 대륙이라고 불리긴 했지만."

"그치만 사막이라서 알아본 거 아니었어?"

나는 조금 어리둥절해져서 물었다. 분명 처음에 그가 이 대륙을 언급했을 땐 사막이라서 알아봤다는 인상을 강하게 받았으니까. 시벨리우스 역시 무슨 뜻인지 알아들었는지 바로 고개를 끄덕였다.

"직접 확인했던 건 아니고, 그냥 소문을 들었어."

"소문?"

"타라 대륙이 트로웰의 저주를 받아서 사막으로 변했다는 소문."

"……!"

헐, 이건 또 무슨 소리야?

전혀 예상하지 못했던 말이라 나는 눈을 크게 부릅떴다. 이사나는 너무 놀란 나머지 딸꾹질을 하고 있었다. 그 반응이 재밌었는지 시벨리우스가 피식 웃었다.

"눈앞에 사막이 끝없이 펼쳐져 있는 걸 보니까 그 소문이 사실이었구나 싶더라고. 그 당시에도 사막이 없었던 건 아니지만 이렇게 대륙 대부분을 차지하는 규모는 아니었거든."

"진짜 원래는 멀쩡한 땅이었다고? 그런데 트로웰이 이렇게 만들었단 말이야?"

"응, 생각해 보면 이곳만 유달리 사막인 게 이상하지 않아? 자연을 관장하는 정령왕들이 있는데도 이렇게 버려진 땅이 있다는 게 말이야."

"어, 그, 그렇긴 한데……."

듣고 보니 맞는 말이라 나는 말끝을 흐렸다. 사실 아크아돈은 사막이 없는 것보다 존재하는 것이 더 어려운 환경이었다. 마음만 먹으면 모래도 흙으로 바꿀 수 있는 정령왕이 있으니까.

게다가 바로 얼마 전엔 대대적인 재생의 시기까지 거친 참이었다. 4개 속성 모든 정령들이 합심해서 아크아돈의 재건에 힘쓰던 시기. 오랜 가뭄 때문에 상당히 많은 땅들이 사막화되어 있었지만 그 기간 동안 황폐한 토지들 대부분이 비옥토로 바뀌었다. 그럼에도 여전히 이곳이 사막이라는 건 일부러 그렇게 남겨뒀다는 소리였다.

하지만 아무리 기억을 되짚어 봐도 내가 특정 지역에 물을 제한한 적은 없었다. 다른 대륙에서와 똑같이 물을 뿌리고, 강을 텄던 것 같다. 하지만 이곳의 토지는 대부분 습기가 없이 마르고 퍼석하기만 하다. 땅 쪽에서 물을 머금지 않는다는 뜻이다. 그저 사막이라서 그런 것이려니 했는데 오히려 그 반대였던 모양이다. 땅이 그렇기 때문에 이곳이 사막이 된 것이다. 이게 사실이라면 사막치고 온화한 기후도 전부 설명된다. 머리로는 모든 정황이 금방 파악됐다. 비록 심정적으론 받아들일 수 없었지만.

"저기, 트로웰이란 게 내가 아는 그 트로웰 맞아? 다른 트로웰이 아니고? 예를 들어 그 전대의 트로웰이었다든가?"

"아니. 내가 살던 당시에 있었던 일이니까 지금의 트로웰이 한 일 맞아."

"……."

한 치의 망설임도 없이 곧장 들려오는 대답에 머릿속이 다시 혼란스러워졌다. 나를 보며 다정하게 웃던 얼굴이 떠올랐다. 가끔 엄격할 때도 있긴 했지만 기본적으로 친절하고 상냥한 성품이었다. 아무리 생각해도 내가 아는 그와는 심상이 매치되지 않았다.

"트로웰이 왜 그런 저주를 내렸지?"

"으음, 사람 하나 잘못 배출한 죄라고 해야 하나. 일종의 연대책임을 진 거라고 보면 돼."

"그게 무슨 소리야?"

"나도 자세한 상황은 잘 몰라. 대강 듣기로는 바람의 왕과 관계된 것이었는데……."

"바람의 왕? 미네르바 말이야?"

곧 이어진 설명에 나는 다시 놀랄 수밖에 없었다. 당시 미네르바가 사랑하던 인간에게 배반을 당하는 사건이 일어났는데, 그 사실에 분노한 트로웰이 그자를 응징하기 위해서 땅에 저주를 내렸다는 것이다.

"그 배신자가 타라 대륙 출신이었거든."

덧붙이는 말을 들으며 나는 흐릿한 기억을 더듬었다. 그러고 보니 언젠가 그 비슷한 이야기를 들었던 것도 같다. 물욕에 눈이 멀어 미네르바를 능멸했다는 어느 남자에 대한 이야기 말이다. 결국 그자는 모든 것을 다 잃고 처참하게 삶을 마감했다고 했던가? 그때만 해도 머나먼 옛날이야기를 듣는 기분이었는데 그로 인한 결과가 눈앞에 있으니 불현듯 현실감이 들었다.

저주까지 내리다니, 정말 엄청나게 화났었나 보구나. 하긴 그 이야기를 했을 당시에도 트로웰은 기분이 좋아 보이지 않았다. 내겐 그저 흥미로운 과거 일화 중 하나에 불과했지만, 그에겐 크나큰 상처로 남은 기억인 것이다. 4천 년이 지난 지금까지 그 저주가 남아 있을 정도로.

사정을 알게 되니 혼란도 한층 가라앉았다. 다소 과격하긴 하지만 그렇게 한 심정은 충분히 이해됐다. 그 시절을 겪지 않은 나도 화가 나는데 직접 옆에서 지켜본 트로웰의 심정은 이루 말할 수 없었을 것이다. 초록은 동색이라더니, 아무래도 그의 입장에 좀 더 감정이 이입되는 건 어쩔 수 없는 것 같았다.

그나마 다행인 건 이제 그의 마음이 어느 정도는 괜찮아진 것 같다는 점이었다. 땅의 정령사가 태어났다는 것은 그만큼 대지의 기운이 강해졌단 뜻이다. 트로웰이 이 지역을 신경 쓰고 있다는 증거였다. 이미 처음부터 그 사실을 짐작한 바 있던 시벨리우스가 불만스럽게 투덜거렸다.

"4천 년이 지나서야 용서하다니, 그놈의 뒤끝 한 번 길기도 하지. 심지어 인간의 문명은 한 번 멸망하기도 했다며. 그럼 관련된 혈통이고 뭐고 이젠 아무것도 남아 있지 않을 텐데 그걸 지금까지 끌어오고 있을 건 뭐람. 아무튼 성격하고는."

"아하하, 정령계에만 있어서 시간이 이렇게 흐른 걸 몰랐던 게 아닐까? 어쩌면 잊고 있었다거나."

"설마. 장담하지만 전부 다 똑똑히 기억하고 있을걸? 일부러

방치해 둔 게 틀림없어. 그래도 좀 의외긴 해. 동료를 위해 이렇게 오랫동안 분노하고 있다니. 그 녀석에게 그런 의리가 있을 줄은 몰랐어."

"트로웰이 뭐가 어때서?"

"아무한테도 관심 없잖아, 그 녀석. 엘퀴네스가 그저 냉정하고 무심한 편이라면 그 녀석은 타인 그 자체를 경멸하는 느낌이랄까. 심지어 같은 정령들에게조차 무자비할 정도니까. 말수도 적지, 도대체 무슨 생각을 하는지도 알 수 없고. 한마디로 표현하자면 어디에도 속하지 않는 이단아 같은 느낌?"

"……누가? 트로웰이?"

"응."

단호하게 고개를 끄덕이는 모습에 나는 잠시 할 말을 잊었다. 저주라는 단어를 들었을 때도 그랬는데, 이번에도 뭐라 표현할 수 없는 위화감이 느껴졌다. 내 표정이 이상했는지 시벨리우스가 의아하다는 얼굴로 바라보았다.

"왜 그래, 엘?"

"으음, 왠지 네가 하는 말을 듣고 있으면 내가 아는 사실과 다 조금씩 다 어긋나는 것 같아. 혹시 다른 사람을 그랑 착각하고 있는 거 아냐?"

"아니, 트로웰 맞아. 외형도 네가 확인해 줬잖아?"

"그치만 네 설명으론 너무 심하게 배타적인 느낌인걸. 내가 아는 트로웰은 전혀 그렇지 않아. 얼마나 친절한데."

"너한테만 그런 게 아니고?"

"어? 나한테만?"

"말했잖아. 그 녀석 너 만난 이후로 성격 많이 좋아졌다고. 그때도 유독 너한테 약하긴 했어. 아마 다른 사람한테는 전혀 다른 모습일걸?"

"……."

일순 목구멍이 막힌 것처럼 말이 나오지 않았다. 시벨리우스의 말을 부정하기엔, 나는 내가 없을 때의 그에 대해선 아는 것이 아무것도 없었다.

그러고 보니 언젠가 라피스에게서도 이런 말을 들은 적이 있었던 것 같다. 내가 아는 모습이 그의 전부는 아닐 거라고 했었지. 그땐 그저 그런가 보다 하고 넘어갔을 뿐, 별로 신경 쓰지는 않았는데 지금은 그 사실에 조금 화가 났다. 그를 위해 준비하고 있던 수많은 변명들이 전부 한순간에 쓸모없는 휴지 조각이 된 기분이었다.

"아니에요, 시벨 님. 트로웰 님은 저한테도 친절하셨어요."

때마침 옆에서 듣고 있던 이사나가 나서서 거들어주는 덕분에, 나는 우울해지려던 기분을 간신히 붙들 수 있었다. 그의 말에 시벨리우스가 눈살을 살짝 찌푸렸다.

"뭐야, 너도 그 녀석을 만났어?"

"네, 트로웰 님의 유희에 한동안 신세진 적이 있었거든요. 덕분에 위험한 순간도 무사히 넘겼고요."

"그래? 그 녀석이 웬일…… 자, 잠깐! 유희? 지금 유희라고 했어? 정령왕으로서 만난 게 아니라 다른 신분으로 위장한 트로웰을 만났단 소리야? 그 녀석이 인간들과 어울려 다닌다고?"

빠른 속도로 연거푸 되묻는 시벨리우스의 얼굴은 경악으로 일그러져 있었다. 이사나에게 친절하게 대했다는 것보다 그가 유희를 한다는 사실에 더 큰 충격을 받은 것 같았다.

"용병으로 지내고 계세요. 동료들과도 굉장히 친해 보이시던데요."

"그게 정말이야? 말도 안 돼! 그 독선가가 인간들과 어울리다니! 정말 개과천선이라도 한 건가? 세월이 무섭긴 무섭구나."

"그렇게 많이 변하신 거예요?"

"아까도 말했잖아. 정말 답 없는 꼬맹이였어. 아, 그래. 그 녀석이 예전에 무슨 짓 하려고 했는지 기억 안 나지, 엘? 그때 무슨 일이 있었냐면……."

"……그런 거 내가 알 바 아니잖아."

"어?"

얼빠진 듯한 음성에 퍼뜩 정신이 들었다. 고개를 들자 시벨리우스와 이사나가 당황한 표정으로 나를 바라보고 있었다. 이런, 나도 모르게 속마음을 그대로 뱉어버리고 만 모양이다. 나는 황급히 웃으며 말했다.

"미안, 이 얘기는 이제 그만 하자. 자리에 없는 사람을 험담하는 것 같아서 내키지 않아."

"아, 으응."

다행히 어색한 분위기는 오래 이어지지 않았다. 화제는 곧장 다른 쪽으로 옮겨 갔고, 우리는 다시금 화기애애해져서 대화를 나눴다. 하지만 노골적으로 싫은 기색을 비춘 탓인지 그 뒤로 시벨리우스는 과거에 대한 언급을 자제하는 듯 보였다. 뭔가 하고 싶은 말이 생겨도 곧바로 입을 다무는 모습을 종종 발견할 수 있었다. 그것이 미안하면서도 한편으론 그의 말에 흔들리지 않아도 된다고 생각하니 다행스러웠다. 그런 내 모습에 혐오감이 일었다.

"진짜 싫다……."

이런 감정은 익숙하지 않다. 적어도 강지훈이었을 땐 처음부터 주어지지 않았을지언정, 내게 쏟아지는 온정을 의심해 본 적은 없었다. 그렇다고 모든 진실을 똑바로 확인할 용기를 지닌 것도 아니다.

가슴이 답답해지는 것 같아 한숨을 내쉬었다. 이럴 때 내가 무엇을 어떻게 해야 하는지 누군가 알려주기라도 했으면 좋겠다. 혼자서는 아무것도 결정하지 못하는 어린애가 된 기분이었다.

2.

소레타의 상가는 기대했던 것 이상으로 넓었다. 게다가 마침 큰 장이 서는 날이라 거리마다 다양한 좌판들이 가득 늘어서 있었다. 특히 이름도 알 수 없는 향신료 종류가 많았는데, 이것이 시벨리우스가 지닌 요리사의 혼을 불태운 듯했다. 그는 온갖 좌판을 돌아다니며 향신료의 종류와 쓰임새를 분석하는 것에 몰두했다. 덕분에 잠깐 들리기로 한 계획은 한없이 늘어져 벌써 몇 시간째 이어지고 있었다. 말려 볼까도 싶었지만 제 세상이라도 만난 듯이 한없이 기뻐하는 모습을 보니 차마 그럴 수도 없었다. 아무래도 오늘은 꼼짝없이 이곳에서 하룻밤 묵어가야 할 듯했다.

그가 향신료에 정신이 팔린 동안 나는 이사나와 함께 느긋하게 시장을 구경했다. 향신료만큼이나 좌판을 채우고 있는 건 다양한 장신구와 보석들이었다. 이사나의 말에 의하면 알폰프 제국은 대륙에서 가장 큰 다이아몬드와 금맥을 보유하고 있다고 했다. 그 때문에 척박한 환경이면서도 현존하는 제국들 중에서 제일 부강하다는 평을 받는 것 같았다.

하지만 무엇보다 이사나가 부러워한 건 이곳의 제련 기술이었다. 땅에서 얻어낼 만한 게 광물밖에 없어서 그런지, 알폰프 제국의 대장장이들은 금속을 다루는 솜씨가 매우 뛰어났다. 대륙에 유통되는 품질 좋은 철기는 대부분 이곳에서 생산된다고 해도 과언이 아닐 정도였다. 당연히 무기 제작 수준도 매우 뛰어났다. 다만 이곳에선 검보다 도의 보급률이 훨씬 높은 데다가 모양 자체도 특이하게 날이 휘어 있거나 변형되어 있는 것이 보편적이었다. 그 때문에 이사나는 대장간 앞을 지날 때마다 몹시 아쉬워했다. 그가 익히고 있는 무술은 온전히 검에만 맞춰진 것이었기 때문이다.

"하핫, 마스카 대륙에서 오신 모양이구만? 이곳에서 검을 찾는 사람들은 대부분 그쪽 출신이지."

호탕하게 웃는 대장장이를 향해 이사나는 어색하게 고개를 끄덕였다.

"미안해서 어쩌지? 단검 정도라면 모를까, 이 지역에선 장검은 제작하지 않거든."

"괜찮습니다. 어쩔 수 없죠."

"다른 건 찾는 게 없으신가? 갑옷이나 방패라든지. 그 밖에 체력 훈련에 필요한 보조 기구들도 있는데 말이야."

"보조 기구요?"

"후후, 역시 관심 보일 줄 알았다니까. 가장 많이 찾는 건 아무래도 이거지."

대장장이가 자랑스럽게 내민 건 쇠로 만들어진 두꺼운 팔찌였다. 무게별로 종류가 다양했는데, 아마 모래주머니처럼 근력을 키우기 위해 만들어진 도구인 것 같았다. 마침 본격적으로 훈련에 들어간 참이라 그런지 이사나는 반색하며 물건들을 돌아보았다. 그리고 오래 지나지 않아 그중에서 적당히 무게가 나가는 팔찌를 골랐다.

"이걸로 할게요."

"오, 그러시겠어? 30타드만 주셔."

아직 이곳의 화폐 단위는 익숙하진 않았지만 아주 비싼 금액은 아니었다. 이미 몇 곳의 마을을 거치는 과정에서 다수의 보석을 환전해 둔 상태라 금전은 넉넉하게 있었다. 이사나는 고개를 끄덕이며 주머니에서 돈을 꺼내려 했다. 그 순간 예상치 못한 목소리가 끼어들었다.

"15타드."

"……!"

목소리가 들려온 곳은 우리가 서 있는 가판대 바로 아래였다. 놀라서 바라보자 빼꼼히 내밀고 있는 주황색 눈동자가 보였다. 투명할 정도로 하얀 피부에 황금색 실타레 같은 머리카락을 지닌 귀여운 외모의 소녀였다. 시선이 마주친 이사나와 소녀가 두어 번 깜빡, 서로를 멀뚱히 바라보고 있을 때였다.

"알리사 아가씨!"

뒤늦게 목소리의 정체를 파악한 대장장이가 기겁해서 소리쳤다. 아마 그것이 소녀의 이름인 것 같았다. 이름이 불린 소녀는 불만스럽게 대장장이를 올려다보며 말했다.

"저거 15타드짜리잖아? 왜 여행객이라고 더 올려 받아? 관청에 확 찔러 버린다?"

"헉! 그걸 대체 어떻게 아신…… 아니, 그보다 아가씨가 왜 여기 계시는 겁니까? 설마 또 도망쳐 나오셨어요?"

"도망이 뭐야, 품위 없게. 이왕이면 외출이라고 해 주지 않겠어?"

가볍게 코웃음을 친 소녀는 숨어 있던 좌판 아래에서 몸을 빼내곤 치맛단을 툭툭 털어 냈다. 이제 막 열두 살쯤 됐을까? 생각보다 훨씬 작고 아담한 체구였다. 일어선 직후 소녀는 대뜸 이사나를 향해 손바닥을 내밀며 말했다.

"15타드."

당당한 요구에 이사나는 당황한 얼굴로 주머니에서 동전을 꺼내주었다. 의도를 파악할 겨를도 없이 거의 무의식적인 행동 같았다. 만족스럽게 받아 든 소녀가 돈을 대장장이에게 건네주자, 그는 아쉬움이 역력한 얼굴로 이사나에게 팔찌를 내밀었다.

"운이 좋구만, 손님. 하필 이 시점에서 정의의 수호자를 만나다니 말이야."

"예? 수호자?"

"그 입 다물어, 팔론. 아무것도 모르는 여행객 등쳐먹으려는 쪽이 나쁜 거지."

소녀가 투덜거리는 대장장이를 흰 눈으로 보며 쏘아붙였다. 대장장이는 억울하다는 표정으로 항변했다.

"그래 봤자 애초에 비싼 것도 아니라 푼돈 수준입니다. 이 정도 부수입은 있어야 저도 가끔은 간식이라도 사먹을 것 아닙니까. 아무튼 아가씨는 너무 고지식하시다니까요."

"이게 뭐가 고지식해? 사회 정의 실현을 위해 가장 필요한 밑바탕은 백성의 기본 의식 수준 향상이야. 그딴 사고방식으로 이 제국이 발전할 수 있을 것 같아?"

"……또 어려운 책을 보셨군요."

대장장이는 못 말린다는 듯 고개를 저었다. 분위기를 보아 이런 일이 한두 번이 아닌 것 같았다. 그런데 소녀가 등장한 이후로 이상하리만치 주변의 기류가 달라졌다. 근처에 있던 사람들이 모두 껄끄럽다는 듯 자리를 피하기 시작한 것이다. 술렁이는 시선 속엔 소녀를 향한 경계의 기색이 완연했다. 그에 비해 소녀나 대장장이는 주변 반응을 전혀 신경 쓰지 않는 것 같았다. 그때 돌연 소녀가 불쑥 이사나를 쳐다보았다.

"근데 당신 누구야?"

"예?"

"아니, 질문을 바꿀게. 내가 누군지 알겠어?"

뜬금없다 못해 황당하기까지 한 질문이었다. 이사나는 머뭇거리다가 고개를 저었다. 그 모습에 소녀가 못마땅한 표정을 지었다.

"그럴 리가 없는데? 진짜 몰라?"

"모릅니다만."

"그래? 날 모른단 말이지……."

노골적으로 위아래를 훑어 내리는(그래 봤자 천으로 전신을 감싼 탓에 제대로 보이지도 않겠지만) 소녀의 행동에 이사나는 더욱 안절부절못했다. 하지만 그 순간은 오래가지 않았다. 갑자기 소녀가 흠칫 어깨를 떨더니, 어딘가를 가만히 노려보기 시작한 것이다. 그 모습을 본 대장장이가 그럴 줄 알았다는 듯이 히죽 웃었다.

"것 봐요. 도망 맞으시구만."

"시끄러. 나 이만 갈게. 다음에도 사기 치다 걸리면 용서 안 해?"

"여부가 있겠습니까."

싱글싱글 웃으며 대꾸하는 말을 뒤로한 채 달려 나간 소녀는 순식간에 군중 속으로 사라졌다. 마치 폭풍우가 휘몰아치고 난 기분이었다. 하지만 소녀가 갑자기 달아난 이유는 알 것 같았다. 조금 전 소녀가 바라본 장소에서 한 무리의 병사들이 우르르 나타났기 때문이었다. 주위를 두리번거리는 모습을 보아 아무래도 소녀를 찾으러 나온 사람들인 것 같았다.

"아가씨 가문의 병사들이야. 저들에겐 거의 연례행사지."

얼떨떨하게 서 있는 우리를 향해 대장장이 팔론이 피식 웃으며 말했다. 이사나가 당황한 얼굴로 중얼거렸다.

"용케 이 거리에서 저들의 존재를 눈치챘군요. 기척도 거의 느껴지지 않았는데."

"하하, 놀랍지? 아가씨는 매우 감이 좋거든. 나도 늘 볼 때마다 신기하다니까. 오늘도 기도 시간을 빼먹고 나오신 모양이군. 병사들이 애 좀 먹겠어."

"귀한 집 아가씨 같은데, 보호자도 없이 혼자 다니게 둬도 괜찮은 겁니까?"

"아아, 뭐, 그건 문제없을 거야. 저런 병사 몇 명보다 아가씨가 더 강하실 테니까."

대답하는 어조가 묘했다. 이사나는 어리둥절한 표정을 지었지만 나는 대충 무슨 뜻인지 짐작했다. 조금 전 소녀에게서 짙은 대지의 기운을 느꼈기 때문이다. 근방에 정령사가 있을 것 같더라니, 역시나 예상이 맞았다. 설마 저렇게 어린 소녀일 줄은 몰랐지만.

대장장이 팔론은 한동안 소녀가 사라진 방향을 바라보았다. 이유는 알 수 없지만 씁쓸한 표정이었다. 하지만 이사나를 돌아보았을 땐 다시 손님을 상대하는 능글거리는 얼굴로 돌아와 있었다.

"그나저나 아가씨가 관심을 보인 걸 보니 손님도 제법 신분이 높은 사람인가 보구만? 반려성에 관심을 보이고 오신 건가? 쯧쯧, 그래 봤자 눈앞에 두고 못 알아봤으니 틀렸네, 틀렸어. 우리 아가씨가 그런 부분에선 얄짤없거든."

"예? 그게 무슨 말씀이십니까?"

"응? 반려성 몰라?"

이사나가 고개를 젓자 그는 곤란한 얼굴로 볼을 긁었다.

"뭐야, 그냥 단순 여행객이셨어? 거참, 특이하네. 지금까지 아가씨가 알아본 사람 중에 그냥 허투루 온 사람은 없었는데 말이지."

"무슨 뜻인지 정확히 알려주시지 않으시겠습니까?"

"뭐, 좋아. 말해 준다고 딱히 돈 드는 것도 아니고."

대장장이는 고개를 끄덕인 다음 크게 헛기침을 했다.

"반려성은 말이지. 이 마을에 내려오는 오래된 전설이야."

"전설이요?"

"다른 말로는 푸른 달의 전설이라고들 하지. 지금은 버림받은 사막이지만 언젠가는 이 땅이 과거의 영광을 되찾아 풍요로운 세상이 된다고 해. 그때가 가까워지면 표식으로 하늘에 푸른 달이 떠오르는데, 그날 태어난 여아는 대지의 축복을 받아 반려의 운명을 타고난다고 하지."

대장장이는 마치 시를 읊는 사람처럼 그윽한 눈을 한 채 말했다. 푸른 달이 점지한 반려의 성. 그 별의 운명을 받은 여아는 훗날 제왕의 반려가 된다고 했다. 그녀와 결혼한 사람이 제왕이 되는 건지, 제왕이 된 자만이 그녀를 반려로 맞이할 수 있는 건지는 알 수 없었지만 말이다.

설명을 마친 대장장이의 얼굴은 자부심으로 가득 차 있었다. 나와 이사나는 잠시간 서로를 멀뚱히 바라보았다.

"그래서요?"

"그래서라니! 저 알리사 아가씨가 바로 그 전설의 반려성이라는 거지."

"헤에?"

"진짜야! 내가 봤거든! 아가씨가 태어났을 때 푸른 달이 뜬 걸 말이야!"

큰 목소리로 외친 대장장이는 몹시 흥분한 얼굴이 되어 떠들기 시작했다.

"그날의 일은 아직도 똑똑히 기억해. 해가 저문 지가 한참 지났는데 별이 하나도 뜨지 않는 거야. 사방이 너무 캄캄해서 한 치 앞도 보이지 않았었어. 그런데 그때 갑자기 하늘에서 새파란 달이 떡하니 떠오르지 않겠어? 어찌나 신비하면서도 무섭던지. 겁에 질려 마른침만 꿀꺽꿀꺽 삼키는데 어디선가 희미하게 아기 울음소리가 들리더군. 그 아이가 바로 알리사 아가씨였어. 그때 알았다니까. 그 전설이 사실이었다는 걸!"

전설을 목격한 사람은 그 외에도 꽤 많았기 때문에 푸른 달에 태어난 여아에 대한 소문은 금방 마을 밖으로 퍼져 나갔다. 하지만 수도에서 한참 떨어진 지역에서 일어난 일이고, 전설 자체를 아는 사람도 그리 많지 않다 보니 관련 이야기는 근방에서만 한동안 오르내리다가 사그라졌다고 했다. 그래도 가끔씩 소문에 반응해서 찾아오는 사람들이 있기는 한 모양이었다. 대부분은 별을 읽는 점술가나 박사들이었지만 드물게 제왕의 자리에 관심을 보이는 사람들도 있었다. 그런 자들은 대부분 소위 말하는 세도가의 사람들이었다. 한 가지 신기한 것은 그런 사람들은 소녀가 먼저 알아본다는 사실이었다.

"정확히는 재능이 특출하거나 신분이 높은 사람을 알아보는 거지만. 그런 사람이 이 마을에 들리는 경우는 보통 반려성의 전설 때문이거든."

"하지만 저흰 진짜 그냥 여행객입니다."

이사나가 난처한 목소리로 변명하자 대장장이는 껄껄 웃었다.

"하하, 내가 보기에도 그런 것 같아. 전설에 관심을 보이고 온 거라면 이렇게까지 아무것도 모를 리가 없지. 게다가 알았어도 손님은 그다지 관심이 없으셨을 것 같은데?"

"예?"

"반응이 영 시큰둥하시거든. 아마 지금 이 전설에 대한 것도 그저 허풍이다 싶으시지?"

"……그런 건 아니지만. 전설이라든가, 신이 정해 준 운명 같은 이야기는 별로 좋아하지 않습니다."

담담한 대답에 나는 쓰게 웃었다. 이사나가 그렇게 말하는 이유를 너무나 잘 알았기 때문이다. 바로 그 신이 내린 운명 때문에 그의 아버지가 비참한 죽음을 맞이했으니까. 그의 입장에선 노골적으로 반감을 보이지 않는 것만으로도 충분히 참아주고 있는 셈이었다. 그런 사실을 알 리 없는 대장장이는 호쾌하게 웃으며 고개를 끄덕였다.

"그럴 줄 알았지. 사실 이 마을에서조차 그 전설을 허풍으로 아는 사람이 더 많아. 하지만 난 전설이 진짜라고 믿어. 알리사 아가씨는 어릴 때부터 정말 특별하셨거든. 특히 식물을 굉장히 잘 키우시지."

"식물이요?"

"그렇다니까. 아가씨가 돌보는 식물은 다른 것들에 비해 몇 배나 건강하게 자라. 혹시 여기로 오는 길에 유달리 풍작인 농지 하나 보시지 않았어?"

"네, 봤습니다."

"거기가 바로 아가씨 가문에서 소유한 농지야. 아가씨가 태어난 이후로 그곳은 한 번도 흉작을 낸 적이 없어. 지난 긴 가뭄 때도 그 농지에서만은 제대로 작물이 자랐지. 덕분에 다들 죽어나갈 때도 이곳의 사람들만은 그럭저럭 버틸 수 있었어. 한마디로 아가씨가 이 도시의 은인이나 다름없다고 할 수 있지."

"하지만 그런 것치고는 주변 사람들의 분위기가 조금 묘하던데요?"

나는 조금 전에 느꼈던 사람들의 표정을 떠올리며 말했다. 소녀를 날카롭게 경계하던 시선은 아무리 봐도 은인을 대하는 태도라고 할 수 없었다. 그러자 대장장이의 얼굴이 처음으로 굳어졌다. 그는 불쾌한 낯으로 주위 상인들을 노려본 다음 낮게 한숨을 내쉬며 말했다.

"저자들은 그저 아가씨가 무서운 거야."

"무섭다고요?"

"사람들은 보통 자신과 다른 것에 거부감을 느끼잖아. 아가씨가 너무 특별하니까 오히려 무섭게 느껴지는 거지. 기분을 이해 못 하는 건 아냐. 나도 가끔은 아가씨가 두려울 때가 있으니까. 특히 최근엔 식물을 잘 키우는 것뿐만 아니라 이상한 능력들이 더 생기셔서……."

"무슨 능력인데요?"

"아마 들으면 놀라실걸? 조금 전에 병사들이 오는 걸 어떻게 알았냐고 물으셨지? 그게 말이야 실은……."

"예지력이 있나요?"

"헉! 어떻게 아셨지?"

역시나. 기겁해서 두 눈을 부릅뜬 대장장이를 보며 나는 가볍게 웃었다. 내 옆에서 이사나는 뭔가를 짐작한 얼굴로 고개를 끄덕이고 있었다. 지금까지 들은 전말을 통해 알리사란 소녀가 땅의 정령사라는 사실을 깨달은 것 같았다.

"반려성은 대지의 축복을 받은 존재라면서요."

"그, 그랬지. 그게 왜?"

"예지력은 땅의 힘에 영향을 받거든요. 대지의 기운을 강하게 타고 나면 예언의 능력이 생길 수 있어요. 물론 흔한 경우는 아니지만요."

"세상에! 그런 거였어? 그, 그럼 이상한 게 아닌 거야?"

"이상한 게 아니라 대단한 거죠. 그만큼 강한 힘을 타고났다는 뜻이니까요."

물론 예지력이라고 해도 트로웰처럼 훤히 내다보는 수준은 아닐 것이다. 보통은 강렬한 예감 정도에 가까운 편이고, 그나마도 정확도가 높다고 할 순 없었다. 그래도 다가오는 병사들을 한발 앞서 감지할 수 있을 정도면 제법 뛰어난 쪽이라고 봐야 했다. 원래는 태어나면서부터 지니고 있는 능력이었을 텐데, 최근에 생겼다고 하는 걸 보면 그동안은 10년 가뭄의 영향을 받아 억눌려 있었다가 이제야 깨어나고 있는 듯했다.

대장장이는 나를 빤히 주시하고 있었다. 수더분한 얼굴로 웃고 있었지만 탐색하는 시선에 더 가까웠다.

"왜 그러세요?"

"아, 아니, 저기…… 손님은 아시는 게 참 많은 것 같네. 그럼 혹시 아가씨가 부리는 그 괴상한 것의 정체도 아시려나?"

"괴상한 것이요?"

"으음, 아가씨를 지키는 존재라고 할까. 사실 그게 나타난 이후로 사람들의 반감이 더 심해졌다고 해도 과언이 아냐. 그전까진 이렇게 노골적으로 피하는 수준은 아니었거든."

"대체 뭐기에……?"

의아해져서 바라보자 그는 살짝 주위의 눈치를 살폈다. 행여 목소리가 새어 나갈까 조심스러워하는 기색이었다. 나까지 덩달아 긴장해 있는데, 대장장이의 나직한 설명이 이어졌다.

"그건 평소엔 전혀 보이지 않다가 아가씨가 부르면 모습을 드러내지. 겉모습은 커다란 나무인데, 눈코입도 달려 있고 마치 사람처럼 움직여."

"……나무라고요?"

"응, 그것도 엄청 큰 나무야. 그게 나타날 때면 땅에서 불쑥 솟아나. 그때마다 일대가 온통 진동하는데, 그게 진짜 얼마나 무서운지……."

긴장의 순간은 오래가지 않았다. 그가 말하는 것의 정체는 내가 너무나 잘 아는 것이었기 때문이다. 나는 허무하게 웃을 수밖에 없었다.

"하하, 괜찮아요. 위험한 거 아니에요. 아마 멀든인 것 같네요."

"멀든? 헉, 맞아! 아가씨도 그걸 그렇게 부르셨어! 손님은 그게 뭔지 아시는 거야?"

역시 내 예상이 맞았다. 나는 당혹감을 역력히 드러내고 있는 대장장이를 보며 고개를 끄덕였다.

"멀든은 정령이에요. 땅의 중급 정령이요."

"저, 정령?"

"네, 중급 정령을 처음 보셨나 보네요. 땅의 정령들이 겉모습이 조금 위압적이긴 하죠. 그래도 보기와는 다르게 순한 성격이니까 그렇게 겁먹지 않으셔도 돼요."

자연체의 정령은 어디를 가도 많지만, 멀든은 숲에서 자주(물론 내 눈에만) 발견할 수 있는 정령이었다. 한눈에도 화려한 외형인 다른 정령들에 비해 그는 나무의 형상을 하고 있는데다 워낙 과묵한 편이라 존재감이 그리 강하진 않았다. 하지만 그것 역시 어디까지나 내 기준일 뿐이고, 평범한 사람들의 입장에선 나무가 움직인다는 것만으로도 굉장히 위협적으로 느껴질 것이다.

사실 나로서도 멀든의 존재는 의외였다. 유달리 기운이 강하다 싶더라니, 설마 그 어린 소녀가 중급 정령사일 줄이야. 하기야 예지력이 있다는 건 인간으로서 지닐 수 있는 대지의 힘이 최고 수준이라는 뜻이다. 타고난 재능만으로는 이미 상급 정령사인 페리스를 훌쩍 넘어서는 것 같았다. 지금은 나이가 어려 육체가 견디지 못하겠지만, 불과 몇 년만 지나면 상급 정령인 클레이도 소환할 수 있을 것이다. 아마 10년 후쯤에는 트로웰을 소환하는 것도 가능하지 않을까?

내가 속으로 즐거운 상상을 하는 동안 대장장이는 놀란 표정으로 얼어 있었다. 그는 더 이상 커질 수 없을 정도로 눈을 부릅뜬 채 물었다.

"그, 그게 정말 정령이라고? 그럼 아가씨가 정령사란 말이야?"

"네? 모르셨어요? 강하다고 하시기에 당연히 아시는 줄 알았는데."

"몰랐어! 알 수 있을 리가! 그냥 무섭게 생긴 것이 아가씨를 지켜 주고 있다고 생각했지, 그게 정령이라곤 전혀 생각도 못 했어."

"아하하, 본인한테 물어보지 그러셨어요."

"물어보긴 했지. 근데 아가씨도 뭔지 모른다고 하시더라고."

"엥? 계약한 장본인이 멀든을 모른다고요?"

예상치 못한 답변에 나는 얼굴을 왕창 찌푸렸다.

"마물일지 환수일지 중에서 고민하고 계시던데? 사실 딱 봐도 정령처럼 생기진 않았잖아."

"마물이라니…… 잠깐만요. 그럼 혹시 자기가 정령사라는 것
도 모르고 있는 건가요?"

"응, 아마 그럴걸?"

……갑자기 머리가 지끈거리기 시작했다. 이미 계약까지 마
친 정령사가 자신이 정령사라는 걸 모르고 있을 수가 있나? 아
무리 생각해도 이해가 되지 않아서 나는 떨떠름하게 물었다.

"정체도 모르면서 어떻게 정령 소환을 했대요?"

"아, 그거 말이지. 듣기론 그냥 어느 책에 있는 주문을 보고
따라해 봤는데 갑자기 튀어나왔다고 하시더군. 나오자마자 계약
을 요구해 왔는데 뭔지는 모르겠지만 딱히 위험한 것 같지는 않
아서 그냥 받아들였대. 멀든이란 이름은 책에 적혀 있던 그대로
부른 것뿐이고."

"그런 말도 안 되는……."

"하하, 황당하지? 우리 아가씨가 좀 그래. 굉장히 담이 크시
지."

"……."

그게 그저 담이 크다는 말로 표현하고 말 일인가? 나는 황망
한 심정을 감추지 못한 채 이사나를 바라보았다. 그 역시 당황
한 기색이 역력한 모습으로 내게 시선을 보내고 있었다.

자기도 모르는 사이에 정령사가 되다니. 설마 이사나 같은 사
람이 세상에 또 있을 줄은 몰랐다. 아니, 어떤 의미에선 그보다

더 특이한 아가씨였다. 적어도 이사나는 자신이 무엇을 했는지 정도는 알고 있었으니까.

"아무튼 그게 정령이었단 말이지. 하하하하, 그래, 그럼 그렇지. 우리 착한 아가씨를 지키는 존재가 괴물일 리가 없지."

우리야 굳어 있건 말건, 대장장이는 연신 기쁜 표정을 감추지 못한 채 중얼거리기 바빴다. 한껏 밝아진 얼굴을 보니 멀든의 정체 때문에 상당히 고심해 왔던 모양이다. 그동안 멀든이 겪었을 고초가 능히 짐작이 갔다.

중급 이하의 정령들은 계약의 순간을 제외하고는 말로 의사를 전달하지 못한다. 정확히는 그들의 언어를 이쪽의 사람들이 알아듣지 못하는 것뿐이지만. 계약자가 자신을 마물 취급하는데 제대로 해명하지도 못하고 속으로 얼마나 답답했을까. 만나면 위로의 말이라도 건네야 할 것 같았다.

"저기, 그런데 중급 정령이란 건 대체 얼마나 강한 거야? 대형 몬스터도 죽일 수 있나?"

한동안 흥분한 기색을 감추지 못하던 대장장이가 질문을 해온 건 그로부터 약간의 시간이 지난 후였다. 단순히 궁금해하는 것 치고는 이상할 정도로 초조한 표정이었다. 나는 속으로 의아해하면서도 질문에 대답했다.

"몬스터 종류에 따라 다르지만 중급쯤 되면 어지간한 수준의 전투는 가능하긴 해요. 단지 그 아가씨의 경우엔 체력이 먼저 받쳐줘야겠지 만요."

"체력?"

"정령 소환을 유지하는 데 필요한 체력이요. 소환 시에 정령사 쪽에서 받는 육체적 부담이 제법 크거든요. 이건 하루아침에 숙련되는 게 아니라 꾸준히 적응훈련을 해야 돼요. 하지만 정령술을 모른다면 제대로 했을 리가 없겠죠. 준비가 되지 않은 상태에선 당장 본 능력을 발휘하긴 힘들 거예요."

"그, 그럼 어떻게 해야 하지? 그 적응훈련이라는 건 뭘 해야 하는 거야?"

"별로 어렵지 않아요. 정령을 수시로 불러내서 같이 있는 시간을 꾸준히 늘려나가면 돼요."

"그것뿐?"

"말 그대로 적응하는 거니까요. 정령술의 기본은 서로 교감하는 것에서 시작해요. 처음부터 상위 정령을 다루는 건 어렵고, 보통은 하위 정령으로 훈련하는 편이에요. 아가씨의 경우엔 놈을 부르면 되겠네요."

"놈?"

"땅의 하급 정령 이름이에요. 하위 정령은 계약하지 않아도 부를 수 있으니 마음껏 활용하라고 전해 주세요."

소녀를 위한 간단한 설명을 마치자 대장장이는 우리를 물끄러미 바라보았다. 왠지 조금 전보다 한층 굳어진 표정이었다.

"왜 그러세요?"

"……아, 아니. 그런 것까지 아는 걸 보니 손님들 정말 보통 사람이 아닌 것 같아서."

"뭘요. 정령술에 대해 관심이 있는 사람이라면 누구나 기본적으로 아는 것들이에요. 지금까지 이곳을 지난 사람들 중에 정령에 대해 아는 사람이 한 명도 없었나 보네요."

"으응, 없었어. 아무래도 지방이다 보니 이능력에 관한 건 접할 기회가 드물거든."

"그렇구나. 이 마을은 정말 운이 좋은 거예요. 정령사들 중에서도 땅의 정령사는 특히 인기가 많아요. 머무는 곳의 땅을 비옥하게 만들거든요. 지금도 식물을 잘 키운다고 했죠? 본격적으로 정령술을 발휘하기 시작하면 그보다 더 굉장해질 거예요. 몇 년 후에는 이 일대에 거대한 숲이 생겨날지도요."

내가 너무 장황하게 떠들어댄 탓일까. 자랑스러워하길 바라는 마음에 해 준 말이었는데 왠지 듣는 이의 표정이 멍했다. 그는 한참 동안 흔들리는 눈빛으로 우리를 보다가 물어왔다.

"인기가 많다는 건 어디를 가도 환영받는 거지?"

"네? 아아, 그야 물론이죠. 굳이 땅의 정령사가 아니라도 중급 정령사쯤 되면 어느 나라를 가도 귀족으로 대우받을걸요?"

"……그래, 그렇구만? 이것 참 하늘도 무심하시지. 이곳에 손님들 같은 사람이 진작 있었다면……."

한탄처럼 중얼거린 그는 입술을 악물며 말끝을 흐렸다. 갑자기 심각해진 분위기에 나와 이사나가 당황하여 서로를 바라보았을 때였다. 대장장이가 불쑥 고개를 들고 우리를 향해 말했다.

"저기, 있잖아. 내 요청 좀 하나 들어주시지 않겠어?"

"요청이요?"

"응. 초면에 이런 부탁하는 건 미안하긴 한데, 일단 아가씨가 알아본 상대기도 하고. 왠지 손님들이라면 믿어도 될 것 같은 느낌이라서 말이야."

대장장이는 멋쩍은 듯이 머리를 긁적이면서도 단호한 표정을 짓고 있었다. 나는 속으로 의아해하면서 잠자코 이어질 말을 기다렸다. 일단 무슨 요청인지 들어나 보자는 생각에서였다. 이윽고 그가 비장한 목소리로 말했다.

"알리사 아가씨를 구해 줘."

3.

대장장이 팔론의 대장간은 개인이 운영하는 것치곤 꽤 넓은 편이었다. 벽에는 수십 점의 병기들과 농기구가 걸려 있었고, 보이는 곳마다 각종 도구들이 어지러이 널려 있었다. 우리가 안내된 곳은 작업 공간 너머에 있는 작은 휴게실이었다. 그저 문이 하나 더 달린 것뿐이었지만, 그래도 쉬는 공간이라 그런지 탁자와 의자가 마련되어 있었다. 대장장이는 민망한 표정을 지었다.

"미안, 많이 비좁지? 그래도 밖에서 얘기하는 것보다는 나을 것 같아서."

"괜찮아요. 신경 쓰지 마세요."

웃으며 말하자 그는 겨우 안심한 듯 미소 지었다. 하지만 얼굴색은 여전히 창백했다. 뜻밖의 요청을 한 이후로 그의 얼굴은 내내 핏기를 잃은 상태였다.

다짜고짜 아가씨를 구해 달라는 말은 뜻을 파악하기도 어려웠지만 무엇보다 당황스러웠다. 하지만 그만큼 인상이 강했던 것도 사실이라 자세한 사정을 듣기로 했다. 그 결과 따로 자리를 마련하게 된 것이 바로 지금의 상황이었다.

대장장이는 매우 긴장한 얼굴로 우리 앞에 마주 앉아 있었다. 이미 오늘의 영업은 전부 접고 온 참이었다. 잠시 후 본격적으로 시작된 이야기는 첫마디부터 심상치 않았다.

"산 제물?"

동시에 외친 소리에 대장장이가 음울한 얼굴로 고개를 끄덕였다. 탁자 위엔 그가 대접한 음료가 놓여 있었지만, 아무도 그것을 마실 생각을 하지 않았다.

"산 제물이라니, 그게 무슨 소리예요?"

"으음, 그건 그냥 비유야. 하지만 그것 말고는 달리 표현할 방법이 없군."

"……좀 더 자세히 말씀해 보세요."

이 순간에조차 그는 망설임을 버리지 못한 얼굴이었다. 그들끼리만 알고 있는 은밀한 사정을 오늘 처음 보는 이방인들에게 말해도 좋을지 확신하지 못하는 모습이었다. 하지만 결심을 굳혔는지 그는 이내 단호해진 표정으로 고개를 들었다.

"들어주셨으면 해. 아주 긴 이야기가 될 거야."

'아일리아스 데바 사스라.' 간단히 줄여서 알리사라고 불리는 소녀는 백작 가문의 서녀로 태어났다. 그녀의 가문인 사스라 백작가는 한때 제국에서 손꼽히는 명문 가문이었으나, 세대가 바뀔수록 차츰 위세를 잃어가면서 지금은 명맥만 간신히 유지하고 있는 수준이었다. 물론 그렇다 해도 엄연히 국가에서 하사받은 땅을 지니고 있는 귀족인지라 가세가 기울 정도로 형편이 어렵지는 않았다. 오히려 10년 재앙을 거치면서 대다수 귀족가문들이 크게 휘청거리는 동안, 유일하게 무난히 버텨낸 덕분에 최근엔 다시 회복세를 보이고 있는 중이었다.

지독한 가뭄 속에서도 기름진 작물을 키우는 가문. 더불어 소유한 농경지가 넓은 편이었기 때문에 근방의 주민들도 모두 혜택을 누렸다. 그때까지만 해도 사람들은 모두 알리사를 좋아했다. 식물을 잘 키우는 그녀의 능력을 칭송하고 축복의 산물이라 여겼다. 소문이 퍼지자 여기저기서 이주해 오는 사람들도 늘기 시작했다. 말 그대로 사막의 오아시스 같은 마을이었다.

하지만 여기서 아무도 생각지 못한 부분이 있었다. 인간이 살기 좋은 땅은 다른 존재에게도 마찬가지라는 사실이었다.

"처음엔 짐승들이 습격해 왔어. 멧돼지라든가 곰 같은 것들

말이야. 그 정도는 마을에 있는 경비대의 힘만으로도 충분히 막아낼 수 있어서 괜찮았어. 게다가 잡은 것들의 고기와 가죽을 얻을 수 있어서 오히려 좋아하는 분위기였지. 하지만 오래지 않아 더욱 큰 위협이 닥쳐온 거야. ……몬스터가 등장하기 시작했거든.”

지난날을 회상하는 대장장이의 얼굴엔 짙은 수심이 드리워 있었다. 몬스터는 워낙 강하고 빠른 데다가 소형이라도 떼로 몰려다니는 편이었기 때문에 전문 토벌군의 입장에서도 매우 까다로운 상대였다. 하물며 경비대 수준의 병사들에겐 벅찰 수밖에 없었다. 그나마 약탈이 목적인 경우엔 숨어 있기만 하면 괜찮았다. 하지만 처음부터 인간을 노리고 덤벼드는 몬스터는 막을 방도가 없었다. 간신히 마을을 지켜내도 그때마다 입은 피해가 막심했다.

이런 일이 반복되자 민심 역시 점점 흉포해졌다. 가뭄 속의 풍요를 누리던 사람들은 언제 있을지 모를 몬스터의 습격을 걱정하며 살아가는 생활을 견디지 못했다. 그러자 불씨가 전혀 엉뚱한 방향으로 튀었다. 이전까지만 해도 축복의 산물이던 소녀 알리사의 능력을 거꾸로 원망하기 시작한 것이다.

〈저런 능력만 없었어도 몬스터가 쳐들어올 일은 없었을 텐데!〉

불만에 빠진 사람들은 과거에 누렸던 행복을 돌아보지 않았다. 당장 눈앞에 닥친 불행만 생각했다. 그저 누구라도 탓하고 싶었던 마음이 모여 만든 희생양인 셈이었다.

게다가 알리사는 너무 눈에 띄었다. 단순히 식물을 잘 키울 뿐만 아니라 타인의 의중을 꿰뚫고 미래를 보기 시작했다. 대지의 기운을 지니고 태어난 소녀는 그저 타고난 힘에 눈을 떠 갈 뿐이었지만, 그것을 알 리가 없는 사람들은 그녀가 신비한 능력을 보일 때마다 두려워하며 악귀가 달라붙었다고 떠들었다. 그런 분위기는 알리사가 멀든을 소환해 내자 최악으로 치달았다. 설마 그 정체가 정령일 거라곤 상상도 하지 못한 사람들이 소녀가 괴물을 부리기 시작했다고 믿은 것이다.

'재앙을 부르는 소녀.'

사람들은 입을 모아 알리사를 그렇게 칭했다.

거기까지 들었을 때 나는 이사나가 주먹을 불끈 움켜쥐고 있는 것을 발견했다. 후드를 눌러 쓰고 있어서 얼굴은 보이지 않았지만 분명 좋지 않은 표정일 것이다. 설명을 잇는 대장장이의 얼굴도 심란해 보였다.

"게다가 그 시기도 별로 좋지 않았어. 아가씨가 멀든을 불러낸 날 하필 마을 근처에 대형 몬스터가 자리 잡았거든."

"대형 몬스터요?"

"혹시 땅굴 각귀신이라고 아시나?"

"땅굴 각귀신?"

"지하 깊숙한 곳에서 사는 편형동물과의 거대 몬스터야. 평소엔 조용한데 보름밤마다 한 번씩 지상으로 올라와서 먹이를 잡아먹고 살기 때문에 보름 먹깨비라고도 불려."

땅 밑에서 활동하는 몬스터로 가장 유명한 것이 바론 사막에 서식하는 지옥 땅거미라면, 땅굴 각귀신은 그다지 알려지지 않는 축에 속하는 몬스터였다. 하지만 오히려 위험성은 지옥 땅거미보다 더 높다고 대장장이 팔론은 덧붙였다. 가죽이 질겨 잘 베이지도 않을뿐더러, 생명력이 엄청나다는 것이다.

"땅굴 각귀신은 원래 사막 한가운데서 서식하는 종이야. 그런 무시무시한 녀석이 왜 인가까지 내려왔는지는 모르겠지만. 사람들은 그게 아가씨 때문이라고 생각해."

"……그 몬스터가 멀든을 소환한 날 나타나서요?"

"맞아. 아가씨의 특별한 힘이 몬스터를 끌어들인다고 여기는 거지."

맙소사.

저절로 흘러나오는 탄식을 삼키며 나는 머리를 짚었다. 따지고 들 부분이 너무 많아서 오히려 아무 생각도 나지 않았다. 그때 이사나가 차분한 어조로 물었다.

"그 몬스터는 잡혔습니까?"

"아니, 아직. 잡으려고 시도는 해 봤는데 우리 힘으론 불가능했어. 둥지야 찾았지만 그 밑에 숨어 있으니 끌어올릴 방법이 없더군. 대신 다른 방법을 찾아냈지. 보름마다 놈의 둥지에 먹이를 갖다 두는 쪽으로 말이야. 소나 돼지들 같은 거."

"그게 효과가 있나요?"

"보시면 알잖아? 지금 이 마을이 멀쩡하게 굴러가고 있는 게 효과가 있다는 증거지. 다행히 땅굴 각귀신은 필요한 먹이만 챙기면 얌전하더라고. 게다가 이곳이 놈의 영역이 된 탓인지 다른 몬스터의 습격도 거의 사라졌어. 덕분에 마을 분위기도 안정된 편이지."

하긴 이곳을 처음 봤을 땐 매우 활기찬 마을이라고 생각했다. 누가 봐도 이런 어두운 사연을 지니고 있을 만한 분위기는 전혀 아니었다. 사람들 얼굴에도 수심이 거의 없었던 것을 보면 적어도 최근에 시작된 일이 아닌 것은 분명했다. 아니나 다를까 대장장이는 벌써 2년이나 됐다고 말했다.

"잘 버티고 있네요."

"그치? 사실 그 방법도 아가씨가 생각해 낸 거야. 아가씨가 고안해 낸 생각을 백작님에게 알렸고, 백작님이 영주님에게 제안해서 성사된 거거든."

"헤에, 그래요? 2년 전이면 지금보다 더 어릴 때인데 굉장하네요. 똑똑한 아가씨군요."

"아무렴, 운명의 별을 타고난 분인걸. 그분이 아니었다면 이 마을은 보름마다 한 번씩 실종자가 생기는 곳이 됐겠지."

언뜻 듣기엔 별거 아닌 듯했지만 그 말에 담긴 의미를 생각하자 섬뜩했다. 나는 반사적으로 얼굴을 찌푸렸다.

"그런데 그 정도 공헌을 했는데도 평판엔 전혀 영향이 없었던 건가요?"

"······이곳 사람들은 아무도 아가씨에게 고마워하지 않아. 그들에겐 이 모든 일이 생긴 게 전부 아가씨 때문이니까. 도움을 줘도 그저 원망스럽기만 한 것 같아. 심지어 이제 살 만해지니 가축들을 아까워하기 시작하더군. 애초에 아가씨가 몬스터를 끌어들이지 않았다면 가축을 잃을 일도 없지 않냐는 거야."

"으음, 그렇군요."

"웃기는 놈들이지. 그 가축들을 키워낼 수 있던 게 누구 덕분인데? 아가씨의 능력이 아니었으면 진작 다 굶어죽었을 놈들이!"

나는 대장장이의 분노에 충분히 공감했다. 동시에 그나마 한 사람이라도 소녀를 위해 화내 주는 사람이 있어서 다행이란 생각이 들었다.

조금 전에 봤던 소녀의 첫인상이 떠올랐다. 귀여운 얼굴만큼이나 다부지고 활기찬 모습이었다. 주변의 시선이 싸늘해도 소녀에게선 조금도 위축된 기색을 느낄 수 없었다. 아마 그럴 수 있었던 건 눈앞에 있는 대장장이의 공헌이 컸을 것이다. 자신을 믿어주는 한 사람만 있어도 사람은 쉽게 무너지지 않으니까.

"달리 해코지하는 사람은 없나요?"

"일단은 백작가의 핏줄이니까. 게다가 말했다시피 다들 아가씨를 무서워하거든. 그냥 뒤에서 수군거리기만 할 뿐, 함부로 건드리는 녀석은 없어. 그나마 다행스러운 일이지. 하지만 갈수록 이상한 분위기가 형성되어서······."

"이상한 분위기요?"

"……상식적으로 말도 안 되는 일이야. 내가 손님들에게 도움을 청하게 된 것도 그게 원인이 된 거나 다름없고."

"그게 무슨……."

"생각해 보셔. 이곳 사람들에게 재앙이 일어나는 원인은 단하나야. 그럼 다들 무슨 생각을 하겠어?"

그는 금기를 범하는 사람처럼 눈을 질끈 감았다.

"그들은 아가씨가 죽으면 이 모든 불행이 끝날 거라고 생각해."

"……!"

그 순간 이사나가 용수철처럼 자리에서 튀어 올랐다. 나 역시 새삼스럽게 깨달았다. 지금 이 기나긴 이야기들이 무엇을 설명하기 위해서였는지.

"설마 산 제물이라는 게……!"

"일단 표면적으론 몬스터 토벌이야."

대장장이는 울분에 찬 목소리로 말했다. 불끈 움켜쥔 두 주먹은 그의 심경을 대변하듯 파란 핏줄을 선명하게 드러내고 있었다.

"토벌이요?"

"영주님이 다시 한 번 땅굴 각귀신의 토벌대를 구성하셨어. 그러곤 아가씨더러 토벌대의 선봉에 서라고 했다더군. 괴물을 부리는 재주를 지녔으니 그 능력을 마을을 구하는 데 쓰라고.

고작 13살짜리 여자아이한테 말이야."

"……!"

말이 좋아 토벌이지, 가서 죽으라는 소리나 다름없었다. 대장장이의 표현이 정확했다. 이건 그저 산 제물일 뿐이다. 목적이 이렇게 훤히 들여다보여서야 음모라고 칭하기조차 민망할 지경이었다.

"가족들은 뭘 하고……."

"아가씨를 서녀라고 무시하는 그 잘난 귀족 나으리들 말이야? 백작님이 그러셨다는군. 몬스터를 없애서 가문에 쓰인 불명예를 벗기라고."

"……."

"아가씨는 그러겠다고 했어. 어차피 거절했어도 강제로 끌고 갈 분위기이기도 했고, 나름대로 몸을 지킬 힘이 있으니 괜찮다고 생각하신 것 같아. 덕분에 지금도 평소처럼 지내고 계시는 거야. 싫다고 했으면 저들이 어떻게 나왔을지 상상하고 싶지도 않아."

나는 신음을 흘리며 의자 안쪽에 몸을 깊숙이 파묻었다. 심장에 나쁜 얘기들을 연달아 들었더니 십 년은 한꺼번에 늙은 기분이었다.

"토벌일이 언젭니까?"

질문을 건네는 이사나의 목소리는 평소보다 많이 낮아져 있었다. 처음 만났을 때 이후로는 거의 들어보지 못했던 음색이다.

그 차이를 알지 못하는 대장장이는 화색을 띠고 반응했다.

"아가씨를 도와주시는 거야?"

"토벌일이 언제냐고 물었습니다."

"응? 아, 그, 그게 말이지."

딱딱한 대응을 받고나서야 대장장이는 조심스러운 태도를 보였다. 이사나가 굉장히 화가 났다는 걸 이제야 깨달은 것이다.

"다음 보름날 밤이야. 땅굴 각귀신은 보름에만 모습을 드러내니까, 잡을 기회는 그때밖에 없거든."

"그게 언젠데요?"

이번에 질문한 건 나였다. 하지만 금방이라도 대답할 것 같았던 그는 잠시간 울 것 같은 표정을 지었다. 이어진 말을 듣는 순간 나는 그 이유를 이해할 수 있었다.

"……바로 내일."

제4화

1.

"앞으로 삼 보 이동!"

"정지!"

우렁찬 고함소리에 맞춰 움직이는 발길이 분주했다. 다수의 병사들과 일반 장정들로 구성된 무리는 오늘 땅굴 각귀신을 퇴치하기 위해 모인 토벌대였다. 정오가 넘은 시각이었지만 밤에 활동하는 몬스터라 그런지 아직까지는 다들 대체적으로 느긋한 모습이었다. 제법 정돈된 앞 열과는 다르게 후미 쪽은 제대로 정비되지 않은 줄이 여기저기 어지럽게 흩어져 있었다. 나와 일행들도 그중 구석진 자리에 섞여 있는 상태였다. 소녀를 돕기 위해 토벌에 참여하기로 한 것이다.

타는 듯이 뜨거운 햇살이 얼굴에 쏟아지는 것을 한 손으로 막으며 나는 전방을 바라보았다. 마을 어귀에서 그리 멀지 않은 곳에 펼쳐져 있는 바위 협곡, 거기서 조금 더 안쪽으로 들어가는 자리에 거대한 동굴의 입구가 보였다. 본래는 아무것도 없는 평범한 바위산에 불과했다는데, 2년 전 땅굴 각귀신이 자리를 잡으면서부터 동굴이 생겨났다고 했다. 한마디로 말해 땅굴 각귀신의 거처인 셈이었다.

"저기가 그 몬스터의 둥지야? 정말 마을이랑 가깝네."

옆에서 나와 같이 둥지의 위치를 확인한 시벨리우스가 왠지 감탄한 어조로 중얼거렸다. 오늘의 그는 평소 바람막이를 위해 머리에 두르던 천을 쓰지 않은 상태였다. 덕분에 그의 푸른색 피부와 길게 솟아오른 두 귀가 사람들 시선에 고스란히 노출되었다.

무수한 인간들 틈에서 홀로 이종족의 특징을 드러내고 있는 그는 존재만으로도 몹시 튀었다. 그가 움직일 때마다 시선이 따갑게 달라붙는 것이 선명하게 느껴질 정도였다. 그러거나 말거나 시벨리우스는 전혀 신경 쓰지 않았지만.

"이렇게 가까우면 놈이 작정하고 습격하는 경우엔 대처하기가 쉽지 않겠는데? 대형 몬스터면 방책으로 막는 것도 한계가 있을 테고."

"그건 애초에 통하지도 않을걸? 땅 속으로 다닌다니까."

"아, 하긴. 지하 몬스터라고 했었지."

전날 들은 이야기를 되새긴 듯 그가 가볍게 고개를 끄덕였다.

"그러고 보니 정보를 준 대장장이는? 그자는 토벌에 참여하지 않는 거야?"

"오고 싶어 했는데 아내의 반대가 심해서 나오지 못하나 봐."

"유부남이었어?"

"응, 그렇더라고."

그 사실을 알았을 땐 솔직히 조금 놀랐다. 가정을 이루고도 남을 나이라는 데엔 부정할 수 없지만, 기혼자라고는 생각하지 못했기 때문이다. 동시에 조금 씁쓸하기도 했다. 그가 아무리 소녀를 걱정하고 있어도, 결국 마지막에 선택하는 건 자신의 가정인 것이다.

내가 이런저런 상념에 빠져 있는 동안 시벨리우스는 상기된 시선으로 주위를 훑으며 콧노래를 흥얼거렸다. 원래도 밝은 편이긴 한데 오늘따라 유난히 기분이 좋아 보이는 모습이었다. 아니, 정확히는 소녀를 구하기로 결정했을 때부터인 것 같았다.

"그야 여자애를 돕는 일이잖아."

이유를 물었더니 이런 황당한 대답이 돌아왔다.

"단지 그것뿐?"

"그것 외에 뭐가 또 필요해? 위기에 빠진 여성을 돕는 건 사내의 긍지라고 배웠어. 사내로 태어나 여인을 세 번 이상 구해 보지 않으면 남자도 아니라고 했었지."

"……대체 뭘 배우며 자라는 거야."

"원래 우리 일족 남성이 여인에게는 친절하거든."

"흐응~ 미혼의 처녀들한테만이 아니고?"

그렇게 말한 건 유니콘이 순결한 처녀를 좋아한다는 전설이 떠올랐기 때문이었다. 물론 지구에서나 알려진 얘기인 만큼 딱히 눈앞의 시벨리우스와 연관 지어 생각했던 것은 아니었다. 그런데 당연히 농담으로 건넨 그 말에 시벨리우스가 무척 당황하기 시작했다.

"어? 아니, 그건 딱히 일부러 그러는 게 아니라……. 근데 그걸 어떻게 알았어? 혹시 예전 일이 기억나기 시작한 거야?"

"……헐, 그럼 그게 진짜라고?"

경악해서 쳐다보자 시벨리우스는 서둘러 변명하기 시작했다.

"아, 아냐! 으음, 뭐랄까. 인간 처녀들만이 지니는 특유의 향이 있어. 그게 우리 일족들한테 굉장히 매력적으로 느껴지는 것뿐이야. 보, 본능적인 이끌림일 뿐, 그렇다고 유난히 차별을 두고 대하진 않아. 정말이야."

"처녀가 아니면 뿔로 찔러 죽인다고 하던데……."

"뭐? 말도 안 돼! 누가 그런 짓을 해?"

쩌렁쩌렁 울려 퍼지는 소리에 근처에 있던 사람들 몇이 돌아보는 것이 느껴졌다. 나는 얼른 쉿 하고 소리쳤고, 그는 바로 입을 다물었다.

"아무튼 그런 건 절대 아냐."

다시 시선이 떨어지고 나서야 시벨리우스는 볼멘소리로 나직이 중얼거렸다. 다행히 내가 알고 있는 전설과 완벽히 일치하는 건 아닌 모양이다. 하지만 일부라도 비슷하다고 생각하니 찝찝한 기분이 가시질 않았다.

"너 혹시 그 여자애한테 허튼 짓 하면……."

"……제발 무서운 소리는 그만 둬. 나 그렇게까지 형편없는 놈 아니야. 말했잖아. 그냥 좋은 향기를 가졌다고 느낄 뿐이라고. 고작 그 정도로 문제를 일으킬 정도면 마을을 돌아다니지도 못할 걸?"

"으음, 하긴."

"그리고 솔직히 말하면 그 향기에 영향을 받는 건 인간을 전혀 접해 보지도 못한 숙맥들뿐이야. 난 이미 진한 향에 익숙해져서 지금은 아무렇지도 않아."

"여행을 많이 다녀서?"

"그런 것도 있지만 너와 함께 지낸 덕분이지."

"엥? 나?"

"너한테서도 좋은 향이 나거든. 그래서 처음 만났을 땐 여자애로 착각했…… 미안."

쳐다보는 내 시선이 매서웠는지 그는 신 나게 얘기하다가 시무룩해져서 사과했다. 나는 그 모습을 가만히 노려보다가 곧 한 가지 사실을 상기하고 한숨을 내쉬었다.

"난 또 뭐라고. 그건 과거의 엘 이야기지? 나한테 한 말인 줄 알았잖아."

"응? 아니, 지금도 별로 다르진 않은데? 지금 너한테서도 같은 향이 나니까."

"뭐? 지금도?"

황망히 되묻기 무섭게 문득 처음 그와 만났을 때의 기억이 떠올랐다. 그러고 보니 다짜고짜 내 냄새를 맡았었지. 그리고 내가 '엘'과 동인인물임을 확신했었다.

얼굴은 몰라도 체취까지 똑같을 수 있는 건가? 나는 손목을 들어서 잠시 코에 가져다 대어 보았다. 하지만 좋은 향기는커녕 아무런 냄새도 맡을 수 없었다.

"……난 아무 냄새도 안 나는데?"

"아, 그럴 거야. 그건 우리 일족만 감지할 수 있는 부분이니까. 일종의 파장 같은 거랄까? 그게 우리들에겐 향기로 느껴지는 것뿐이야."

"흐음. 그것도 영안이랑 관계 있는 거야?"

"비슷해. 그리고 혹시 오해할까 봐 말하는 건데, 여자애로 오해한 건 아주 잠깐이었어. 분명 좋긴 하지만 완전히 다른 향이거든. 너한테서 나는 건 정령의 향기야."

"정령?"

뜻밖의 이야기에 고개를 들자 시벨리우스는 화색이 도는 얼굴로 방긋 웃었다. 자신의 이야기에 관심을 기울이는 게 기쁜 것 같았다.

"실체화한 정령들에게도 각자 고유의 향이 있어. 하급에선 거의 느껴지지 않지만, 상위로 갈수록 점점 짙어지지. 특히 정령왕 정도 되면 계약자들에게까지 그 향이 배어나는 편이야."

"그렇구나. 그러고 보니 '엘'도 엘퀴네스의 계약자라고 했었지."

정령 고유의 향기라면 그때의 엘이 지닌 향은 엘뤼엔에게서 받은 영향이었을 것이다. 현재 엘퀴네스인 나와 똑같은 향기가 나는 것도 당연했다. 지당한 사실을 새삼스럽게 인지하며 나는 천천히 고개를 끄덕였다.

"오히려 예전엔 인간 특유의 체취가 섞여서 지금보다 좀 더 독특한 느낌이 있었어. 지금은 너무 그 녀석 같아."

"그 녀석?"

"전대 엘퀴네스 말이야. 너도 지금은 엘퀴네스니까 어쩔 수 없지만."

"그럼 이사나는?"

"응? 이사나?"

"이사나 역시 엘퀴네스의 계약자고, 또 인간이기도 하잖아. 조건만으로는 지금의 나보다 그때의 엘이랑 더 똑같아. 그럼 체취도 같은 거 아니야?"

이런 질문을 내뱉은 건 다분히 심술적이었다. 아직도 날 철석같이 '엘'이라고 믿는 그에게 조금이라도 혼란을 주고 싶었던 걸지도 모른다. 그가 주장하는 나와 엘의 공통점 같은 건 다른 사람도 얼마든지 갖고 있을 수 있는 것이라고.

엘에 관해서는 전혀 타협을 하지 않으려고 하는 만큼, 난 이번에도 그가 발끈할 것이라 여겼다. 하지만 예상과는 다르게 시벨리우스는 의외로 진지하게 이사나를 응시했다. 빤히 바라보는 눈빛에 이사나 역시 긴장한 표정을 지었다.

"……흠, 확실히. 향기 자체만으로 따지자면 그렇긴 해."

"그런가요?"

이사나가 이채 어린 얼굴로 자신의 냄새를 맡았다. 유니콘만 감지하는 향이라는 걸 듣긴 했지만 그래도 호기심이 생기는 건 어쩔 수 없었나 보다.

"응, 근데 엘에 비하면 거의 느껴지지 않을 정도로 냄새가 약해. 그래서 그런지 딱히 비슷한 건 잘 모르겠어. 아마 이쪽이 정상이겠지. 엘은 배어 있는 수준 정도가 아니라 꽤 향기가 진했거든. 정령왕인 지금이랑 거의 차이가 나지 않을 정도로."

"……그거 정말 인간이었어?"

말이 좋아 향기지, 달리 말하면 정령왕과 똑같은 파장을 갖고 있었다는 뜻이다. 평범한 인간이 아닌 줄이야 알았지만 그렇게까지 특이하다는 게 말이 되나? 얼굴을 찌푸리는 나와는 다르게 시벨리우스는 뭐가 그리 좋은지 반색하며 떠들기 시작했다.

"그치? 그치? 나도 늘 엘을 볼 때마다 그런 생각을 했어. 혹시 인간이 아닐지도 모른다고 말이야. 어쩌면 이미 그때부터 다음 세대의 엘퀴네스로 내정되어 있었던 게 아닐까? 그래서 인간이면서도 정령의 향기를 강하게 품고 있었던 거야! 어떻게 생각해, 엘?"

"글쎄……."

"어휴, 그러지 말고 잘 생각해 보라니까. 불현듯 과거의 기억이 떠오를지도 모르잖아?"

그러니까 그 엘은 내가 아니라니까 그러네. 결국 이번에도 똑같은 결론이다. 각오하긴 했어도 이럴 때마다 맥이 빠지는 건 어쩔 수 없었다. 대체 이 녀석은 언제쯤이면 내가 다른 사람이란 걸 인정하게 될까? 나는 소득 없이 끝난 대화를 외면하며 지끈거리는 머리를 짚었다. 왠지 시벨리우스를 만난 뒤로는 두통이 가실 날이 없는 것 같았다.

"정렬! 모두 정렬하시오!"

때마침 이어진 호령 소리 덕분에 불편한 화제는 바로 종결됐다. 날이 저물어 감에 따라 토벌대가 본격적으로 배열을 맞추기 시작한 것이다. 모여드는 사람들의 움직임에 따라 나와 일행들도 대열에 맞춰 섰다. 한구석에선 횃불을 준비하는 손길이 분주했다.

"해가 완전히 떨어져야 나타난다고 했나?"

시벨리우스의 질문에 나는 고개를 끄덕였다.

"응, 게다가 굉장히 빠르다나 봐. 먹이를 잡으면 그대로 땅 속에 들어가기 때문에 놓치면 그걸로 끝이래."

"그럼 일단 움직임부터 봉쇄해야겠네."

당연한 결론을 도출했을 때 근처에서 키득거리는 소리가 들려왔다. 우리 옆쪽에 서 있던 병사들이었다. 그들은 우리더러 들으라는 듯이 떠들었다.

"다들 들었어? 움직임을 봉쇄하면 되겠단다. 이게 무슨 사냥터에서 사슴 잡는 일인 줄 아나? 잡는다고 잡히면 그게 몬스터야?"

"내버려 둬. 아무것도 모르는 이방인이잖아. 땅굴 각귀신을 실제로 볼일이 있기나 했겠어?"

"하기사. 호기심에 토벌에 참여하는 것 같은데 방해나 되지 않으면 다행이지."

노골적으로 비웃는 말투엔 우리를 무시하는 분위기가 가득했다. 타지인인 데다 연령대가 어려서 그런지 딱히 전력으로 치지 않는 것 같았다. 우리는 그 반응에 그저 가볍게 어깨를 으쓱해 보였다. 일방적인 적의를 상대할 필요도 없었고, 일일이 발끈하는 것도 귀찮았기 때문이다.

오히려 신경이 쓰이는 건 이사나 쪽이었다. 시벨리우스가 평소보다 들떠 있다면 그는 유난히 기운이 없는 상태였다. 여느 때처럼 대화도 하고 반응도 곧잘 하지만 무겁게 가라앉은 분위기만큼은 감추지 못했다. 왜 그런지는 알 것 같았다. 아마 소녀가 처한 상황을 돌아가신 아버지의 일과 겹쳐보고 있는 거겠지. 그에게 아버지는 일평생 지워지지 않는 낙인일 것이다. 그냥 내버려 둘까 하다가 나는 결국 충동을 이기지 못하고 말을 걸고 말았다.

"이사나."

"응?"

"괜찮아. 다 잘될 거야."

작게 속삭이자 이사나는 당황한 얼굴로 나를 바라보았다가 곧 희미하게 미소 지었다.

"……응."

그의 어깨를 짓누르는 것 같던 공기가 약간이나마 가벼워졌다. 너무 빤한 위로라서 건네는 나조차 민망했는데, 다행히 조금은 기분이 나아진 것 같았다.

그동안 어수선하던 행렬은 어느 정도 정돈을 마쳐 가고 있었다. 해가 떨어져 가는 것이 눈에 보일 때쯤 사람들 사이에서 술렁거리는 소리가 퍼졌다. 의아해져서 돌아본 나는 곧 그 이유를 알 수 있었다. 토벌대의 지휘관과 함께 작은 소녀가 걸어오고 있었기 때문이다. 바로 알리사였다.

활기차 보이던 어제의 모습과는 다르게 알리사는 표정 없는 얼굴로 땅만 바라보며 걷고 있었다. 가냘픈 몸엔 그 흔한 방어구 하나조차 걸치지 않은 상태였다.

"퉤, 왔군. 재수 없는 년."

근처에서 험악한 욕설이 들려와 나도 모르게 어깨를 움찔했다. 욕을 내뱉은 건 한 사람이었지만 다른 사람들의 표정도 좋지 않기는 마찬가지다. 병사들 역시 모두 싸늘한 눈초리로 소녀를 노려보고 있었다.

"용케 도망치지 않고 얌전히 따라왔네."

"흥, 저 저주받은 몸으로 어딜 갈 수 있겠어? 그나마 이 마을 사람들이 착하니 지금까지 봐주고 있었던 거지. 다른 마을 같으면 진즉에 목숨 부지하기 어려웠을걸? 아마 화형을 당했을지도 모르지."

"저 낯짝 보는 것도 지겨운데 얼른 죽어버렸으면 좋겠어. 그럼 이런 고생도 더는 하지 않을 텐데 말이야."

"저도 눈치가 있는데 선두에 서는 의미를 모르진 않겠지. 양심이 있다면 몬스터와 싸우다 같이 죽어주지 않겠어?"

"제발 그랬으면 좋겠다."

수군거리는 소리마다 하나같이 저주에 가까웠다. 어린 소녀를 향한다고는 믿을 수 없을 정도로 지독한 악의였다.

'뭐 저런 사람들이……!'

순간 발끈해서 나서려는데 누군가 내 팔을 붙잡았다. 시벨리우스인가 싶었는데 뜻밖에도 그 사람은 이사나였다. 시선이 마주치자 그가 차분한 표정으로 고개를 가로저었다.

"이미 저런 생각이 뿌리깊이 박혀 있는 사람들에겐 무슨 말을 해도 소용없어, 엘. 여기서 나서 봤자 오히려 괜한 빈축을 살 뿐이야."

"그치만……."

"지금은 저 사람들을 자극하지 않는 게 좋을 것 같아. 그렇지 않아도 이방인을 경계하고 있는데 토벌 작전에서 쫓아낼지도 모르잖아."

충분히 가능한 일이었기에 나는 목구멍까지 튀어나온 불만을 꾹 눌러 삼킬 수밖에 없었다. 그리고 나니 새삼 이사나의 모습이 눈에 들어왔다. 이미 그는 어제부터 기분이 저조한 상태였다. 지금 상황에선 나보다는 오히려 그가 더 화가 났을 것이다. 아니나 다를까. 담담한 표정과는 다르게 이사나의 눈빛은 싸늘히 가라앉아 있었다. 달달한 벌꿀처럼 늘 따스해 보이던 눈동자가 얼음장처럼 느껴지는 건 지금이 처음이었다.

"엘, 미안하지만 한 가지 부탁할 게 있어."

"응? 무슨 부탁?"

"이번 일, 나 혼자 해결하고 싶은데 그래도 될까?"

나와 시벨리우스는 동시에 서로를 바라보았다. 그 말에 담긴 뜻은 하나밖에 없었으니까.

"혼자서 몬스터를 잡겠다는 거야? 우린 아무것도 하지 말고 가만히 있어 달라는 거지?"

"응, 부탁해."

"으음. 뭐, 딱히 상관은 없긴 한데……."

이사나의 정령술은 이제 어디에 내놔도 손색이 없는 수준이다. 그 정도라면 대형이든 상급 몬스터든 떼로 덤벼들지 않는 한 혼자서도 충분히 상대할 수 있을 것이다. 다만 그가 이 전투에 임하는 태도가 의외였다. 지금까지 파악하기로 이사나는 사람들 앞에 나서는 걸 좋아하는 편이 아니었다. 신분을 감춰야 하는 상황이긴 하지만 그게 아니라도 타고난 성정 자체가 돋보이는 걸 즐기지 않는 것 같았다. 그건 전투 시에도 마찬가지라 피치 못할 상황이 아닌 이상 본인이 주도하려고 한 적은 없었다. 그런 그가 지금은 자신이 혼자 해결하고 싶다고 적극적으로 나서고 있다.

설마 너무 화가 나서 흥분한 상태인 건 아니겠지? 그를 바라보는 눈동자에 우려의 시선이 섞인 모양이다. 이사나가 어색하게 웃었다.

"어설픈 영웅놀이에 심취한 건 아냐. 이건 그냥 내 각오의 문제야."

"각오?"

"난 아버님을 구하지 못했어."

"……."

꺼질 듯이 희미하게 내뱉는 탄식은 어느 정도 짐작하고 있던 부분이었다. 그래서 나는 당황하지 않고 그를 가만히 응시했다. 분노와 슬픔, 후회와 고통의 감정들이 그의 흐린 눈동자 속에서 어지러이 뒤섞이고 있었다.

"그 순간에 아무것도 하지 못한 걸 항상 후회했어. 계속 생각했었지. 그냥 무모하게 뛰어들어서라도 저 처형대를 부숴 버려야 한다고. 하지만 끝까지 바라보기만 했어."

"그건 네 잘못이 아니야."

"응, 그치만 그때 내게 지금과 같은 힘이 있었다면 상황이 달라졌을 거라고 생각해."

"……."

"그러니까 이번엔 구하고 싶어. 내 손으로 직접. 그래야 할 것 같아."

살짝 감았다 뜬 눈동자는 다시 차분하게 가라앉아 있었다. 단단한 결의를 다진 얼굴이었다. 어차피 반대할 생각도 없었지만, 이렇게까지 말하는데 뭐라고 할 말이 있을 리가 없었다. 나는 피식 웃으며 그의 머리를 쓰다듬어주었다.

"좋아. 그렇다면 우린 방해하지 않을게. 네가 하고 싶은 대로 해."

"……미안해. 멋대로 행동해서."

"미안하긴. 네가 좋다면 난 상관없어. 잊은 거야? 이 여행은 너를 위한 거잖아."

빙긋 웃으며 대꾸하자 이사나는 금방이라도 울 것 같은 눈으로 나를 바라보았다. 굳어 있던 입가엔 곧 환한 미소가 번져 나갔다. 나는 그 모습을 뿌듯하게 지켜본 다음 시벨리우스를 돌아보며 말했다.

"시벨, 그렇게 됐으니 양해 부탁해."

"흐음, 할 수 없지. 소녀를 돕는 영광은 동료에게 양보하는 수밖에."

아쉬워하는 말투와는 다르게 그는 벌써부터 팔짱을 낀 채 관전하는 자세를 취하고 있었다. 그는 이사나에게 가볍게 윙크하며 말했다.

"가서 멋지게 과거를 이겨 봐. 그래도 위험하다 싶으면 끼어들 거다?"

"네! 고맙습니다!"

대답하는 목소리가 활기차다. 이젠 완전히 평소의 상태를 되찾은 것 같았다. 그게 마음에 들었는지 시벨리우스가 이사나의 머리를 끌어안고 마구 쓰다듬었다. 처음부터 유난히 호흡이 잘 맞는다 싶더니 지금은 친형제처럼 예뻐하는 게 눈에 보일 정도였다. 그 모습을 훈훈하게 바라보고 있을 때였다.

'……응?'

문득 멀리서 우리를 바라보는 시선이 느껴졌다. 그 방향으로 고개를 돌리자마자 나는 사람들 틈 사이에서 깜빡이는 작은 눈동자와 마주쳤다. 시선의 주인은 바로 알리사였다. 후드를 쓰고 있는데도 용케 우리를 알아본 듯 그녀의 표정이 묘했다. 안도한 것 같기도 하고, 의아해하는 것 같기도 했다. 아니, 정확히 말하면 불신에 찬 표정이랄까. 아무튼 의미를 파악하기가 어려웠다.

우르릉.

"……!"

반응을 더 살필 수 없었던 건 갑자기 느껴진 진동 때문이었다. 희미하지만 뭔가가 두드리는 감각이 발밑에서 조금씩 시작되고 있었다. 그것을 느낀 건 나만이 아닌 듯 술렁거리던 사람들 사이에 일순 정적이 내려앉았다.

"……온다."

누군가 중얼거리는 소리가 고함이라도 치는 것처럼 선명하게 들렸다. 여기저기서 목울대를 울리는 사람들의 모습이 쉽게 눈에 띄었다. 지휘관의 표정 역시 굳어 있기는 마찬가지였다.

"모두 준비! 출전한다!"

어느새 언저리로 내려간 해가 절벽 틈으로 짙은 붉은 빛을 뿌렸다. 드디어 결전의 때였다.

2.

발밑의 진동은 시간이 지날수록 점점 더 강해지고 있었다. 동굴 앞으로 전진하는 사람들의 얼굴은 파리하다 못해 하얗게 질린 상태였다. 개중에선 긴장을 이기지 못하고 토악질을 하는 사람도 있었다.

"모두 정지!"

협곡 안쪽에 이르렀을 때 지휘관의 호령이 울려 퍼졌다. 아직 동굴 앞에 도착하지도 않았는데 이동을 멈춘 것이라 토벌대는 의아해하면서도 더욱 긴장한 모습이었다. 모두가 멈춘 것을 확인한 뒤 지휘관은 자신의 옆에 있던 알리사에게 시선을 내렸다.

"시작해라."

그 말의 의미는 따로 파악할 필요가 없었다. 알리사가 고개를 살짝 끄덕인 후 한 팔을 내밀었기 때문이다. 대지의 기운이 순식간에 모여드는 걸 보아 정령을 소환하려는 것 같았다.

"나와 줘, 멀든."

예상대로 그녀의 부름을 받은 땅이 크게 꿈틀거리기 시작했다. 마른 흙바닥이 부글거리는 것처럼 우둘투둘 일어나더니, 그 속에서 굵은 나뭇가지가 뻗어 나왔다. 쿠궁! 우두두둑! 요란한 굉음과 함께 빠르게 솟아나는 줄기 사이로 마른 흙과 돌조각이 후두둑 떨어져 내렸다. 그 자체로 무척이나 웅장한 광경이었다.

이윽고 모두의 눈앞에 거대한 한 그루의 나무가 자리잡았다. 평범한 나무와 다른 점은 정령 특유의 투명한 질감이 있다는 것, 그리고 뿌리가 대다수 지면 밖으로 튀어나온 채 꿈틀거리고 있다는 것이었다.

뿌옇던 흙먼지가 어느 정도 가라앉았을 때쯤 아무것도 없던 기둥에서 두 개의 검은 구멍이 번뜩였다. 멀든이 감고 있던 눈을 뜬 것이다. 사람과는 다른 눈동자가 새하얀 빛을 내뿜자 여기저기서 숨을 삼키는 소리가 들려왔다. 멀든이 등장하는 순간부터 지금까지 내내 질린 표정을 짓고 있던 사람들이었다.

"……괴물."

굳이 누군가 중얼거리는 소리를 듣지 못했더라도, 그들의 눈에 서린 공포와 혐오감이 멀든을 어떻게 인지하고 있는 지 선명하게 드러내고 있었다. 나로서는 황당하다 못해 답답한 광경이었다. 그건 시벨리우스도 마찬가지였는지 어이없다는 표정으로 빈정거렸다.

"바보들 아냐? 저렇게 정순한 기운을 가진 괴물이 세상에 어딨다고."

"……그걸 느낄 수 있었다면 이런 일이 생기지도 않았겠죠."

대답하는 이사나의 어조에서도 불편한 심기가 고스란히 드러났다.

잠시 후 옆에 있는 병사 하나가 횃불을 붙여 지휘관에게 전달했다. 굳은 얼굴로 받아 든 지휘관이 그것을 알리사에게 건네는 모습이 느릿하게 이어졌다.

당황스러운 일은 바로 그 다음에 일어났다. 지휘관이 무언의 시선을 보내자 알리사가 혼자 앞으로 걸어 나가기 시작한 것이다. 아마도 이곳에 오기 전 사전에 그들끼리 따로 협의한 계획이 있는 것 같았다. 뭔가 이상한 기분이 들었지만 그저 먼저 출발한 것이려니 싶어 나는 대수롭지 않게 상황을 관전했다. ……이어진 지휘관의 지시를 듣기 전까진.

"모두 선두와 간격을 유지하며 따른다!"

"……!"

처음엔 단순한 착각이라고 생각했다. 그런 내 기대(?)를 깨부수기라도 하듯, 앞 열에 있던 병사들이 성큼 뒤쪽으로 걸음을 물렸다. 조금 전까지만 해도 선두였던, 아니 선두라고 생각했던 사람들이었다. 그러는 중에도 알리사는 계속 앞서나가고 있었기에 토벌대와의 거리는 더 벌어졌다. 알리사의 뒤를 따르는 건 그녀가 불러낸 정령 멀든밖에 없었다. 바보가 아닌 이상에야 이 상황에서 명시된 '선두'가 무엇인지 모를 수가 없었다. 다 큰 어른들이 작은 여자아이 하나를 방패삼아 뒤에 숨겠다는 소리다.

"최소한의 도의도 없는 것들이군."

시벨리우스의 새파란 눈동자에 경멸의 빛이 서렸다. 나 역시 그와 별반 다르지 않을 것이다.

설마 이렇게 노골적으로 벼랑에 떠밀 줄이야. 적어도 함께 싸우는 시늉만큼은 할 거라고 생각했는데 완전한 오판이었다. 그때 옆쪽에서 크게 움직이는 기척이 느껴졌다. 이사나가 행렬을 벗어나 앞으로 걸어 나가기 시작한 것이다. 나는 무심코 붙잡기 위해 손을 뻗었다가, 그가 자신에게 맡겨달라고 했던 말을 상기하고 다시 내렸다. 지금 내가 할 일은 이사나를 믿고 지켜보는 것이었다.

"거기 멈춰라. 지금 뭐하는 거지?"

갑자기 생긴 이탈자에 당황했는지 지휘관이 굳은 얼굴로 이사나를 주시했다. 다른 병사들도 전부 그를 주목하고 있었다. 모두의 시선이 몰린 가운데, 이사나는 차분하게 멈춰 서서 주위를 훑었다. 후드에 가려져 음침해진 인상 탓인지, 아니면 그들 내면에 자리 잡은 마지막 양심 때문인지, 그의 시선이 닿을 때마다 사람들이 몸을 움츠리는 것이 보였다. 이사나는 그들을 한번 쭉 돌아본 다음 담담히 말했다.

"저도 '선두'에 서고 싶습니다."

"뭐, 뭣? 진심인가?"

"저렇게 작은 소녀도 혼자 맡는 자리인데 저라고 못 설 건 없을 것 같군요."

정상인이라면 그 말에 서린 비난의 기색을 읽지 못할 리가 없었다. 지휘관은 수치심에 얼굴을 붉히면서도 불쾌한 표정을 지으며 대꾸했다.

"뭔가 오해한 모양이군. 저 아이가 괴물을 소환하는 걸 보지 않았나? 저 아이는 평범한 여자아이가 아니다. 우리보다 더 강한 힘을 지녔지. 강하기 때문에 의당 그 힘에 맞는 역할이 주어진 것뿐이다."

"강하다고 안전한 건 아닙니다. 하물며 저 소녀는 훈련받은 군인도 아닌 것 같군요. 애초에 지휘관의 자질이 의심스러운 분에게 말해 봤자 소용없는 것 같긴 합니다만."

"―큭, 그래서 정말로 가겠다는 건가?"

"혼자보다는 둘인 편이 더 낫겠죠."

"좋아, 나중에 후회하지나 말도록."

지휘관이 삐딱한 얼굴로 웃으며 턱짓을 했다. 선두 쪽으로 나가라는 허가였다. 어차피 젊은 혈기에 목숨 아까운 줄 모르고 호기를 부린다고 생각하고 있을게 뻔했다. 그건 다른 자들도 마찬가지인 듯, 걸어 나가는 이사나의 뒷모습을 향해 동정의 시선이 쏟아졌다.

"아, 그러고 보니 괴물이라는 것 말인데."

"……?"

지휘관의 옆을 스칠 때, 이사나가 문득 잊은 것을 떠올린 듯이 운을 떼었다. 지휘관은 불쾌한 표정을 지으면서도 긴장한 시선으로 돌아보았다. 그의 흔들리는 눈빛을 마주한 이사나의 입가에 옅은 미소가 감돌았다.

"다른 지역에서 비웃음을 사기 전에 정정하는 게 좋을 겁니다. 저들을 부르는 호칭은 따로 있으니까요."

"뭐, 뭣? 저들? 따로 있다니?"

"혹시 정령이라는 존재에 대해 들어보셨습니까?"

그 질문에 지휘관이 잠시 멈칫하더니 곧 호탕한 웃음을 터트렸다.

"하하하! 정령! 물론 아주 잘 알지! 설마 저 괴물을 정령이라고 생각하고 있는 건가?"

"생각하는 게 아니라 정령이 맞습니다."

"이거야 뭘 모르는 사람이군. 정령은 저렇게 생김새가 흉하지 않아. 아주 아름답게 생긴 걸로 유명하다고."

"그렇게 말하는 걸 보니 실제로 정령을 본 적은 한 번도 없나 보군요."

"뭐? 그, 그야……."

"미(美)의 주관은 사람마다 전부 다릅니다. 내 눈엔 저 나무의 모습도 충분히 아름답습니다. 그리고 미안하지만 정령에 관한 건 당신보다 내가 더 잘 알 겁니다."

"그게 무슨……."

지휘관은 발끈한 표정을 지었지만 말을 더 잇지 못했다. 그 순간 이사나의 손에서 푸른 물줄기가 치솟아 올랐기 때문이다. 슈우욱 촤아악! 마치 뱀처럼 이사나의 팔을 타고 올라간 물줄기가 순식간에 공중에서 폭포수처럼 터져 나가더니 이내 늑대의 형태로 변했다. 시큐엘이 소환된 것이다.

그제야 지휘관에 얼굴에 서려 있던 웃음기가 완전히 가셨다. 금방이라도 숨이 넘어갈 것처럼 눈을 부릅뜬 채 굳어 있는 그를 향해 이사나가 서늘한 어조로 쏘아붙였다.

"정령을 알아보지도 못하는 주제에 함부로 아는 척하지 마."

"⋯⋯."

"⋯⋯."

부산하던 소리가 잦아들고 정적이 내려앉았다. 사람들은 우아하게 바닥에 착지하는 물의 늑대에게서 시선을 떼지 못했다. 눈치가 있다면 이 상황에서 등장한 늑대의 정체를 한눈에 알아볼 수밖에 없을 것이다. 그게 아니라도 시큐엘은 화려한 외형 탓에 누가 봐도 정령으로 보였다.

한동안 멈춰 선 채 지휘관을 노려보던 이사나는 이내 시선을 거두고 다시 걸음을 옮기기 시작했다. 그제야 멈춘 것처럼 경직되어 있던 공기가 빠르게 풀어졌다. 하지만 이미 사람들 사이에 흐르는 분위기는 조금 전과는 완전히 달라져 있었다.

"저, 정령이다. 저 사람 정령사인가 봐."

"세상에, 나 정령사 처음 봐."

"근데 아까 저 사람이 나무 괴물더러 정령이라고 하지 않았어?"

"그, 그럼 저게 정말 정령이라는 거야?"

술렁임이 퍼져 나갈수록 사람들의 얼굴은 더욱 새파래졌다. 그들이 괴물이라고 부르던 멀든이 정령이라는 시점에서 내려지는 결론은 단 하나밖에 없었으니까.

"알리사 아가씨가…… 정령사라고?"

복잡한 표정을 짓고 있기는 알리사 본인 역시 마찬가지였다. 거리가 떨어져 있는 상태긴 했지만 그녀 역시 뒤쪽에서 벌어지고 있는 상황을 파악한 듯 걸음을 멈춘 상태였다. 이사나가 가까이 다가서자 그녀는 살짝 숨을 삼킨 뒤 조심스럽게 그를 바라보았다.

"당신…… 어제 만났던 그 사람 맞지? 팔론의 대장간 앞에 있었던."

"다시 뵙는군요. 반갑습니다."

정중한 인사에 알리사는 잠시간 어쩔 줄 모르는 표정을 지었다. 맞췄다는 사실에 안도하면서도 혼란스러운 얼굴이었다. 그녀의 시선은 그의 옆에 얌전히 서 있는 시큐엘을 향하자 더욱 복잡해졌다.

"이 늑대…… 멀든이랑 비슷한 느낌이 나."

"그럴 겁니다."

"얘가 정령이야? 당신은 정령사고?"

"예."

"그럼 나도 정령사야?"

이사나는 대답하지 않았지만 이미 그녀는 스스로 답을 깨우친 것 같았다. 아마 오랫동안 찾았던 답일 것이다. 갈림길에서 길을 찾은 사람처럼, 그녀의 얼굴색이 한층 밝아진 것이 느껴졌다. 커다란 눈동자가 금방이라도 눈물이 차오를 것처럼 일렁거렸다.

후욱!

"······!"

그 순간 바람도 일지 않았는데 알리사의 손에 들려 있던 횃불의 빛이 꺼졌다. 그녀만이 아니라 다른 병사들이 들고 있던 횃불 역시 마찬가지였다.

"뭐, 뭐지?"

"횃불이!"

당황한 사람들이 허둥거리는 동안 나는 반사적으로 하늘을 바라보았다. 조금 전까지만 절벽 위에 걸려 있던 해가 어느새 사라져 있었다. 날이 완전히 저문 것이다. 그것을 깨닫자마자 나는 바로 이사나를 향해 소리쳤다.

"이사나! 조심해!"

쿠과아아앙!

요란한 소리가 울려 퍼진 건 그와 거의 동시에 벌어진 일이었다. 이사나와 알리사가 서 있는 바로 앞쪽에서 거대한 기둥이 솟아올랐다. 아니, 정확히 말하면 그건 기둥이 아니라 두터운 가죽으로 된 몸체였다. 그 짧은 순간에도 우둘투둘한 표면에 수백 개의 눈알이 빼곡히 박혀 있는 것이 눈에 들어왔다. 정수리엔 날카로운 긴 이빨이 수염처럼 돋아나 있었다.

'땅굴 각귀신!'

대형 몬스터라고 하더니 실제로 보니까 정말 압도되리만치 거대한 크기였다. 불쑥 튀어나온 힘만으로 지면이 크게 흔들릴 정도였다. 강한 충격에 사람들이 균형을 잃고 비틀거리는 사이, 몬스터는 곧장 굉음을 내며 자신의 앞에 있는 이사나와 알리사를 덮쳤다. 순간에 가까울 정도로 빠른 속도였다.

쿠르르릉! 콰직!

"이사나!"

다행스럽게도 이사나 역시 늦지 않게 반응했다. 커다랗게 벌려진 입이 닿기 직전, 시큐엘이 날쌔게 뛰어들어 그들 앞을 막아서는 것이 보였다. 그로부터 퍼져 나온 푸른색의 물줄기가 소용돌이치는 것처럼 날카롭게 회전하며 둥근 장막을 펼쳤다. 이어서 두 개의 기운이 정면으로 충돌했고, 몬스터의 몸체가 벽에 부딪힌 것처럼 튕겨 나갔다. 내리꽂힌 속도에 의한 반동 때문인지 나가떨어진 거리도 상당했다.

쿠궁! 콰아앙!

"키이이익!"

'휴우.'

고통에 찬 소리가 울려 퍼지는 것을 들으며 나는 안도의 한숨을 내쉬었다. 괜찮을 거라고 생각하긴 했지만 막상 위험한 상황을 지켜보고 있으려니 가슴이 조마조마했다. 그때까지도 우왕좌왕하던 사람들은 몬스터의 비명을 들고서야 겨우 사태를 파악한 듯했다. 어리둥절하던 얼굴들이 꿈틀거리는 거대한 몸체를 확인하는 순간 새파랗게 굳어졌다.

"히익! 나왔다! 땅굴 각귀신이다!"

"으아악!"

누군가 비명을 지르는 것을 시작으로 사람들은 일시에 혼란에 빠졌다. 겁에 질린 병사들 몇이 뒤로 물러나려고 하자 행렬은 마구 흐트러졌다. 하지만 바로 눈앞에서 공격을 당한 충격에는 비할 바는 아닐 것이다. 알리사는 숨도 못 쉰 채 얼어붙어 있었다. 아무리 중급 정령사라고 해도 평범하게 자란 소녀였다. 압도적인 크기를 지닌 괴물을 보면서 평정을 유지할 리가 없었다.

"괜찮습니까?"

창백하게 질린 얼굴이 걱정스러웠는지 이사나가 조심히 그녀에게 물었다. 그의 질문을 받자마자 알리사는 부들부들 떨기 시작했다. 이제야 자신이 죽을 뻔했다는 걸 실감한 것 같았다. 이사나는 몬스터에게서 시선을 떼지 않은 상태로 말했다.

"저한테서 떨어지지 마세요. 곧 다시 공격해 올 겁니다."

경고를 건네기 무섭게 땅굴 각귀신의 몸체가 다시 땅 속으로 사라졌다. 우르르 일어나는 진동에 알리사는 잘게 어깨를 떨었다. 다음 공격은 곧바로 이어졌다. 모습을 감췄다고 느끼기가 무섭게 다시 지면을 뚫고 몸체가 솟구쳐 오른 것이다. 이미 한 번 큰 충격을 받았는데도 타격을 전혀 받지 않은 듯, 오히려 움직임이 더 빨라진 것 같았다.

"시큐엘!"

하지만 미리 대비하고 있었던 덕분인지 이사나 역시 조금 전보다 더 수월하게 공격을 막아 냈다. 빠르게 달려드는 송곳니를 쳐내는 것과 동시에 반격은 곧바로 이뤄졌다. 시큐엘이 몬스터의 몸을 가볍게 타고 올라가기 시작한 것이다. 그의 발이 닿는 부분마다 솟아오르는 물줄기가 마치 밧줄처럼 몬스터의 몸통을 휘감아 갔다.

휘릭! 촤아악!

"키에에엑!"

육중한 몸체가 붙들리자 땅굴 각귀신은 마구 몸부림쳤다. 그럴 때마다 묶고 있는 물줄기가 날처럼 휘어져 가죽이 잘게 베여나갔다. 녹색의 점액과 핏덩어리가 물과 함께 섞여 사방에 튀었다.

"오오오!"

"붙잡았다!"

몬스터가 묶이는 것을 본 토벌대 사이에서 작은 탄성이 울려 퍼졌다. 움직임을 제압했으니 이제 마무리는 시간 문제였다. 이사나는 가볍게 심호흡 한 다음 눈을 굳게 감았다. 그러자 물줄기가 더욱 몬스터의 몸을 압박해 나가기 시작했다. 그것은 압력을 가하다 못해 가죽을 꿰뚫고 들어갔다.

쿠지직! 콰아아악!

'윽……'

파고들어가는 물줄기 사이로 붉은 핏물이 폭포수처럼 쏟아져 나왔다. 몸부림치는 몬스터를 보며 나는 얼굴을 잔뜩 찌푸렸다.

물로 된 밧줄이 파고들 때마다 몬스터의 몸이 조금씩 절단되어 가는 광경이 생생하게 보였기 때문이다. 샴페인 용병단과 어울리면서 잔인한 광경에는 많이 익숙해졌지만, 그래도 본능적인 거부감이 드는 건 어쩔 수 없었다.

"키익! 키에에엑!"

두둑! 쿠우웅!

잠시 후 강한 소음과 함께 몬스터의 머리 부분이 바닥으로 떨어져 내렸다. 몸이 완전히 절단된 것이다.

분리된 후에도 떨어진 부분과 남겨진 부분은 한동안 땅에서 필사적으로 꿈틀거렸다. 금방이라도 다시 덮쳐올 듯 위협적인 모습과는 다르게, 몸부림은 점차 눈에 띌 정도로 약해지더니 이내 축 늘어져 잠잠해졌다. 그것이 뜻하는 바는 명백했다.

"모, 몬스터가 죽었다."

"말도 안 돼. 이렇게 빨리……."

누군가 중얼거리는 소리와 함께 여기저기서 마른침을 삼키는 소리가 울렸다. 모든 과정을 직접 보았으면서도 아직 실감하지 못하는 것 같았다. 오랜 시간 집요하게 시달려온 것에 비해 허무할 정도로 간단한 죽음이었으니 믿어지지 않는 것도 당연했다.

그사이 다시 늑대의 모습으로 돌아온 시큐엘이 사뿐히 바닥에 내려앉았다. 이사나가 손을 내밀자 그는 곧장 그에게 다가가 칭찬을 바라듯 품속에 머리를 비볐다. 정령사가 계약한 정령과 누리는 일종의 교감 행동이었다.

이사나가 시큐엘의 털을 가볍게 쓰다듬는 동안, 알리사는 숨을 죽이고 그 모습을 바라보고 있었다. 그녀의 강렬한 시선을 느낀 듯 이사나가 빙긋 웃으며 물었다.

"신기합니까?"

"……몸이 물로 되어 있네."

"그야 물의 정령이니까요."

"그럼 멀든은……."

"멀든은 땅의 정령입니다. 혹시 아직 한 번도 만져본 적이 없습니까?"

"으응."

"한 번 만져보세요. 보기만 했을 때와는 전혀 다른 기분이 들 겁니다."

그 말에 알리사는 자신의 옆에 우두커니 서 있는 멀든을 돌아보았다. 기둥 가운데 거멓게 박힌 두 눈이 느릿하게 껌뻑이자 그녀는 잠시 머뭇거리다가 손을 내밀어 천천히 쓰다듬었다. 그러자 기분 좋은 듯 멀든의 잎사귀가 파르르 흔들리더니, 가지 사이에서 오색빛깔 꽃들이 몽글몽글 솟아오르기 시작했다. 녹색 잎만 가득하던 가지들이 총천연색의 꽃잎으로 뒤덮이는 광경은 탄성이 나올 정도로 아름다웠다. 활짝 만개한 꽃잎에선 꿀처럼 달달한 향기가 진동했다.

"아……!"

눈앞에서 벌어진 놀라운 광경에 알리사는 눈을 크게 떴다가 이

내 희미하게 미소 지었다. 눈처럼 흩날리는 꽃잎을 돌아보는 눈동자가 금방이라도 울 것처럼 일렁거렸다. 이 순간만큼은 마치 세상에 그들만이 존재하는 것 같았다.

바로 그때였다.

끼이익. 갑자기 주위에서 거친 소리가 들려왔다. 그것은 뻣뻣한 것을 강제로 당길 때 나는 소리였다. 어디서 나는 소리인지는 굳이 알아볼 필요도 없었다. 병사들이 모두 활을 겨누고 있었기 때문이다.

"……!"

그들이 쥔 화살촉은 전부 이사나와 알리사를 향해 있었다. 곧바로 상황을 파악한 이사나가 서둘러 알리사를 자신의 뒤에 서게 했다. 그제야 활을 든 병사들을 발견한 듯 알리사의 얼굴이 굳어졌다. 평화롭던 분위기가 순식간에 사라지고, 공기가 팽팽해졌다.

"잠깐만요! 지금 뭐 하는……!"

이해할 수 없는 사태에 나는 당황해서 나서려고 했다. 그러자 이번엔 내 앞에 있던 병사들이 검과 창을 빼어 들었다. 그들이 겨눈 무기가 나와 시벨리우스의 주위를 빙 둘러 에워쌌다. 마주치는 눈빛마다 희미한 살기가 느껴졌다. 명백한 적의였다.

"……이게 대체 무슨 짓입니까?"

질문을 한 건 이사나였다. 그러자 병사들 앞에 서 있던 지휘관이 피식 웃으며 대꾸했다.

"이거 참 미안하게 됐군. 개인적인 유감은 없다."

"이해가 안 되는군요. 이게 몬스터를 잡아준 답례입니까?"

"물론 그 부분에 대해선 고맙게 생각한다. 하지만 몬스터만 죽었지."

"……?"

이사나가 의아한 표정으로 바라보자 지휘관은 쓰게 웃으며 알리사를 가리켰다. 그녀를 노려보는 눈빛엔 두려움과 증오심이 가득했다.

"오늘 저 아이의 역할은 이 자리에서 몬스터와 함께 죽는 것이었다. 그런데 살아남았어. 즉, 이 마을에 서려 있는 재앙은 여전히 그대로라는 거다. 이 마을이 온전히 평화로워지려면 저 아이가 죽어야 해."

"그게 무슨…… 헛소리입니까? 설마 아직도 재앙의 소녀 운운하는 겁니까? 알리사 양은 그저 정령사라고 말씀드렸을 텐데요."

"물론 들었다. 하지만 그게 무슨 상관이지?"

담담히 내뱉은 대꾸에 이사나의 눈빛이 크게 흔들렸다. 동요를 비추고 있는 그를 보며 지휘관은 히죽 웃었다.

"정령사건 아니건 그런 건 아무래도 상관없다. 중요한 건 저 아이가 재앙의 원흉이라고 모두가 믿고 있다는 거지. 사실 아주 틀린 말도 아니다. 저 아이가 지닌 능력 때문에 이 마을에 몬스터의 습격이 시작된 건 사실이니까. 그러니 달라질 건 아무것도 없다는 소리다."

"……궤변입니다. 그 능력 덕분에 풍요롭게 살았을 땐 오히려 기뻐했을 것 아닙니까?"

"이미 오래전의 일이다. 그리고 너도 알다시피 지독한 가뭄은 이제 끝났지. 우린 안정을 원할 뿐이다."

"무고한 소녀의 피 위에 세운 안정 말입니까? 지금 당신들이 하는 짓이 얼마나 무지해 보이는지는 알고 있습니까? 이 사실이 세상에 알려지면 비난을 피할 수 없을 겁니다."

"물론 세간엔 그녀가 몬스터와 싸우다 죽은 것으로 알려질 것이다. 그 과정에서 두세 명 더 죽었다고 해도 아무도 이상하게 여기지 않겠지. 이렇게 거대한 몬스터를 잡다 보면 흔히 있는 일이니까."

살인 멸구하겠다는 말을 뻔뻔하게 돌려 말하는 모습에 나는 잠시간 어이를 상실했다. 시벨리우스도 나만큼은 아니지만 황당하다는 표정을 짓고 있었다. 나는 천천히 주위를 둘러보았다. 수많은 병사들 중에서 지휘관의 뜻에 반발하는 사람은 한 명도 존재하지 않았다. 하다못해 미안해하거나 거부감을 보이는 사람조차 찾을 수 없었다. 모두가 한마음 한 뜻이었던 것이다.

의기양양한 병사들을 보며 이사나는 작게 한숨을 내쉬었다. 그는 뭐라고 해야 할지 모르겠다는 듯 잠시 입을 벙긋거리더니, 이내 한숨을 토해내듯 말했다.

"굉장히 간단하게 생각하시는군요. 설마 저희 쪽에서 아무런 저항도 하지 않을 것 같습니까?"

"흥, 네가 강하다는 건 알겠다. 그러나 아무리 대단한 정령사라도 이만한 숫자를 상대로는……."

하지만 지휘관은 그 뒷말을 잇지 못했다. 그 순간 수십 개의 물 덩어리가 비눗방울처럼 둥실둥실 떠오르더니, 병사들이 들고 있던 활을 덥석 삼켰기 때문이다. 물방울에 갇힌 활은 주인이 들고 있던 그 상태에서 그대로 파사삭 바스러졌다.

"어? 어어어?"

순식간에 벌어진 현상에 병사들은 모두 자신의 손만 멍하니 내려다보았다. 지휘관 역시 아무 말도 못한 채 눈만 부릅뜨고 있었다. 시큐엘에게 내린 지시 한 번으로 이 모든 사태를 일으킨 이사나가 평온한 어조로 물었다.

"숫자가 많긴 하군요. 그래서요? 무기도 없이 싸울 겁니까?"

"……."

병사들은 너나 할 것 없이 모두 고요히 얼어붙었다. 압도적인 전력 차이에 전의를 완전히 상실한 얼굴이었다.

"끝났군."

하품을 한 시벨리우스가 느긋하게 중얼거렸다.

"바보들. 대형 몬스터를 단숨에 해치우는 걸 봤으면서 어떻게 덤빌 생각을 하지? 너무 한심해서 동정도 못하겠네."

그가 어이없어하는 것을 들으며 나는 쓰게 웃었다. 사실 정령은 개인전보다 다수와 싸울 때 훨씬 더 큰 위력을 발휘하는 존재다. 중급 정령사 정도만 되어도 어지간한 집단쯤은 한꺼번에 상대할 수 있다. 문제는 대다수의 사람들이 이런 사실을 제대로 알지 못한다는 것이다. 정령사란 존재 자체가 워낙 드물다 보니 알려진 정보 역시 그다지 많지 않기 때문이다. 아마 이곳에 있는 자들 중 대부분은 시큐엘이 상급 정령이라는 사실조차 모르고 있을 가능성이 다분했다.

하물며 이사나는 정령왕의 계약자. 검술로 표현하자면 마스터의 경지에 오른 존재다. 그쯤 되면 상대가 다수라는 것은 아무런 의미가 없었다. 그것도 제대로 군사 훈련도 받지 않은 낮은 수준의 병사들이라면 더더욱.

"우릴 어쩔 생각이지?"

굳은 얼굴로 묻는 지휘관의 말에 이사나는 헛웃음을 지었다.

"뭔가 착각하는 것 같은데, 협박을 한 건 당신들 쪽입니다. 난 사람을 해칠 생각이 없습니다."

"얌전히 놓아주겠다는 건가?"

"당신들이 이대로 그냥 물러난다면요."

한동안 팽팽한 공기 속에서 무언의 시선이 오갔다. 하지만 이미 내릴 수 있는 결정은 정해져 있었다.

"……모두 철수한다."

결국 무거운 공기를 가르고 지휘관의 침울한 음성이 울렸다. 주저하던 병사들은 곧 우리의 눈치를 보며 슬금슬금 뒤로 물러나기 시작했다. 그때까지 말없이 병사들을 노려보고 있던 이사나가 겨우 미소 지으며 알리사를 돌아보았다.

"이제 괜찮습니다."

"……."

그의 다정한 말투에 알리사는 할 말이 있는 것 같은 표정을 지었다가 이내 입을 다물었다. 나는 조금 찜찜한 기분으로 그녀의 모습을 바라보았다. 사태는 일단락되었지만 그렇다고 완전히 해결된 것도 아니었다. 우리가 떠난 후에 혼자 남겨질 알리사가 마음에 밟혔기 때문이다. 당장은 아무 짓도 하지 못하겠지만, 이 마을에서 살아가는 한 분명 어떤 식으로든 해코지를 당할 것이 분명했다. 이사나 역시 같은 생각을 한 건지 표정이 몹시 어두웠다.

예상하지 못한 일이 벌어진 건 그 순간이었다.

콰직! 촤아앗!

"으아아악!"

"……!"

느닷없이 거대한 소음이 울리더니 비명 소리가 울려 퍼졌다. 반사적으로 돌아본 나는 깜짝 놀랄 수밖에 없었다. 바닥 속에서 땅굴 각귀신이 솟아오르고 있었기 때문이다.

"뭐, 뭐야! 죽은 거 아니었어?"

나는 황급히 사체가 있던 자리를 바라보았다. 조금 전까지만 해도 분명 분리된 두 쪽이 늘어져 있었는데, 어느새 감쪽같이 사라져 있었다. 대신 자리에 남은 건 두 개의 거대한 구멍이었다.

'응? 두 개의 구멍?'

의문을 느끼기 부섭게 해답이 제시됐다. 다른 쪽에서도 거대한 몸통이 솟아오른 것이다.

"키에에엑!"

"허억!"

"뭐, 뭐야!"

또다시 나타난 몬스터의 모습에 근처에 있던 사람들이 혼비백산해서 흩어졌다. 나는 조금 질린 기분으로 두 마리의 땅굴 각귀신을 번갈아 바라보았다. 하나에서 분리된 두 개의 몸통, 그리고 동시에 나타난 두 마리라니. 아무리 생각해도 연관성을 지우기가 어려웠다.

'편형동물이라더니······.'

그냥 자르기만 해선 죽지 않는 거였던가. 그러고 보니 처음 것에 비해 둘 다 몸체가 많이 작은 편이었다. 갈라진 부분을 시작으로 새로 자라난 것이 분명했다. 과연 드높다는 악명답게 끈질긴 생명력이었다.

그나마 아직 완전히 회복이 된 상태는 아닌지, 목표를 노리는 정확도가 크게 떨어져 있었다. 허를 찌르는 등장이었는데도 아무것도 잡아먹지 못한 것이 그 증거였다. 속도나 파괴력도 온전했을 때에 비하면 상당히 약했다. 병사들로서는 천운인 셈이었다. 그렇지 않았다면 모두가 방심하고 있었던 만큼 큰 참사가 벌어졌을 것이다. 상상하는 것만으로도 아찔한 일이었다.

잠시간 포효하던 두 마리가 다시 순식간에 땅속으로 파고들었다. 공격을 재시도하려는 것이다. 완전히 모습을 감춘 것을 본 사람들의 얼굴이 새파랗게 질렸다.

"사, 사람 살려!"

병사들은 무작정 달아나기 시작했다. 무기를 잃어버린 사람은 물론, 멀쩡히 지니고 있는 사람 중에서도 대열을 지키는 존재는 아무도 없었다. 그 혼란한 상황 속에서 한 남자가 돌부리에 걸려 바닥에 넘어졌다. 함께 뛰던 사람이 다리를 멈추고 그를 돌아보았다.

"이봐, 괜찮아?"

"크윽! 발목을 삔 것 같아."

"이런! 하필 이런 때에!"

혀를 찬 남자가 서둘러 넘어진 동료를 부축했다.

바로 그때였다.

"키에에엑!"

"으아악!"

요란한 진동과 함께 두 사람 앞에 거대한 송곳니가 튀어나왔다. 땅굴 각귀신이 그들을 노리고 나타난 것이다. 힘껏 벌려진 구멍이 금방이라도 삼킬 듯이 두 사람을 덮쳐들고 있었다. 찌를 듯 울려 퍼지는 비명에 나는 서둘러 기운을 운용했다. 아무리 밉상인 사람들이라도 바로 눈앞에서 죽는 걸 내버려 둘 순 없었다. 일단 살리고 볼 셈이었다.

"멈춰!"

그 순간 종소리처럼 고운 소녀의 음성이 허공에 울려 퍼졌다. 알리사의 목소리였다. 그러자 바닥에서 나무줄기가 빠르게 돋아나기 시작했다. 우득, 우드드득! 순식간에 자라난 줄기가 방벽을 만들어 웅크리고 있는 두 사람 앞을 막아섰다.

쐐애액! 쿠웅! 간발의 차이로 몬스터의 송곳니는 두 사람의 몸을 삼키는 대신 나무줄기에 박혔다. 몸체가 거세게 부딪치고, 나무 방벽이 크게 흔들리는 것이 보였다. 저 정도면 알리사에게 전해지는 충격도 상당히 클 터였다.

아니나 다를까. 급속도로 힘이 빠져나가는 감각을 이기지 못했는지 알리사의 얼굴이 창백해졌다. 다행히 그녀가 거기서 더 버틸 필요는 없었다. 뒤에서 솟구쳐 나온 물줄기가 곧바로 몬스터의 몸을 휘감았기 때문이다. 마침 상황을 발견한 이사나가 급히 수습에 나선 것이다. 이미 그는 다른 쪽에서 튀어나온 몬스터를 붙잡아 몸통을 결박해 둔 상태였다. 알리사보다 반응이 늦었던 건 그 때문인 듯했다.

"이사나! 얘들은 그냥 자르는 걸로 안 되는 것 같아! 완전히 회생하지 못하게 만들어야 해!"

내 말에 이사나는 고개를 끄덕이고는 크게 심호흡했다. 이윽고 마나가 응축되는 느낌과 함께, 두 마리의 시큐엘이 새로 모습을 드러냈다. 상급 정령을 다수로 부릴 수 있는 존재는 오직 정령왕의 계약자뿐이다. 다른 정령사가 보았다면 기함할 광경이었지만, 안타깝게도 이사나를 제외하고 이 자리에 있는 유일한 정령사인 알리사는 그 의미를 알아보지 못했다. 대신 시벨리우스가 가볍게 휘파람을 불었다.

"시큐엘, 부탁해!"

이사나의 외침과 동시에 두 시큐엘이 각기 허공을 선회하며 솟아올랐다. 그러곤 묶여져 꿈틀거리고 있는 몬스터의 입 속으로 망설임 없이 뛰어들었다. 시큐엘을 완전히 삼킨(?) 직후, 몬스터들은 괴로운 듯이 몸부림쳤다. 그들의 몸통이 부글거리며 빠르게 부풀어 오르기 시작했다.

"키에에엑!"

콰직! 퍼버벙!

촤아악!

곧 폭발하는 소리와 함께 사방으로 붉은 피와 끈적한 점액들이 튀었다. 상황을 파악하는 건 어렵지 않았다. 더 이상 형체를 이루지도 못하도록, 아예 몸 안쪽에서 터트려 버린 것이다.

'……와우.'

그 요란한 광경엔 나도 모르게 탄성을 흘릴 수밖에 없었다. 근처에 있던 병사들이 쏟아져 나온 내장 조각을 그대로 뒤집어쓴 채 바닥에 주저앉았다. 그중 일부는 충격을 이기지 못해 혼절하기도 했다.

"이제 완전히 끝난 것 같네."

시벨리우스의 말에 나는 피식 웃으며 고개를 끄덕였다.

알리사가 구한 두 남자는 그때까지도 멀든이 만든 방벽 안에서 널널 떨고 있었다. 알리사가 다가서자 방벽은 점차 허물어지더니 천천히 꿈틀거리며 본래의 나무 형태로 되돌아갔다. 그 광경에 두 남자가 기겁하며 엉덩이를 뒤로 뺐다.

"저기, 괜찮……."

"히이익! 저, 저리가!"

그들은 알리사가 가까이 다가오자 더욱 발작적으로 소리를 질렀다. 마치 귀신이라도 목격한 듯한 모습이었다. 알리사는 손을 뻗으려다 말고 침울하게 뒤로 물러났다. 사람들과 두세 발짝 떨어진 거리. 그것이 앞으로도 여전할 그녀의 위치를 가리키는 것 같아서 마음이 무거웠다.

이사나 역시 그 광경을 보며 주먹을 움켜쥐고 있었다. 그녀를 위해 나선 일인데 결과적으론 크게 달라진 것이 없으니 속이 많이도 쓰릴 것이다. 나는 그에게 다가가 위로하는 기분으로 말했다.

"고생했어, 이사나. 정말 멋있었어."

내 말에 그는 힘없는 얼굴로 씁쓸하게 웃었다. 나는 그의 어깨를 가볍게 다독인 다음 하늘을 바라보았다. 주위가 많이 어두워졌다 싶더니 어느새 달이 떠올라 있었다. 횃불을 든 병사들이 여기저기서 부산스럽게 움직이는 것이 보였다. 그러나 스쳐 지나가는 사람들 중 누구도 우리와 눈을 마주치려 하지 않았다.

심정이야 충분히 이해했다. 죽어서 사건을 은폐하려던 계획이 실패한 것으로도 모자라, 살해하려던 사람으로부터 두 번이나 도움을 받았으니 얼마나 낯이 뜨거울까. 아마 온몸의 치부를 드러낸 기분일 것이다. 하지만 대처 방식이 매우 나빴다.

"나 참. 아무런 희생 없이 몬스터를 잡았는데 누구 하나 고마워하는 사람이 없네. 하다못해 사과 정도는 할 줄 알았는데 말이지.”

나직이 투덜거린 말에 근처에 있던 병사들이 어깨를 움찔 떨었다. 물론 그렇다고 해서 태도가 달라진 것은 아니었다. 그들은 여전히 사과도 감사의 말도 없이, 묵묵히 자리를 정리하는 일에만 열중했다. 그중 몇몇은 오히려 나를 노려보았다. 아마 어둠에 가려져 보이지 않을 거라 생각한 모양이다. 나는 가볍게 혀를 찬 다음 이사나를 돌아보았다.

“정말 불쾌한 곳이야. 우리는 이쯤에서 그만 떠나자.”

“어? 지금?”

“웬만하면 날이 밝을 때 나가려고 했는데 아무래도 안 되겠어. 이 마을에서 밤을 보내면 꿈자리가 엄청 사나울 것 같아. 어차피 짐도 다 챙겨 나왔으니 들를 것도 없이 바로 출발하자.”

“……그냥 떠나버려도 괜찮은 걸까?”

“응?”

“아, 아니. 아무것도 아냐.”

이사나는 얼른 고개를 저었지만 나는 대강 그가 하고 싶어 하는 말을 짐작했다. 알리사를 이곳에서 데리고 나가고 싶은 것이다. 하지만 그 자신이 처한 상황이나, 우리들의 입장을 생각해서 솔직하게 말하지 못하는 것 같았다.

‘한 번쯤은 멋대로 행동해도 좋을 텐데 말이지.’

하지만 이런 모습도 이사나다워서 좋았다. 나는 살짝 머리를 긁적인 다음, 일부러 들으라는 듯이 음성을 높여 말했다.

"저기, 시벨. 너 요리하는 거 좋아하지? 맛있게 먹어줄 사람이 많으면 더 좋지 않을까?"

"응? 그게 갑자기 무슨 소리야, 엘?"

"아니, 왠지 불쑥 그런 생각이 들어서 말이야. 사실 셋이란 숫자가 조금 심심하긴 하잖아? 모름지기 모험이라면 인원이 짝수인 편이 더 정감가고 좋을 것 같아서."

"그게 무슨…… 아."

어리둥절하던 시벨리우스가 그제야 내 말의 의도를 깨달았는지 피식 웃었다.

"물론 일행이 늘면 좋지. 하지만 남자만 넷이면 재미없으니까 이왕이면 여자였으면 좋겠어."

"그래? 하긴, 아무래도 한 사람쯤은 여자가 있는 편이 좋겠지? 여자애들은 섬세하니까 우리가 신경 쓰지 못하는 부분 같은 것도 알아차릴 거야."

"응, 맞아. 역시 엘이 뭘 좀 안다니까."

"이사나, 너도 그렇게 생각해?"

"어? 으응."

이사나는 아직 상황을 파악하지 못한 것 같았다. 고개를 끄덕이면서도 어리둥절해하는 기색이 완연한 것이 그 증거였다. 나는 씨익 웃어준 다음, 홀로 멍하니 서 있는 알리사를 향해 말했다.

"그렇다는데, 거기 너! 이름이 알리사라고 했지? 어때? 우리와 같이 가지 않을래?"

"······!"

어디선가 헛숨을 삼키는 소리가 들렸다. 돌아보지 않아도 그 주인공은 뻔했다. 이사나였다. 그는 붕어처럼 입을 뻐끔거리며 깜짝 놀란 감정을 온몸으로 표현하고 있었다. 정령사로서는 냉정하리만치 의연하게 행동하면서도, 이런 점에선 여전히 순진한 소년다웠다.

오히려 제안을 받은 당사자인 알리사는 평온할 정도로 담담한 표정으로 나를 쳐다보고 있었다. 조금의 동요도 비추지 않는 눈동자라 나는 약간 긴장했다.

솔직히 반쯤은 충동으로 내뱉은 제안이었다. 하지만 막상 데리고 나가자고 생각하니 결심이 점점 더 확고해졌다. 정령의 힘을 지닌 자는 비록 인간일지라도 정령계에 속한 존재다. 이런 불쾌한 장소에 정령의 아이를 계속 방치해 두는 건 정령왕으로서도 자존심이 허락하지 않았다.

"······같이 가자고? 당신들이랑?"

"응! 아, 딱히 수상한 뜻이 있는 건 아냐. 그냥 여기보다 다른 곳이 너한테 훨씬 잘 어울릴 것 같아서 그래. 우린 한동안 이 대륙을 여행할 예정이거든. 이런 고리타분하고 답답한 마을보다 더 큰 세상을 만나고 싶지 않아?"

"더 큰 세상······."

"그래, 더 큰 세상. 우리가 데려다 줄게. 너의 가치를 알아보는 사람들이 있는 곳으로."

"……."

알리사는 한동안 아무 말도 하지 않았다. 혹시나 거절할까 싶어 나는 조마조마한 기분으로 그녀의 모습을 살폈다. 만약 거부한다면 어쩔 수 없이 돌아서야겠지만, 할 수 있는 데까진 설득할 작정이었다.

그때였다. 영원히 닫혀 있을 것만 같던 소녀의 입술이 천천히 벌어졌다. 그런데 이어진 건 수락도 거부도 아닌, 전혀 엉뚱한 대답이었다.

"난 이상할 정도로 감이 매우 좋아."

"……으응?"

"어느 날부터 갑자기 그랬어. 누군가를 만나거나, 어떤 상황에 처할 때마다 '해야 한다'와 '하지 말아야 한다'는 느낌을 분명하게 받았지. 그것을 무시하면 늘 안 좋은 꼴을 겪었기 때문에 갈수록 내 감을 맹신하게 됐어. 지금까지 가출할 기회가 몇 번이나 있었지만 하지 않았던 것도 그 때문이야. 이 마을을 떠나면 위험할 거란 감이 왔거든. 토벌에 나가 몬스터한테 죽는 것보다 더 끔찍할 거란 예감이."

"아, 그런……."

"그런데 그게 전부 오늘을 기다리기 위해서였던 모양이야."

마지막 말의 의미는 조금 늦게 깨달았다. 느릿하게 눈을 깜빡이자 알리사가 피식 웃었다.

"물어봐 줘서 고마워. 덕분에 새로운 예감이 들었어. 그동안 수차례 마음속에서 똑같은 질문을 해 왔는데 괜찮다는 느낌이 든 건 이번이 처음이야."

"그럼, 같이 가겠다는 거야?"

"응!"

힘찬 대답에 마음속이 단숨에 가벼워졌다. 알리사 역시 후련한 미소를 짓고 있었다. 얼어붙은 것처럼 창백하던 얼굴에 점차 화색이 돌면서, 생기가 차오르는 것이 보였다. 그것은 마치 마른 가지에서 꽃이 피어나는 모습 같았다. 멀든이 그녀에게 보여줬던 것만큼이나 아름다운 광경이었다.

"사실은 어제 당신들을 만난 순간부터 내내 두근거렸어. 내 앞에 이제까지와는 전혀 다른 세상이 펼쳐질 것 같은 느낌이 들었거든. 여기서 당신들을 발견했을 땐 심장이 터질 것 같았지. 시선이 마주치자마자 내가 살 거란 걸 확신했어. 혹시 처음부터 날 구하러 왔던 거야?"

"맞아, 부탁을 받았거든."

"누군지 알 것 같아. 팔론이지?"

고개를 끄덕이자 알리사는 그럴 줄 알았다는 듯이 웃었다. 그 순간 커다랗게 깜빡이는 눈동자에서 맑은 눈물이 구슬처럼 흘러나왔다.

"알리사?"

"아, 미안. 왠지 눈물이 멈추질 않네."

알리사는 서둘러 손을 들어 눈물을 훔쳐냈다. 분명 울고 있건 만 그다지 안타깝지 않은 건 그 모습이 너무나 행복해 보였기 때문이다. 그녀는 한동안 웃으며 울었다. 그러다 갑자기 무슨 생각을 했는지 몹시 허둥거리며 물었다.

"저기, 근데 괜찮은 거야? 나 어쩌면 엄청난 민폐일지도 몰라. 어릴 때부터 쭉 이 마을 안에서만 자라서 여행은 다녀본 적이 없거든. 체력이 한계에 이르렀을 때 내가 어떤 식으로 행동할지 나도 잘 모르겠어. 솔직히 성격이 좋다고는 할 수 없어서 당신들을 힘들게 할 거야."

"응, 괜찮아."

"정말? 그래도 같이 가도 돼?"

믿을 수 없다는 듯이 휘둥그렇게 쳐다보면서 묻는 말에 나와 일행들은 누가 먼저랄 것도 없이 웃었다. 어차피 대답은 정해져 있었지만, 이런 모습을 보고서도 아니라고 할 수 있는 사람은 거의 없을 것이다. 나는 모두를 대신해서 악수를 청했다.

"앞으로 잘 부탁해."

알리사는 자신의 눈앞에 내밀어진 손을 감상하듯 가만히 바라보았다. 나는 재촉하지 않고 그녀가 행동할 때까지 차분히 기다렸다. 이윽고 머뭇거리던 알리사가 겨우겨우 내 손을 맞잡았다. 하얗고 작은 손이었다.

"……말 안 들으면 중간에 버리고 가도 돼."

손을 꽉 붙든 채 조심스럽게 중얼거리는 말에 나와 일행들은 다시금 웃었다. 문득 우리들의 정체에 대한 것이라든가, 여러 가지 의논해야 할 것들이 머릿속을 맴돌았지만 잠시 동안은 잊기로 했다. 그런 것을 신경 쓰기엔 그녀를 만남으로써 얻은 가치들이 너무 아까웠으니까.

환하게 떠오른 보름달이 오늘따라 푸르스름해 보였다. 왠지 이 소녀와는 잘 지낼 수 있을 것 같았다.

제5화

1.

　본인의 우려와는 다르게 알리사는 매우 편한 동행자였다. 음식이나 잠자리를 가리거나 불평을 하지도 않았고, 쉽게 뒤처지지도 않아서 크게 신경을 써야 하거나 보살필 일이 없었다. 아직 길을 떠난 지 얼마 되지 않기도 했지만, 타고난 성정 자체가 낯선 환경에 쉽게 적응하는 편 같았다.

　혹시 해코지를 하려는 사람이 따라붙을지도 모른다고 생각했는데, 마을을 떠나온 지 며칠이 지나도 아무 일 없이 잠잠했다. 알리사의 가족들 역시 말없이 사라진 딸을 찾지 않는 것 같았다. 어쩌면 그대로 떠나줘서 차라리 잘됐다고 생각하고 있는 걸지도 몰랐다.

"오아시스가 있네. 오늘은 여기서 밤을 보낼까?"

"응, 좋아."

고개를 끄덕인 후 시벨리우스가 익숙한 동작으로 품 안에서 종이를 꺼내 들었다. 이제는 일상이 되어 버린 진을 치려는 것이다. 눈앞에서 순식간에 완성되는 집을 보며 알리사는 감탄한 표정을 지었다.

"볼 때마다 정말 신기해. 이게 주술이라는 거랬지? 블루 엘프는 다 이런 걸 할 줄 알아?"

"아니, 아마 거의 없을 거야. 아마 나만 할 수 있지 않을까?"

"시벨 씨는 주술을 어떻게 배우게 된 건데?"

"그런 게 있어. 내가 좀 특별하거든."

초롱초롱한 얼굴로 묻는 말에 시벨리우스는 장난스럽게 대답했다. 알리사에겐 우리의 정체를 밝히지 않는 쪽으로 입을 맞춘 상태였다. 한시적인 동행인 데다 언젠가는 헤어질 상대인 만큼, 너무 깊이 개입하지 않는 것이 양쪽에게 전부 나을 거란 판단 때문이었다. 아무래도 평범한(치고는 재능이 비범하긴 하지만) 인간에게 우리들의 사연을 전부 밝히는 건 부담스럽기도 했다.

다행히 알리사의 예지력도 그 정도까지는 감지하지 못하는 것 같았다. 때문에 그녀는 우리를 정령사와 신관, 엘프 주술사로 구성된 모험가라고만 알고 있었다.

"시벨 씨만 주술을 할 수 있다면, 블루 엘프 중에서 시벨 씨가 제일 강한 거야?"

"당연하지. 100 대 1로 싸워도 내가 이길걸?"

"피이, 책에서 봤는데, 허풍이 심한 남자는 매력이 없댔어."

새초롬하게 쏘아붙인 말에 시벨리우스는 낄낄거리고 웃었다. 여인에게 친절하다더니, 그는 알리사가 합류한 날부터 눈에 띄게 그녀를 귀여워하고 있었다. 식사 시간 때면 알리사에게만 특별 요리를 만들어 줄 정도였다. 그래선지 두 사람은 며칠 사이에 상당히 친해져 있었다.

나는 투닥거리는 두 사람의 모습을 웃으며 바라본 다음 낮 시간 내내 모래 바람을 막느라 쓰고 있던 후드를 벗었다. 이사나 역시 나를 따라 후드를 벗은 뒤 문 앞에서 가볍게 털어 냈다. 행여나 집 안에 모래가루가 떨어질까 신중한 모습이었다.

"오늘은 유난히 바람이 강했지?"

"응, 갈수록 더 강해지는 것 같아. 그래선지 옷도 빠르게 해지는 것 같고."

"흠, 내일은 아무 마을이나 들러볼까? 알리사한테 필요한 물건들도 구입해야 하니까."

"응, 좋아."

집에도 들르지 않고 곧장 떠나온 탓에 알리사는 맨몸에 무일푼 상태였다. 재정적으로 부담이 될 건 없었지만 남자밖에 없는 일행이다 보니 여성용 비품은 아무것도 준비된 것이 없었다. 당장은 입고 있는 옷 한 벌로 버티게 둔다고 해도 계속 그대로 생활하는 건 무리다. 특히 얼마 후면 본격적으로 사막을 가로질러야 할 시기였다. 당분간은 인가를 접할 기회가 없으니 그 전에 필요한 비품들을 준비해 둬야 했다.

가벼운 잡담을 나누고 있을 때, 문득 느껴지는 시선에 나는 고개를 돌렸다. 언제부터인가 알리사가 우리를 뚫어지게 바라보고 있었다. 그런데 왠지 심통에 가득 찬 얼굴이었다.

"왜 그래, 알리사?"

"이건 정말 불공평해."

"응? 뭐가?"

"뭐긴 뭐야! 당신들 얼굴이지!"

삿대질까지 하며 외치는 소리에 나와 이사나는 어리둥절해져서 눈을 깜빡였다.

"얼굴?"

"그래! 얼굴! 아직도 적응이 안 돼! 무슨 남자들이 이렇게 예뻐? 난 인정할 수가 없어! 이건 세상 모든 여자들에 대한 도전이라고!"

"아하하……."

또 그 소리였냐.

나는 허무하게 웃으며 고개를 설레설레 흔들었다. 처음 우리가 후드를 벗었을 때 그녀가 보였던 반응이 새삼 떠올랐다. 마치 배신당한 표정이었더랬지.

마을에 있었을 때나 토벌에 참여했을 땐 내내 후드를 쓰고 있었기에 얼굴을 보일 기회가 없었다. 결국 정식으로 인사를 나누는 순간에나 제대로 얼굴을 마주 보게 됐는데, 그게 나름대로 알리사에겐 깊은 인상을 준 모양이다. 이미 며칠이나 지났는데도 여전히 서러워하는(?) 알리사를 보며 나는 가볍게 어깨를 으쓱였다.

"알리사 너도 예쁘잖아."

"이건 그거랑은 전혀 다른 문제야. 마치 내 정체성을 시험당하는 기분이라고."

"그 정도야?"

"그래! 엘 씨도 만약 어떤 여자애가 엘 씨보다 훨씬 남자답고 잘생겼다고 생각해 봐! 뭔가 굴욕적이면서 경쟁심이 마구 치솟아오를걸? 어떤 느낌인지 알겠어?"

……아니, 모르겠는데.

내가 떨떠름하게 반응하자 알리사는 맥이 빠진 얼굴을 하곤 푹 한숨을 내쉬었다.

"하긴 잘생긴 여자보다 예쁜 남자가 세간의 평이 더 좋긴 하지. 아무튼 예뻐서 좋겠다."

"툭하면 여자로 오해받기나 하는데 좋긴. 특히 시벨처럼 잘생긴 친구랑 다니면 여자들이 날 잡아먹을 듯이 노려본다고. 그게 얼마나 비참한데."

"뭘 모르네. 그거야 시벨 씨는 벌써 성인이고, 엘 씨는 아직 나이가 어리니까 그렇지. 남자의 진가는 나이가 들수록 발휘되는 거 몰라? 나중에 성인이 되면 엘 씨도 여자들이 엄청 따라다닐걸?"

"그, 그래?"

"정말이야. 수도에 가면 다바솔이란 남작가가 있어. 그 가문의 둘째 아들이 어릴 때 엄청 예쁘기로 유명했거든. 지금은 스무 살이 넘었는데 무지 잘생긴 얼굴로 커서 여자애들한테 굉장히 인기가 많아. 그 얼굴을 한 번만 보고 죽어도 여한이 없겠다는 애들도 있을 정도지. 내 이복 언니도 그 도령을 보기 위해 가출까지 한 적이 있었어. 결국 중간에 붙잡혀서 돌아왔지만."

"그렇구나."

"그래. 그러니까 엘 씨는 다른 생각 말고 부지런히 먹어서 얼른 크기나 해. 장래가 촉망되는 외모니까."

나름 희망찬 소식이긴 했다. ……내가 성장할 일이 없다는 문제만 없다면 말이다.

강제로 변형할 수는 있겠지만 그런 상태는 오래 유지하진 못한다. 결국 나는 평생 이 애매한 나이 대에서 여자로 오해받으며 살아야 하는 것이다. 생각할수록 한숨이 나오는 일이었다. 우울해지는 내 표정을 오해했는지 알리사의 눈빛이 대번에 날카로워졌다.

"뭐야, 지금 내 말을 못 믿는 거야? 진짜라니까. 그 유명한 도련님의 어린 시절보다 엘 씨가 더 예쁘게 생겼다고. 그러니까 성장하면 더 대단해질 거야! 자신감을 가져!"

"……뭐, 고마운 말이긴 한데. 직접 본 것처럼 말하네?"

"이복 언니가 그 남자를 좋아했다고 했잖아. 연령별로 그 남자의 초상화를 전부 수집했었거든. 덕분에 나도 본 거지 뭐. 확실히 잘생기긴 했더라고. 내 취향은 아니었지만."

"네 취향은 뭔데?"

어린애랑 이런 대화를 해도 되는 걸까. 이미 때 늦은 고민이란 생각이 들었지만 나는 조금 주저하며 물었다. 알리사는 그런 고심을 비웃기라도 하듯 망설이지도 않고 곧장 대답했다.

"나 말이야? 난 수수하게 잘생긴 사람이 좋아."

"……뭔가 앞뒤가 안 맞지 않아?"

수수하면 수수한 거고 잘생긴 거면 잘생긴 거지. 수수하면서 잘생긴 건 또 뭐래? 어이가 없어서 중얼거리자 알리사는 그런 게 아니라며 완강히 고개를 저었다.

"단정하게 잘생긴 얼굴 말이야. 여기 있는 남자들처럼 너무 화려하게 튀는 인상 말고. 조금 순하게 생겼으면서도 준수하게 생긴 사람 말이지."

"……즉, 잘생기긴 해야 한다는 거구나."

"뭐, 어때. 어차피 이상형인데. 그냥 단정하기만 해도 나쁘진 않지만, 이왕이면 잘생긴 쪽이 좋잖아?"

딱히 틀리지는 않은 말이라 나는 머쓱하게 웃었다. 어린애답지 않게 다부지더니, 지금은 마치 성인 여자랑 대화하고 있는 것 같은 착각마저 들었다.

"정령술은 조금 익숙해졌습니까?"

그때쯤 대화를 전환시켜야겠다고 생각했는지 이사나가 다른 질문을 건넸다. 일행이 된 날로부터 그는 알리사에게 조금씩 정령술을 지도하고 있었다. 대외적으로 정령사는 그뿐이었으니 그만이 할 수 있는 역할이기도 했다. 그의 질문에 알리사는 곧바로 뾰로

통한 표정을 지었다.

"또 그런다, 이사나 씨. 그냥 말 놓으라니까."

"아, 으응. 정령술은 어때?"

당황한 이사나가 말투를 고치자 알리사는 찌푸린 얼굴을 바로 풀고 활짝 웃었다.

"좋아, 잘했어."

칭찬하는 말에 이사나의 얼굴이 수줍게 변했다. ……왠지 벌써부터 이 두 사람의 관계가 훤히 보이는 것 같았다.

'아, 그러고 보니 단정하면서 준수한 얼굴이 있었잖아?'

그 순간 불쑥 떠오른 사실에 나는 이사나를 뚫어지게 바라봤다. 그래, 왜 바로 연상하지 못했을까. 지금이야 지나치게 화려한 인상이 되긴 했지만 마법으로 변환하기 전 그의 원래 얼굴은 단정하면서 차분한 느낌이었다. 그 정도면 알리사의 이상형에 충분히 부합할 것이다. 비록 본인은 전혀 의식하지 못하고 있는 것 같지만.

'게다가 이사나는 황제잖아. 알리사는 제왕의 반려고. 헤에, 이거 뭔가 그럴 듯한데?'

그렇게 생각하고 보니 그들의 모습이 갑자기 심상치 않게 보였다. 이런 내 생각을 알 리가 없는 두 사람은 화기애애하게 대화를 나누고 있었다.

"이사나 씨가 가르쳐 준 대로 열심히 하고 있어. 확실히 하급 정령을 자주 소환하면서 놀기 시작하니까 점점 기운이 강해지는 것 같아. 이제 멀든을 소환해도 많이 힘들지 않아. 전엔 불러내기만 해도 심장이 뻐근했거든."

"다행이네."

"이사나 씨는 상급 정령사랬지? 물의 상급 정령 이름이 시큐엘이랬던가?"

"응, 맞아. 땅의 상급 정령 이름은 알아?"

"당연하지. 정령 계보는 전부 다 외웠어. 하급 정령은 놈, 멀든은 중급 정령이고, 상급 정령은 클레이라고 했잖아. 바람의 정령은 실프, 슈리엘, 진 순이고, 불의 정령은 카사, 샐러맨더, 이그니스, 그리고 물의 정령은 나이아스, 운디네, 시큐엘. 맞지?"

"응, 똑똑하네. 전부 맞췄어."

가벼운 감탄에 알리사는 한껏 으스대는 표정을 지었다.

"나도 꾸준히 수련하면 상급 정령사가 될 수 있을까?"

"응, 가능할 거야. 알리사는 성장이 빠른 편이니까."

"정말? 그냥 하는 말이 아니고?"

"정말이야. 인간 중에서 알리사 정도의 재능은 흔치 않다고 했어."

"했어? 누가 그런 말을 했는데?"

"어, 아무튼 그렇다는 거야."

아주 잠깐 이사나의 시선이 내게 닿았다 떨어졌다. 다행히 별로 궁금하진 않았던 듯, 알리사는 금방 다른 쪽으로 관심을 돌렸다.

"뭐, 좋아. 아무튼 나한테 정령사의 재능이 넘친다는 거지? 더욱 부쩍 성장해서 몇 년 안으로 반드시 클레이와 계약해 주겠어!"

"후후, 의욕이 넘치는구나, 알리사."

"당연하지! 클레이랑 계약하고 나면 마지막 관문에도 도전할 거야!"

"마지막 관문?"

"땅의 정령왕 트로웰 말이야. 정령왕과 계약하는 인간은 거의 없다며? 내가 그중 한 사람이 되어 주겠어!"

자신이 세운 계획에 스스로 도취한 듯, 알리사는 꿈꾸는 얼굴로 당찬 포부를 밝혔다. 정령사라면 누구나 막연하게 희망하는 일이겠지만, 알리사의 경우엔 실현 가능성이 높다는 점에서 마냥 무모하게 볼 수가 없었다. 그러나 나와 이사나가 말없이 웃어 보이는 것과는 다르게, 시벨리우스는 불퉁한 얼굴로 중얼거렸다.

"그런 녀석이랑 계약해서 뭘 하려고. 별로 큰 도움도 안 될걸?"

"뭐야, 시벨 씨. 마치 트로웰을 본 적 있다는 말투네?"

"……엘프는 정령과 친밀한 종족이니까. 오래전에 잠시 본 적 있어. 네가 태어나기도 전인 아주 먼 옛날에."

"헤에, 그러고 보니 엘프는 오래 산댔지? 시벨 씨는 몇 살이야? 겉으로 보기엔 이십 대 같은데."

"천…… 아니, 백오십 정도 됐어."

무심코 대답하던 시벨리우스는 얼른 엘프의 수명에 맞춰 고쳐 말했다. 천오백은 유니콘의 나이에선 젊은 축이었지만, 엘프의 수명대로 하면 이미 한참 전에 무덤에 들어가 있을 시기였으니 당연했다. 하지만 그 사실을 모르는 알리사는 본래보다 한참 줄여 말한 나이에도 경악을 금치 못했다.

"백오십? 세상에, 시벨 씨 완전 할아버지였구나?"

"아, 아니야. 인간들의 기준에서나 많은 나이이지, 엘프들 중에선 젊은 나이라고."

"그치만 난 인간이니까 인간의 기준으로 생각하는 게 당연하잖아? 백오십이면 거의 조상님 수준인걸? 나랑 대화가 통한다는 게 신기해. 난 늙은이들은 다 꼰대인줄 알았는데."

"……늙은이 아니라니까. 그런 생각을 하면서 트로웰이랑 계약은 어떻게 하려고 그래? 그 녀석은 4천 살도 더 넘었다고."

"헉! 정말?"

"게다가 성격도 더럽지."

"어, 얼마나?"

"말도 마. 마음에 안 들면 그 자리에서 숨통을 확……!"

"……시벨."

나직하게 이름을 부르자 신나서 떠들던 시벨리우스가 움찔하며 입을 다물었다. 험담할 생각에만 빠져서 내가 지켜보고 있다는 사실을 잠시간 잊은 모양이었다. 쓸데없는 소리 좀 하지 마. 내가 보내는 경고의 시선을 읽은 듯 그는 어색하게 웃으며 말했다.

"뭐, 아무튼 친해지기 쉬운 성격은 아니었어. 꽤 예전 일이니 지금은 달라졌을지도 몰라."

"하긴, 내가 태어나기도 전이면 벌써 오래전이겠네. 트로웰은 어떻게 생겼어? 정령왕들은 다 인간의 모습을 하고 있다던데 그게 사실이야? 다들 굉장히 아름답게 생겼다는 건? 혹시 다른 정령왕도 본 적 있어?"

"잠깐, 하나씩 질문해. 하나씩."

속사포로 쏟아지는 질문에 시벨은 난처한 표정을 지었다. 그제야 자신이 너무 흥분했다는 걸 깨달았는지 알리사가 민망한 얼굴로 고개를 숙였다.

"미안."

"하하, 괜찮아. 근데 의외로 자세히 알고 있네? 그런 건 다 어떻게 알았어?"

"책에서 봤어. 정령왕에 관한 이야기책을 읽었거든."

"이야기책?"

"사람들 사이에 오르내리는 전설이나 설화들을 동화 형식으로 재구성한 책이야. 네 명의 정령왕에 대한 이야기들이 각각 나뉘어서 쓰여 있었지. 그중에서 내가 제일 좋아했던 건 물의 정령왕의 이야기였어."

"호오, 물의 정령왕 말이지."

빙그레 웃은 시벨리우스가 내게 의미심장한 시선을 던졌다. ……차라리 지금이라도 진실을 밝히는 게 낫지 않을까. 이러다 심장이 남아나질 않을 것 같다는(애초에 있지도 않지만) 생각에 속으로 조용히 한숨을 내쉬었다. 하지만 이어진 다음 말을 듣는 순간 나는 곧 아무 생각도 할 수 없게 됐다.

"아주 먼 옛날에 물의 정령왕을 소환한 한 인간 소년이 있었대. 그 소년은 일찍이 부모님을 여의어서 외톨이었다나 봐. 그러자 그런 소년의 처지를 가엾게 여긴 물의 정령왕이 그의 아버지가 되어서 소년이 죽는 날까지 평생 지켜주기로 약속했대. 너무 근사하지 않아?"

"……!"

시벨리우스가 눈을 크게 뜨는 것과 동시에, 나는 가만히 숨을 삼켰다. 어디서 많이 들어본 듯한 이 이야기를 설마 여기서 듣게 될 줄은 전혀 상상도 하지 못했다. 마치 불시에 습격을 당한 기분이었다. 시벨리우스 역시 흥분한 기색을 감추지 못하고 있었다.

"다, 다른 이야기는? 다른 건 더 없었어?"

"다른 거? 아, 그러고 보니 또 다른 일화도 있었어. 물의 정령왕이 그 소년에게 친구를 만들어 준 이야기."

"친구?"

"응, 소년은 동물들 외에는 친구가 없었거든. 그것을 안타까워한 물의 정령왕이 소년이 가장 아끼던 백마를 사람으로 만들어 줬대. 그래서 둘이 다시없을 친한 친구가 되었다는 거야. 굉장하지?"

"윽, 아냐. 그 녀석이 만들어 준 게 아니라 원래 사람이거든?"

"응? 원래?"

"아, 아니 아무것도 아냐."

서둘러 고개를 흔든 다음, 시벨리우스는 상기된 얼굴로 나를 돌아보았다. 기대감이 가득 담겨 반짝이는 그의 두 눈을 보면서 나는 마른침을 삼켰다. 이 순간 어떤 표정을 지어야 할지 알 수가 없었다.

책에 실렸던 내용은 시벨리우스가 말해 줬던 '엘'의 이야기와 거의 비슷했다. 두 번째 일화에서 등장했다는 백마는 아마도 시벨리우스를 말하는 거겠지. 그게 몹시 충격적이었다. 이미 알고 있던 이야기임에도 새삼스럽게 놀란 것을 보면, 아마도 나는 그동안 그의 말을 완전히 믿고 있지는 않았던 모양이다.

사실 내 입장에선 그게 당연했다. 아무리 생각해도 과거에 물의 정령왕을 소환한 인간이 있었다는 걸 받아들일 수 없었으니까. 내 본능은 이사나가 최초의 인간 계약자라고 말하고 있었다. 그러니 '엘'이란 존재 자체가 허구일지 모른다고, 은연중에 바라고 있었나보다.

하지만 이런 책까지 남아 있다면 얘기가 다르지 않을까. 적어도 불완전한 상태인 내가 느끼는 막연한 본능보다는 이쪽이 더 확실한 증거로 보였다. 마치 그림 속의 인물이 갑자기 사진으로 나타난 것 같았다. 심란한 기분에 나는 살짝 얼굴을 찌푸렸다.

"그 책은 어디서 산 거야?"

"산 거 아냐. 누가 줬어."

"누가?"

의아해져서 묻자 알리사는 돌연 수줍게 얼굴을 붉혔다. 갑자기 달라진 그녀의 분위기에 나와 일행들은 모두 어리둥절한 표정을 지었다.

"누군지는 몰라. 마을에서는 본 적이 없는 사람이었으니까. 아마 지나던 이방인이었겠지. 아무튼 되게 잘생긴 오빠였어."

"오빠? 남자였어?"

"응, 피부가 초콜릿처럼 까맣고, 아주 예쁜 황금색 눈동자를 갖고 있었어. 머리칼은 밤하늘을 그대로 옮겨놓은 것 같았지. 굉장히 아름다운 사람이었어."

"……!"

트로웰.

그녀가 설명한 외형으로 떠오르는 사람은 단 한 명밖에 없었다. 그렇게 생긴 사람이 그 말고 또 있을 리가 없었다. 나만큼이나 놀란 듯, 당황한 이사나의 시선이 내게 닿았다.

"……그 사람이 너한테 책을 줬다고?"

"응, 언젠가 내게 도움이 될 거라고 했어. 그러고 보니 멀든의 소환식을 발견한 것도 바로 그 책에서였어. 정확히는 누군가 적어놓은 거였지. 한 귀퉁이에 낙서처럼 쓰여 있었거든."

그건 아마 트로웰이 적어 두었을 것이다. 그러면 알리사가 태어나기도 전부터 그녀의 존재를 감지했을 테니까. 책을 건네준 건 소환 주문을 알려주기 위해서였겠지. 수많은 책 중에서 굳이 그 책을 선택한 것도 그의 의도였을까?

"……미치겠네."

무심코 중얼거린 소리가 컸던 모양이다. 모두의 시선이 쏟아지는 것을 느끼며 나는 얼른 구겼던 표정을 수습했다.

"미안, 그냥 혼잣말이야. 어떤 책인지 나도 한 번 자세히 읽어보고 싶네. 집에 있는 거야?"

"아니, 부스러져서 버렸어."

"부스러져?"

"응, 멀든을 소환하자마자 갑자기 글자에서 빛이 나기 시작하더니 잘게 가루가 되어 버리더라고. 그래서 그냥 빗자루로 쓸어 담아서 버렸지."

자연적인 현상은 아닐 것이다. 아마도 다른 사람에게 소환식이 노출되지 못하도록 트로웰이 미리 조치해 둔 것 같았다. 어쩌면 그는 장래에 알리사가 나를 만날 거란 사실까지 알았을지 모른다. 물론 한 번도 그런 언급을 한 적은 없었으니, 그냥 나의 억측일 뿐일지도 모르지만.

'나한테 대체 뭘 바라는 거야.'

자꾸만 생각이 나쁜 쪽으로 기운다. 그가 어디까지 알고, 어디까지 생각하고 있는지 나는 조금도 알 수 없었다. 그래서 이 순간이 더 두렵게 느껴졌다.

2.

"그러고 보니 그 오빠는 지금 어떻게 자랐을까? 정말 아름다웠는데. 분명 엄청 멋있어졌겠지?"

한번 떠올리고 나니 생각을 멈출 수 없었는지 알리사는 계속 회상에서 빠져나오지 못했다. 심상치 않은 모습에 시벨리우스가 묘한 표정으로 그녀를 바라보았다.

"그렇게 인상 깊었어?"

"진짜 예뻤거든. 생각해 보니 내가 남자를 보면서 가슴이 엄청 두근거린 건 그때가 처음이었던 것 같아. 아마 그게 첫사랑이었나 봐."

"예쁜 사람은 취향이 아니라고 하지 않았나?"

"그 사람은 예외야."

짓궂게 묻는 시벨리우스의 말에 알리사는 새초롬한 얼굴로 대답했다. 빨갛게 달아올라 있는 뺨을 보니 정말로 한눈에 반하기는 한 모양이었다.

"아아, 한 번이라도 다시 만날 수 있었으면 좋겠다. 어떻게 자랐든 한눈에 알아볼 수 있을 것 같아."

"뭐, 언젠가는 만나겠지. 보아하니 그쪽은 네 재능을 알아봤던 모양인데. 성과를 확인하기 위해서라도 만나보려고 하지 않겠어?"

"그 말은 다시 날 찾아올 수도 있다는 뜻?"

"아마도?"

"헉! 안 돼! 난 이미 마을을 떠났는데!"

좌절하는 알리사의 모습이 재밌는지 시벨리우스는 장난스럽게 웃었다. 그와 반대로 왠지 이사나는 매우 시무룩해진 모습이었다.

하지만 두 사람 다 그녀에게 진실을 알려줄 생각은 없는 것 같았다. 그건 나 역시 마찬가지였다.

'여기서 굳이 소년의 정체를 밝힐 필요는 없겠지.'

모든 사실을 알았다가 괜히 무리해서 정령왕을 소환하려고 하면 오히려 낭패다. 그리고 알리사는 매우 높은 확률로 그러고도 남을 아이였다.

재능이 아무리 차고 넘쳐도 그녀의 작은 육체는 정령왕이 소환되는 충격을 절대 견딜 수 없을 것이다. 어느 정도 기반이 다져질 때까지는 모른 척하는 게 나을 것 같았다.

"어라? 못 보던 사이에 귀여운 아가씨가 늘었네요?"

"······!"

그 순간 눈앞에서 불쑥 튀어나온 얼굴에 나는 반사적으로 숨을 삼켰다. 아무것도 없는 허공에서 한 남자가 거꾸로 매달린 채 나를 내려다보고 있었다. 루카르엠. 잊을 만하면 나타나 나를 괴롭히고 있는 마족이 다시 나타난 것이다.

"꺄악! 뭐, 뭐야!"

갑자기 등장한 남자의 모습에 놀란 알리사가 기겁하며 옆에 있던 이사나에게 매달렸다. 시벨리우스는 금방이라도 덤벼들 듯이 주먹을 움켜쥐고 있었다. 나는 한숨을 내쉬며 알짱거리고 있는 그의 얼굴을 한 손으로 멀찍이 밀어냈다.

"······요즘 안 보이기에 돌아간 줄 알았는데요."

"에이, 그럴 리가요. 이제 막 재밌어지고 있는 참인데 벌써 돌아갈 리가 있겠습니까? 게다가 인사도 없이 떠나갈 정도로 무례하지는 않습니다."

"아뇨, 그냥 가도 돼요."

"어머나, 왜 이러실까. 우리 사이에."

우리 사이는 무슨. 가볍게 혀를 차는 동안 그는 공중에서 빙그르르 돌아 내 옆에 가볍게 안착했다. 중력을 완전히 무시하고 있는 행동에 알리사의 얼굴이 굳었다.

"뭐야, 엘 씨. 그 사람 누구야? 인간 맞아?"

"실례. 전 루카르엠이라고 합니다. 저 멀리 마계에서 왔답니다."

대꾸한 사람은 루카르엠 본인이었다. 천연덕스러운 대답에 알리사는 다시 기겁했다.

"마, 마계라니. 설마 마족?"

"마계에 사는 종족은 마족밖에 없지요. 그래도 겉보기엔 인간이랑 크게 다르지 않죠?"

그는 웃으며 물었지만 이미 알리사는 듣고 있지 않은 것 같았다. 그녀는 창백하게 질린 얼굴로 나를 바라보았다.

"맙소사. 마족이 왜 여기에……. 에, 엘씨. 사제라고 하더니, 마신관이었어?"

알리사가 그렇게 생각하는 건 당연했다. 마족을 가까이 하는 인간은 마신의 사제들뿐이었으니까. 그렇기에 대다수 사람들은 마신관을 두려운 존재로 여겼다. 알리사의 눈에 깃들기 시작한 경계심을 보며 나는 얼른 고개를 가로저었다.

"마신관 아니야."

"그럼 저 마족은 뭔데?"

"……그냥 할 일 없는 마족?"

"그게 무슨……."

"사제라……. 저 아가씨는 그렇게 알고 있는 거군요."

옆에서 나직하게 중얼거리는 소리에 나는 루카르엠을 노려보았다. 쓸데없는 소리 하면 죽는다! 경고를 담은 시선에도 그는 긴장감 없이 웃기만 했다. 의미심장한 눈빛에 퍼뜩 불길한 기분을 느낀 찰나였다.

"너무하시네요. 일행이 됐다면 사실관계 정도는 전부 제대로 밝히셔야죠. 좋아요. 이왕 이렇게 된 거 제가 말씀드리겠습니다."

"뭐? 잠깐……."

"진실은 이렇답니다, 귀여운 아가씨. 실은 제가 엘 님한테 한눈에 반해서 쫓아다니고 있는 중이죠."

"그만 두…… 하?"

이건 또 무슨 소리야? 황당해져서 쳐다보자 그는 한쪽 눈을 찡긋해 보였다. 일부러 장난 친 거란 사실을 깨닫자 맥이 확 풀렸다. 정말 속을 알 수 없는 마족이었다.

근데 하고 많은 변명 중에서 하필이면 저런 말도 안 되는 설정을 부여할 건 뭐람? 일이 더 복잡하게 꼬였단 생각에 나는 서둘러 해명하려고 했다. 하지만 당황스럽게도 알리사는 진심으로 그가 하는 말을 믿은 것 같았다.

"그, 그랬구나. 하지만 엘 씨는 남자인데?"

"아아, 그렇죠. 처음 그 사실을 알았을 땐 가슴이 찢기는 것 같았답니다. 그래도 괜찮습니다. 제가 할 수 있는 마법 중에는 성별을 바꾸는 마법도 있으니까요!"

"우와아, 정말?"

"네! 하지만 그 마법은 본인의 동의가 있어야 진행할 수 있는 거라서요. 자, 그런 의미에서 엘 님! 순순히 제 여자가 되어 주시죠!"

"뭐라는 거야!"

달려드는 얼굴을 격분해서 밀어내자 그는 구석에 가서 우는 척을 했다. 그 모습을 본 알리사가 웃음을 터트렸다.

"재밌는 사람이네."

밝은 목소리로 말하는 그녀의 얼굴엔 어느새 경계심이 완전히 사라져 있었다. 이해할 수는 없지만, 이 유치한 희극이 상당히 마음에 든 모양이다. 그것에 용기를 얻었는지 울먹이는 척을 하던 루카르엠이 다시 쪼르르 다가와 내 옆에 달라붙었다. 워낙 능청스러운 남자이긴 했지만 오늘따라 더 뻔뻔하게 구는 것 같았다. 게다가 유달리 밀착하는 것 같은데, 그저 단순한 착각인가? 찝찝한 기분에 한마디 하려는데, 그 순간 루카르엠이 말이 먼저 이어졌다.

"엘 님, 너무 심하게 밀치신 거 아닙니까? 저 상처받았어요."

"그러게 누가 쓸데없는 소리 하래요?"

"전 도와드리려고 한 건데!"

"당신은 가만히 있는 게 도와주는 거거든요? 아무튼 쓸데없는

데 신경 쓰고 싶지 않으니까 어서 사라져요. 이왕이면 마계로 돌아가면 더 좋고."

급속도로 피곤해지는 기분을 느끼며 나는 손을 휘휘 내저었다. 하지만 이때쯤이면 어쩔 수 없다는 듯이 물러나곤 하던 마족이 어째서인지 이번엔 꼼짝도 하지 않았다. 눈이 마주치자 그는 실실 웃었다.

"또 뭐예요."

"아뇨, 이제 제가 근처에 와도 별로 경계하지 않으시는 것 같아서요."

"하아?"

"예를 들면 이렇게 제가 팔을 잡아도……."

말하면서 그는 내 양팔을 가볍게 잡았다.

"이렇게 가만히 계시잖아요?"

"……그래서요?"

"슬슬 사이가 좋아진 것 같지 않아요? 이쯤에서 재밌는 시험을 해 봐도 좋을 것 같군요."

"시험?"

반문하는 순간 몸에 가벼운 소름이 돋았다. 붙잡힌 부분으로부터 이상한 느낌이 들었기 때문이다.

"……뭐하는 거예요?"

"뭐하는 걸까요?"

당황스러운 기분에 묻자 루카르엠은 앵무새처럼 대꾸했다. 다른 때라면 그 태평한 말투에 얄미운 기분부터 느꼈겠지만, 지금은 그런 걸 신경 쓸 때가 아니었다. 착각이 아니다. 그의 손이 닿은 부분부터 힘이 빠르게 빠져나가고 있었다.

낭패감에 나는 얼른 그를 떨쳐내려고 했다. 그런데 마치 접착이 된 것처럼 그의 손이 떨어지지 않았다. 그쪽에서 붙잡고 있는 게 아니라 내가 그의 손을 밀어내지 못하는 것 같았다.

"뭐야, 이거⋯⋯."

굳은 얼굴로 중얼거리자 그제야 일행들도 이쪽의 분위기를 눈치챈 것 같았다. 풀어졌던 공기가 다시 팽팽히 당겨지며, 이사나와 시벨리우스가 경계의 자세를 취하는 것이 느껴졌다.

"무슨 일이야, 엘?"

"잠깐, 이쪽으로 오지 마."

시벨리우스가 다가오려는 것을 느끼고 난 얼른 경고했다. 뭐가 어떻게 된 건지는 아직 모르겠지만, 나한테 일어난 일에 일행들까지 휘말리게 할 순 없었다. 루카르엠을 노려보자 그는 여전히 실실 웃는 얼굴로 태연하게 말을 건넸다.

"혹시 음향목이라고 아십니까?"

"음향⋯⋯?"

"접촉한 상대의 기운을 흡수하는 마목이죠. 그 마목은 천 년에 한 번 단 하나의 과실을 맺는데, 그것을 먹은 사람은 며칠간 모체인 음향목과 똑같은 능력을 지니게 된답니다. 신기하죠?"

⋯⋯그래, 그래서 네가 그 과실을 먹었다는 건 잘 알겠다.

내가 어쩌자고 이 마족 앞에서 방심하고 있었을까. 나는 부글부글 끓어오르는 속을 달래며 최대한 담담한 어조로 말했다.

"좋은 말로 할 때 이거 놔요."

"유감스럽게도 불가능합니다. 제 능력 밖의 일이라서요."

"장난해요?"

"정말입니다. 한번 흡수가 시작되면 자의로는 멈출 수 없게 되어 있거든요."

곤란하다는 말투와는 다르게 그의 얼굴엔 웃음기가 선명했다. 명백히 이 상황을 즐기는 얼굴이었다. 그 모습을 보니 그가 한 말의 진실 여부를 떠나 한 가지는 확실히 알 것 같았다. 설령 가능하더라도 놔줄 생각이 없는 거다.

"일단 한번 흡수가 시작되면 중단할 수 있는 방법은 두 가지뿐입니다. 더 이상 흡수할 것이 없게 되거나, 연결된 통로를 잘라 내거나 말입니다."

"그 말은……."

"즉, 엘 님께서 유지 마나를 전부 빼앗기고 역소환되시거나, 제 팔을 자르시거나 하시는 수밖에 없겠네요."

귓가에서 나직하게 속삭이는 음성엔 웃음기가 담겨 있었다. 이런 끔찍한 얘기를 웃으면서 할 수 있다는 점에서 역시 이 마족은 제정신이 아니었다.

'이 망할 마족 같으니.'

나는 살짝 한숨을 내쉰 다음 일행들 쪽을 바라봤다. 그나마 다행인 건 루카르엠이 이 모든 내용을 나한테만 들리도록 작게 말하고 있다는 점이다. 그 딴에는 나름대로 소란이 커지지 않게 배려해주고 있는 것 같았다(하나도 고맙진 않지만). 덕분에 이쪽에서 오가는 대화를 알지 못하는 일행들은 다들 어리둥절해하고만 있었다. 우려를 담아 응시하는 시선들에 나는 안심하라는 뜻으로 웃어 보였다. 질 나쁜 장난에 걸린 것 같긴 하지만 그렇다고 벗어날 방법이 없는 건 아니었다. 붙잡을 수 있는 건 결국 실체가 있기 때문이니까. 이대로 형체를 벗어버린 후 자연체로 돌아가 버리면 간단히 해결될 것이다. 다만 그렇게 되면 알리사에게 내 정체를 대놓고 밝히는 꼴이나 다름없다는 게 문제였다. 그것도 가장 최악의 방식으로.

'할 수 없지.'

고민은 그다지 길지 않았다. 눈앞의 마족이 무엇을 원하는 건지는 모르겠지만, 이대로 붙잡힌 채 마냥 기운을 뺏길 수는 없다. 나중에 수습하면서 골치를 썩더라도, 우선은 이 상황에서 벗어나야 할 것 같았다.

'어?'

그러나 상황은 예상보다 더 나쁘게 흘러갔다. 내가 아무리 형체를 벗어버리려고 해도 그것이 되지 않았기 때문이다. 기운을 억지로 움직이려고 할 때마다 마치 급류에 휘말리고 있는 것 같은 감각이 나를 사로잡았다. 흩어버리려는 순간 즉시 다시 자석처럼 달라붙으니 달리 방법이 없었다.

"그러게 말씀드렸잖습니까. 불가능하다고."

낭패감을 느끼고 있는 나를 보며 루카르엠이 그럴 줄 알았다는 듯이 웃었다.

"진짜 이러기예요?"

"그렇게 말하셔도 소용없습니다. 저도 체면이 있는데 그렇게 간단히 풀리면 서운하잖습니까."

"이봐요, 루카르엠!"

"아, 그러고 보니……."

발끈해서 소리치려는 내게 속삭이는 목소리가 다시금 쏟아져 내렸다.

"정령이 역소환되면 계약자가 상당한 고통을 느낀다면서요? 상급 정령일수록 가해지는 충격도 더 크다고 하던데. 그 대상이 정령왕인 경우엔 어떻게 되는지?"

"……!"

그 순간 마치 둔기로 얻어맞는 것 같은 충격이 느껴졌다. 눈을 부릅뜨고 고개를 들자 루카르엠의 미소가 더 짙어졌다.

역소환되면 당사자인 정령도 괴롭지만 계약자 쪽에는 온몸의 기류가 역류하는 충격이 가해진다. 직접적으로 마나를 제공하고 있는 라피스는 말할 것도 없고, 이사나에게까지 영향이 갈 수밖에 없었다. 특히 인간인 이사나는 그 고통을 쉽게 감당하지 못할 것이다. 일전에 시큐엘이 역소환되었을 때도 피를 토했던 그다. 정령왕의 기운이 역류되는 충격은 그것의 몇 배에 달할 텐데, 과연 제

대로 버틸 수 있을까? 굳어지는 내 얼굴을 본 루카르엠이 발랄하
게 말했다.

"표정을 보니 짐작하신 것 같군요."

"……."

"인간은 매우 연약해서 통증만으로도 죽을 수 있다고 하던데
말입니다. 엘 님의 계약자는 어떻게 될지 궁금하지 않으십니까?"

가볍게 휘어진 적동색 눈동자가 기대감으로 번들거렸다. 처음
부터 이걸 노리고 있었던 걸까? 그러고 보니 애초에 이 마족이 이
곳에 온 건 이사나를 죽이기 위해서였지. 한동안 잊고 있었던 그의
원래 방문 목적이 떠올랐다.

'방심했어.'

설마 기운을 빼앗아 역류시키려고 할 줄이야. 정령왕은 어지간
하면 역소환될 일이 없기 때문에 이런 방식은 생각지도 못하고 있
었다.

만약 이사나가 무사히 이 과정을 넘기더라도 문제다. 일단 한번
역소환 되면 아무리 정령왕이라도 당분간은 본계에서 쉬어야 한
다. 이사나 역시 몸이 성치는 않을 테니 한동안 의식을 차리지 못
할 것이다. 즉, 완전히 무방비한 상태가 된다는 뜻이다. 상대는 마
계 4대 공작 중의 한 사람. 시벨리우스 혼자서는 감당하긴 벅찬
존재다. 게다가 알리사 역시 보호해야 했다. 지켜야 할 사람이 두
명이나 있는 상태에서, 시벨리우스가 얼마나 버틸 수 있을까?

최악으로 치닫는 생각에 나는 입술을 질끈 악물었다. 왜일까.

분명 그를 믿은 적은 한 번도 없는 것 같은데, 이상하리만치 심한 배신감이 들었다. 그의 말대로 어느새 사이가 좋아졌다고 여기고 있었던 모양이다.

"마왕의 명에 따를 생각이 없다고 한 건 역시 거짓말이었군요."

"저런, 오해하시면 서글픈데요."

"이 상황을 두고도 오해란 말이 나와요?"

"말씀드렸잖습니까? 그냥 재밌는 시험일 뿐이라고요."

그게 무엇을 위한 시험인지는 묻지 않았다. 어차피 제대로 된 대답을 듣지도 못할 테니까.

구겨진 내 얼굴을 보면서 루카르엠은 난처한 표정을 지었다.

"왜 그렇게 화를 내시는지 모르겠군요. 주어진 선택지는 두 가지입니다. 역소환을 원치 않으신다면 또 다른 방법을 택하시면 됩니다."

"다른 방법? ……당신 팔을 자르라는 것 말인가요?"

"네, 바로 그겁니다. 잘 이해하셨네요. 두 팔을 전부 다 자르셔야 할 겁니다. 두 손 다 접촉되어 있으니까요."

"내가 그러는 동안 그쪽은 그냥 가만히 있고요?"

"아, 그렇군요. 혹시 제가 막아설까 봐 걱정되시는 겁니까? 괜찮습니다. 저항하지 않을 테니 맘대로 하세요. 하지만 이왕이면 단숨에 잘라주시길 바랍니다. 그래야 조금이라도 덜 아프니까요."

어처구니없어서 빈정거린 말에 루카르엠은 즐거운 얼굴로 대답했다. 얼마나 신 난 표정인지 한순간 다른 사람 얘기를 하고 있는 건가 헷갈렸을 정도였다.

"저기, 지금 본인이 무슨 말을 하고 있는 건지는 알아요? 당신 팔이라고요."

"물론 잘 알고 있습니다. 제 팔이니까 마음대로 하라고 할 수도 있는 것 아니겠습니까?"

"당신 진짜 미쳤어요?"

"자주 듣는 말이죠."

여기까지 대화하고 나니 다시금 루카르엠의 진의가 헷갈리기 시작했다. 대체 이 마족이 무슨 생각을 하는 건지 모르겠다. 황망해서 가만히 쳐다보자 그는 느긋하게 웃어 보였다.

"자아, 그래서 어떻게 하시겠습니까? 결정을 내리셨나요?"

"……대체 지금 무슨 생각을 하는 거예요?"

"후후, 그런 걸 물어보실 때가 아닌 것 같은데요. 이러는 사이에도 힘은 계속 빠져나가고 있습니다. 이러다 정말로 역소환되실 텐데, 그래도 괜찮으신 겁니까?"

당연히 괜찮지 않다. 나는 황급히 시선을 내려 날 붙잡고 있는 양팔을 응시했다. 혹시나 싶어 다시 뿌리쳐 보려 했지만 역시나 꿈쩍도 하지 않았다. 오히려 그럴수록 힘을 더 빨리 빼앗기는 것 같았다.

'그래. 다른 방법이 없다면 자르는 수밖에.'

결심을 굳힌 다음 나는 공격하기 위해 기운을 집중했다. 형체를 흩어버리는 건 불가능하지만, 무언가 자를 만큼의 힘을 내는 건 충분히 가능했다. 아무리 마족이라고 해도 신체는 인간과 똑같이 얇은 가죽과 살점으로 되어 있을 뿐. 단순히 자르는 것만이라면 몬스터의 두껍고 질긴 가죽을 베어내는 것보다도 훨씬 쉬웠다. 비록 루카르엠은 두 팔을 잃겠지만, 지독한 장난을 친 대가라고 생각하면 어디까지나 자업자득. 내가 신경 쓸 일은 아니다.

하지만 그런 생각과는 다르게 막상 붙잡고 있는 손을 보니 자를 수가 없었다. 아직 튀지도 않은 붉은 피가 벌써부터 눈앞을 빨갛게 물들이고 있는 것 같았다.

"왜 그러시죠?"

머뭇거리는 내게 루카르엠이 여상한 목소리로 물었다. 고개를 들자 부드럽게 웃고 있는 얼굴이 보였다. 그 얼굴을 보고 나니 그렇지 않아도 줄어들던 의욕이 더 빠르게 사그라지는 것 같았다.

"엘, 왜 그래?"

아무 말 없이 대치하고 있는 것이 이상했는지 시벨리우스가 다가섰다. 고개를 들자 걱정스러운 얼굴로 나를 바라보고 있는 이사나의 모습이 보였다. 그의 얼굴을 보고서야 나는 겨우 정신을 차리고 다시 루카르엠의 양팔을 노려보았다. 이 순간에도 그의 손은 내 힘을 빠르게 흡수하고 있었다.

'잘라내자. 잘라내야 해.'

나는 눈을 질끈 감았다. 머리는 빨리 끝내버리라고 외치고 있는데, 오히려 집중력은 더욱 흐트러졌다. 피가 철철 흐르는 두 눈을 부여잡고 사납게 내지르던 무스의 비명 소리가 머릿속에서 왕왕 울렸다. 이름도 알지 못하는 사람들이 괴물로 변해가며 고통스럽게 흘리던 신음 소리도. ……루카르엠도 그들처럼 비명을 지를까?

'……어떡하지? 못 하겠어.'

차오르는 낭패감에 나는 입술을 깨물었다. 애초에 그런 걸 연상하는 것이 아니었다. 조금 전까진 어떻게든 시도라도 할 수 있을 것 같았는데, 지금은 도저히 그럴 자신이 없었다.

'차라리 내 팔을 자를까? 일단 그렇게 해도 분리는 될 것 같은데. 어차피 실체가 아니니 그렇게 아프지도 않을 거고. 아냐, 아무리 그래도 그건 아니지. 그런 짓을 하면 마나를 제공하고 있는 라피스가 다치잖아. 게다가 지금도 빠져나간 힘이 많은데 자칫 역소환될지도 몰라.'

짧은 시간 동안 수많은 번민들이 머릿속을 괴롭혔다. 무엇 하나 결정을 내릴 수 없는 상황에 말없이 얼굴을 일그러뜨렸을 때였다.

"역시."

나직하게 중얼거리는 목소리가 귓가에 떨어졌다. 고개를 들자 루카르엠이 몹시 흥미로운 것을 발견한 표정으로 나를 내려다보고 있었다.

"뭐, 뭐예요."

"아뇨, 그냥. 제 생각이 맞은 게 기뻐서요. 그때도 짐작하긴 했는데 지금 모습을 보니까 확실히 알 것 같군요. 사람을 해치는 게 무섭습니까? 정령왕이면서?"

"……그게 정령왕인 거랑 무슨 상관인데요?"

"상관있죠. 대차원의 존재들도 그렇지만, 보통 정령들은 중간계의 존재를 관조적으로 바라보거든요. 이곳은 본계가 아니니까요. 아무리 함께 어울려 지내도 나와는 다른 존재라는 구분이 명확하죠. 때문에 감정적으로 휘말리는 일이 극히 드뭅니다."

"그렇다고 생명을 아무렇게나 해칠 수 있는 건……."

"하지만 몬스터는 죽일 수 있잖아요."

"……!"

"단지 대상이 사람이라서 망설이는 거 아닙니까?"

무언가 쿵 하고 마음속에서 진동했다. 아마도 정곡을 찔린 것 같았다. 온몸이 떨리는 느낌에 나는 반사적으로 어깨를 움츠렸다. 마주친 루카르엠의 두 눈은 가볍게 휘어져 있었다. 늘 장난스럽게만 보이던 그 눈동자가 이때만큼은 조금 묘한 감정을 드러내고 있었다. 그게 무엇인지는 알 수 없었지만.

좌아악!

그 순간 날카로운 공기의 흐름과 함께 무언가 뜨거운 것이 얼굴에 튀었다. 무심코 손을 들어 뺨을 만지자 붉은 액체가 흥건히 묻어나왔다. 그것의 정체를 파악하기도 전에 무언가가 투둑 하고 발치에 떨어져 내렸다. 시선을 내려서 보니 뭉툭한 두개의 덩어리가 내던져진 것이 보였다. 그건 잘린 사람의 팔이었다. 그제야 나는 조금 전까지 날 잡고 있던 두 팔의 감각이 사라졌다는 것을 깨달았다.

'뭐…….'

"이런, 치사하게 중간에서 끼어들기입니까?"

사태를 깨닫고 얼굴을 굳히기 무섭게, 루카르엠이 가볍게 혀를 차는 목소리가 들렸다. 그는 어느새 내 앞에서 훌쩍 물러나 있는 상태였다. 여유롭게 웃는 얼굴과는 다르게, 그의 두 어깨 아래에는 당연히 있어야 할 것이 보이지 않았다. 그 대신 허전해진 소매에서 피가 철철 흘러내리고 있었다. 발치에 떨어진 것의 정체가 더욱 분명해졌다. 정말로 팔이 잘린 것이다.

"흥, 치사한 건 함정을 판 쪽이겠지. 엘의 힘을 빼앗고 있었던 거 다 알아. 내 앞에서 감히 누구한테 수작을 부리는 거야?"

조금 전 검을 휘둘러 그의 두 팔을 잘라낸 시벨리우스가 차갑게 대꾸했다. 내가 궁지에 몰린 것을 보다 못해 직접 나선 것 같았다. 그의 뒤편에선 이사나가 알리사의 눈을 양손으로 가린 채 서 있었다. 어린 소녀가 보기에 끔찍한 광경이었으니 당연했다.

"엘, 괜찮아?"

"아, 으응……."

다가오자마자 시벨리우스는 내 안색부터 살폈다. 걱정스럽게 묻는 말에 나는 조금 멍한 기분으로 고개를 끄덕였다.

누구든 끝내지 않으면 위험했을 상황이었다. 도움을 받았으니 안도해야 하는데, 이상하리만치 마음이 복잡했다. 의식하지 않으려고 해도 바닥에 늘어져 있는 살덩이에 저절로 시선이 향했다. 난 보는 것만으로도 간담이 서늘해지는 기분이건만, 정작 두 팔을 잃은 당사자인 루카르엠은 지나치리만치 태연해 보였다. 그의 표정만 보면 아무런 일도 일어나지 않은 것 같았다.

"흐음, 뭐, 좋습니다. 끼어들지 말라고 한 적은 없으니 제가 이해하죠. 난 참 마음이 넓어서 탈이라니까."

"헛소리 하지 마! 이번엔 팔로 참아주지만, 또 이런 짓을 했다간 목을 날려버릴 줄 알아!"

"협박입니까? 과연 룬의 혈통. 보기와는 다르게 상당히 호전적이시네요."

"닥쳐! 더러운 마족한테 그런 말을 들어야 할 이유 없어!"

사나운 일갈에 루카르엠은 오히려 더 재밌다는 듯이 웃었다.

"마족이라면 모두 더럽다고 치부하다니, 확실히 성마답군요. 하기야 예로부터 당신들 일족은 유난히 흑백논리가 강한 편이었죠. 아끼는 마음이 클수록 상처 입히기도 쉬운 법. 당신은 좋은 패가 될 겁니다."

"뭐라고 지껄이는 거야? 꼴도 보기 싫으니 당장 우리들 앞에서 사라져!"

"물론 그럴 겁니다. 아무리 저라도 이대로 계속 활동하는 건 힘드니까요."

가볍게 대꾸한 후 루카르엠은 슬쩍 팔 부근을 내려다보았다. 지혈을 하지 않은 팔은 아직도 붉은 피를 뚝뚝 떨어트리고 있었다. 그 모습에 나는 황급히 정신을 차렸다. 단순히 베인 정도가 아니라 완전히 절단된 상태다. 아무렇지 않게 행동하고 있다고 해서 진짜 괜찮을 리가 없었다. 기분 탓인지 안색도 많이 나빠져 있는 것 같았다.

"이, 일단 치료를……."

"그냥 내버려 둬, 엘."

"하지만……."

"어차피 저 정도는 알아서 할 거야. 네가 나설 필요까지 없어."

"맞습니다. 이 정도는 제가 알아서 수습해야죠."

시벨리우스의 냉정한 말이 떨어지기 무섭게 낭랑한 루카르엠이 목소리가 이어졌다. 그 순간 바닥에 있던 두 개의 팔이 둥실 허공에 떠올랐다. 그것은 그 상태로 천천히 루카르엠의 앞으로 이동했다. 아마도 그가 마력을 써서 옮겨온 것 같았다. 그는 자신의 팔을 한 번 훑어본 다음 만족스럽게 웃었다.

"흐음, 싫어하는 티를 있는 대로 내신 것 치곤 아주 깔끔하게 자르셨는데요? 다시 자랄 때까지 기다려야 하나 싶었는데 이 정도면 그럭저럭 봉합할 수 있겠네요."

"다, 다시 자랄 수도 있어요?"

"물론입니다. 마족의 육체는 재생력이 좋거든요. 시일이 조금 오래 걸리긴 합니다만."

어쩐지 이 상황에서도 느긋하더라니, 믿는 구석이 있었던 건가. 장난스럽게 웃는 얼굴을 보며 나는 어깨를 축 늘어뜨렸다. 왠지 맥이 빠지는 기분이 드는 게 허무해서인지, 아니면 안도해서인지 갈피가 잘 서지 않았다.

"그럼 전 이쯤에서 퇴장해야겠군요. 아쉽지만 이런 식으로 뵙는 것도 오늘이 마지막이겠네요."

"마계로 돌아가는 건가요?"

"회복하려면 그 편이 빠릅니다. 어차피 슬슬 돌아갈 시기이기도 하구요."

마지막 말에서 나는 그가 처음부터 돌아갈 예정이었다는 것을 깨달았다. 오늘따라 장난의 수위가 높았던 것도 바로 그 때문이었나 보다. 나는 조금 미묘한 기분으로 루카르엠을 바라보았다. 대면할 때는 얄밉기만 했는데 막상 돌아간다고 생각하니 조금 허전한 기분이 들었다. 아무래도 그동안 미운정이 단단히 들은 모양이다. 그러자 그런 생각을 읽기라도 한 듯 루카르엠이 짓궂은 표정을 지었다.

"아쉬운 얼굴이신데요? 제가 싫진 않으셨나 보죠?"

"네."

"어, 정말요?"

그렇게 의외였던 걸까. 본인이 물어놓고도 놀란 듯 루카르엠의 두 눈이 크게 떠졌다. 왠지 처음으로 그가 진짜 당황하는 걸 본 것 같았다.

"왜요? 왜 안 싫어요?"

"싫어해야 해요?"

"그런 건 아니긴 한데…… 그치만 저 그동안 여러분께 이러저러한 나쁜 짓들 많이 시도했는데요? 조금 전에도 진짜 위험했었잖아요?"

"그건 싫었지만, 그래도요. 왠지 나한테 해를 끼칠 것처럼 보이진 않더라구요."

"호오, 마족 정도는 언제든 이길 수 있다는 자신감입니까?"

"아뇨, 그게 아니라…… 당신이 진심으로 나를 위협한다는 느낌이 아니었어요."

"……."

생각해 보면 그의 악질적인 장난에 바보 같을 정도로 쉽게 걸려들었던 것도 그 때문이었던 같다. 당연히 비웃을 줄 알았는데 그는 예상 외로 아무 말 없이 나를 응시하기만 했다. 걱정하는 것 같기도 하고 감탄한 것 같기도 한, 왠지 낯익은 눈빛이었다.

나는 곧 그 눈을 어디서 보았던 건지 떠올릴 수 있었다. 사람을 죽이는 것이 무서운 것이냐고 물었을 때, 나를 보았던 그 묘한 눈빛과 똑같았다.

"저도 애칭으로 불러도 됩니까?"

"……? 마음대로요."

뜬금없이 허락을 구하는 말에 고개를 끄덕이자 그는 만족스럽게 웃었다.

"좋아요, 엘 님. 상냥하고 마음이 여린 당신께 한 가지 충고를 드리죠."

"충고?"

"당신의 다정함은 당신이 지닌 가장 큰 무기입니다. 아무것도 의심하지 마십시오. 당신이 의심하는 순간, 모든 것이 독이 되어 돌아올 겁니다."

"……지금 저주하는 거예요?"

"글쎄요, 어떨는지?"

그래, 그러고 보니 이런 마족이었지. 내가 대체 무슨 부귀영화를 누리겠다고 이 마족과 계속 말을 섞고 있었던 걸까. 덕분에 확실히 알았다. 싫은 것과 짜증 나는 건 전혀 별개의 감정이란 걸 말이다.

나는 한숨을 푹 내쉬며 얼른 가버리는 뜻으로 손을 내저었다. 그 모습에 루카르엠은 웃음을 크게 터트리고는 정중하게 허리를 굽혔다. 한 틈의 군더더기 없이 우아한 모습이었다. 비록 잘린 두 팔이 인사하는 동작에 맞춰 움직이는 광경은 기괴에 가까웠지만.

"그럼 다시 만날 때를 기약하고 있겠습니다, 엘 님. 부디 안녕하시길."

그 말을 마지막으로 루카르엠의 모습이 안개처럼 흩어져 사라졌다. 동시에 주위의 공기가 한층 가벼워진 것이 느껴졌다. 늘 묵직하게 퍼져 있던 마기가 완전히 지워진 것이다. 그것을 느끼고 나니 그가 정말로 돌아갔다는 실감이 들었다.

"간 거야?"

조금 멍하게 서 있는 내게 조심스럽게 묻는 목소리가 들려왔다. 이사나였다.

"응, 갔어. 좀 특이한 마족이었지?"

"응."

"아무튼 다행이다. 이제 기습당할 걱정은 안 해도 되겠어."

웃으며 건넨 말에 이사나 역시 밝게 웃으며 고개를 끄덕였다. 그 옆에 있던 알리사가 바닥에 흥건한 핏물을 발견하곤 얼굴을 찌푸렸다.

"왜 눈을 가리나 했더니…… 아까 그 마족, 팔이 잘린 거야?"

"어떻게 알았어?"

"팔로 참아준다느니, 봉합이 어쩌느니 했잖아. 그것만 들어도 뻔하지 뭐. 그 마족이 엘 씨를 공격했던 거지? 그걸 시벨 씨가 막은 거고?"

"응, 비슷해."

"뭐야, 되게 사람 좋아 보이는 얼굴이었는데 깜빡 속았어. 역시 마족은 믿으면 안 되는구나. 책에서도 그랬어. 마족은 진심을 교묘하게 감추는 종족이라고. 그러니 어떤 상황에서도 완전히 신뢰하면 안 된다고 말이야. 아무튼 이사나 씨도 참. 뭘 그 정도 가지고 눈까지 가리고 그래? 난 봐도 괜찮았는데."

한껏 투덜거린 알리사가 가볍게 눈을 흘기자 이사나는 어색한 표정으로 시선을 피했다. 나는 피식 웃으며 이사나 편을 들어주었다.

"아냐, 안 보길 정말 잘했어. 별로 유익한 광경은 아니었거든."

"엘 씨는? 다친 곳은 없는 거야?"

"응, 보다시피 멀쩡해."

"그렇구나, 다행이다."

안도하며 미소 짓는 얼굴에 나는 그녀의 머리를 쓰다듬어주었다(어린애 취급하지 말라는 항의가 있었지만 가볍게 무시했다). 그때 비딱한 자세로 서 있는 시벨리우스의 모습이 눈에 들어왔다. 왠지 불퉁한 표정이었다.

"왜 그래, 시벨?"

"아깐 왜 가만히 있었던 거야?"

"응? 아까?"

"그 녀석이 널 잡고 있을 때 말이야. 네 기운을 흡수하고 있었잖아. 잘라야 한다는 걸 알고 있었지? 그런데 왜 그냥 내버려 뒀어?"

그 말에 나는 약간 낭패감을 느꼈다. 정신없는 와중이었으니 얼렁뚱땅 넘어갈 줄 알았는데 아무래도 그저 희망사항이었던 모양이다. 나는 조금 머쓱해져서 뒷머리를 긁적였다.

"설마 팔이 다시 자랄 수 있는 줄은 몰랐지."

"그게 무슨 상관이야? 다시 안 자라더라도 그런 건 그냥 베었어야지! 하마터면 네가 다칠 뻔했잖아!"

"안 다쳤으니 됐잖아."

"그런 문제가 아냐. 하아, 엘 넌 정말 변한 게 없구나. 네가 그럴 때마다 난 정말 슬퍼져. 조금이라도 널 아끼는 사람들을 생각한다면 네 몸을 좀 생각했으면 좋겠어."

"으응, 미안."

"제대로 이해하고 대답하는 거 맞아? 늘 알겠다고 하면서도 자기 몸을 돌보질 않잖아."

순간 그런 적이 있었나 싶었다가 나는 쓰게 웃었다. 이건 내가 아니라 '엘'에게 하는 말이었다. 아무래도 내가 한 행동이 과거의 후유증 같은 것을 건드린 모양이다. 반박하고 싶은 마음은 굴뚝같았지만, 왠지 죄지은 기분이라 나는 쉴 새 없이 쏟아지는 타박을 묵묵히 들었다. 덕분에 알게 된 사실인데, 의외로 시벨리우스에겐 잔소리꾼의 기질이 있는 것 같았다.

"넌 특히 아는 사람은 지나치게 믿는 경향이 있어. 상대가 위험하다는 걸 뻔히 알면서도 말이야. 물론 너의 그런 점을 좋아하긴 하지만, 그래도 고쳐야 하지 않을까? 그러다 진짜 배신당하면 어쩌려고 그래?"

"으음, 그러게?"

"그러게? 가 아니야, 엘. 인지하고 있으면 제발 경계를 해 줘. 그때도 그랬지. 트로웰이 죽이려고 해도 몇 번이나 웃으면서 받아주고……."

"아, 그랬…… 뭐?"

건성으로 대꾸하려다 말고 나는 황망히 그를 올려다보았다. 착각이 아니라면 분명 살벌한 단어와 함께 트로웰이란 이름이 들렸었다. 동요하는 내 모습을 보고 시벨리우스는 아무렇지 않게 말했다.

"기억 안나? 트로웰이 널 얼마나 괴롭혔는지."

"괴, 괴롭혀? 친했던 거 아니었어?"

"친하긴 했어. 하지만 동시에 그는 널 죽이고 싶어 했어."

"……왜?"

"왜긴. 그 녀석은 인간을 싫어하니까. 그 녀석에게 인간은 절대로 받아들일 수 없는 터부 같은 존재였어. 오죽하면 인간을 이 땅에서 멸족시키려고까지 했을까."

멸족(滅族). 그 짧은 단어 속에 담긴 무게에 얼굴이 저절로 굳었다. 대륙에 저주를 내렸다는 말을 들었을 때도 놀라긴 했지만 그의 심정에 공감했기에 이해했다. 하지만 온 세상의 인간들을 전부 죽이려고 했다는 건 상황이 달랐다. 그렇게 무서운 생각을 하는 트로웰은 상상이 되지 않았다.

"무슨 소리를 하는 거야. 아무리 인간을 싫어해도 그렇지, 트로웰이 왜 그런 짓을 해?"

"역시 믿지 않을 줄 알았어. 하지만 정말이야. 그때 그 녀석은 진짜 위험했으니까. 트로웰이 얼마나 변한 건지는 모르겠지만, 지금의 모습이 그의 전부라고 생각하면 안 돼."

이미 여러 차례 나를 심란하게 했던 말이 또다시 이어졌다. 마치 과거로 돌아간 것 같은 기분에 사로잡힌 채, 나는 묵묵히 시벨리우스의 말을 들었다.

"트로웰이 그 당시에 다른 인간들보다 널 특별하게 대한 건 사실이야. 하지만 그렇다고 해서 원만한 관계는 아니었어. 꾸준히 교류를 했던 건 네가 그와 목숨을 담보로 한 거래를 했기 때문이야."

"거래라니?"

"나도 나중에서야 들은 이야기라 정확한 건 모르겠지만. 아마 그를 설득할 시간을 달라고 했다는 것 같아. 그래도 정히 인간을 멸망시켜야겠다면 자신부터 죽여 달라고 했다나?"

"……!"

"내가 그 사실을 알고 얼마나 속이 탔는지 알아? 뭐, 결국 트로웰도 끝까지 널 죽이지 못했지만. 덕분에 지금 인간들이 무사히 명맥을 잇고 있는 거야. 이 땅의 인간들은 모두 너한테 감사해야 해."

"말도 안 돼……."

"그치? 말도 안 되지? 그 말도 안 되는 일을 네가 했다니까?"

옛이야기에 신이 난 듯 시벨리우스는 계속해서 떠들었다. 하지만 그때쯤 나는 그의 말을 거의 듣고 있지 않았다. 왠지 정신이 하나도 없었다. 단순히 사이가 좋았다고 들었을 땐 그런가 보다 했는데 이런 이야기를 들으니 기분이 더 복잡해졌다.

시벨리우스가 한 말이 전부 사실이라면, 엘이란 사람은 자신의 목숨을 걸고 트로웰의 죄를 막았다는 소리였다. 그만큼 트로웰을 좋아하고 신뢰했다는 거겠지. 한낱 인간이었으면서도, 그가 자신을 해칠 수 없을 거란 자신감이 있었던 거다. 만약 나라면 그럴 수 있었을까? 마치 이 자리에 있지도 않은 '엘'에게 유대감을 한껏 과시당한 기분이었다.

"아무튼 이것 말고도 네가 한 무모한 짓이 얼마나 많은데. 솔직히 말하면 생존 본능이 결여된 사람 같았어. 뭐, 그런 점은 지금도 여전한 것 같지만. 그래도 한편으로는 네가 변하지 않아서 안심이야. 이럴 때마다 역시 내가 아는 엘이 맞구나 싶다니까."

흐뭇하게 응시하는 두 눈은 친구를 향한 애정으로 충만했다. 나를 바라보고 있지만 내가 아니다. 그 사실이 갑자기 참을 수 없이 견디기 힘들었다. 아마도 그래서일 것이다. 다른 때라면 그저 웃으며 넘겼을 말에 나도 모르게 반박하고 만 것은.

"……내가 아니야."

충동적으로 중얼거리자 시벨리우스가 곧장 의아한 반응을 보였다.

"응? 뭐라고 했어, 엘?"

"내가 아니라고!"

한번 내뱉은 말이 마치 도화선이 된 것처럼 순식간에 부풀어 오르기 시작했다. 정신을 차렸을 땐 난 그에게 고함을 지르고 있었다.

"몇 번이나 말했잖아! 난 그 사람이 아냐! 난 네가 아는 그 당시엔 태어나지도 않았고, 네가 아는 사람들을 알지도 못해! 내가 아니란 말이야!"

"엘, 왜, 왜 그래?"

퍼붓듯 빠르게 쏟아 내는 말에 시벨리우스는 몹시 당황한 얼굴로 머뭇거렸다. 내가 갑자기 발끈하는 것에 크게 놀란 것 같았다.

"입장을 바꿔놓고 생각해 봐! 수시로 다른 사람으로 오해 받는데 내 기분이 좋겠어?"

"다른 사람이라니. 네 전생이잖아."

"나한텐 그런 거 없다고 했지!"

"하지만……."

"제발 적당히 좀 해줘, 시벨리우스. 그래, 네 말마따나 나한테 전생이 있었다 치자. 하지만 그게 무슨 상관이야? 이미 태어난 시기가 다르고 살아온 세월이 다른데. 사람은 한 번 죽으면 끝이야. 환생을 했다 해도 그 삶이 다시 이어질 수는 없다고!"

"……!"

말하면서도 내가 조금 심하다는 건 알았다. 그저 엉뚱한 화풀이를 하는 것뿐이다. 하지만 이대로 마냥 착각하게 내버려 두었다간 내가 먼저 버티질 못할 것 같았다. 어떻게 해서는 그가 내 기분을 알아주길 바란다는 생각뿐이었다.

시벨리우스는 한동안 아무 말도 하지 않았다. 무거운 침묵에 질식할 것 같은 기분을 느꼈을 때쯤, 그의 입이 천천히 벌어졌다.

"그럼 난 어떻게 해야 해?"

"……뭐?"

꺼질 듯한 목소리에 고개를 들자, 고개를 숙이고 있는 시벨리우스의 모습이 보였다. 혼란한 정신에 보지 못했던 그의 상태가 선명히 들어왔다. 그는 금방이라도 울 것처럼 일그러진 표정을 짓고 있었다.

"잠깐 자고 일어난 것뿐인데, 세상이 전부 달라졌어. 내가 아는 사람들이 하루아침에 전부 사라지고, 내가 아는 세상의 지식은 모두 쓸모없는 것으로 변했어. 유일한 내 친구는 날 전혀 알아보지 못해. 이 상황에서…… 내가 뭘 어떻게 해야 하는 거야?"

"……"

"그래, 네 말이 맞아, 엘. 환생했다고 해도 전혀 다른 사람일 뿐, 내가 아는 그 사람은 이미 사라진 거겠지. 나도 다 알고 있었어. 지금의 너한테 이래서는 안 된다는 것도. 하지만 그래도…… 설령 그렇다 해도…… 다시 만나기를 바라는 것조차 안 되는 거야?"

담담한 말투와는 반대로 그의 목소리는 불안정하게 떨리고 있었다. 그제야 나는 그가 내내 불안해해 왔음을 깨달았다. 느긋해 보인다고 생각했던 모습들이 사실은 갑자기 변한 현실에 적응하기 위해 발악하고 있었던 것뿐이라는 것을.

'내가 무슨 짓을 한 거야.'

빠르게 흥분이 가라앉고 머리가 식었다. 전에도 이랬던 것 같은데 또 이런 식이다. 뒤늦게 밀려드는 낭패와 자책감에 나는 입술을 악물었다.

"미안, 시벨. 방금은 내가 너무 지나쳤어."

"아니, 사과하지 마. 네 말이 전부 옳아. 내가 너무 내 입장에만 취해서 미처 네 기분을 생각하지 못했어. 기억나지도 않는 과거를 계속 언급했으니 마치 비교당하는 기분도 들었겠지. 네가 불쾌해하는 게 당연해."

"시벨……."

"미안해. 잠깐만 혼자 있을게. 생각을 정리할 시간이 필요할 것 같아."

허무하게 웃어 보인 뒤 시벨리우스는 그대로 뒤돌아 문을 열고 나가 버렸다. 닫히는 문 사이로 보이는 그의 뒷모습에 눈을 고정한 채, 나는 탄식의 한숨을 길게 내쉬었다. 그런 내 옆으로 알리사와 이사나가 가까이 다가왔다.

"뭐야, 심각하게 얘기하는 것 같더니. 둘이 싸웠어?"

"그런 거 아니야, 알리사."

"아니긴. 시벨 씨 표정이 잔뜩 굳어 있던데. 대체 무슨 일이야? 얼핏 들으니 트로웰이 어쩌니 전생이 어쩌느니 하는 것 같던데. 트로웰은 땅의 정령왕 이름이잖아? 엘 씨도 트로웰을 알아?"

"……과거의 이야기야."

적당히 대답하고 넘어가려는데 알리사가 나를 똑바로 응시했다. 도저히 그대로 물러날 기세가 아니라 나는 어쩔 수 없이 설명할 수밖에 없었다. 간단히 풀어낸 사연에 알리사는 매우 흥미로워했다.

"그러니까 먼 옛날에 엘 씨랑 똑같이 생긴 사람이 있었다는 거지? 그래서 시벨 씨가 엘 씨를 그 사람의 환생이라고 생각하고 있고?"

"응, 맞아. 처음 만났을 때부터 계속 오해를 해 왔는데, 난 그게 싫었거든. 아니라고 말해도 믿질 않아서 결국 참지 못하고 말을 심하게 해버렸어."

"그랬구나. 근데 왜 아니라고 생각하는 거야? 시벨 씨가 괜히 착각할 리는 없을 것 같은데. 진짜 엘 씨의 전생일 수도 있잖아."

"아니, 그럴 리가 없어."

"헤에, 엘 씨는 윤회를 안 믿는 사람이야? 신관이면서?"

이 세계는 지구보다 신의 간섭이 많은 편이라 그만큼 주어진 정보도 많다. 특히 신을 섬기는 사제들은 당연히 4대 차원의 존재와 윤회를 믿었다. 그러니 단호하게 부정하는 내가 이상하게 보이긴 할 것이다. 신기하다는 듯이 바라보는 얼굴에 나는 어색하게 웃었다.

"아니, 그런 건 아냐. 단지 나한텐 전생이 없었을 거라는 거야."

"그걸 어떻게 알아?"

"……그냥 그런 느낌이 들어. 게다가 있었다고 해도 별로 인정하고 싶지 않아. 난 전생 같은 거 필요 없거든."

마지막 말은 거의 혼잣말에 가까웠다. 내게 전생이 있다고 한다면 지구에서의 기억부터 받아들여야 한다. 물론 소중한 경험이었고, 그때 사귀었던 친구들은 지금도 여전히 그립고 보고 싶은 존재다. 하지만 그것과는 별개로 그 추억이 필요 없다고 여기는 것도 사실이었다.

운명이 없는 아이. 과거에 사로잡힌 미숙한 정령왕. 난 그저 주어진 삶을 살고 있을 뿐인데, 어디를 가도 이방인이 된 것만 같아 혼란스럽기만 했다.

"이상하네. 그렇게 말하니까 왜 전생을 기억하고 있다는 것처럼 들리지?"

"어?"

"그렇잖아. 보통은 전생을 궁금해하면 궁금해했지, 필요 없다고 여기진 않잖아? 그런 말을 과감히 할 수 있다는 건, 전생의 삶이 지금보다 나빴다는 확신이 있기 때문 아니야? 혹은 그 기억이 지금의 삶에 안 좋은 영향을 미치고 있다든가?"

"……!"

설마 이렇게 바로 정곡을 찔러올 줄이야. 알리사의 총기를 너무 만만히 생각했나 보다. 당황하면 인정하는 셈이라 나는 최대한 담담히 대답했다.

"그……런 거 아니야. 난 그냥 현재에만 충실하고 싶은 것뿐이야."

"흠, 그야 물론 현생이 더 중요하긴 하지. 하지만 전생의 나도 나잖아. 육체가 달라도 영혼이 같으면 결국 같은 사람이 아닐까? 그렇게 무작정 거부할 필요는 없을 것 같아. 계속 아니라고 부정했는데 진짜 맞으면 어쩌려고 그래? 나중에 그런 말을 한 자신이 용서가 안 될지도 모르잖아."

"하지만 정말 아닌걸."

"진짜 수상하네. 어떻게 그걸 확신하는데?"

"아, 아니, 그러니까 내 말은…… 아닌 경우엔 어쩌냐는 거지."

황급히 수습해서 돌린 말에 알리사는 어깨를 살짝 으쓱였다.

"어쩔 게 뭐 있어? 아니면 그냥 아닌 거지."

"그렇게 간단하게 대답할 일이······."

"아니, 간단한 일이야. 어차피 그 사람이든 아니든 엘 씨는 엘 씨잖아. 그거면 된 거 아냐?"

"······그걸로 되는 걸까."

"당연하지. 왜? 아니란 게 밝혀지면 시벨 씨한테 미움 받을 것 같아서 무서워?"

"······."

심장 한구석에서 날카롭게 찌르는 감각이 퍼졌다. 그동안 막연하게만 여겨 왔던 불안한 기분의 정체를 이제야 확실히 깨달은 느낌이었다.

그래, 나는 무서웠던 거다. 내가 '엘'이 아니면 태도가 돌변할 시벨리우스가. 더 나아가 진실을 물었을 때 내게 보일 트로웰과 엘뤼엔의 반응들이. 내가 가족으로 여기던 존재들이 단지 그 이유만으로 나를 곁에 둔다는 사실이 언젠가 밝혀지고 말 것 같아서. ······그래서 또다시 내가 있어야 할 자리가 아니었다는 것을 알게 될까 봐.

우울한 기분이 표정으로도 드러난 모양이다. 알리사가 다 이해한다는 듯이 내 어깨를 다독였다.

"그렇게 풀 죽을 것 없어. 누구나 상처받는 건 싫어하니까. 하지만 바보 같아. 왜 잃을 것만 생각해? 지금 엘 씨와 시벨 씨가 쌓아 가는 우정도 우정이잖아. 그게 다른 사람이라고 해서 그렇게 단호하게 버릴 수 있는 거야? 시벨 씨가 그렇게 냉정한 사람인가?"

"그건……."

"엘 씨가 생각해도 그건 아니지? 물론 처음엔 혼란스럽겠지만, 그건 아주 잠깐일 거야. 다른 사람이면 어때? 과거의 그 사람보다 더 친하게 지내면 되지. 너무 복잡하게 생각하지 마. 그냥 새로운 관계가 구축되는 것뿐이야."

나는 멍하니 알리사를 바라보았다. 그녀는 정확한 상황을 알지 못한다. 아마 모든 사실을 알았다면 이렇게 말할 수 없었을지도 몰랐다. 하지만 그녀의 말을 듣는 순간 한없이 침잠하고 있던 기분이 한결 가벼워졌다.

그냥 새로운 관계가 구축되는 것뿐이다.

단순한 이 한 문장이 진리처럼 가슴에 와 닿았다. 지금까지 고민하고 있던 것들이 전부 별 게 아닌 것처럼 느껴졌다. 점차 맑아지는 정신을 느끼며 나는 희미하게 웃어 보였다.

"그래, 생각해 보니 네 말이 맞아. 넌 정말 똑똑하구나, 알리사. 덕분에 마음이 한결 편해졌어."

"알았으면 됐어. 자, 그럼 시벨 씨랑은 확실히 화해해."

"응, 그럴게. 고마워."

"뭘 이런 걸 가지고. 아무튼 남자들이란, 나이를 먹어도 애 같은 건 어쩔 수 없다니까."

　마치 성인 여성 같은 말투에 나는 급하게 터져 나오는 웃음을 삼켰다. 심지어 그런 행동이 무서울 정도로 잘 어울린다는 게 문제였다. 지금만큼은 그녀의 실제 나이가 보이는 것보다 훨씬 많다고 해도 전혀 놀라지 않을 것 같았다.

　때마침 문이 열리고 시벨리우스가 다시 안으로 들어섰다. 생각을 정돈하러 나간다고 하더니, 오히려 조금 전보다 더 얼굴이 안 좋아 보였다. 나는 살짝 심호흡을 한 다음 용기를 내어 그 앞으로 다가갔다.

　"저기, 시벨. 잠깐 할 말이 있는데."

　"응? 아, 미안. 나중에 하면 안 될까? 오늘은 너무 피곤해서……."

　"어? 아, 그, 그래."

　"미안해."

　힘없이 사과를 건넨 후 그는 터덜터덜 걸어가 자신의 침대에 곧장 엎드려졌다. 그 모습을 지켜보며 안절부절못하는 내게 이사나가 작은 소리로 말했다.

　"걱정하지 마, 엘. 시벨 님도 아직은 생각할 것이 많겠지. 지금은 저래도 금방 풀릴 거야."

　"으응. 미안해, 이사나. 불편한 분위기를 만들었네."

　"아냐, 신경 쓰지 마. 사실 그동안 계속 갈등했던 일이었잖아. 언젠가는 짚고 넘어갔어야 할 일이었어."

의젓한 대답에 나는 속으로 쓴웃음을 지었다. 별로 내색하지 않았다고 생각했는데, 그가 느끼고 있을 정도로 거북한 티가 얼굴에 전부 드러났었던 모양이다.

"시벨 님이 싫은 건 아니지?"

"그런 건 아냐. 오히려 좋은 녀석이라고 생각해."

"응, 다행이야. 나도 시벨 님이 좋아."

감정을 직설적으로 표현하는 일이 드문 그로서는 최대의 찬사였다. 나는 다시금 시벨리우스를 바라보았다. 그는 눕자마자 그대로 잠이 들었는지 어느새 고른 숨소리를 내뱉고 있었다. 나는 살짝 혀를 찬 다음 이불을 끌어다 덮어주었다. 그 모습을 옆에서 지켜보던 이사나가 중얼거리듯이 물었다.

"그 엘이란 사람 말이야. 어떤 사람이었을까?"

"……궁금해?"

"그냥. 그렇게 똑같다니 신기해서. 외모는 닮을 수 있어도 성격까지 똑같은 건 흔치 않잖아."

"응, 그러게."

사실 그건 나도 의문이긴 했다. 이름이 왜 엘이었을까. 그 수많은 사람들 중에서도 왜 하필이면 나를 닮았던 걸까? 인연이 미치는 곳마다 그 사람의 흔적이 그림자처럼 엉겨 붙으니, 마치 누군가 의도한 것 같다는 생각마저 들었다.

그래 봤자 어차피 머나먼 과거의 사람. 이런 식으로 고심하는 것조차 의미가 없을 테지만 말이다.

3.

　마왕성은 때 아닌 소란을 맞고 있었다. 마왕의 임무를 받고 중간계로 내려갔던 공작 루카르엠이 부상을 당한 채 돌아왔다는 소식이 퍼졌기 때문이었다.

　평소 뛰어난 활약을 선보인 적은 없었으나 어쨌거나 공작의 직함을 지닌 존재였다. 그런 그의 부상 소식은 그의 진짜 힘을 아는 자는 물론, 그렇지 못한 자들까지 모두 당황하게 만들기 충분했다.

　저벅저벅저벅. 주위에 가득한 술렁임 속에서 한 인영이 빠른 속도로 복도를 걸었다. 등 뒤로 망토를 길게 늘어뜨린 차림을 한 흑발의 남자는 마계 4대 공작이자 동쪽 영토의 주인 데르온이었다.

　그의 다급한 발걸음이 향한 곳은 지붕까지 닿을 정도로 거대한 문 앞이었다. 그곳엔 그보다 먼저 온 것으로 보이는 한 남자가 무료한 표정으로 벽에 기대어 서 있었다. 유난히 튀는 남청색의 머리칼을 발견하자마자 데르온은 두 눈을 부릅떴다.

　"자크!"

　"……여어."

　먼저 와 있던 남자는 북쪽 영토의 주인 데자크 룬이었다. 그가 보내는 가벼운 눈인사를 받는 둥 마는 둥, 데르온은 덮쳐들 듯이 앞으로 다가섰다.

"소식이 사실입니까? 루카가…… 아니, 루카르엠이 귀환했다고
요?"

그의 과격한 행동에 자크는 가볍게 얼굴을 찌푸렸지만 딱히 나
무라진 않았다. 그 역시 비슷한 심정으로 찾아온 차였기 때문이었
다.

"그렇다는군. 지금 마왕 전하를 알현하고 있는 중이신 것 같
다."

"심한 부상을 당했다고 하던데 사실일까요?"

"나도 그게 궁금한 참이다. 하지만 그분이 남에게 당하실 분인
가? 잘못 알려진 거겠지."

"여, 역시 그렇겠죠?"

"나도 몰라."

무심한 표정만큼이나 무책임한 답변이었다. 그래, 원래 이런 성
격이지. 데르온은 얼굴을 찌푸렸지만 이내 체념하며 한숨을 내쉬
었다. 아무래도 루카르엠이 알현을 끝마치고 나올 때까지 기다리
는 수밖에 없을 것 같았다.

'대체 이게 어떻게 된 일인지.'

소식을 들었을 땐 심장이 내려앉는 기분이었다. 루카르엠은 4대
공작 중에서도 월등히 강한 존재였다. 어쩌면 마왕보다 더. 그런
그가 이런 식으로 귀환할 거라곤 아무도 예상치 못한 일이었다.

그는 입술을 악문 채 굳게 닫힌 알현실의 문을 바라보았다. 높

게 치솟은 거대한 문을 볼 때면 평소에도 질식할 것 같은 기분이 들었지만, 오늘따라 더욱 목을 조이는 것 같았다.

'루카…….'

＊　　　＊　　　＊

마왕 카류드리안은 한 손으로 턱을 괸 채, 자신의 앞에 있는 남자를 바라보았다. 얌전히 부복하고 있는 남자의 몸엔 두 팔이 존재하지 않았다. 아직 완전히 지혈되지 않은 어깨에선 붉은 핏물이 방울방울 떨어지고 있었다.

"상당히 처참한 모습이로군, 루카르엠."

그의 입에서 낮게 떨어지는 음성에 얌전히 부복하고 있던 루카르엠이 고개를 숙였다.

"면목이 없습니다."

"아니, 나쁘지 않다. 두 팔을 잃은 마신의 대리인이라. 꽤나 진귀한 광경이야. 영상석으로 찍어서 남겨두고 싶을 정도군. 짜증 날 때마다 보면 유쾌해지겠어."

누가 보기에도 일부러 자극하는 것이 분명한 말에 루카르엠은 그저 빙긋이 웃었다. 습관이나 다름없는 표정이었고, 카류드리안이 가장 싫어하는 표정이기도 했다.

"전하를 조금이라도 기쁘게 해드린다면 그것도 영광이겠군요."

"언변만 좋은 건 변하질 않는군."

"이왕이면 언변도 좋다고 해 주십시오."

술술 내뱉는 대답은 태연하다 못해 능청스러울 정도였다. 카류드리안은 두 눈을 가늘게 떴다.

"아무튼 그 꼴을 보니 임무는 실패한 건가."

"실망을 끼쳐드려 죄송합니다. 역시 정령왕이라서 그런지 만만한 상대가 아니더군요. 친근하게 접근해서 방심을 유도하려 했는데 도저히 틈을 내주지 않았습니다."

"그대가 적당히 한 게 아니고?"

"그럴 리가 있겠습니까."

곧게 바라보는 시선엔 흔들림이 없다. 한 치의 거짓도 담기지 않은 정직한 눈이었다. 하지만 설령 정곡을 찔렸다 해도 그는 지금과 똑같은 눈으로 바라보았을 것이다. 그 사실을 잘 알고 있는 카류드리안은 굳이 그의 진의를 파악하려고 하지 않았다.

"뭐, 좋다. 그대가 순순히 내 명에 따랐다는 사실만으로도 충분히 고무적이었으니. 이번엔 시늉이라도 하고 왔다는 것에 의의를 두도록 하지."

"오해를 살 말씀이십니다. 감히 어느 누가 마왕 전하의 명을 따르지 않겠습니까."

"다른 사람도 아니고 그대가 그렇게 말하니 재밌군. 그럼 계속 일을 맡아 보겠나?"

"계속이라고 하심은……."

"적어도 아직은 엘퀴네스 쪽에 감시의 눈을 뗄 때가 아니라 말이야. 내가 따로 지시를 내리기 전까지 그들의 동태만이라도 파악해 줬으면 하는데."

"받은 명을 제대로 수행하지도 못한 제게 다시 기회를 주려 하시다니, 역시 전하께선 마음이 넓으십니다. 하지만 그런 일이라면 저보다 달리 적임자가 있을 것 같습니다."

"왜? 한 입으로 두 말할 생각인가?"

"아하항, 그럴 리가 있겠습니까? 마음 같아서야 당장 전하의 명을 받들고 싶지요. 하지만 보시다시피 꼴이 이래서 말입니다."

능청스럽게 웃으며 몸을 빼는 루카르엠을 보며 카류드리안은 피식 실소를 지었다. 정말로 재밌어서 지은 미소라기보다는 경멸에 가까운 미소였다.

"아, 그러고 보니 그랬었지. 그 팔은 언제쯤 회복할 것 같은가?"

"붙인다 해도 최소 한두 달은 정상적인 기능을 하긴 힘들 겁니다. 다시 자라는 걸 기다리려면 십 년은 걸릴 거고요."

"그런 점은 다른 마족이랑 비슷하군."

"저 역시 마족입니다, 전하."

"흥, 마신의 대리인도 고작 육체의 제약을 받는 존재일 뿐이라는 건가? 의외로 별거 아니군."

"……"

이번에도 루카르엠은 조용히 웃는 것으로 대답을 대신했다. 반응하지 않는 상대를 자극하는 것만큼 지루한 일은 없는 법. 카류드리안은 이내 심드렁해져서 고개를 끄덕였다.

"할 수 없지. 그 일은 데르온에게 맡기겠다. 명령서를 적어줄 테니 그대가 가는 길에 전해 주도록 해라. 그 정도는 할 수 있겠지?"

"물론입니다."

종이가 펼쳐지고 글이 적혀가는 소리가 퍼져 나갔다. 루카르엠은 여전히 부복한 상태에서 카류드리안이 느긋하게 깃펜을 움직이고 있는 모습을 묵묵히 바라보았다. 사실 절단된 팔을 생각하면 이렇게 여유를 부리고 있을 상황은 아니었다. 치료가 늦어져서가 아니라 재생력이 너무 뛰어난 것이 문제다.

재생력이 좋다는 건 그만큼 아무는 것이 빠르다는 뜻이고, 한 번 아물어버린 피부는 다시 봉합하지 못한다. 이 상태라면 꼼짝없이 새로 팔이 자라기를 기다려야 할 판국이었지만, 루카르엠은 이만 자리를 물리게 해달라고 청하지 않았다. 마왕이 일부러 시간을 끈다는 것을 알고 있었기 때문이었다.

"아, 그러고 보니 그대가 없는 사이에 일이 하나 있었지."

"무슨 일 말입니까?"

"무슨 일이었더라. 아아, 그래. 이번 번식기에 태어난 알들이 전부 파괴됐다고 하더군."

마치 점심식사에 나온 음식 종류를 읊기라도 하듯 단조로운 말투였다. 하지만 그 이야기를 전해 들은 루카르엠은 얼굴을 굳혔다. 아무리 그라도 이번만큼은 웃을 수가 없는 내용이었다.

"알이 전부…… 말입니까?"

"그래, 전부."

한동안 무거운 침묵이 흘렀다. 루카르엠은 누구의 짓이냐고 묻지 않았다. 애초에 이 마계에서 그런 일이 가능한 사람은 손에 꼽을 정도로 적었다. 그중에서도 그런 일을 시도할 이유가 있는 존재는 단 하나밖에 없었다. 카류드리안 역시 그가 묻지 않는 이유를 알고 있었다.

"그대도 이럴 땐 말을 아끼는군. 데자크 공작도 마찬가지였지. 분명 범인이 누군지 아는 얼굴임에도 입을 꾹 다물고 한마디도 하지 않더군."

"……증거가 없다면 당연한 일 아니겠습니까."

"옳은 말이야. 섣불리 의심을 했다간 아까운 목숨을 잃게 될 테니."

"……"

"이번 알에서 차기 마왕을 기대할 만한 아이가 있었다고 들었다. 그대 입장에선 새 주인을 맞이할 기회를 잃었으니 꽤나 아쉽겠어. 나와 반목하는 것도 슬슬 지겨울 텐데 말이야."

"……오해십니다. 단 한 번도 그런 생각을 한 적은 없습니다."

"정말인가?"

"맹세코 정말입니다. 게다가 마왕의 자리는 도전을 통해 차지하는 것. 앞날을 예측할 수 있는 것이 아니지요. 그 알이 부화했다 해서 차기 마왕이 될 거란 보장은 없습니다. 단지 이번 번식기가 이렇게 끝나버렸다는 것이 매우 가슴이 아플 뿐입니다. 그렇지 않아도 마족은 태어나는 숫자보다 죽는 숫자가 더 많은 종족인데, 앞으로 100년간은 유입이 없이 손실만 있을 테니 매우 타격이 클 겁니다."

"그럼 그대가 마신에게 전하면 되겠군. 번식기를 한 번 더 달라고 말이다."

"그건 마신 혼자서 결정할 수 있는 일이 아닙니다. 번식에 관계된 부분은 명계와도 복잡하게 얽혀 있다고 들었습니다."

"그래? 그건 또 처음 알았군."

카류드리안은 정말로 놀랍다는 듯이 중얼거렸다. 그래 봤자 사태의 심각성을 전혀 염두에 두지 않은 유쾌한 얼굴이었다. 루카르엠은 길게 한숨을 내쉬었다. 그런 그의 앞에 두루마리 하나가 떨어졌다.

"데르온에게 줄 명령서다. 따로 알현할 필요는 없으니 곧바로 내려가도 좋다고 전해라."

"예, 알겠습니다."

루카르엠은 여느 때와 같이 차분하게 대답했다. 하지만 그의 표정은 더 이상 이전처럼 밝지만은 않았다. 그것을 바라보는 카류드리안의 얼굴에 만족스러운 미소가 떠올랐다.

"이만 물러가도 좋다."

4.

데르온과 자크는 여전히 문 앞에서 루카르엠이 나오기를 기다리고 있었다. 제법 긴 시간이 흐르는 동안 두 사람 사이를 오가는 대화는 한 마디도 없었다. 그러다 문득 데르온은 한 가지 위화감을 깨닫고 가늘게 뜬 눈으로 자크를 바라보았다.

"그러고 보니 자크, 이곳엔 어떻게 오신 겁니까?"

"걸어왔다."

"아뇨, 그게 아니라…… 이번 번식기 문제 말입니다. 카르텐을 제대로 관리하지 못한 책임으로 근신처분을 받으셨다 들었는데요."

"잘 알고 있군. 그러니 여기서 날 본 건 마왕에겐 비밀이다."

"……여긴 알현실 앞입니다만."

"괜찮아. 문이 열리면 뒤쪽으로 숨을 거다."

그런 문제가 아니란 말입니다!

데르온은 그렇게 소리치고 싶은 걸 참으며 지끈거리는 머리를 짚었다. 이 대책 없는 마족이 설마하니 루카르엠을 보기 위해 마왕의 명령까지 거역할 줄은 몰랐다. 자칫 들키기라도 하는 날에는 날벼락 정도로 그치진 않을 것이다. 상상만 해도 끔찍한 기분에 데르온은 얼른 자크를 달랬다.

"일단 지금은 그냥 영토로 돌아가시죠. 루카르엠이라면 제가 만나 뵙고 소식을 전해 드릴 테니……."

"자네 혼자만 루카르엠 님을 뵙겠다고?"

젠장, 모처럼 걱정해 주고 있는데 이렇게 나오기냐. 순식간에 서늘해진 자크의 눈빛을 정면으로 받으며 데르온은 속으로 욕설을 삼켰다.

"마왕의 명에 불복하면 처형을 당할 수도 있습니다. 대체 무슨 배짱이십니까?"

"죽음 따위가 두렵다면 마족으로 살아갈 수가 없겠지."

"물론 그 말을 부정하는 건 아닙니다만. 고작 얼굴 하나 보겠다고 죽음을 불사하는 건 너무 거창하지 않습니까?"

"고작이라니. 지금 내 앞에서 루카르엠 님의 얼굴을 고작 따위라고 칭한 건가?"

"……하아, 그래요. 마음대로 하십시오."

결국 데르온은 자포자기 하며 두 손을 들었다. 애초에 이 마족을 왜 설득하려고 했을까. 무엇이든 광적으로 미쳐 있는 존재와는 말을 섞지 않는 게 진리라는 것을 다시금 온몸으로 깨닫는 순간이었다.

"아무튼 전 어떻게 되셔도 모릅니다. 도와드리지 않을 거라고요."

"그럼 도와줄 생각이었나?"

"말이 그렇다는 겁니다. 어차피 도와드린다고 해서 그게 통하기나 하겠습니까?"

"흥, 애초에 자넨 마족 주제에 너무 쓸데없는 잔정이 많아. 이

참에 카르텐으로 건너와서 유체들의 육아를 맡아볼 생각은 없나?
공작보다는 집사나 보모 쪽이 더 적성에 맞을 것 같은데.”

“누가 보모……!”

“쉿.”

발끈해서 외치려는 순간 이어진 소리에 데르온은 입을 다물었
다. 굳이 말을 가로막는 이유를 물을 필요는 없었다. 굳게 닫혀 있
던 집무실의 문이 열리고 있었기 때문이다.

그 안에서 걸어 나오는 낯익은 모습을 확인하자마자 데르온의
얼굴이 밝아졌다. 틀림없는 루카르엠이었다. 그 역시 문 앞에 있는
이들을 알아보고 미소 지었다.

“어라? 이게 누굽니까? 데르온 아닙니까? 게다가 자크도 있었
군요.”

“루…….”

반가운 마음에 다가서려던 데르온은 걸음을 멈춰 선 채 얼굴을
굳혔다. 루카르엠의 소매 부분이 잘린 채 사라져 있는 걸 발견한
것이다.

“루카…….”

“네? 아아.”

그의 시선이 향한 곳을 눈치챈 루카르엠이 곤란한 듯이 웃었다.

“이런, 들켰군요. 치료하기 전에 알현하는 게 먼저라고 생각해
서 그냥 왔더니 여러분께도 흉한 꼴을 보이고 말았네요.”

“어떤 새끼입니까?”

살벌한 음성은 자크의 것이었다. 그가 욕설을 하다니! 혼란스러운 마음을 채 수습하기도 전에 데르온은 재차 충격을 받아야 했다.

데자크 룬은 유체였던 시절부터 그 어느 것에도 평정을 잃지 않고 고상한 말만 쓰기로 유명한 존재였다. 속언 따위로 상대를 깎아내리는 건 하류나 하는 짓이라고 여겨 왔기 때문이다. 비록 빈정거리는 말투로 사람의 속을 뒤집어 놓을지언정, 노골적으로 경박한 단어를 입에 담는 일은 없었다.

믿어지지 않는 마음이 크다 못해 데르온은 자신이 잘못 들은 걸지도 모른다고 생각했다. 그러나 자크는 그의 현실도피를 도와주지 않았다.

"물의 정령왕? 그 새끼가 그렇게 만든 겁니까? 어떻게 생긴 상판대기랍니까? 그 빌어먹을 새끼가……!"

이번엔 도저히 외면할 수도 없을 만큼, 내뱉는 말마다 욕설이 연거푸 이어졌다. 충격에 휩싸인 데르온과는 다르게 루카르엠은 익숙하게 받아 넘겼다.

"뭐, 별거 아닙니다. 조금 장난을 쳤을 뿐이에요."

"그게 무슨……."

"슬슬 마계가 그리우니 돌아오긴 해야겠고, 빈손으로 오자니 면목이 없고 해서 말입니다. 이렇게라도 해야 임무 실패에 대한 변명을 할 수 있지 않겠습니까?"

"……결국 마왕 때문이군요."

자크의 입에서 이가 갈리는 소리가 울렸다. 마치 짐승이 으르렁 거리는 같은 소리였다.

"그렇게 성낼 일은 아닙니다. 임무를 실패한 대가치곤 싸게 먹힌 셈이죠. 별로 아프지도 않고요."

"그렇지만……."

"그보다 데르온에겐 미안하게 됐군요."

"예? 저 말입니까?"

갑자기 자신이 언급되는 것에 데르온은 의아한 기색을 감추지 못했다. 그런 그의 눈앞으로 긴 두루마리가 불쑥 펼쳐졌다.

"마왕 전하께서 전하라 하신 겁니다."

"이게 무…… 명령서군요."

당황하던 데르온은 곧 두루마리에 적힌 내용을 알아보고 얼굴을 굳혔다. 그 안엔 데르온에게 엘퀴네스의 감시를 맡긴다는 명령문이 마왕의 서체로 쓰여 있었다.

"감시만 하는 겁니까?"

"저까지 실패했는데 무모한 명을 내리실 순 없었겠죠. 이대로 곧장 명령을 수행하러 가도 무방하다 하셨습니다. 제가 전해 받은 건 그것뿐입니다."

"으음, 알겠습니다. 마왕의 명 받들겠습니다."

수락의 말과 동시에 두루마기는 그 자리에서 빛을 내뿜으며 사라졌다. 데르온은 눈앞에서 천천히 흩어지는 빛 덩이를 착잡한 표정으로 바라보았다.

"별로 내키지 않나 보군요."

"……솔직히 말하면 그렇습니다. 계약자의 소원을 들어줄 순 있지만 어차피 유희거리일 뿐 아닙니까. 정령왕의 기분을 거스르면서까지 이런 일을 하는 게 무슨 의미가 있는 건지 잘 모르겠습니다."

"이해합니다. 전하께선 아무것도 설명해 주시지 않으니까요. 무작정 명을 따르자니 이런저런 생각이 많이 들겠죠."

"루카……."

"하지만 그래도 별수 없습니다. 저흰 마왕 전하의 가신이나 마찬가지니까요. 위에서 까라면 까야지 별수 있습니까? 고민 해 봤자 머리만 아픕니다. 그냥 적당히 하세요, 적당히."

"……."

그래, 이 사람도 이런 마족이었지. 긴장감이라곤 눈을 씻고 찾아봐도 찾아볼 수 없는 대꾸에 데르온의 마음은 더 심란해졌다. 그때 자크가 조심스럽게 입을 열었다.

"저어, 루카르엠 님. 보고드릴 것이 있습니다. 실은 이번 번식기의 알들이 전부 파괴되었습니다."

"아아, 들었습니다. 하필이면 제가 없을 때 그런 일이 생겼더군요. 아니지. 제가 없기 때문에 벌어진 일이라고 해야 하나요?"

"면목 없습니다. 이번 번식기엔 특히 관심을 두셨던 알도 있었는데……."

"뭐, 신경 쓰지 마십시오. 태어날 팔자라면 어떻게든 태어나겠지요."

　다음 번식기를 기다리자는 뜻일까. 그러나 매번 번식기 때마다 강한 알이 태어나는 건 아니었다. 오히려 한 번 강한 알이 태어나고 나면, 다음 번식기 땐 현저하게 부실한 알들만 태어나곤 했다. 결국 자포자기에 가까운 말이라는 걸 아는 공작들은 모두 침울한 표정을 지었다. 특히 자크의 얼굴은 노여움으로 일그러졌다.

　"절대 용서할 수 없습니다. 제가 반드시 이번 일의 진상을……!"

　"아뇨. 열심히 하는 건 좋지만 그럴 필요는 없습니다. 어차피 알은 파괴되었고, 다시 돌이킬 수 없다는 건 변하지 않아요."

　"하지만……."

　"목숨을 아끼세요, 자크. 내가 아끼는 존재를 허무하게 잃고 싶진 않군요."

　"루, 루카르엠 님."

　감동으로 울먹거리는(그 괴리감에 데르온은 경악했다) 자크에게 부드럽게 웃어 보인 뒤, 루카르엠은 데르온을 바라보았다. 시선이 마주치자 데르온은 늘 그렇듯이 습관적으로 긴장했다. 하지만 곧바로 이어지는 말에 그대로 멍해질 수밖에 없었다.

　"데르온, 당신도 매우 아끼고 있습니다."

　"예, 예에? 시, 실례지만 이건 무슨 벌칙 같은 겁니까?"

　"바로 그런 점이 귀엽다니까요."

　어떤 반응을 보여야 할지 몰라 안절부절못하고 있는 그에게 자크의 살벌한 시선이 와 닿았다. '니가 감히……'라고 외치는 듯한 그 얼굴에 데르온은 울지도 웃지도 못한 표정을 지을 수밖에 없었다. 단 한마디로 풍파를 일으킨 주범이자 이 모든 일의 원인인 루카르엠은 그저 평화롭게 웃고 있을 뿐이었다.

"그럼 난 이만 가 봐야겠군요. 치료도 해야 하니까요."

"제, 제가 치료를 돕겠습니다!"

"그래주겠어요, 자크?"

"맡겨주십시오!"

"어머나, 친절하기도 하지."

두 마족은 단란하게 잡담을 나누며 몸을 돌렸다. 이미 그곳에 멀뚱히 서 있는 데르온은 완전히 잊어버린 모습이었다. 걸어가는 두마족의 뒷모습을 얼떨떨하게 바라보던 데르온이 푹 깊은 한숨을 내쉬었을 때였다.

"아참, 그렇지. 데르온."

"예, 예?"

"뒷일을 잘 부탁합니다."

이미 상당히 멀어진 거리에서 루카르엠이 불쑥 돌아보며 말했다. 그의 장난스러운 윙크에 데르온은 제대로 대답하지 못하고 고개만 간신히 끄덕였다. 정신을 차렸을 땐 그는 텅 빈 복도에 혼자 남겨져 있었다. 한바탕 폭풍에 휩싸였다 풀려난 직후 같았다.

'어쨌거나 걱정할 필요는 없겠군.'

피식 웃음을 흘린 데르온은 살짝 주먹을 움켜쥐었다. 기분이 편하진 않지만 불안감은 사라져 있었다. 루카르엠을 만난 덕분이다.

그의 모습이 평소와 다름이 없어서 다행이었다. 루카르엠이 괜찮다면 마계도 괜찮다. 그건 아주 오래전부터 그의 가슴에 새겨진 신념과도 같은 것이었다. 설령 자신이 죽더라도, 이 세계는 무사히 이어질 것이다. 데르온은 한결 가벼워진 마음으로 걸음을 옮겼다. 한시름 덜었으니 이제 주어진 명에 따라야 할 때였다.

"뒷일을 잘 부탁합니다."

"……."

그 순간 떠오른 목소리에 내딛던 발이 저절로 멈췄다. 데르온은 굳은 표정으로 루카르엠이 사라진 쪽의 복도를 바라보았다. 그의 후임으로 발령받은 상황이니 의례적으로 할 수 있는 말이었다. 하지만 그 평이한 말이 루카르엠의 입에서 나왔단 사실이 마음에 걸렸다.

'정말 알 수 없는 사람이야.'

데르온은 이젠 새삼스럽지도 않은 사실을 중얼거리며 긴 한숨을 토했다. 아무래도 이번 중간계 행은 매우 골치 아파질 것 같았다.

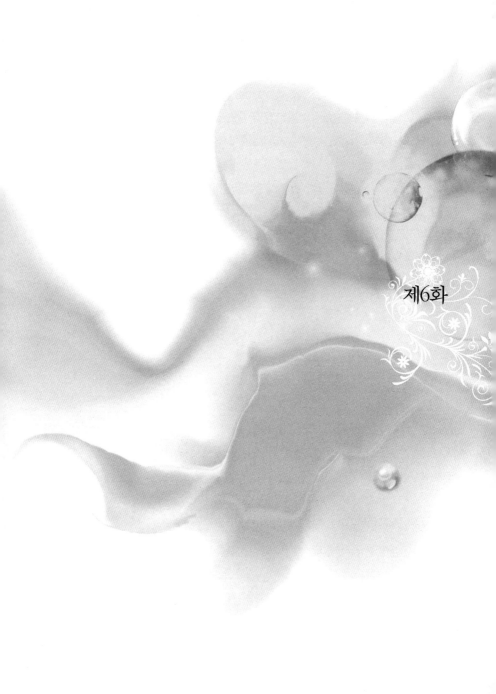

제6화

1.

본격적으로 사막으로 진입하면서 경로는 급격하게 험악해졌다. 길 자체도 가팔라 위험했지만, 몬스터의 서식지를 완전히 무시하고 정한 노선이다 보니 아무래도 몬스터와 자주 조우할 수밖에 없었다. 특히 조금이라도 나무가 우거져 있거나 쉴 만한 환경에는 '반드시'라고 해도 좋을 만큼 몬스터 무리가 주둔해 있었다. 덕분에 최근 들어선 거의 하루걸러 한차례 전투가 벌어지는 수준이었다. 정면으로 몬스터를 마주치는 경우보다 불시의 습격을 받는 일이 더 잦았다.

다행히 근방의 몬스터들은 전부 하급 수준이라 크게 위험할 일은 없었다. 게다가 알리사의 예지력이 습격을 한발 먼저 감지하는 일도 종종 있었기 때문에 대응하기도 비교적 편했다.

　일단 전투가 벌어지면 시벨리우스와 이사나가 전면으로 나서서 몬스터를 처리했다. 나도 간간히 돕긴 했지만 말 그대로 거드는 수준이었다. 아무래도 신관이라고 소개한 참이다 보니 알리사 앞에서 본 능력을 보일 수가 없었기 때문이다.

　촤아악!

　"키에에엑!"

　날카로운 파공음과 함께 몬스터가 괴성을 지르며 쓰러졌다. 이번에 나타난 몬스터는 촉수를 길게 뻗은 이상한 형태의 식물이었다. 한동안 경련을 일으키던 줄기가 누런 진액을 토해내곤 늘어지자 들끓었던 공기가 차분히 가라앉았다. 전투가 끝났음을 알리는 신호였다.

　"방금 것이 마지막이었지? 다치진 않았어?"

　"응, 괜찮아."

　다가가서 몸을 살피는 내게 시벨리우스가 부드럽게 웃으며 고개를 끄덕였다. 방금 전 격렬한 전투를 끝마친 사람답지 않게, 호흡조차 흐트러지지 않은 모습이었다.

　"미안해. 나도 같이 싸워야 하는데 맡기기만 해서."

　"신경 쓰지 마. 이 정도는 별로 힘들지도 않으니까."

　가볍게 토닥이는 손길이 잠시간 내 머리 위에 머물렀다가 사라졌다. 나는 스쳐 지나가는 그의 뒷모습을 바라보다가 살짝 한숨을 내쉬었다.

그날 이후로도 시벨리우스는 여느 때와 다름없이 행동했다. 이전처럼 평범하게 대화를 나눴고, 즐거운 이야기를 건네며 함께 웃기도 했다. ……하지만 이전과 완전히 같지도 않았다.

일단 그는 더 이상 과거의 일을 언급하지 않게 되었다. 똑같이 웃고 있어도 예전에 비해 표정이 밝지도 않았고, 이전만큼 좋은 분위기가 오래 지속되지도 않았다.

그중에서도 가장 달라진 건 그의 눈빛이었다. 우리와 같이 있을 땐 조금 덜하지만, 혼자 있을 때 그의 눈엔 언제나 짙은 그늘이 드리워져 있었다. 그나마 처음엔 내색하지 않으려고 하더니 최근 들어서는 감추지도 못하게 되었는지 아무렇지 않게 웃다가도 이따금씩 공허한 얼굴을 하곤 했다. 마치 소중한 것을 잃어버린 사람처럼.

그때마다 나는 견딜 수 없이 자책감에 빠졌다. 차라리 제대로 대화를 나눠서 속내를 전부 털어버릴 수 있다면 좋을 텐데, 시벨리우스가 그날의 일은 언급하는 것조차 꺼려했기 때문에 자리를 마련하는 것조차 쉽지 않았다. 결국 내가 할 수 있는 건 그가 스스로 마음을 열어주기를 기다리는 것뿐이었다.

"그나저나 무슨 길이 이렇게 험한 거야? 제대로 가고 있는 거 맞아?"

여행을 처음 하는 사람답지 않게 의연히 잘 버티던 알리사도 몇 달간 이어지는 험한 여정엔 지친 기색을 여실히 드러냈다. 내가 매일 치유를 해 주고 있기 때문에 육체의 피로는 거의 못 느끼는 것 같지만, 정신적인 피로는 어쩔 수 없는 모양이었다.

"미안해, 알리사. 일정을 당기는 중이라 지름길로 가고 있어서 그래. 방향은 제대로 확인하면서 가고 있으니까 걱정 마. 이 부분만 지나면 다시 마을이 나오기 시작할 거야."

"최종 목적지가 어딘데?"

"어? 내가 말 안 했나?"

"안 했어. 그냥 여행 중이라고만 했었잖아."

타박하듯이 투덜거리는 말에 나는 머쓱해져서 웃었다. 생각해 보니 지금까지 알리사에게 제대로 설명해 준 것이 거의 없었다. 나였다면 수상해서라도 한마디 했을 법한데 지금까지 용케 아무 말 없이 따라와 주고 있었구나 싶었다.

"우리 목적지는 바론 사막이야."

"바론 사막?"

대답과 동시에 방금 전까지만 해도 평온하기 그지없던 알리사의 눈동자가 휘둥그렇게 벌어졌다.

"설마 그 악명 높은 바론 사막? 지금까지 들어가서 무사히 돌아온 사람이 아무도 없다는 그곳 말이야?"

"알고 있구나."

"당연하지! 이 제국 사람이라면 누구나 다 알고 있을걸? 그런 위험한 곳엔 왜 가는 건데?"

"찾아야 할 게 있거든."

"그런 곳에서 찾을 게 뭐가 있다고······ 설마 던전이라도 탐사하려는 거야?"

누가 예지력을 갖고 있지 않다고 할까 봐 비상한 눈치였다. 내가 어색하게 웃자 알리사의 얼굴이 대번에 굳었다.

"혹시나 싶어서 묻는 건데, 미친 건 아니지?"

"그럴 리가."

"······데려다 주겠다는 세상이 저승이었어?"

이제 알리사의 얼굴은 파리하다 못해 하얗게 질려 있었다. 사내대장부처럼 씩씩하던 그녀도 바론 사막의 위명은 무서운 모양이었다. 나는 그녀의 상상이 더 깊어지기 전에 웃으며 고개를 저었다.

"하하, 걱정하지 마. 거기까지 널 데려갈 생각은 없어."

"어, 그, 그래?"

"네 말대로 굉장히 위험한 곳이잖아. 그 전에 네가 정착할 만한 곳을 알아볼 생각이야."

알리사를 그 마을에서 데리고 나온 건 보다 나은 환경에서 살아가길 바라는 마음에서였다. 뭐가 있는지도 알 수 없는 바론 사막까지 데려가느니, 이왕이면 그 전에 살아갈 곳을 마련해 주는 것이 그녀를 위해서도 좋을 것이다. 그러나 당연히 안심할 거란 예상과 다르게 알리사는 묘한 표정을 지었다. 왠지 심통이 난 것 같은 얼굴이라 나는 조금 당황해서 물었다.

"왜?"

"흠. 뭐랄까. 안 데려간다는 건 다행인데, 그건 그것대로 서운하네."

"어? 앗, 오해하지 마. 너랑 헤어지는 건 우리도 섭섭해. 단지 아직 어린 널 고생시키고 싶지 않은 것뿐이야. 너도 위험한 곳에 가는 건 싫을 거 아냐."

"당연히 싫어. 하지만 내가 아는 사람들이 가는 것도 싫어. 그냥 다들 안 가면 안 돼?"

"그건 불가능해. 애초에 이곳에 온 게 그것 때문인걸."

"그렇게 중요한 일이야?"

"중요해."

진지하게 대답하자 알리사의 얼굴도 덩달아 진지해졌다. 그녀는 어쩔 수 없다는 표정을 지으며 고개를 끄덕였다.

"좋아, 알았어. 무슨 사연인지 궁금하긴 하지만 더 이상 캐묻진 않을게. 어차피 평범한 사람들은 아닐 거라 생각하고 있었어. 다 이유가 있으니 가는 걸 텐데 내가 상관해 봤자 소용없겠지."

"미안, 알리사."

"됐어. 대신 내가 정착할 곳은 확실히 알아봐 줘야 해. 난 당신들만 믿고 나온 거니까."

"응, 당연하지. 그건 걱정하지 마."

나는 안심하라는 뜻으로 웃어 주었고, 그 모습에 알리사는 기운을 얻은 것 같았다. 하지만 진짜 문제는 그녀가 알지 못하는 곳에서 시작되고 있었다.

'……일단 그렇게 대답은 했는데 말이지…….'

그로부터 한 시간 뒤, 나는 지도를 들여다보며 한숨을 내쉬었다. 자신 있게 말한 건 좋았는데 막상 적당한 곳을 찾으려니 생각보다 쉽지 않았다. 중급 정령사라면 어디를 가도 두 팔 벌려 환영하겠지만 아직 그녀의 나이가 어리다는 사실이 문제였다. 다 큰 어른들한테도 위험한 것이 세상인데 물정 모르는 소녀를 혼자 살아가게 할 순 없었다. 적어도 그녀가 스스로 자립할 수 있기 전까지는 돌봐주고 보호해 줄 만한 곳이 필요했다.

그런 조건에서 내가 맨 처음 가장 적합한 장소로 떠올린 곳은 바로 신전이었다. 이 세계에서 사제들은 대개 아주 어린 시절에 발탁되기 때문에, 신전마다 그들이 머무는 숙소와 교육시설이 잘 갖춰져 있는 편이었다. 심지어 교육 수준도 제법 높은 편이라 자녀를 보내고 싶어 하는 귀족들도 많다고 들었다.

이곳에도 형벌의 신전은 있을 테니 교황인 내 신분을 이용(?)하면 지낼 자리를 마련하는 건 어렵지 않을 것이다. 모두 신을 모시는 정숙한 사람들뿐이고, 나를 봐서라도 허튼 짓을 할 수 없을 테니 소녀가 지내기엔 더할 나위 없이 좋은 환경이었다.

그러나 최근 형벌의 신전이 마신전과 분쟁 중이라는 게 마음에 걸렸다. 심지어 우리를 습격한 마신관까지 있었던 걸 생각하면 내가 짐작하고 있는 것보다 사태가 더 심각한 것이 분명했다. 그보다 시간이 더 흐른 지금, 두 신전의 관계는 그때보다 더 악화되었을 공산이 컸다. 설마 엘뤼엔이 전쟁까지 가도록 방관하지는 않겠지만, 지금 상황에선 마음 놓고 맡기기엔 불안정한 장소일 수밖에 없었다.

"그럼 학술원은 어때?"

풀리지 않던 고민은 의외로 간단히 해결됐다. 함께 고민하고 있던 이사나가 지나가듯이 건넨 한마디에 의해서였다.

"학술원?"

"지역 규모로 운영되는 교육 기관이야. 처음엔 학자들끼리 모여서 학문을 논하는 곳이었는데 그게 발전해서 국가를 위한 인재를 양성하는 기관으로 굳혀졌어. 입학 시기는 제각기 다르지만 대부분 10세쯤에 들어가서 성년이 될 때쯤에 졸업해. 졸업생들에겐 국가에서 주는 여러 가지 특혜가 많으니까 진로를 정하기도 쉬울 거야."

"와, 그런 게 있었구나. 그거 괜찮은데?"

"정말? 그럼 추천을 하나 해도 될까? 마침 우리가 가는 방향에 굉장히 큰 학술원이 하나 있어. 라무스라는 곳인데, 수백 년간 수많은 인재를 배출해 낸 역사가 깊은 학술원이야."

설명과 함께 이사나는 지도의 한 부분을 가리켰다. 복잡하게 얽힌 지형들 속에 '이시올타'라는 작은 글자가 새겨져 있었다. 지금 우리가 있는 곳에서 그다지 멀지 않은 장소였다.

"이시올타? 이곳에 그 학술원이 있는 거야?"

"응, 이시올타의 라무스 학술원이라고 하면 모르는 사람이 없을 정도로 유명해. 대륙에서 유일한 왕립 학술원일 거야. 교육 제도는 물론 시설도 좋아서 지내기에 나쁘지 않다는 것 같아. 알폰프 제국 정계에서 활동하는 사람들은 대부분 이곳 출신이나 마찬가지라고 보면 돼."

"흠, 그렇게 대단한 곳이면 입학하기 어려운 것 아냐?"

"다른 학술원들에 비하면 조건이 까다롭긴 해. 하지만 재능만 있으면 오히려 편입이 쉬운 편이야. 유일한 단점은 학비가 비싸다는 건데, 그만큼 보안이 좋고 주어지는 혜택도 많아."

"그렇구나. 괜찮은 곳 같네. 근데 그런 건 다 어떻게 알고 있어? 여긴 스왈트 제국도 아닌데."

"다른 제국이라도 유명한 것들은 기본적으로 파악해 두거든. 특히 라무스 학술원은 우리 제국의 귀족들도 유학을 많이 가는 곳이라 몇 번 살핀 적이 있어."

대수롭지 않다는 듯이 하는 말에 나는 새삼 그가 한 제국의 황제라는 사실을 실감했다. 감탄하면서 바라보자 이사나는 순식간에 황제의 얼굴을 벗고 평범한 소년으로 돌아와 쑥스러워했다. 그런 점도 그다웠다.

나는 피식 웃은 다음 지도를 접어 품에 넣었다. 조금 전까지만 해도 막막하기만 했는데, 눈앞이 한층 밝아진 기분이었다.

"일단 가 볼까? 라무스 학술원."

2.

이시올타는 라무스 학술원을 중심으로 발전한 도시였다. 그래서인지 다른 지역과는 전체적인 분위기가 사뭇 달랐다. 거리는 대부분 서적과 문구류를 판매하는 상점이 주를 이뤘고, 여기저기서 학자나 예술가로 보이는 사람들이 토론하고 있는 광경이 쉽게 눈에 띄었다. 마치 대학 교정을 걷는 착각이 일 정도였다.

도시는 제법 컸지만 우리가 라무스를 찾기 위해 따로 고생할 필요는 없었다. 들어서자마자 정면으로 보이는 둔덕 위에 거대한 건물이 떡하니 서 있는 것이 보였기 때문이다. 까마득히 높게 세워진 구조물 위엔 사자와 방패가 그려진 거대한 깃발이 펄럭이고 있었다. 그것이 알폰프 제국 황실의 문양이란 사실은 이사나의 설명을 듣고서야 알았다.

"저기가 바로 말로만 듣던 라무스구나."

시야를 가득 채운 웅장한 건물의 위용에 알리사가 감탄한 얼굴로 중얼거렸다. 유명한 학술원이라고 하더니 알리사도 라무스라는 이름을 알고 있었다. 알폰프 제국 사람이라면 귀족이든 평민이든 모두 선망하는 곳이라고 했다. 합격만 해도 미래가 보장되는 셈이니 그럴 만도 했다.

"외관은 나쁘지 않네. 첫인상이 어때, 알리사? 괜찮은 것 같아?"

"괜찮은 것 같냐니…… 저건 라무스잖아."

"그런 걸로 결정하지 마. 중요한 건 네 마음에 드느냐 그렇지 않으냐니까."

"라무스를 너무 가볍게 보는 것 같은데…… 내가 정말 저곳에 들어갈 수는 있는 거야?"

"그런 건 예지력으로 알 수 없어?"

"그렇게 매번 감지할 수 있으면 좋게? 감이란 건 느닷없이 불쑥 찾아온단 말이야. 내가 원한다고 전부 느낄 수 있는 게 아냐."

"하긴, 원할 때마다 알 수 있는 건 트로웰 정도겠지. 어쨌든 편입할 수 있을 거야. 정령사는 흔하지 않으니까."

"그, 그치만 학비도 엄청 비싸다고 들었는데……."

"그런 건 걱정하지 마. 자, 그럼 안으로 가 볼까?"

웃으면서 가볍게 등을 떠밀자 알리사는 어쩔 줄 몰라 하면서도 걸음을 내디뎠다. 쭉 걸어서 가기엔 제법 먼 거리였기 때문에 학술원 앞까지는 마차를 이용해서 이동하기로 했다. 마침 광장 앞에 학술원까지 가는 전용 마차가 마련되어 있었기에 따로 구할 필요도 없었다.

둔덕을 오른 마차는 거대한 철문 앞에 우리를 내려주었다. 철문 옆으로는 높은 성벽이 주위를 둘러치고 있었다. 그 앞으로 갑옷을 입은 병사들이 일정한 간격에 맞춰 서서 주위를 감시하고 있는 것이 보였다. 아마도 이곳이 라무스 안으로 들어가는 유일한 입구인 듯했다. 철문 옆엔 접수대로 보이는 창구가 마련되어 있었는데, 이미 그 앞은 우리보다 먼저 찾아온 사람들로 문전성

시를 이루고 있었다.

"우리도 저기로 가서 접수하면 되는 건가?"

"응, 그런데 이 시기에 방문객이 이렇게 많다니 이상하네. 지금은 이미 학기가 시작됐을 텐데."

접수대 앞에 몰려 있는 사람들을 보면서 이사나가 의아한 표정을 지었다. 나는 무심코 사람들을 훑어보다 얼굴을 찌푸렸다. 그들의 표정이 모두 험악하게 굳어 있었기 때문이다.

"분위기가 조금 묘한데?"

"역시 그렇지?"

"학술원에 무슨 일이라도 있는 거 아냐?"

시벨리우스가 중얼거리듯 물었을 때였다.

"아, 글쎄! 내 자식이 이곳으로 갔다니까!"

쩌렁쩌렁한 목소리가 창구 앞에서 울려 퍼졌다. 소리를 지른 사람은 가장 앞줄에 서 있는 중년 남자였다. 창구 건너편에서 직원으로 보이는 사람이 매우 난처한 표정을 짓고 있는 것이 보였다.

"몇 번이나 말씀드리지만, 남작님. 세이라 드라반이란 이름은 학생 명단에 들어 있지 않습니다. 시험을 치른 명단에서도 찾을 수 없었고요."

"그럼 내 아들이 어디로 갔단 말인가! 분명 라무스에 시험을 치른다고 나갔단 말이네! 근데 입학자 명단에도 없고, 집으로 돌아오지도 않아! 대체 그 애가 어디에 있는 건지 확인은 해줘야 할 것 아닌가!"

"저희 측에선 오지도 않은 사람을 찾아내라 하시면 방법이 없습니다. 차라리 관문으로 가서 알아보시는 게 낫지 않겠습니까?"

"관문이라니?"

"그런 경우가 종종 있습니다. 압박감을 이기지 못해 시험장에사마 오지 못하고, 부모에게도 말하지 못해서 그냥 숨어버리는 아이들 말입니다. 관문의 병사들이라면 뭔가 알고 있을지도 모릅니다."

"그게 무슨 소린가! 그럼 내 아들이 가출이라도 했다는 건가?"

"말도 없이 사라졌다면……."

"그럴 리가 없네! 그 아인 가출할 이유가 없다고! 어릴 때부터 매우 총명한 아이였단 말이네! 라무스에 입학해서 다시 가문을 일으켜 세울 거라고 호언장담했던 아이야! 여기서 시험을 치르는 것 자체를 한껏 기대하던 아이가 중간에서 포기하고 도망칠 리가 없잖은가!"

"남작님 가문의 자세한 사정은 저희도 모릅니다. 하지만 아드님께서 이곳에 시험을 보러 오지 않으셨다는 것만은 확실합니다."

단호한 말투에 남작이라 불린 중년 남자의 얼굴이 일그러졌다. 그러자 그를 제치고 뒤쪽에 있던 여인이 뛰어 나가 창구 앞으로 얼굴을 들이밀었다.

"그럼 내 딸은! 내 딸은 어디에 있는 거죠?"

애타는 음성에 창구 속 직원은 골치 아프다는 듯이 한숨을 내쉬었다.

"……스란 부인. 부인의 따님도 시험을 치른 적이 없습니다."

"그게 말이 되나요? 내가 학술원까지 그 아이를 배웅했단 말이에요! 학부 조수라는 사람의 안내를 받아 이 철문 안으로 들어가는 것까지 이 두 눈으로 직접 확인했다고요! 몇 번이나 말했잖아요!"

"그러셨지요. 하지만 시험이 끝나는 시각까지 지켜보신 건 아니라고도 하셨지요?"

"그, 그렇긴 하지만……."

"그렇다면 따님께서 시험을 치르는 중간에 다시 나왔을 수도 있죠. 입학시험 당일엔 철문이 쭉 열려 있으니까요. 실제로 시험을 치르다 중도에 포기하고 돌아가는 학생들이 꽤 많습니다. 그런 경우에도 명부엔 기록이 남지 않죠. 이미 전에 뵈었을 때 그렇게 말씀드렸습니다만."

"그런……! 그렇지만 그럴 리가 없어요! 그 앤 고작 12살이라고요! 그런 어린아이가 집에 돌아오지도 않고 어디로 간단 말예요? 그러지 말고 나를 안으로 들여보내 줘요! 들어가서 내 딸이 어디에 있는지 확인해야겠어요!"

"부인, 매일같이 찾아와 이러시면 곤란합니다. 애초에 입학시험 이후로 한 달이나 흘렀습니다. 시험장 명부에도 없는 사람을 이곳에서 찾으셔 봤자 결과가 달라지진 않습니다. 계속 이러시면 병사들을 불러 강제로 모시는 수밖에 없습니다."

말을 이어갈수록 직원의 표정은 냉담해졌고, 말투는 더욱 단호해졌다. 결국 새파랗게 질린 여인이 넋을 잃은 얼굴로 바닥에 주저앉았다. 앞서 항의하던 귀족 남자도 침통한 얼굴이긴 마찬가지였다.

"수험생이 중간에서 사라져버렸나 보네."

"으응, 대체 무슨 일이지."

그 뒤로도 몇 차례 비슷한 상황이 이어졌다. 대다수가 라무스에 시험을 보러온 아이의 행방을 찾는 부모들이었다. 명부에서 확인이 되는 경우도 있었으나, 기록 자체가 없는 이들도 많았다. 하지만 그런 경우에 직원은 무조건 모르쇠로만 일관했다.

안도의 한숨과 통곡이 번갈아 이어지는 동안 어느새 우리들의 차례가 다가왔다. 창구 앞에 서자 굉장히 피곤한 얼굴을 한 직원이 건성으로 물었다.

"라무스에 오신 걸 환영합니다. 여러분은 무슨 일로 방문하셨습니까?"

"저어, 편입을 알아보려고 하는데요."

"이곳에 찾는 사람의 이름을…… 예? 편입이요?"

습관적으로 서류를 내밀려던 직원이 휘둥그레 눈을 뜨며 우리를 돌아보았다. 나는 어깨를 으쓱해 보인 다음, 내 옆에 있던 알리사를 가리켜보였다.

"학기 중이라도 편입 가능한 거죠? 혹시 라무스에 들어가려면 무조건 입학시험을 치러야만 하나요?"

"그, 렇진 않습니다. 학기 중에도 면접만 통과한다면 편입은 얼마든지 가능합니다. 다만……."

"다만?"

말끝을 흐린 직원이 떨떠름한 표정으로 나와 일행들의 모습을 가볍게 훑었다.

"사전에 아무런 연락 없이 찾아오신 걸 보니 가문에서 나오신 분들은 아닌 것 같군요. 알고 계시는지 모르겠습니다만, 저희 학술원은 학비가 매우 비싼 편입니다. 편입이 확정되면 적어도 한 학기 이상의 등록금은 선불해 주셔야 합니다."

말투는 설명조인데 응시하는 눈빛은 그것이 가능하겠는지를 묻고 있었다. 나와 이사나는 서로를 바라보며 어깨를 으쓱였다. 도시에 들어서자마자 학술원으로 곧장 직행한 게 문제였던 모양이다. 이제 보니 우리 행색이 영 말이 아니었다. 뒤집어쓰고 있는 망토는 사막의 강한 바람에 이리저리 치여 거의 누더기나 다름없는 상태였고, 각자 등에는 흙먼지가 쌓인 보따리들이 한 짐씩 매달려 있었다. 편입을 알아보러 온 일행이라기보다는 흡사 피난민 같은 모습이었다. 그나마 알리사만은 여자애라는 이유로 평소에 신경을 많이 쓴 덕분에 멀쩡한 축에 속했다.

"엘 씨……."

알리사가 불안한 얼굴로 나를 바라봤다. 나는 걱정하지 말라는 뜻으로 웃어준 다음 품 안에서 주머니를 꺼냈다.

"편입 절차가 어떻게 되죠?"

"……!"

에바스 에덴의 꽃, 통칭 브리아의 보석은 이곳에서도 상당히 쓸 만한 화폐였다. 주머니 안을 보여주자 늘어져 있던 직원의 기세가 한순간에 달라졌다. 이제야 제대로 된 용건을 맞이했다는 듯, 매우 감격한 얼굴이었다.

"편입의 경우엔 먼저 학술원장님과의 면접을 통해 일차적으로 합격 여부를 결정합니다. 일차를 통과하면 교수진의 회의를 거쳐 최종 합격 여부를 결정하게 되어 있습니다."

"그럼 안내를 부탁드려도 될까요?"

"예, 잠시만 기다려 주십시오. 안쪽에 연락을 넣겠습니다."

상기된 얼굴로 답한 후 직원은 한동안 창구 안에서 바쁘게 움직였다. 라무스 안에서 사람이 나온 것은 그로부터 약 삼십 분쯤이 지났을 무렵이었다. 굳게 닫혀 있던 철문이 열리고 안쪽에서 한 사람이 모습을 드러냈다. 발끝까지 닿는 긴 망토를 입은 선량한 얼굴의 남자였다. 급히 달려 나온 듯 그는 얼굴 가득 땀을 뻘뻘 흘리고 있었다.

"창구의 연락을 받고 나왔습니다. 편입 응시자가 계시다고요?"

"우슬라 부조수님! 여기, 이분들입니다."

창구 직원의 외침에 부조수라 불린 남자가 우리를 바라보았다.

"라무스에 오신 걸 환영합니다. 저는 라무스 특별반 신학부에서 부조수로 근무 중인 마하 우슬라라고 합니다. 편입을 희망하시는 분이 어느 분이십니까?"

"저, 저예요."

알리사가 자신을 가리키자 부조수는 부드럽게 미소 지었다.

"귀여운 아가씨군요. 성명이?"

"아일리아스입니다. 알리사라고 불러 주세요."

"알겠습니다, 알리사 양. 저를 따라 오시죠. 원장님께로 안내해 드리겠습니다."

그 순간 갑자기 주위가 술렁거렸다. 조금 전 창구 앞에서 퇴짜를 맞고 밀려나 있던 실종자들의 부모가 우리 쪽으로 달려든 것이다.

"이봐! 기다려! 우리도 같이……!"

"우리도 안으로 들여보내 줘!"

그러자 근처에 있던 병사들이 빠르게 달려와 그들 앞을 가로막았다. 부모들은 격렬하게 저항했지만 단련된 병사의 힘을 이길 리가 없었다. 결국 부모들은 그들에게 붙잡혀 멀찍이 밀려날 수밖에 없었다. 그 모습에 잠시간 시선을 주던 부조수가 다시금 우리를 향해 빙긋 웃어 보였다.

"자아, 이쪽입니다. 안으로 들어가시지요."

"저기, 저 사람들은 저렇게 놔둬도 괜찮나요?"

"여러분께서 신경 쓰실 일은 아닙니다. 곧 진정하고 돌아들 가실 겁니다."

내 질문에 부조수는 예언을 하듯이 대답했다. 눈앞에서 일어난 소란 따위는 전혀 안중에도 두지 않는 모습이라 오히려 거북하게 여겨질 정도였다.

"무슨 일인지 알아보지 않으셔도 돼요? 사람이 행방불명된 것 같던데요."

"아아, 뭐. 이 시기엔 흔한 일이죠."

"흔하다고요?"

"입학 기간 때마다 늘 이렇습니다. 워낙 다양한 사람들이 다양한 지역에서 찾아오다 보니 명부가 뒤섞여 혼선을 겪기도 하고, 또는 중간에서 사고를 겪기도 하지요. 해마다 라무스에 오는 길에 행방이 묘연해지는 사람들만 십수 명은 될 겁니다. 안타깝지만 저희로서도 어쩔 수 없는 일이라서요."

난처하다는 얼굴로 부조수가 혀를 찼다. 그의 말을 들으며 나는 다시금 뒤를 돌아보았다. 병사들에게 가로막힌 부모들이 울부짖고 있는 모습이 아프도록 선명하게 보였다. 그와 반대로 그들을 막고 있는 병사들의 얼굴은 무덤덤하기만 했다. 이미 아무렇지 않을 정도로 남의 아픔에 익숙해진 것이다.

이렇게 되기까지 학술원 측에서 아무런 조치도 하지 않고 있다는 게 이상했다. 어쩔 수 없는 일이라고 했지만, 정말 그렇기만 한 걸까. 매 시기마다 같은 일을 겪고 있다면 사전에 막을 수 있는 사고도 분명히 있을 텐데, 그저 책임을 외면하는 데 급급한 느낌이었다.

그렇게 생각하고 있을 때, 누군가 거대한 손이 내 눈앞을 가렸다. 시벨리우스였다.

"저런 거 보지 마. 봐 봤자 불편하기만 하잖아."

"시벨……."

머뭇거리면서 돌아보자 그는 웃는 듯 마는 듯 씁쓸한 표정을 지었다. 내게는 보지 말라고 말했으면서, 그의 시선은 통곡하는 사람들의 모습에 고정되어 있었다.

"내 기분을 외면하는 네가 조금은 야속했는데, 저 모습을 보니 알 것 같아. 소중한 것을 잃고 억지를 부리는 사람의 모습은 지켜보기가 힘들구나."

"시……."

"미안, 어서 가자."

내가 뭐라고 대답하기도 전에 그는 짧게 웃은 다음 서둘러 몸을 돌려 걸어갔다. 그 이상 대화를 잇고 싶지 않다는 무언의 신호였다.

'아냐, 나는 그걸 지켜보기 힘들어서가 아니라…….'

하고 싶었던 말이 목구멍까지 치솟아 올랐다가 다시 삼켜진다. 거리가 벌어진 일행들이 어서 오라고 멈춰 서지만 않았다면 그대로 눈물을 훔쳤을지도 몰랐다.

나는 한숨을 내쉰 뒤 다시 아무렇지 않게 일행들 속에 섞여들었다. 시벨과 시선을 맞추고 서로 마주 웃기도 했지만 갑갑한 마음은 사라지지 않았다.

그저 내 자리를 빼앗길까 봐 무서운 것뿐이다. 그렇게 대답하고 싶었다. 아마도 이 말을 할 기회는 당분간 오지 않을 것 같지만.

3.

면접 장소로 이동하는 동안 우슬라 부조수는 우리에게 이것저 것 많은 것들을 설명했다. 주로 라무스의 훌륭한 교수진과 학부 들에 관한 자랑들이었다.

라무스 내부는 크게 무관반과 문관반, 그리고 특별반으로 분류 됐다. 무술과 전술을 다루는 것이 무관, 행정이나 법, 기타 정치 분야를 다루는 곳이 문관반이라면, 특별반은 이학(理學)관련을 비 롯하여 마법이나 신성력 같은 특이 능력을 다루는 곳이었다. 정령 사인 알리사 역시 이곳으로 편입될 터였다.

"아, 그렇군요. 알리사 양은 정령사였군요."

부조수는 예상외라는 얼굴로 눈을 크게 껌뻑였다.

"특별반 지원자는 보기 드문데, 이거 매우 놀랍군요. 그것도 중급 정령사라니. 아직 어린 나이인데 굉장한 성취입니다. 실례지 만 현재 나이가 어떻게 되는지 물어봐도 될까요?"

"13세예요."

"13세!"

짐작한 것보다 더 어린 나이였는지 부조수는 크게 놀란 표정을 지었다. 대륙 전체를 대상으로 해도 보기 드문 경우였으니 그럴 만도 했다. 그는 한동안 탐색하는 시선으로 알리사를 주시하더니 이내 만족스럽다는 듯이 웃으며 고개를 끄덕였다.

"정말 굉장하군요. 아주 좋아요. 그 정도면 아무 문제가 없을 것 같네요."

"그게 무슨 말씀이세요?"

"편입 말입니다. 보통 편입의 경우엔 면접이 매우 까다로운 편이거든요. 하지만 알리사 양은 최종 회의까지 갈 필요도 없이 만장일치로 통과할 겁니다."

"정말요?"

"물론입니다. 저희 라무스는 재능 있는 학생들을 언제나 환영하니까요."

부조수의 대답에 알리사의 얼굴이 밝아졌다. 이미 합격할 것이란 확신이 있긴 했지만, 관련자에게 확답을 들으니 더 안심한 것 같았다. 부조수 역시 기쁜 표정을 지었다.

"특별반 식구가 늘어서 매우 반갑네요. 학부가 달라서 자주 뵙지는 못하겠지만, 이것도 인연이니 혹시 학술원 생활에서 힘든 일이 생기면 언제든 찾아와주십시오. 최대한 도와드리겠습니다."

"네, 고맙습니다! 그러고 보니 우슬라 부조수님은 신학부에 계신다고 하셨죠? 그럼 신관이신 건가요?"

"아뇨, 그저 평범한 신학자입니다. 신관이 되기를 꿈꾸긴 했으나 문장을 받지 못했기에 학문으로 접근했죠. 보통 학술원에서 신학을 전공하는 사람들은 대부분 저같이 개인적인 흥미로 시작한 사람들입니다. 신관이었다면 이미 신전에 소속된 몸이니 이곳에 있을 수가 없지요."

"아, 그렇군요. 혹시 불쾌한 질문이었다면 죄송해요."

"아닙니다. 신학자로서 보람을 느끼는 일들도 많으니까요. 사실 신전에서 받는 지원은 신관과 딱히 다르지 않아요. 연계된 신전으로 나가 강의를 받거나 하기도 하고, 교류도 상당히 자주 하는 편입니다."

다부진 얼굴에서 그가 지니고 있는 자부심이 드러났다. 그 모습에 더 흥미가 돋았는지 알리사가 눈을 빛내며 물었다.

"신관은 모시는 신에 따라 계열이 나눠지잖아요. 신학자도 그런가요?"

"그럼요. 마법에 다양한 학파가 있듯, 신학 역시 각기 연구하는 교리에 따라 소속이 달라집니다."

"그럼 부조수님은 어느 신전의 소속이세요?"

알리사의 질문에 내내 거침없이 대답하던 부조수가 살짝 난처한 표정을 지었다.

"말씀드리면 다들 꺼리시던데…… 전 마신의 교리를 전공하고 있습니다."

"마신……이요?"

당황한 건 알리사만이 아니었다. 나와 이사나 역시 놀라서 그를 바라볼 수밖에 없었다. 부조수는 그럴 줄 알았다는 듯이 쓰게 웃었다.

"역시 놀라시는군요. 알리사 양도 마신이 거북합니까?"

"그거야…… 아무래도 무서운 신이잖아요."

"하하, 마신이 그렇게 무서운 존재인 것만은 아닙니다. 오히려 자신의 자녀들에겐 상당히 관대하고 많은 것을 베푸는 신이죠. 그의 창조물인 마족들이 왜 골칫덩이가 되었는지 아십니까? 마족들이 너무 강했기 때문입니다. 그만큼 마신이 그들에게 준 것이 많다는 거죠."

"그, 그래요?"

"그렇다니까요. 생각해 보십시오. 마신전은 대륙의 어느 신전들보다 가장 유구한 역사를 지니고 있습니다. 보유하고 있는 신전과 신도수도 가장 많지요. 그뿐입니까? 저 멀리에 있는 스왈트 제국은 건국 이후로 수백 년간 마신을 최고신으로 모시고 있습니다."

불쑥 튀어나온 본국의 이름에 이사나의 어깨가 경직되는 것이 느껴졌다. 워낙 미묘한 변화라 그것을 감지한 건 나밖에 없었다. 툭 하고 가볍게 어깨를 치자, 그는 곧바로 몸에서 힘을 빼곤 쓴웃음을 지었다. 그러는 중에도 부조수와 알리사의 대화는 계속 이어지고 있었다.

"사람들은 바보가 아닙니다. 그렇게 오랜 세월 동안 수많은 사람들이 마신을 섬기고 있다는 건, 다 그만한 매력이 있기 때문 아니겠습니까?"

"으음, 듣고 보니 그러네요. 제가 너무 오해만 하고 있었나 봐요."

"하하, 배움을 익히는 학생으로서 세상을 다양한 시각으로 바라보는 건 무엇보다 중요하죠. 알리사 양이 유연한 사고를 가진 사람이라 기쁘군요."

원하는 대답을 얻어낸 것인지 부조수는 매우 흐뭇한 표정을 지었다. 자신이 한 사람의 생각을 바꿨다는 사실에 몹시 만족한 것 같았다.

물론 나로선 전혀 달가운 상황이 아니었다. 학자가 될 정도로 연구를 한다는 건 애정이 있기에 가능한 일이다. 달리 말하면 그만큼 신앙심이 깊다는 뜻이고, 그건 결국 형벌의 신에 대한 적의가 높을 가능성 역시 매우 크다는 뜻이기도 했다.

학부면 연구할 교리도 많을 텐데 하필 하고 많은 신들 중에서 마신일 건 뭐람. 나는 후드 끝을 잡아당겨 더 깊숙이 눌러 썼다. 어차피 서클렛에 가려져 보이지도 않겠지만 괜히 이마에 있는 문양이 신경 쓰였다.

'최대한 눈에 띄지 말아야겠어.'

마침 부조수는 온통 알리사에게만 집중하고 있는 상태라 우리 쪽은 전혀 신경 쓰고 있지 않았다. 누가 일부러 밝히지 않는 이상, 그가 내 신분에 관심을 가질 일은 없을 것 같았다. 그리고 우리 들 중에선 그런 걸 언급할 사람이……

"아참, 그렇지. 여기 있는 엘 씨도 신관이에요."

"예? 그게 정말입니까?"

"……."

그래, 그러고 보니 알리사가 있었지.

그녀에게 전후사정을 미리 밝혀둔 적이 없다는 사실을 잊고 있었다. 반색해서 돌아보는 부조수를 보며 나는 살짝 머리를 짚었다. 이사나 역시 당황했는지 완전히 얼어붙은 채 입만 벙긋거리고 있었다.

"세상에, 신관이셨군요! 어느 신의 사제십니까?"

"예? 아, 그러니까 저는 말이죠……. 시, 실은 마신관이에요."

"……!"

당황한 나머지 나도 모르게 거짓말이 튀어나왔다. 부조수는 물론, 일행들까지 눈을 크게 뜨고 나를 바라보았다. 특히 부조수는 벼락이라도 맞은 것 같은 얼굴이었다.

"이럴 수가! 지금 마신관이라고 하셨습니까?"

'……할 수 없지.'

낭패감이 들었지만, 이왕 이렇게 된 거 어쩔 수 없다는 생각에 나는 끝까지 밀어붙이기로 결심했다. 게다가 막상 저질러놓고 보니 나름대로 나쁘지 않은 방책인 것도 같았다. 어차피 이 자리를 떠나면 다시 볼일도 없는 사람이다. 사실을 밝혀 분란을 만드느니, 차라리 가짜 호감이라도 얻어 두는 편이 앞으로 이곳에서 지낼 알리사를 위해서라도 나을 것 같았다. 나는 태연하게 웃으려고 노력하며 고개를 끄덕였다.

"네, 변변찮지만 마신을 모시는 몸이에요. 신의 문장을 보이기도 힘든 하급 신관에 불과하지만요."

"하하, 그런 말씀 마십시오. 신께서 내리신 일에 직함이 다 무슨 상관이겠습니까. 제게는 다 똑같이 고귀한 신의 종이십니다."

"그렇게 말씀해 주셔서 고맙습니다."

다행히 부조수는 내 말을 순순히 믿는 것 같았다. 사실 다른 사제가 마신관의 신분을 사칭했다고는 전혀 상상도 할 수 없을 것이다. 자존심의 문제도 있겠지만, 신관이 모시는 신을 한순간이라도 다르게 말하는 건 일종의 배교 행위에 속했다. 보통은 신을 기만한 죄로 그 자리에서 파문을 당할 수도 있는 엄청난 중죄였다. 즉, 내가 진짜 신관이 아니기에 할 수 있는 거짓말인 셈이다. 물론 신관을 사칭하는 것 자체가 종교재판에 끌려갈 문제긴 하지만. 뭐, 이거야 들키지만 않으면 되니까.

오히려 문제는 알리사의 반응이었다. 그녀는 찌푸린 얼굴로 나를 바라보고 있었다. 일전에 내가 마신관이 아니라고 부정했던 것을 떠올린 게 분명했다.

"저기, 잠깐만, 엘 씨. 하지만 전에는……."

"알리사."

그녀의 입을 막은 건 이사나였다. 시선이 마주치자 그는 고개를 가볍게 저어보였다. 그 모습에 뭔가 짐작한 듯 알리사가 바로 입을 다물었다.

"음? 알리사 양? 방금 무슨 말을 하려고 하신 겁니까?"

"……아뇨, 아무것도 아니에요."

부자연스러운 대답이었지만 부조수는 잠시간 의아한 표정을 지었을 뿐, 깊게 생각하진 않는 것 같았다. 나를 바라보는 두 눈에 의심의 기색은 여전히 찾아볼 수 없었다. 완전범죄가 성립되는 순간이었다.

자신이 속고 있다는 사실을 까맣게 모르는 부조수는 얼굴 가득 싱글벙글 미소를 감추지 못했다. 너무 순수하게 기뻐하는 모습을 보니 거짓말을 한 게 조금 미안할 정도였다.

"아무튼 정말 놀랐습니다. 전부 일행이신 줄 알았는데 설마하니 마신관이셨을 줄이야. 그렇군요. 이곳까지 안내역을 하신 거군요?"

"네? 아, 네. 그런 셈이네요."

"하하, 라무스는 정말 좋은 곳이지요. 부디 알리사 양의 보호자분들도 만족하셨으면 좋겠군요."

단지 마신관이라는 이유로, 그는 나를 나머지 일행들과 분리해서 생각하는 것 같았다. 애초에 나 역시 알리사의 보호자일 거란 전제는 조금도 깔리지 않은 투였다. 정정해 주고 싶었지만 굳이 일행이라고 강조할 필요도 없는 것 같아서 나는 그냥 묵묵히 그의 말을 받아 넘겼다. 혹시 모르지 않은가. 마신관은 일반인들과 여행을 다니면 안 된다는 규율이 있는 걸지도. 워낙 배타적인 곳이라고 하니 그럴 가능성도 충분히 염두에 둬야 했다.

"아무튼 진작 연락을 주시지 그러셨습니까. 그럼 기다리실 필요도 없이 제가 바로 마중을 나갔을 텐데요."

"아, 아뇨. 그렇게까지 귀찮게 해드릴 수는……."

"하하, 별말씀을 다 하십니다. 다들 그렇게 하시는 걸요."

"네? 다들……요?"

"매번 오실 때마다 정식 절차를 밟는 건 번거로우니까요. 사제님도 다음에 오시게 되면 부담 없이 연락 주십시오."

"아, 네……."

신전과 교류가 잦다고 하더니, 평소에도 신전 측의 방문이 많은 모양이다. 무슨 말인지 이해가 잘 되지 않았지만 나는 일단 고개를 끄덕였다. 괜히 자세히 알아보려다 의심이라도 사게 되면 곤란할 테니까.

4.

"자, 거의 다 도착했습니다."

오랜 시간 걸어서 다다른 장소는 은백색으로 뒤덮인 거대한 건물 앞이었다. 안쪽으로 들어서자 화려한 조각상들이 즐비하게 늘어선 내부가 우리를 맞이했다. 학교라기보다는 마치 성 같은 느낌이었다.

넓은 홀을 지나 복도에 이르자 일정한 간격으로 배치된 방들이 나타나기 시작했다. 부조수는 그중에 한 방으로 우리를 안내했다. 화려하게 꾸며진 방문에 비해 내부에는 의자와 낮은 탁자만 단출하게 놓여져 있었다.

"접견실입니다. 동행분들은 여기서 잠시 기다려 주시지요. 알리사 양은 저를 따라 오시면 됩니다."

"네? 저 혼자서요?"

"면접은 원장님과의 독대로 진행합니다."

다부진 소녀에게도 단독 면접은 부담스러운지 알리사는 유난히 머뭇거렸다. 불안해하는 얼굴이 우리를 쳐다보는 것이 느껴져, 나는 습관적으로 웃어 주었다. 그러자 자신감이 다시 차올랐는지 알리사가 씩씩한 얼굴로 걸음을 내디뎠다. 대견하다는 듯이 그녀를 바라보던 부조수가 우리를 향해 정중히 말했다.

"제 역할은 여기까지입니다. 기다리고 계시면 다른 안내자가 와서 면접 결과를 알려드릴 겁니다."

"아, 네. 안내해 주셔서 감사했습니다."

"별말씀을. 아, 그리고 보니 사제님께서는 다음 일정이 어찌 되십니까? 괜찮으시면 저와 함께 가셔서 차라도 한 잔 나누시겠습니까? 오신 김에 이곳 학자들과 더불어 말씀을 청해듣는 자리를 마련하고 싶습니다만."

"예? 아, 아닙니다. 죄송하지만 이곳엔 우연히 들르게 된 거라서요. 바로 다음 일정이 있어서 곧 가 봐야 합니다."

"그렇군요. 정말 아쉽네요."

십 년을 감수한 기분이 이런 것일까. 아쉬움이 역력한 얼굴로 입을 쩝쩝 다시는 부조수를 보며 나는 속으로 크게 숨을 내둘렀다. 그가 순순히 물러나줘서 정말 다행이다. 하마터면 온갖 변명을 대기 위해 진땀을 흘릴 뻔했다.

"신의 일을 하시는 분을 잡을 순 없지요. 그럼 여기서 작별 인사를 드려야겠군요."

"예, 만나서 반가웠습니다."

"저야말로 마신의 종을 뵙게 되어 영광이었습니다."

가까이 다가온 부조수가 인자한 얼굴로 내게 악수를 청했다. 그가 내민 손을 얼결에 맞잡았을 때였다.

"아이는 확실히 인계받았습니다."

"……."

나직한 목소리가 귓가를 스치듯이 울렸다. 언뜻 들으면 별거 아닌 말이었지만, 왠지 이상할 정도로 의미를 담은 것 같은 어조였다.

나도 모르게 쳐다보자 시선을 느낀 부조수가 부드럽게 눈을 휘어 접었다. 어딘지 불쾌한, 그러면서도 상당히 익숙한 느낌이 들었다. 굳이 파악하려고 하지 않아도 어디서 봤던 건지는 금방 떠올랐다. 전생에서 가족들과 함께 살았을 때, 그들이 나를 따돌리고 일정을 계획했을 때도 서로 지금과 같은 눈빛을 교환하곤 했다. 그건 같은 비밀을 공유한 사람을 바라보는 눈이었다.

'뭔가 이상해.'

나는 알리사를 데리고 나가는 부조수의 뒷모습을 한참 동안 응시했다. 단순히 마신관이라 유대감을 보인 걸지도 모르겠지만, 그가 마지막으로 한 말이 목에 걸린 가시처럼 마음에 남았다. 무언가 내가 알지 못하는 일이 벌어지고 있다는 생각이 들었다.

그런 기분을 느낀 건 나만이 아닌 듯, 두 사람이 나가자마자 방 안의 공기가 급속도로 무거워졌다. 시벨리우스는 드물게 불쾌한 표정을 짓고 있었다.

"저 녀석 좀 수상하지 않아?"

"으음, 좀 그렇지?"

"학자치곤 눈에 살기가 많아. 마신의 신도는 원래 기운이 좀 사나운 편이긴 한데, 그런 점을 감안해도 너무 짙어. 몸에 배인 냄새도 별로 좋지 않았고. 평범하게 공부만 하는 녀석은 아닌 것 같아."

그 순간 문득 한 광경이 머릿속에 떠올랐다. 학술원 앞에서 사라진 자녀를 찾던 부모들의 모습이.

왜 갑자기 그 장면이 생각났는지는 알 수 없었다. 하지만 내가 잘못들은 게 아니라면, 사라진 학생들 중 한 명은 학부 조수의 안내를 받아 학술원 안으로 들어갔다고 했다. 우리를 이곳까지 인도한 남자 역시 학부에서 근무하는 조수였다. 그리고 그는 마신의 교리를 공부하는 신학자이기도 하다.

해마다 실종되는 수험생들. 마신전과 교류가 잦은 신학자. 그가 건네 온 의미심장한 말들. 그 모든 것들이 과연 우연에 불과한 걸까?

"……제물의 조건이 뭐라고 했었지?"

중얼거리듯 뱉은 말에 이사나의 얼굴이 딱딱하게 굳었다. 내가 하려는 말이 뭔지 직감한 것이다.

"설마……."

"최대 연령이 십 대 중반까지라고 했었나? 장애나 지병이 없을 것. 그리고 미색이 곱거나 외관이 깨끗할 것. 무난한 것 같지만 의외로 찾기 힘든 조건이야. 하지만 학술원에 들어오려는 학생이라면 대부분 이 조건에 부합하지 않을까?"

"……숙부의 손이 여기까지 뻗어 있다는 거야?"

음색이 떨리는 것이 선명하게 느껴졌다. 표정을 보지 않아도 그가 얼마나 큰 충격을 받았는지 알 것 같았다.

"정확히는 대공이 아니라 마신교의 힘이겠지. 구분해 봐야 의미가 없는 것 같긴 하지만."

"그, 그럼 이러고 있을 때가 아니잖아. 어서 알리사를……."

다급히 중얼거린 이사나가 허둥지둥 문으로 달려갔다. 나는 그가 나가려는 것을 간발의 차이로 막아 세웠다.

"진정해, 이사나. 아직 추측일 뿐이야. 지금 붙잡아서 뭐라고 할 건데? 증거도 없는데 추궁해 봤자 아니라고 하면 그만이야. 게다가 두 사람이 어디로 갔는지도 모르잖아."

"그, 그치만……."

"무슨 이야기야?"

심각한 분위기를 읽은 시벨리우스가 의아한 얼굴로 물었다. 나는 그가 지난 여정에 대해서만 들었을 뿐, 대공이 뒤에서 꾸미고 있는 또 다른 일에 대해선 모르고 있다는 사실을 깨달았다. 이사나가 거기까진 말하지 않았기 때문이다.

솔직히 말하면 나 역시 그 부분에 대해선 완전히 잊어버리고 있었다. 인류를 저버린 끔찍한 짓이라고 여기며 분노에 차올랐으면서도 당장 해결해야 일은 아니라고 생각했었던 것 같다. 그런데 설마 이렇게 먼 땅에서 다시금 그 일과 엮이게 될 줄이야. 그때 좀 더 적극적으로 알아보지 않은 탓에 이런 일을 겪게 된 것 같아 입맛이 썼다.

"그렇구나. 어린 인간을 제물로 바치는 번제라……."

자세한 정황을 듣자마자 시벨리우스 역시 빠르게 얼굴을 굳혔다. 그의 푸른색 눈동자에 동요한 기색이 여실히 떠올랐다.

"게다가 심장의 피를 짜낸다고? 정말 그런 방식이라고 했어?"

"응, 그렇다고 들었어."

"으음, 그건 설마…… 아니, 그렇지만……."

"시벨?"

시벨리우스는 초조한 얼굴로 연신 턱을 쓰다듬었다. 제사 방식 자체가 마음에 들지 않는 것도 있지만, 그보다는 좀 더 다른 문제로 심각해진 것 같았다. 의아해져서 부르자 시벨리우스는 잠시간 난처한 표정으로 나를 바라보았다가 한숨을 내쉬듯 말했다.

"그건 어쩌면 암흑 주술일지도 몰라."

"암흑 주술?"

"오래전에 타인의 생기를 빼앗아 힘을 키우는 주술에 대해서 들어본 적 있어. 그 주술 내용에 어린 인간의 심장을 짜내어 피를 마시는 과정이 있다고 했던 것 같아."

"피, 피를 마신다고?"

"응, 하지만 너무 사악해서 폐기된 주술이었어. 그나마도 내가 술법을 다루는 일족이라 구문으로나마 전해 들은 거였지, 평범한 사람은 알 리가 없어. 정말 그 주술일 가능성은 상당히 희박해. 그렇긴 한데……."

말을 하면서도 불안한지 시벨리우스는 자꾸만 손톱 끝을 깨물었다.

"그래도 만에 하나 그 주술이 완성된 거라면…… 그리고 그게 벌써 10년이 넘게 진행되고 있다면 상당히 심각해질 거야. 어쩌면 악신이 태어날지도 몰라."

"악신?"

생소한 어감에 귀를 기울이자 시벨리우스는 침울한 얼굴로 고개를 끄덕였다.

"존재 자체가 사악한, 주신과 대적하기 위해 태어나는 신이야. 주신이 이 세상 그 자체라면, 악신은 그 안에 침범하는 지독한 독과 같아. 그게 태어나면 중간계는 전부 저주를 받는다고 해도 과언이 아닐 거야."

"저주라니……."

"악신은 그 자체로 저주 덩어리니까. 태생부터가 수많은 아이들의 원혼으로 이뤄진 존재잖아. 그게 태어나면 그 피에 서린 원혼들도 함께 깨어나 울부짖는다고 들었어. 그들의 통곡 소리가 온 세상에 퍼져 살아 있는 모든 것에 독을 심는다고 하지. 곳곳에 재앙과 기근이 도사리고, 분란과 전쟁이 끊이지 않을 거야. 오염된 기운을 이기지 못한 정령계는 그 자리에서 봉인될 거고, 대부분의 신들은 변질되거나 힘을 잃게 되겠지."

한 마디 한 마디 내뱉을 때마다 무서운 말들이 쏟아졌다. 마치 끔찍한 예언을 듣기라도 한 기분이었다. 숨도 쉬지 못한 채 굳어버린 나와 이사나를 보며 시벨리우스는 어색하게 웃었다.

"아무튼 내가 알기론 그래. 하지만 말했다시피 그 주술은 오래전에 완전히 폐기된 상태야. 지금으로선 비슷하게 흉내만 내고 있다고 보는 쪽이 더 맞을지도 몰라. 또 당연히 그래야 하고. 물론 그 자체도 충분히 끔찍한 짓이긴 하지만."

"……만약 정말로 주술이 진행 중인 거라면, 대공은 악신이 되려고 하는 걸까?"

"아무래도 그렇겠지. 혹은 악신이 되려는 누군가의 조력자 일지도 모르고."

"……."

마음이 급격하게 무거워졌다. 차라리 그저 나쁜 놈이라고만 생각했을 때가 훨씬 나았다. 단순히 제위가 탐나 조카를 내쫓은 인간 망종인 줄로만 알았는데, 알아 가면 갈수록 인간의 탈마저 벗어딘지 괴물을 보는 기분이었다.

이사나를 돕기 위해 시작한 여정이긴 하지만 내 입장에선 어디까지나 유희였기에 대공에 관계된 것은 전적으로 그에게 맡길 생각이었다. 그러나 만약 이 모든 게 사실이라면 더 이상 그럴 수 없을 것이다. 내 표정이 너무 굳어진 게 염려스러웠는지 시벨리우스가 어깨를 다독였다.

"너무 걱정하지 마. 사태가 그 정도로 심각하다면 신계에서 가만히 있을 리가 없으니까. 게다가 신을 위한 번제의 형식을 취하고 있다고 했지? 그렇다면 번제를 받는 당사자가 이미 진상을 파악했을 거야."

"당사자라면…… 마신 말이야?"

"응, 신의 이름으로 행해지는 일들은 전부 해당 신에게 연락이 가게 되어 있거든. 그 대공이란 녀석이 무슨 생각을 한 건지는 몰라도 이미 시작부터 틀렸어. 하필 하고 많은 신들 중에서 마신을 이용하다니, 상대를 골라도 한참 잘못 고른 거지. 마신은 상당히 강한 신이라 어지간한 자들은 적수가 안 돼. 그가 자신의 이름을 팔아서 악신을 만들려는 행위를 용납할 리가 없어. 사태가 커지기 전에 알아서 막을 거야."

……하지만 만약 마신도 그 행위에 동조하고 있다면?

이미 마신교 쪽에서 대공 측에 협력하고 있다는 정황을 잡은 것이 한두 번이 아니다. 게다가 지금 이곳에서 벌어지고 있는 의문의 실종 또한 마신전이 개입했다는 의혹이 든 상태다. 대공이

하는 일을 마신교가 돕고 있다면, 그건 즉 마신의 뜻이라고 할 수 있지 않을까?

생각이 점점 안 좋은 방향으로 기운다. 이사나 역시 같은 생각을 한 듯했으나 차마 입 밖으로 낼 순 없었는지 입술을 악물고 있었다. 나는 차오르는 한숨을 내뱉으려다 말고 고개를 절레절레 흔들었다.

어쨌든 지금은 이런 걸 고민하고 있을 때가 아니다. 당장은 알리사가 안전한지 확인부터 해야 했다. 어쩌면 이 모든 것들이 그저 우리들의 지나친 기우일지도 몰랐다. 오해를 한 거라면 부조수에겐 정말 미안한 짓을 한 셈이다. 하지만 엎드려 사죄를 해도 좋으니 차라리 그러길 바랐다.

"어때, 엘? 찾을 수 있겠어?"

"음, 잠시만 기다려."

조마조마하게 바라보는 이사나의 시선을 뒤로한 채 나는 천천히 두 눈에 의식을 집중했다. 무작정 길을 나섰다가 엇갈릴 수도 있으니, 일단 물의 기억을 읽어 알리사의 위치부터 파악해 볼 생각이었다.

출렁. 감고 있던 눈을 뜨자 공기에 섞인 작은 물방울들이 마치 물결처럼 파동이 이는 감각이 들기 시작했다. 마치 이 세상에 나 혼자만 존재하고 있는 것 같은, 익숙한 감각이 내 몸을 휘감았다.

동시에 내 시야는 지금 서 있는 공간을 넘어 다른 공간으로 빠르게 이동하고 있었다. 문밖의 복도를 지나는 것을 시작으로, 수

많은 낯선 장소들이 앞으로 감기는 동영상처럼 순식간에 스쳐 지나갔다.

그렇게 얼마나 더 헤매고 다녔을까. 몇 군데 통로를 조금 더 맴돈 끝에 나는 한 구석진 공간 안에서 간신히 알리사의 모습을 발견할 수 있었다. 그녀는 갈색의 소파 위에 느긋하게 앉아 누군가와 대화를 나누고 있었다. 상대는 젊은 여성이었다. 학술원장으로는 보이지 않았고, 아마 이곳에서 근무하는 직원인 것 같았다.

"원장님은 처리하고 오실 급한 업무가 있으셔서 조금 늦으실 거예요. 자아, 이거 드시면서 기다리세요."

"앗, 감사합니다."

그녀가 찻잔을 내밀자 알리사가 반색한 얼굴로 그것을 받아들였다. 주변 어디에서도 우슬라 부조수는 보이지 않았다.

'역시 기우였던 건가?'

무사하길 바라긴 했지만, 막상 염려했던 게 무색하리만치 너무나 태평한 모습을 보자 맥이 탁 풀렸다. 이런 사정을 알 리가 없는 알리사는 마냥 밝은 얼굴이었다. 대접받은 차를 연신 홀짝이는 모습이 다소 긴장한 듯 보이긴 했지만, 평정을 잃지는 않은 것 같았다. 이대로라면 큰 문제는 없을 것 같다는 생각에 안심하며 접촉을 끊으려고 할 때였다.

"……!"

스르륵, 갑자기 알리사의 몸이 옆으로 기운다 싶더니 그대로 소파에 쓰러졌다. 시야에 선명히 담기는 광경을 보면서도 나는 잠시간 무슨 일이 벌어진 건지 제대로 인지하지 못했다. 그만큼 너무도 급작스러웠다.

여직원 역시 그 모습을 보고 있었다. 하지만 그녀는 놀라기는 커녕 담담하게 알리사에게 다가가 그녀의 의식을 확인할 뿐이었다. 마치 그럴 줄 알고 있었던 것 같았다.

'뭐······.'

그때 닫혀 있던 문이 열리고 누군가 모습을 드러냈다. 한눈에도 익숙한 남자의 얼굴에 나는 살짝 신음을 삼켰다. 우슬라 부조수였다.

"다 됐나?"

"네, 잠들었어요."

그의 질문에 여직원이 긴장한 얼굴로 대답했다.

"정령사라고 해서 약을 평소보다 좀 강하게 썼어요. 앞으로 반 나절은 깨어나지 않을 거예요."

"좋군."

부조수는 만족스럽다는 듯이 고개를 끄덕이고는 소파로 걸어가 의식이 없는 알리사의 손에 무언가를 채웠다. 팔찌처럼 보이는 구속구였다.

"마나 제어 팔찌군요."

"그래, 혹시 깨어나서 정령을 소환하기라도 하면 곤란하니까 말이야."

"후후, 이렇게 어린 나이에 중급 정령사라니 정말 굉장한 아이네요. 재능이 뛰어날수록 가치가 크다고 하셨죠?"

"그래, 상당히 큰 수확이지. 이번엔 썩 쓸 만한 아이가 없다 싶었거든. 이틀 후가 수레가 오는 날이었는데 상당히 운이 좋았어."

"적절한 시기에 방문해 주신 사제님께 감사드려야겠네요."

여기서 그들이 말하는 사제가 누군지는 뻔했다. 정말로 날 공범으로 인식했나 보다.

낯선 존재임이 분명한 나를 떠보지도 않고 자기편으로 여긴 것을 보면, 이곳을 방문하는 마신관들의 목적이 하나밖에 없었던 모양이다. 그러니 당연히 우리가 다 같은 일행이라곤 생각할 수도 없었겠지. 얼결에 내뱉은 내 거짓말이 저들의 꼬리를 밟은 셈이었다.

나로선 전혀 달갑지 않은 치하에 얼굴을 찌푸리는 사이, 부조수는 늘어진 알리사를 가볍게 안아 들었다. 그가 향한 곳은 벽면을 채우고 있는 거대한 책장 앞이었다. 책장 안엔 수많은 책들이 빼곡히 들어차 있었다. 그의 손이 망설임 없이 붉은색 가죽으로 덮인 책을 뽑아 들었다. 그러자 우르릉 소리와 함께 책장이 뒤쪽으로 밀리더니, 밑으로 내려가는 계단이 모습을 드러냈다. 영화에서나 봤던 비밀 통로였다.

설마 저런 장치가 있었을 줄이야. 황망한 기분으로 지켜보는 동안 부조수가 여직원을 돌아보며 말했다.

"그럼 뒤처리를 부탁하지."

"맡겨두세요."

여직원은 나른하게 웃었다. 이미 한두 번 이런 일을 해 온 게 아닌 것 같았다. 이윽고 지하의 문이 닫히고 책장이 다시 원래의 위치로 돌아갔다. 단지 그것만으로 방 안은 다시 흔해빠진 서재로 변했다. 비밀 통로를 감추고 있는 장소라곤 생각할 수조차 없을 정도였다.

혼자 남은 여직원은 재빠르게 탁자 위에 있던 찻잔을 치웠다. 이제 알리사가 그곳에 있었다는 증거는 아무것도 남지 않게 되었다. 정돈을 마친 그녀가 그 방 안을 떠날 때까지, 나는 아무 생각도 할 수가 없었다.

우려가 현실이 되었다. 정말로 그가 학생들을 납치하고 있었던 것이다.

"엘? 왜 그래? 알리사 찾았어?"

굳어진 얼굴을 봤는지 옆에서 이사나가 초조하게 묻는 소리가 들렸다. 고개를 끄덕이자 그의 입 안에서 숨을 삼키는 소리가 울렸다.

"알리사는 어때? 무사해?"

"으음, 일단 조금만 더. 끝까지 따라가 봐야겠어."

"따라가 보다니?"

"이따가 전부 다 얘기해 줄게."

달래듯 대답한 뒤 나는 천천히 지하 쪽으로 시야를 확장했다. 마음 같아서는 당장 튀어가서 알리사를 구하고 싶었지만, 그 전에 한 가지 확인하고 싶은 게 있었다. 부조수가 한 말 중에서 수

레가 오기로 했다는 것이 마음에 걸렸다.

지금까지 정황을 보건대 수레의 용도는 아무래도 납치한 학생을 옮기는 것일 가능성이 컸다. 날짜가 정해져 있는 것을 보면 납치한 학생들을 모아두었다가 한꺼번에 넘기고 있는 걸지도 몰랐다. 즉, 이곳 어딘가에 아이들이 갇혀 있는 장소가 있단 뜻이었다. 그가 가는 길을 쫓아가면 그 장소까지 알아낼 수 있을지도 몰랐다.

지하 통로는 생각보다 넓고, 미로처럼 복잡한 구조로 이뤄져 있었다. 하지만 부조수는 단 한 번도 망설이는 기색 없이 구불구불한 길을 따라 걸어갔다. 이따금씩 시선을 느낀 듯 멈춰 서서 주위를 둘러보긴 했지만, 몇 차례 아무도 없다는 것을 확인하고 난 후엔 아예 신경 쓰지 않는 기색이었다.

이윽고 그는 빼곡한 벽돌로 채워진 벽 앞에 멈춰 섰다. 그중 한 벽돌을 빼내자 마치 살아 움직이는 것처럼 벽이 양쪽으로 갈라지기 시작했다. 안으로 들어선 그를 새카만 갑옷을 입은 병사들이 맞이했다. 대공이 부리던 병사들이 입던 것과 똑같은 차림이었다. 그것을 보고 나니 정말로 이 사건에 대공이 관여했다는 실감이 들었다.

"우슬라 님. 어서 오십시오."

병사들의 정중한 인사에 부조수는 흐뭇하게 웃었다. 하지만 그 앞으로 펼쳐진 광경에 나는 얼굴을 일그러트릴 수밖에 없었다. 동굴처럼 파여진 공간 안에 있는 건 쇠창살이 빼곡하게 드리워져 있는 거대한 감옥이었다. 바로 그 속에서 아이들이 웅크리고 있는 것이 보였다.

"실례합니다."

"……!"

때마침 들려온 목소리에 나는 흠칫 놀라 곧장 접촉을 풀어냈다. 멀어졌던 감각이 돌아올 때면 항상 느끼는 현기증이 이번에도 어김없이 눈앞을 뒤덮었다. 애써 태연하게 참아내고 나니 문 앞에 서 있는 사람의 모습이 또렷하게 보이기 시작했다. 상대의 모습을 확인하자마자 나는 주먹을 움켜쥐었다. 알리사에게 약을 탄 차를 준 여직원이었기 때문이다.

"누구십니까?"

아직 그녀의 정체를 모르는 이사나가 경계하며 물었다. 여직원은 고요하게 웃으며 말했다.

"오래 기다리셨습니다. 편입 응시자인 알리사 양의 1차 면접 결과가 나왔기에 알려드리러 왔습니다. 죄송하지만 알리사 양은 1차 면접을 통과하지 못하셨습니다. 유감스럽지만 이대로 돌아가셔야 할 것 같습니다."

아마도 이게 바로 그들이 말한 예의 '뒤처리'인 모양이다. 모든 상황을 지켜본 나로선 가증스러울 정도로 뻔뻔한 대사였지만 섣불리 행동할 순 없었다. 나는 이사나와 잠시간 시선을 주고받았다. 침묵하는 내 모습에서 대강의 상황을 짐작한 듯, 이사나가 서늘한 목소리로 대꾸했다.

"그렇습니까? 알겠습니다. 그런데 알리사는 어디에 있습니까?"

"예?"

"왜 당신 혼자 왔냐는 겁니다."

이사나의 말에 여직원은 의아한 표정을 지었다.

"그게 무슨 말씀이신지. 알리사 양이라면 면접을 본 후 먼저 나갔습니다만. 혹시 이곳으로 오지 않은 건가요?"

"안 왔습니다."

단호한 대답이 떨어지자 여직원의 얼굴이 굳어졌다. 조금 전의 모습을 보지 못했다면 정말 당황한 거라고 믿었을 만큼 천진한 모습이었다. 이사나의 시선은 더 차가워졌다.

"믿을 수가 없군요. 낯선 장소에 처음 온 아이를 안내자 하나 붙이지 않고 그냥 보냈단 말입니까?"

"그, 그게…… 면접 과정에서 기분이 많이 상했는지 혼자 가겠다고 해서…… 지, 지금 바로 알아보겠습니다."

여직원은 하얗게 질린 얼굴로 부랴부랴 문밖으로 달려 나갔다. 어차피 찾는 시늉만 하고 돌아올 것이 뻔했기에 나는 곧장 일행들을 돌아보았다. 두 사람도 내가 말을 꺼내기만을 기다리고 있었는지 눈이 마주치자마자 다급하게 물었다.

"어떻게 된 거야, 엘? 알리사는?"

"알리사는 잠든 상태로 비밀 통로로 옮겨졌어. 지하에 감옥 같은 곳이 만들어져 있더라고. 그곳에 아이들이 갇혀 있는 걸 봤어.

아마 이틀 후에 다른 장소로 옮길 계획인 것 같아."

"맙소사. 그럼 정말로 우리 생각이 맞았던 거야? 라무스에서 아이들을 납치하고 있다고?"

"아직 라무스 전체가 가담했다고 보긴 어려워. 굳이 비밀 통로를 이용한 걸 보면 일부의 짓일지도 몰라."

알리사가 있던 방 안의 구조 역시 면접 장소로 보기엔 매우 비좁고 어두웠다. 처음부터 원장이 있는 곳이 아닌, 전혀 다른 곳으로 그녀를 유인했던 것이 틀림없었다. 물론 그렇다 해도 이 사실이 밝혀지면 라무스 역시 책임을 면하긴 어려울 것이다. 하지만 그것까진 우리가 신경 쓸 일이 아니었기 때문에 나는 당장 해야 할 일에 집중하기로 했다.

"아이들 전부 구할 거지?"

"당연하지. 숙부가 무슨 생각을 하고 있는지는 모르겠지만, 그 사람 뜻대로 흘러가도록 놔두진 않을 거야."

이사나의 눈이 차갑게 일렁거렸다. 나는 고개를 크게 끄덕인 다음 계획을 말했다.

"좋아. 아마 직원이 돌아오면 우리를 이곳에서 내보내려고 할 거야. 일단 지금은 모른 척하고 상황을 지켜보자."

"응? 당장 구하러 가지 않고?"

"그러고 싶지만 지금 여기서 소란을 피우면 우리가 너무 눈에 띄어. 라무스 안에 마신교 측 사람이 몇이나 될지 아무도 모르잖아? 앞으로 남은 일정도 있으니 이번 일은 가급적 은밀히 처리하는 게 나을 것 같아."

"응, 그건 나도 엘이랑 같은 생각이야."

옆에서 듣고 있던 시벨리우스가 조용히 동의를 표했다.

"이미 저들은 엘을 마신관으로 알고 있어. 여기서 공공연하게 일을 터트리면 나중에 수습이 힘들어질지도 몰라. 마신교는 예전부터 배교지에 대한 처벌이 철저한 집단이라 아마 집요하게 추격해 올 거야. 엘이 신관이 아니란 게 밝혀지면 그건 그것대로 문제겠지. 아무튼 가급적 의심을 살 만한 여지는 주지 않는 게 좋겠어."

"으음, 하긴 그런 문제가 있겠네요."

처음엔 불만스러워 보였던 이사나도 그 문제만큼은 통감한 듯 납득한 표정을 지었다. 그러면서도 초조해 보이는 모습에 나는 그가 뭘 걱정하는지 깨닫고 피식 웃었다.

"알리사는 염려 마. 한동안은 세상모르게 잘 거라 무서워할 틈도 없을 거야. 그리고 그 녀석 성격이면 별로 걱정하지도 않을걸? 우리가 구하러 올 거란 걸 알고 있을 테니까."

"그, 그럴까?"

"그렇다니까. 면접 보러 갈 때 알리사의 표정 기억해?"

그때 알리사는 평소답지 않게 유난히 불안해했었다. 하지만 우리 쪽을 보고 난 뒤엔 다시금 급격히 얼굴에 자신감이 붙었다. 당시엔 그 행동에 별다른 의미를 담지 않았는데, 지금 다시 생각해 보면 아마도 알리사는 그때 뭔가 감을 잡았던 것 같다. 이사나 역시 그 모습을 떠올렸는지 겨우 안심한 표정을 지었다. 나는 피식 웃으며 말했다.

"장소는 이미 다 파악해 놨고, 굳이 지금이 아니라도 구할 시간은 충분해. 여기선 한 발 물러나는 척하고 적당한 때에 들어가서 아이들을 남몰래 빼돌리자. 누가 했는지 모르면 추격도 하지 못할 테니까."

"적당한 때?"

때마침 열린 문틈으로 여직원이 돌아오고 있는 것이 보였다. 나는 다가오는 그녀의 모습에 시선을 고정한 채 말했다.

"사람들이 가장 방심하는 시기는 아무래도 새벽이지."

5.

여직원이 우리를 내보내기 위해 만든 변명은 '알리사가 혼자 라무스 밖으로 나갔다'는 것이었다. 창구에 있던 직원이 그녀가 혼자 걸어 나가는 것을 봤다고 증언했다. 이로서 그 역시 마신교 측의 가담자 중 하나라는 사실을 파악할 수 있었다.

이미 뻔히 보이는 장단에 그럴듯하게 맞추는 건 생각보다 곤혹스러웠다. 사람이 실종된 상황에서 순순히 물러나는 것도 의심을 살 우려가 있었기에 적당히 저항까지 해야 해서 더욱 그랬다.

"마, 말도 안 돼! 알리사는 아직 어린아이입니다! 그 어린애가 혼자 말도 없이 나갔을 리가 없잖습니까? 나, 나는 믿을 수 없습니다!"

"마, 맞아! 이놈들, 알리사에게 무슨 짓을 한 거냐!"

심지어 놀란 척하는 이사나와 시벨리우스의 연기력은 못 봐줄 만큼 상당히 어색했다. 그나마 다행히도 라무스의 직원들은 두 사람의 연기를 크게 의심하지 않았다. 일단 지은 죄가 있다 보니 우리 쪽을 무사히 쫓아내는 일에만 온 신경을 집중하는 것 같았다. 그리고 마신관이란 역할답게, 나는 흥분한 일행들을 열심히 다독였다.

"다들 진정해. 그러지 말고 일단 여관으로 가보자. 알리사가 먼저 가 있을 수도 있잖아."

"만약 갔는데 그곳에도 없으면?"

"그땐 다른 곳을 찾아봐야지."

"그건 말도 안 돼! 학술원 안에서 아이가 사라졌으니까 여기부터 찾아야지! 이럴 게 아니라 원장을 만나게 해 줘! 그자가 알리사를 마지막으로 본 사람이니 정황을 제일 잘 알고 있을 거 아냐! 그 사람부터 만나야겠어!"

이사나의 정당한 요구에 직원들의 얼굴이 굳어졌다. 재빨리 나를 바라보는 눈길에서 도움의 요청이 느껴져 나는 속으로 쓰게 웃었다. 원장의 가담 여부가 가장 궁금했었는데, 저들의 모습을 보니 아무래도 그는 이 사태를 모르고 있을 가능성이 커 보였다.

"그러지 마. 이렇게 큰 학술원의 원장이면 굉장히 바쁜 사람일 거야. 만나 달란다고 쉽게 만날 수 있겠어?"

"그렇다고 그냥 물러서잔 말이야? 찾을 생각이 있긴 한 거야?"

"물론 나도 알리사를 걱정하고 있어. 하지만 억지를 부릴 게 아니잖아. 이미 알리사가 학술원 밖으로 나가는 모습을 봤다는 데 무슨 말이 더 필요해? 봐, 다들 곤란해하시잖아."

"윽……."

어쩔 줄 몰라 하는 직원들을 가리키자 이사나는 기세를 누그러트렸다.

"여기서 아무리 이래봤자 소용없어. 우선 알리사가 갔을 만한 곳부터 찾아보는 게 먼저야. 단순히 혼자 있고 싶었던 걸지도 모르잖아. 자존심이 강한 아이라 면접에서 떨어진 게 창피했던 걸지도 몰라. 그래도 정 못 찾게 되면 그때 다시 오면 돼. 응?"

침묵하던 이사나가 곧 어쩔 수 없다는 듯 고개를 끄덕였다. 나는 그를 계속 다독이는 척하면서 직원들의 표정을 살폈다. 안심한 얼굴들을 보니, 제법 그럴듯하게 속여 넘긴 것 같았다. 그들이 남몰래 고마운 시선을 보내오는 것을 보니 속에서 구역질이 치밀어 올랐다.

저 사람들은 납치된 애들이 어떻게 되는지 알고는 있는 걸까? 알고 있으면서 그런 끔찍한 행위에 가담하고 있는 걸까?

그 아이들이 너희들의 자식이라면, 그때도 이런 짓을 할 수 있냐고 묻고 싶었다. 그래 봤자 이미 인륜을 저버린 자들에겐 아무런 의미가 없을지도 모르지만.

적당히 주위를 배회하는 동안 날은 빠르게 저물었다. 그 이후로도 우리는 두세 번 더 라무스에 들려 여전히 알리사를 찾는 시늉을 했다. 그 과정은 전부 이사나와 시벨리우스, 두 사람으로만 진행됐다. 나는 중간에서 이들과 헤어져 길을 떠난 것처럼 위장했다. 마신관인 내가 계속 그들과 같이 붙어 다니면 수상하게 여길지도 모른단 생각 때문이었다. 물론 진짜로 떨어져 있지는 않고 자연체로 돌아가 모습만 보이지 않게 한 것뿐이다. 정령이라서 좋은 점은 언제든 원할 때 투명인간이 될 수 있다는 거니까.

해가 떨어지기 시작하자 직원들은 전부 썰물처럼 라무스를 빠져나갔다. 기숙사를 제외한 모든 건물의 불이 꺼지고, 적막한 공기가 주위를 감싸기 시작했다.

그맘때쯤엔 라무스 입구 앞을 배회하던 부모들도 어쩔 수 없이 포기하고 모두 여관으로 돌아갈 수밖에 없었다. 항의를 하려고 해도 받아주는 사람이 없으니 허공에 대고 소리치는 것이나 마찬가지였기 때문이다. 경비대는 계속 활동하고 있긴 했지만, 그들은 외부인의 접근조차 허용하지 않았다.

날이 완전히 저물고, 새카만 밤이 되자 라무스는 인기척을 느낄 수 없을 정도로 고요해졌다. 물론 불침번을 서는 경비대가 있으니 완전히 깨어 있는 사람이 없다고 할 순 없었다.

그때부터 우리는 본격적으로 계획을 진행했다. 일단 나와 이사나는 가죽으로 된 갑옷과 무기를 착용해서 용병인 것처럼 꾸몄

다. 신발도 높은 굽으로 바꿔 신어 한층 키가 더 커 보이도록 했
다. 혹시 목격자가 생기더라도 인상착의에 혼선을 주기 위해서였
다. 평소 후드로 가리고 다니던 얼굴은 오히려 드러낸 대신 복면
을 쓰기로 했다. 어디에서도 튀는 머리색은 두건을 써서 감췄다.

하지만 치장만으로 가려지지 않는 시벨리우스는 어쩔 수 없이
외형의 일부분을 인간처럼 변형해야 했다. 그는 피부색을 하얗게
바꾸고 불쑥 솟은 귀를 둥글게 다듬었다. 화려한 은발도 짙은 흑
발로 바꿨다. 그것만으로도 그의 인상은 완전히 달라져 보였다.

"괜찮은데, 시벨? 다른 변장은 안 해도 되겠어."

"그래?"

"응, 이목구비가 똑같은데도 전혀 다른 사람 같아."

그는 거울 앞에서 바꾼 자신의 모습을 비춰 보며 어깨를 으쓱
였다. 왠지 만감이 교차하는 표정이었다.

"거참. 내가 또 이런 모습을 하게 될 줄은……."

"전에도 변장한 적 있어?"

"예전에 한 번. 그러고 보니 그때도 납치된 녀석들을 구하러 갔
었어."

"헐. 이런 일을 또 겪은 적이 있단 말이야?"

"응. 뭐, 그땐 이런 식의 계획적 납치는 아니었지만. 일족 아이
들이 조심성 없이 인간의 땅을 유람하다가 노예 사냥꾼한테 붙
잡혔었거든. 경매장으로 바로 찾아갔는데 이종족의 모습으로 접
근하면 경계를 당하니까, 상대방의 방심을 유도하기 위해 인간인

것처럼 위장해서 들어갔었지."

"그랬구나. 어쨌든 경력자인 셈이네."

웃으며 건넨 말에 시벨리우스가 나를 빤히 내려다보았다. 의미를 알 수 없는 묘한 시선이었다.

"왜?"

"거기서 널 처음 만났었는데."

"어?"

"……아니, 아무것도 아냐."

그는 곧바로 고개를 저었지만 나는 그가 한 말을 정확히 알아듣고 쓰게 웃었다. 과거의 '엘'에 대한 이야기다. 비록 다시 삼켜버리긴 했어도, 지난번 감정을 크게 터트린 이후 그에 대해 언급한 건 처음이었기 때문에 내심 반갑기까지 했다. 그래서일까. 지금까지는 무작정 외면하기에만 급급했는데, 문득 그들의 이야기가 궁금해졌다.

'노예 경매장에서 처음 보다니. 굉장히 스펙터클한 만남이었나 보네.'

사실 그 외에도 이 세계의 4천 년 전 상황이라든가 풍경 같은 것들엔 호기심이 일었다. 지금이랑 비슷하면서도 완전히 다른 세상을 보는 느낌이라 두근거리기도 했다. 아마 감정적으로 갈등을 겪는 일만 없었다면 내가 먼저 그에게 옛 이야기를 들려 달라고 청했을지도 모른다.

언젠가 조금 더 시간이 지나면 아무렇지 않게 웃으며 꺼낼 수 있는 화제가 되지 않을까. 그때가 되면 지금 우리에게 남아 있는 미묘한 거리감도 완전히 사라져 있을 것이다. 그렇게 생각하니 내심 희망찬 기분이 들었다.

"엘, 자정이야."

때마침 들려오는 이사나의 목소리에 나는 곧바로 하늘을 확인했다. 새벽으로 기운 달이 조금 전보다 한층 깊어져 있었다. 이제 아이들을 구출할 시각이었다.

"좋아, 그럼 가 볼까?"

기대고 있던 벽에서 몸을 떼어 내자 이사나와 시벨이 고개를 끄덕였다.

우리가 세운 작전은 대강 이랬다. 우선 나 혼자 공간 이동을 해서 지하로 들어간 다음, 감시자들을 대충(?) 처리하고 납치된 아이들을 구한다. 그동안 시벨리우스가 비밀 통로에서부터(위치는 내가 전부 알려주었다) 라무스 밖까지 이어진 퇴로를 만들기로 했다. 그가 할 수 있는 술법 중에 환상 마법과 비슷한 효과를 지닌 것이 있는데, 이것을 활용하면 남들 눈에 띄지 않는 길을 만들 수 있다는 것 같았다.

다만 술법을 발동시키는 조건이 조금 까다로웠다. 마법이 시전하는 사람 자체를 매개체로 삼아 발동하는 능력이라면, 시벨리우스가 사용하는 술법은 발동 조건에 맞는 매개체를 따로 지정해야 하는 방식이었다. 특히 공간을 건드리는 진법은 그것을 지탱하는 축을 일정 간격으로 만들어놔야 하기 때문에 시간도 걸렸다. 때문에 그가 진을 무사히 설치할 때까지 이사나가 주위를 경계하기로 했다. 필요하다면 경비대의 시선을 돌릴 미끼 역할도 담당할 예정이었다.

실상 나보다 두 사람 쪽이 훨씬 까다로운 역할임은 두말할 필요도 없었다. 경비대의 삼엄한 시선을 따돌리면서 장거리에 진을 설치하는 과정이 말처럼 쉬운 일은 아닐 테니까.

"정말 괜찮겠어?"

"응, 이쪽은 걱정하지 말고 가. 퇴로를 만든 후에 우리도 바로 그쪽으로 갈게."

걱정스러운 마음에 자꾸만 돌아보는 내게 두 사람은 태연히 웃으며 대꾸했다. 나에 비해 정작 당사자인 그들이 더 긴장하지 않은 것 같았다.

나는 두 사람에 뒤를 맡기고 그 자리에서 즉시 공간 이동을 했다. 가고 싶은 장소에 의식을 집중한 다음 이동해야겠다고 생각하니 어느새 비밀 통로 안에 들어와 있었다. 정확히는 벽돌로 막힌 벽면 앞이었다. 바로 이 안에 아이들이 갇힌 감옥이 있었다. 문을 여는 장치의 위치는 이미 머릿속에 각인되어 있었기에 찾는 건 어렵지 않았다. 위에서 열두 번째, 오른쪽에서 세 칸. 살짝 건드려 보니 안에서 울리는 느낌이 확실히 달랐다.

본격적으로 들어가기에 앞서 나는 가만히 의식을 집중하고 주위를 살폈다. 이렇게 큰 비밀 통로에서 감시자가 감옥 안만 지키고 있진 않을 테니, 분명 근처에도 관련자들이 있을 것이다.

아니나 다를까. 통로 양 끝에 두 명씩, 그리고 중간중간마다 사람들이 움직이는 기척이 느껴졌다. 전부 다 합쳐 열 명쯤 될까. 예상보다는 많은 숫자였다.

'전부 죽……이지는 못하겠고 그냥 기절시키자.'

결정을 내림과 동시에 나는 눈을 감고 주위의 물을 감지했다. 슈우욱, 쏴아아아! 물거품이 이는 느낌과 함께 고요했던 주변이 순식간에 물이 흐르는 소리로 시끄러워지기 시작했다. 오로지 내 귀에만 들리는 소리다.

지하에 흐르는 수맥의 소리, 공기 중에 섞여 있는 작은 물방울들…… 그리고 누군가의 피부 속에 흐르는 뜨거운 혈액의 흐름까지. 마치 나 자신이 그 자체가 된 것처럼 모든 감각들이 선명하게 느껴졌다. 나는 그것들 중 일부만을 골라 일시적으로 흐름을 정지시켰다. 그러자 작은 신음들이 터지며 활발하던 기척이 잦아드는 것이 느껴졌다. 피가 멈춘 충격으로 모두 의식을 잃은 것이다.

"후우……."

원하는 대로 되었는데도 한숨이 스멀스멀 밀려올라 왔다. 뒤처리를 생각한다면 죽이는 쪽이 더 나을 텐데. 아무리 악당이라도 사람을 해치는 건 여전히 어렵다. 이미 한 번 호된 경험까지 했는데도 망설임이 사라지지 않는 걸 보면, 아무래도 이 문제는 내가 평생 끌어안고 갈 숙제가 될 것 같았다.

'하지만 지금은 이러고 있을 때가 아니지.'

나는 찝찝한 감각을 억지로 억누르며 벽을 열기 위해 손을 내밀었다. 기절시킨 건 통로 쪽의 사람들뿐, 안에 들어가면 또 싸워야 할 상대가 잔뜩 있었다. 게다가 이제부턴 직접 싸워야 한다. 마음 같아선 그들도 전부 조금 전과 같은 방식으로 처리하고 싶었지만, 그렇게 하지 않은 건 이곳에 있을 알리사 때문이다. 이제 곧 마주하게 될 텐데 그 앞에서 너무 튀는 방식은 피해야 했다.

우르릉! 그 순간 내가 건드리지도 않았는데 벽면이 천천히 갈라지기 시작했다. 안에서 누군가 나오고 있었던 것이다.

"잠깐 돌아보고 올 테니까 다들 자리 잘 지키고 있…… 뭐, 뭐야, 넌?"

'……이런.'

동료들을 향해 말을 건네며 걸어 나오던 한 남자가 입구 앞에 멀뚱히 서 있는 나를 발견하고 흠칫 멈춰 섰다. 검은 갑옷을 입은 병사였다. 나는 난처한 기분에 볼을 긁적거렸다가 한숨을 푹 내쉬었다. 애초에 조용히 끝낼 수 있을 거라곤 기대하진 않았지만 (통로 쪽의 사람을 먼저 재운(?)것도 그 때문이다) 시작부터 난타전이 될 것 같았다.

"미안해요. 실례할게요."

"뭐…… 컥!"

사과를 건넴과 동시에 나는 있는 힘껏 힘을 실어 그의 배에 주먹을 내질렀다. 마땅한 기술은 없지만 타고난 완력 자체가 인간과 완전히 다른 몸이다. 주먹이 닿는 순간 딱딱한 갑옷이 움푹 꺼지는 것이 뚜렷하게 느껴졌다. 병사는 비명조차 제대로 내지르지도 못하고 풀썩 엎어졌다.

"뭐, 뭐야! 무슨 일이야!"

"침입자다!"

동료가 쓰러지자 뒤쪽에 있던 다른 병사들이 황급히 무기를 빼어 들고 달려 나왔다. 나는 그들 너머로 들어오는 광경에 흘끗 시선을 보냈다. 양옆으로 길게 이어진 감옥들 안에서 아이들이 웅성거리며 얼굴을 내밀고 있는 것이 보였다. 한창 자다가 깬 듯 다들 두 눈에 잠기운이 가득했다.

알리사는 그들 중 가장 끝 방 쪽에 있었다. 그녀를 발견하자마자 나는 속으로 안도의 한숨을 내쉬었다. 무사할 거란 건 알고 있었지만 막상 멀쩡한 모습을 확인하고 나니 한시름 덜어진 기분이었다.

"어디에서 온 놈이냐!"

감상에 잠길 틈도 없이 달려온 병사들이 곧장 나를 공격하기 시작했다. 나는 혀를 차며 눈앞에서 휘둘러지는 검을 아슬아슬하게 피했다. 문제는 그 다음이었다. 뛰어난 반사 신경 덕분에 피하는 건 할 수 있었는데, 아무래도 제대로 된 기술을 익힌 적이 없다 보니 어떤 식으로 공격을 이어가야 할지 감이 잘 잡히지 않았다.

전생에서도 불량배한테 걸려 일방적으로 맞아본 적은 있을지언정 싸워 본 적은 없었다. 게다가 이번 상대는 동네 불량배 정도가 아니라 훈련받은 병사다. 어중간한 방식으로 싸우는 게 통할 리가 없었다. 나는 별수 없이 능력을 응용하기로 했다. 싸우는 척하면서 적절한 순간에 그들 몸속에 흐르는 피를 일시적으로 멈추는 걸로.

"컥!"

"허억!"

이 방법은 매우 효과가 좋았다. 순식간에 한 명이 기절하자 다른 쪽에서 공격하던 자들의 움직임이 순간적으로 멈췄다. 나는 그 틈을 놓치지 않고 바로 주먹을 내질렀고, 나한테 맞고 튕겨 나간 사람에 의해 또 다른 빈틈이 만들어졌다. 다가오지 않는 쪽엔 내가 먼저 다가가 공격을 유도했다. 그런 식으로 몇 번 싸움을 이어갔더니 어느새 상황이 말끔히 종료되어 있었다.

더 이상 시야를 가로막는 사람이 없다는 걸 깨닫고 고개를 들자 바닥에 우수수 널브러진 사람들이 보였다. 조금의 움직임도 없는 걸 보면 전부 의식을 완전히 잃은 것 같았다. 그 너머에서 창살에 붙어 있던 아이들이 멍한 얼굴로 나를 바라보고 있는 광경이 눈에 들어왔다. 전부 잠에서 깨어나긴 했지만, 아직 이게 무슨 상황인지조차 제대로 인지하지 못한 것 같았다.

"다들 괜찮니?"

내 질문에 아이들은 모두 어깨를 움츠리며 눈치를 살폈다. 얼굴에 복면을 쓴, 한눈에 보기에도 수상한 사람이 갑자기 나타나 말을 걸어오니 겁이 난 것 같았다. 얼추 숫자를 세어보니 스무 명 남짓은 되었다. 낮 시간에 라무스 앞을 배회하던 부모들의 숫자에 비해 더 많았다. 라무스에 등록하러 온 아이들 외에도 다른 곳에서 납치한 아이들까지 섞여 있는 것 같았다.

그때 동그랗게 뜬 눈과 시선이 마주쳤다. 부릅뜬 눈동자의 주인은 바로 알리사였다. 그녀는 한눈에 나를 알아보았는지 매우 놀란 표정을 짓고 있었다. 뻐끔거리는 입이 당장이라도 내 이름을 부를 기세라 나는 곧바로 입술 쪽에 손가락을 가져다댔다. 다행히 눈치가 빠른 소녀답게, 알리사는 날 부르는 대신 곧장 두 손으로 자신의 입을 틀어막았다. 그래도 반가운 감정까진 숨길 수 없었는지 두 눈에 눈물이 그렁그렁했다.

나는 피식 웃은 다음 쓰러진 병사들의 몸을 살폈다. 감옥 문을 열 열쇠를 찾기 위해서였다. 마침 바로 근처에 있던 병사의 몸에 둥근 열쇠 꾸러미가 달려 있는 것이 보였다. 그것을 빼낸 후에 주위를 둘러보니 이번엔 감옥 한구석에 밧줄더미가 한가득 쌓여 있는 것이 들어왔다.

나는 쓰러져 있는 병사들을 굴비처럼 단단히 엮어 묶고는 한쪽 구석에 몰아두었다. 무기들은 전부 회수해 멀찍이 내던져 두었다. 이제 의식을 차려도 한동안은 쉽게 움직일 수 없을 터였다.

일련의 작업을 마친 후에 나는 감옥으로 다가가 창살의 열쇠를 전부 풀었다. 내가 다가서자 우르르 물러난 아이들이 문이 열리는 것을 보고 어리둥절한 표정을 지었다. 그들 중 누구도 쉽사리 움직일 생각을 하지 않았다.

"왜 그래? 다들 어서 나와."

내 말에 아이들은 서로를 바라보며 마른침을 꿀꺽 삼켰다. 아직 나를 믿어도 될지 의심하는 게 분명했다.

분위기가 바뀐 건 알리사 덕분이었다. 문이 열리자마자 망설임 없이 밖으로 뛰쳐나온 그녀가 아이들을 돌아보며 손짓한 것이다.

"으아, 죽는 줄 알았네! 진짜 무서웠어. 뭐 해? 너희들도 어서 나오지 않고. 계속 그 안에 있을 거야?"

같은 말도 하는 사람이 누군지에 따라 영향력이 다른 법. 아이들에게 알리사는 같은 처지에 처한 그들의 동료였다. 그녀의 부름에 그때까지 망설이고만 있던 같은 방의 아이들이 먼저 걸음을 내디뎠다. 그러자 다른 방 안에 있던 아이들도 용기를 얻은 듯 하나둘씩 밖으로 나오기 시작했다.

우르르 몰려나오는 중에도 아이들은 연신 쓰러져 있는 병사들 쪽을 살피며 두려운 시선을 보냈다. 의식이 없다는 걸 알면서도 그들이 무서운 모양이었다.

"다친 곳은 없니? 어디 아픈 사람은?"

내 질문에 아이들은 서로를 바라보더니 천천히 고개를 저었다. 영양 상태도 나쁘지 않아 보였고 옷차림도 다들 말끔했다. 이걸 다행이라고 해야 할지는 모르겠지만, 제물로 바칠 예정이라 그런지 나름대로 곱게 관리해 온 듯했다. 그래도 혹시 몰라 상태를 자세히 살피려는데 누구도 쉽사리 말을 꺼내지 않았다. 할 수 없이 나는 알리사를 바라보았다. 이번에도 그녀가 먼저 말문을 트면 다른 아이들이 용기를 내지 않을까 싶어서였다.

"아, 으음, 나는 아프진 않은데 멀든을 부를 수가 없어……요. 아, 그러니까 나는…… 아니, 저는 정령사거든요!"

시선의 의미를 알아챈 듯 알리사가 주저하며 입을 열었다. 모르는 사람들 대하는 것처럼 말하는 건 좋았는데, 표정에서 어색함이 역력히 드러났다. 이 녀석도 연기에는 영 소질이 없는 모양이다. 나는 피식 웃으며 그녀의 머리를 쓰다듬었다.

"아아, 괜찮아. 그건 팔찌 때문이야."

"팔찌?"

알리사는 찌푸린 얼굴로 자신의 팔을 바라보았다. 가벼운 금속음과 함께 그녀의 팔에 수갑처럼 채워진 팔찌가 흔들렸다. 알리사가 의식을 잃었을 때, 우슬라 부조수가 채웠던 바로 그 팔찌였다.

"이거……요?"

"응, 아마 그 팔찌에 마나의 움직임을 방해하는 기능이 있는 것 같아. 이건 열쇠가 따로 없는 것 같으니까 조금만 더 참아. 나중에 풀어줄게."

그 말에 알리사는 크게 안도한 표정을 지으며 고개를 끄덕였다. 느닷없이 납치된 것보다 갑자기 정령술을 하지 못하게 된 것에 더 크게 당황했었던 것 같았다.

그리고 예상대로 우리가 대화를 나누는 모습은 아이들 사이에서 제법 큰 효과를 발휘했다. 한 소년이 조심스럽게 손을 든 것이다.

"저, 저는 머리가 조금 아파요."

"그래? 어떻게 아파?"

"지끈지끈 거리고 답답해요."

"흠, 어디 보자."

나는 소년의 머리에 손을 댄 후 바로 치유술을 썼다. 그러자 어리둥절해하던 소년이 눈을 휘둥그렇게 뜬 채 나를 바라보았다.

"어때?"

"시, 시원해요! 이제 하나도 안 아파요!"

"그래, 다행이네."

웃으며 대꾸하자 소년은 붉어진 얼굴로 어쩔 줄 몰라 했다. 그때 알리사가 기다렸다는 듯이 끼어들었다.

"아, 그러고 보니 나도 머리가 아픈 것 같아……요."

"응? 너도?"

"응, 아니, 네. 그 이상한 차를 마시고 난 후부터 그런 것 같아요."

아무래도 차에 섞여 있던 마취 성분이 문제인 모양이다. 나는 알리사에게도 치유술을 사용했다. 그러자 그때부터 눈치만 보고 있던 다른 아이들도 앞다투어 손을 들고 아픈 곳을 말하기 시작했다. 대부분이 두통이었고, 가벼운 복통을 호소하는 아이도 있었다.

원인을 찾아보니 모두 약물에 의한 중독 반응이었다. 주로 아이들이 무서워서 울거나 칭얼거릴 때마다 약물을 먹여 강제로 재워왔던 것 같았다. 협박을 하자니 제물로 바쳐질 몸에 차마 상처를 낼 수는 없고, 그렇다고 그냥 내버려 두자니 귀찮아서 쓴 방식 같은데, 참으로 무식한 방법이라고 말하지 않을 수가 없었다.

한 사람 한 사람 꼼꼼히 치료를 해 주고 나자 어느새 제법 시간이 흘러 있었다. 그러는 동안 아이들은 처음보다는 한층 안정된 모습이 되어 갔다. 하지만 여전히 내게서 완전히 경계를 풀지는 않았다. 그때 그들 중 하나가 조심스럽게 물었다.

"저어, 그런데 형은 누구세요? 혹시 우리를 구하러 온 거예요?"

질문하는 목소리는 확연히 떨리고 있었다. 다른 아이들도 모두 긴장한 모습이 역력했다.

"응, 맞아. 구하러 온 거야."

고개를 끄덕여주자 아이들은 또다시 마른침을 삼켰다. 이미 감옥 안에서 풀려났는데도 이 상황이 믿어지지 않는다는 표정이었다.

"여, 여긴 어떻게 들어오셨어요? 아저씨들이 아무도 구하러 오지 못할 거라고 했는데."

"그랬어?"

"네. 도와줄 사람은 없으니 기다리지 말라고 했어요. 그래 봤자 전혀 소용없다고."

"그렇구나. 나쁜 녀석들이라서 그런지 거짓말도 잘하네. 이렇게 구하러 왔는데 말이야. 그치?"

장난스러운 대답에 아이들의 얼굴이 환하게 밝아졌다. 이제야 경계가 풀어진 듯 나를 바라보는 눈들이 초롱초롱하게 빛나기 시작했다. 나는 기쁨을 숨기지 못하는 아이들을 돌아보며 말했다.

"지금부터 여길 빠져나갈 거야. 길이 어두우니까 모두 조심히 따라와."

"네!"

힘차게 답한 후 아이들은 차례대로 줄을 지어 섰다. 졸졸 따라오는 모습을 보니 마치 유치원 교사가 된 것 같은 기분이 들었다.

감옥이 있는 공간을 나서자 주위는 한층 어두워졌다. 일정 간격으로 횃불이 걸려 있긴 했지만, 지하인 데다 한창 깊은 새벽 시간대다 보니 전체적으로 을씨년스러운 분위기였다. 겁먹은 아이들은 서로의 손을 꼭 붙잡은 채 연신 사방을 두리번거렸다. 그동안 옆에 바짝 달라붙은 알리사가 내게 작은 목소리로 속삭였다.

"엘 씨, 굉장하다."

"그래?"

"응, 진짜 깜짝 놀랐어. 근데 혼자 온 거야?"

"아니, 시벨이랑 이사나는 밖에서 퇴로를 만들고 있어. 곧 합류할 거야."

"그렇구나."

혼잣말처럼 중얼거린 후 알리사는 배시시 웃었다. 모두가 구하러 왔단 사실이 기쁜 모양이었다.

'그나저나 바깥쪽 일은 얼마나 진행됐으려나?'

일단 출구가 있는 방향으로 향하고는 있지만, 퇴로가 완성되기 전엔 섣불리 밖으로 나갈 순 없으니 한동안 안에서 기다려야 한다. 그 사이에 기절한 사람들이 깨어나기라도 하면 상당히 골치 아파질 터였다.

그렇게 생각한 순간 마치 기다렸다는 듯이 통로에 쓰러져 있는 사람들의 모습이 들어왔다. 감옥에 들어가기 직전. 내가 미리 기절시켜 둔 무리 중 하나인 것 같았다.

"히익!"

마찬가지로 그들을 발견한 아이들이 소스라치게 놀라며 내게 달라붙었다. 나는 어색하게 웃으며 아이들을 달랬다.

"괜찮아. 그냥 기절한 것뿐이야."

"혀, 형이 저렇게 한 거예요?"

"응."

고개를 끄덕이자 아이들은 겨우 안심한 얼굴로 굳었던 얼굴을 풀었다. 하지만 반대로 나는 얼굴을 굳혔다. 쓰러져 있는 사람들 사이에서 작은 기척이 느껴졌기 때문이었다.

"으으……."

"……!"

움직임을 감지하기 무섭게, 한 사람에게서 신음 소리가 흘러나왔다. 예상보다 의식을 차리는 시간이 빠른 것 같았다. 깜짝 놀란 아이들이 빠르게 물러나는 것과 동시에 나는 곧장 다가가 꿈틀거리고 있는 남자의 뒤통수를 강하게 내리쳤다.

퍽! 둔탁한 소리와 함께 의식을 차리려던 남자는 다시 그대로 고꾸라졌다. 다시 한 번 완전범죄(?)가 이뤄지는 순간이었다. 아이들이 경악한 얼굴로 바라보는 것이 느껴져 조금 민망했지만 의식을 차리게 내버려 두는 것보다는 나았다. 오히려 문제는 이제부터였다. 한 사람이 의식을 차리기 시작했다는 건, 다른 사람들도 곧 깨어날 거란 뜻이었으니까. 지금 이 순간에도 의식이 돌아오고 있는 이들이 있을 것이다.

'……어떡하지? 몸에 다시 충격을 줘 볼까?'

별로 어려울 건 없는 일이긴 한데, 아이들 앞에서 능력을 사용하는 모습을 보여도 될지가 의문이었다. 대놓고 티가 나진 않겠지만, 한동안 눈을 감고 의식을 집중해야 하는 거라 다른 사람의 시선엔 이상해 보이긴 할 것이다.

고민하는 내 모습에 아이들도 심각한 기분을 느꼈는지 서로 불안한 시선을 교환했다. 바로 그때였다.

"……!"

돌연 누군가 턱하고 내 어깨를 붙잡았다. 나는 깜짝 놀라 바로 몸을 빼고 물러섰다. 갑작스러운 내 행동에 아이들 사이에서 짧은 비명이 터져 나왔다.

설마 그 사이에 누군가 완전히 의식을 차린 건가? 낭패감에 나는 누군지 확인하지도 않고 무작정 반격부터 가하려고 했다. 그러자 상대가 허둥대는 것이 느껴졌다.

"잠깐! 나야, 나."

"……!"

이어서 들려온 목소리에 나는 공격하려던 것을 바로 멈췄다. 그제야 내 앞에 서 있는 사람의 모습이 제대로 보였다. 훤칠한 체구와 키, 나와 마찬가지로 검은색 일색의 복장이 제일 먼저 눈에 들어왔다. 달리 얼굴을 가리진 않았지만, 바뀐 피부색과 머리칼 덕분에 전혀 다른 인상이 된 시벨리우스가 바로 앞에 서 있었다.

"아……."

당황해서 쳐다보고 있으려니 그의 옆쪽에서 복면을 쓴 남자가 불쑥 얼굴을 내밀었다. 이사나였다. 그의 모습을 보자마자 나는 안도의 한숨을 내쉬었다. 두 사람이 이곳에 있다는 건 한 가지 뜻을 의미했으니까.

"다행히 늦진 않았지?"

한쪽 눈을 찡긋한 시벨리우스가 내 기분을 읽은 것처럼 경쾌하게 말했다. 나는 피식 웃으며 고개를 끄덕였다.

구출 작전이 성공적으로 완료된 순간이었다.

6.

시벨리우스가 술법으로 만든 퇴로는 굉장히 신기했다. 평소와 똑같은 길처럼 보였지만 발을 내딛는 순간부터 마치 투명한 장막 안에 휩싸인 기분이 들었다. 심지어 버젓이 경비대 바로 옆을 지나가가도 누구 하나 우리를 발견하는 사람이 없었다. 발을 크게 구르거나 소리를 내도 마찬가지였다. 단지 모습이 투명해진 게 아니라 존재하는 세상 자체가 분리된 것 같았다.

하지만 이 술법엔 한 가지 단점이 있었다. 조금이라도 정해진 길을 이탈하면 술법의 영향에서 벗어나게 된다는 것이다. 그래서 우리는 라무스에서 완전히 멀어질 때까지 시벨리우스가 걸어가는 방향에 맞춰 조심조심 따라 걸을 수밖에 없었다. 물론 그렇다 해도 이 술법이 구출 작전의 일등공신인 건 변하지 않았지만 말이다.

라무스에서 제법 멀어졌을 때쯤, 우리는 아이들끼리만 인가로 내려가게 했다. 이왕이면 보호자를 찾을 때까지 함께해 주고 싶었지만 이 작전의 핵심은 어디까지나 '누구의 소행인지 알지 못하는 게 하는 것'이었기 때문에 어쩔 수 없었다. 보다 완벽한 마무리를 위해 알리사 역시 아이들과 같이 가도록 했다.

검푸른 새벽녘, 고즈넉한 정취를 풍기던 마을은 갑작스러운 아이들의 출현으로 발칵 뒤집혔다. 실종된 자녀를 찾기 위해 이시올타에 머물고 있던 부모들은 소식을 듣자마자 맨발로 뛰쳐나와 아이들을 맞이했다. 이사나와 시벨리우스도 자연스럽게 그들 사이에 섞여 들어가 알리사와의 감동적인 재회를 연출했다(물론 난 정령의 모습으로 함께 했다). 다행히 아이들은 변장을 푼 두 사람을 전혀 알아보지 못했다.

이후의 상황은 일사천리였다. 부모와 상봉한 아이들은 그 자리에서 라무스 안에서 벌어지고 있던 사태를 전부 고발했다. 그들의 입을 통해 밝혀진 끔찍한 진실들에 충격을 받은 건 마을 사람들 역시 마찬가지였다. 자신들의 자랑이자 긍지이던 학술원에서 그런 끔찍한 일이 일어나고 있었으니 당연했다.

격분한 사람들은 횃불과 무기를 챙겨 들고 그 자리에서 곧장 라무스로 쳐들어갔다. 한밤중 갑자기 일어난 사태에 당황한 경비대가 비상경보를 울려 사람들을 깨웠고, 혼비백산한 라무스 원장이 잠옷 차림으로 성난 마을 사람들을 맞이했다.

그러나 다 같이 몰려간 비밀 통로엔 이미 아무도 없었다. 아이들이 사라진 걸 깨닫자마자 바로 몸을 뺀 것이다. 부조수 우슬라를 비롯한 이번 일의 가담자들 중 몇이 붙잡히긴 했지만, 관련자 전부를 색출해내진 못했다. 취조하려는 과정에서 그들이 스스로 목숨을 끊었기 때문이다. 이럴 때를 대비해 평소에 즉효성 독약을 소지하고 다녔던 것 같았다. 저지르고 있는 짓만큼이나 지독한 자들이었다.

하지만 전부 적발했다 해도 이미 신뢰가 망가진 상태에서 그 사실을 믿어줄 사람은 없었을 것이다. 제국에서 가장 크고 명망 있는 학술원에게 이런 분위기는 치명적일 수밖에 없었다. 결국 라무스 원장은 교수진을 비롯한 전 직원을 해임하고, 그 자신도 사임할 뜻을 밝혔다. 새로운 원장과 구성원이 정해질 때까지 학생들 또한 모두 집으로 돌려보낸다는 것 같았다. 사실상 임시 폐교나 마찬가지였다.

"몇백 년의 유구한 전통을 지닌 학술원이 한순간에 이렇게 되다니……."

이른 아침부터 이시올타 앞에 길게 줄지어 선 짐마차들을 지켜보며 이사나는 매우 안타까워했다. 대부분 고향으로 돌아가는 학생들을 태운 마차였다. 아마도 대략 일주일간은 비슷한 광경이 계속 될 것 같았다. 시벨리우스 역시 씁쓸한 표정으로 중얼거렸다.

"다른 학술원도 날벼락이긴 마찬가지일 거야. 라무스에서 이런 큰일이 터졌으니 비슷한 사례가 없는지 대대적인 조사가 시작되겠지."

"다른 곳에도 있을까?"

"분명히 있을 거야. 라무스처럼 큰 곳을 노릴 정도라면 다른 학술원에 잠입하는 건 일도 아닐 테니까. 하지만 그렇게 간단히 밝혀지진 않겠지. 새 학기마다 실종자가 생기는 게 흔한 일인 건 사실인 모양이니까, 관련되어 있어도 무조건 모른 척할 게 분명해. 애초에 비밀 통로라는 것이 그렇게 쉽게 발견될 리도 없고. 오히려 수법이 점점 더 치밀해지고 은밀해지겠지."

"으음, 그건 오히려 안 좋은데. 하다못해 마신교의 짓이라는 것만이라도 알려지면 좋을 텐데 말이야. 익명의 제보라도 하고 올 걸 그랬나?"

사건이 진행되는 동안 우리는 곧장 알리사를 챙겨 일찌감치 마을을 빠져나온 참이었다. 다른 부모들 중에서도 아이를 찾자마자 서둘러 귀환한 자들이 많았기 때문에 별다른 의심의 눈길을 받진 않았다. 단지 우리가 줄 수 있는 정보를 나누지 않고 온 것만은 조금 미안했다. 하지만 내 말에 시벨리우스는 고개를 저었다.

"어차피 그 정도는 여기 사람들의 힘만으로도 알아낼걸. 알아도 어떻게 할 수 없다는 게 문제지. 상대는 신전이고, 그 중에서도 마신교는 특히 은폐하는 데 도가 튼 집단이니까. 증거를 잡아낼 리가 없어. 의혹에서만 그칠 게 뻔해."

"……하긴, 발각되자 자결할 정도니."

"예전부터 마신교도의 신앙은 좀 광기에 가까운 편이었어. 자신들을 지키기 위해 무슨 짓이든 하겠지. 게다가 지금 마신교는 그저 잔챙이 역할을 하고 있을 뿐이야. 흔들어 봤자 꼬리 자르기밖에 안 돼. 완전히 끝내려면 이 모든 일을 진행하고 있는 주범을 치는 수밖에 없어."

"대공 말이구나."

이번에도 어김없이 이어진 결론에 입맛이 썼다. 결국 유카르테 대공, 그자가 문제다.

라무스는 이 제국의 자랑이기도 했다. 만약 이 일의 배후에 스왈트 제국의 대공이 있다는 사실이 알려지면 국제 정세에도 큰 타격을 받을 것이다. 급속도로 악화될 두 제국의 관계가 우리에게 득이 될지 실이 될지는 알 수 없었다. 다만 복권한 후에 이사나가 해야 할 일이 더 늘었다는 것만은 확실했다.

어쨌거나 대공을 물리치기 전까진 어디를 가도 그의 손길을 피하긴 힘들 것이다. 그건 곧 안전한 장소가 없다는 말이나 다름없었다. 무엇보다 알리사를 생각하면 마음에 걸리는 것이 하나 있었다. 시벨리우스 역시 같은 생각을 했는지 진지한 얼굴로 물었다.

"재능이 뛰어날수록 제물로서의 가치가 크다고 그랬지?"

"응, 분명 그렇게 말했어."

"그럼 알리사의 재능은 성인이 될 때까지 숨기는 게 더 나을지도 몰라."

그건 나도 같은 의견이었다. 똑같은 범행 대상이라도, 더 나은 조건을 갖추고 있다면 당연히 그쪽을 더 집요하게 노릴 것이다. 이대로라면 알리사는 어디를 가도 마신교의 표적이 될 게 뻔했다. 적어도 제물의 조건에서 벗어나는 십 대 중후반이 될 때까지는 사람들 눈에 띄지 않게 하는 게 나았다. 하지만 알리사의 재능을 밝히지 않고 정착할 만한 곳을 찾을 수 있을까 싶기도 했다.

생각을 거듭할수록 쳇바퀴처럼 반복되는 문제에 우리는 한창 머리를 맞대고 고심했다. 그때 불쑥 가까이 다가온 알리사가 비장한 어조로 물었다.

"그냥 당신들이랑 쭉 같이 가면 안 돼?"

"어? 우리랑?"

당황해서 되묻자 알리사는 조금 머뭇거리면서도 고개를 끄덕였다. 나와 이사나, 그리고 시벨리우스는 잠시간 난처한 시선을 교류한 뒤에 입을 열었다.

"으음, 전에도 말했다시피 우리 일정은 굉장히 위험해. 앞으로 무슨 일이 일어날지도 모르고, 지금보다 더 심하게 고생할 거야."

"괜찮아."

"우리가 이 제국 사람이 아닌 건 알지? 이곳에서의 용무를 마치면 본국으로 돌아가야 해. 네 입장에선 고향을 완전히 떠나는 거야. 일단 한번 가면 다시 돌아오기 힘들지도 몰라."

"여기나 다른 대륙이나 새로 적응해야 하는 건 마찬가지야. 별로 다시 돌아올 생각도 없고."

"하지만……."

"내 가치를 알아보는 사람들이 있는 곳으로 데려다주겠다고 했잖아."

그 순간 이어진 말에 나는 바로 입을 다물었다. 알리사는 진지한 얼굴로 나를 올려다보았다.

"전부터 계속 생각했는데, 내가 먼저 나에 대해 말하지 않으면 사람들은 아무것도 몰라. 하지만 당신들은 나도 모르는 내 가치를 먼저 알아봐 줬지. 앞으로 그 이상으로 날 알아봐 줄 사람이 있을까?"

"그거야……."

"게다가 알아본다고 해도 그 사람이 보는 건 결국 정령사인 나일 뿐이야. 한때 마을에서 멸시 당하던 재앙의 소녀에 대해선 알지도, 관심을 갖지도 않겠지. 강하기 때문에 좋아하는 건 누구나 할 수 있어. 그치만 당신들은 내가 무력할 때도 다정하게 대해 주고 몇 번이나 구해 줬잖아. 진짜 가치를 알아준다는 건 그런 거 아냐? ……틀려?"

"……."

이번만은 나도 대답할 수 없었다. 나는 할 말을 잃은 채 알리사를 가만히 응시했다. 금잔화를 닮은 눈동자가 흔들림 없이 내 시선을 받았다. 이미 마음의 결심을 단단히 굳힌 얼굴을 보니 말려도 소용이 없을 것 같았다.

나는 한숨을 내쉰 다음 이사나를 바라보았다. 어쨌거나 여정의 중심인물인 만큼 그에게 결정을 맡길 심산이었다. 시선의 의미를 읽은 듯 이사나는 한동안 생각에 잠긴 표정을 지었다. 그러곤 한참 만에 진지한 목소리로 물었다.

"……알리사, 정말 후회하지 않겠어?"

"응, 후회 안 해."

"그럼 알리사도 약속해."

"뭘?"

"앞으로 무슨 일이 일어나도, 또 무엇을 알게 되더라도, 우리를 우리 그 자체로만 보겠다는 약속."

그 말에 알리사는 눈을 동그랗게 떴다. 미처 생각지도 못한 조건이라는 표정이었다. 어떻게 보면 그녀가 우리에게 바란 부분을 역으로 요구당한 셈이니 그럴 만도 했다. 하지만 반응은 망설임 없이 이어졌다.

"좋아, 약속할게."

씩씩한 대답에 이사나의 얼굴이 펴졌다. 부드럽게 늘어진 입술 끝에 드러난 건 명백한 안도감이었다. 마지막 기회라는 듯이 압박했으면서도, 막상 속으론 그대로 겁을 먹고 물러날까봐 염려했었던 모양이다. 나는 피식 웃으며 알리사의 머리를 쓰다듬었다.

"그럼 결정됐네. 새삼스럽지만 다시 인사할까? 앞으로 잘 지내보자, 알리사."

"정말? 정말 데려가는 거야? 이러다 갑자기 말 바꾸는 거 아니지?"

"그런 짓 안 해. 오히려 잘됐어. 안 그래도 너 혼자 놔두고는 걱정돼서 발이 떨어지지 않을 것 같았거든. 그치만 나중에 후회해도 난 정말 모른다?"

"헤헤, 괜찮아. 원망만 할게."

"그럴 땐 안 한다고 해야 하는 거거든?"

웃으며 혀를 차자 다른 일행들도 모두 와하하 웃음을 터트렸다. 차라리 진작 이렇게 할 걸 그랬다. 그동안 알게 모르게 마음속에 남아 있던 무거운 응어리가 사라진 것 같았다. 이사나와 시벨리우스도 마찬가지인 듯, 그 어느 때보다 홀가분한 표정이었다. 아마 알리사가 좋은 곳에 정착했더라도 지금 같은 표정을 짓지는 못했을 것이다.

하지만 한편으로는 우려가 되는 것도 사실이었다. 알리사가 얼마나 마음의 결심을 단단히 했는지 몰라도, 막연한 상상과 현실은 완전히 다르다. 알리사에겐 앞으로 받아들여야 할 문제가 산

더미처럼 쌓여 있었다. 가장 가까이로는 우리의 정체부터 시작해서, 멀리는 황권을 둘러싼 정쟁까지. 무엇 하나 어린 소녀가 감당하기 쉬운 일들은 아니었다.

'뭐, 앞으로 차차 밝혀나가면 되겠지.'

그런 생각으로 이사나를 바라보자 그 역시 씁쓸하게 미소 지었다. 기쁜 것만큼이나 마음이 복잡한 것 같았다.

"근데 나 팔찌는 언제 풀어주는 거야? 멀든이랑 이 기쁨을 나누고 싶은데 부를 수가 없어."

"아참, 그렇지. 팔 내밀어 봐."

지시를 받자마자 알리사는 곧장 팔을 내밀었다. 시벨리우스와 이사나도 같이 다가와 팔찌를 구경했다.

"열쇠로만 풀리는 방식인가? 좀 특이한 팔찌네. 이건 그냥 부숴야겠는걸?"

"부술 수 있겠어, 엘?"

"흠, 내 힘이면 어떻게든 되지 않을까?"

나는 어깨를 으쓱인 다음 팔찌를 단단히 움켜잡았다. 그때 문득 팔찌의 모양에 시선이 향했다. 정확히는 팔찌에 있는 장식이 눈에 띄었다. 거무튀튀한 표면 위에 둥근 모양으로 세공된 불투명한 파란색 보석이 박혀 있었다. 그다지 화려하지도 않은데 눈에 밟힌 건 어디선가 많이 본 것 같다는 느낌 때문이었다. 기억을 더듬어 보던 끝에 나는 그것을 어디서 봤는지 떠올렸다.

"어…… 이거 혹시 라피스 라줄리 아닌가?"

"응? 라피스 라줄리?"

"내가 착용한 서클렛에 있는 보석 말이야. 그거랑 같은 보석 맞지?"

내 말에 시벨리우스가 관심을 보이며 팔찌를 다시 살폈다. 잠시 후 보석을 훑어보는 그의 눈에 이채가 서렸다.

"아, 정말이네. 청금석 맞아. 꽤 귀한 보석인데 이렇게 큰 게 박혀 있다니. 이거 생각보다 비싼 팔찌인가 봐. 하지만 그런 것치고는 관리가 영 안 되어 있는걸? 자세히 보지 않았다면 청금석이란 것도 모르고 넘어갔을 거야."

"역시 그렇구나. 지금은 별로 비싼 보석은 아니라고 들었어."

"그래? 세상이 많이 변하긴 했구나. 하긴, 벌써 오래 전 일이니까."

과거를 회상한 것일까. 중얼거리는 목소리에 힘이 없었다. 내가 조심스럽게 바라보자 시벨리우스는 곧 아무렇지 않게 웃었다.

"어쨌든 비싸지 않다니 다행이다. 여전히 비쌌다면 부수기 아까웠을 거 아냐."

"음, 사실 지금도 아깝긴 한데."

"어차피 이 정도로 관리가 안 된 상태면 팔지도 못할걸?"

"하긴."

마음의 결심을 굳힌 후 나는 다시 팔찌를 움켜잡았다. 강하게 힘을 가하자 우드득 소리와 함께 순식간에 팔찌의 고리가 일그러지기 시작했다. 알리사가 놀란 토끼 눈으로 그 광경을 내려다보았다.

"엘 씨, 왜 이렇게 힘이 세?"

"하하, 그러게. 왜일까?"

"잠깐, 그렇게 웃고 넘어갈 일 아니거든? 무술가도 아니고 신관이면서 너무 심하게 강하잖아! 그러고 보니 진짜 신관인 건 맞아? 마신관이 아니라고 하더니 갑자기 맞다고 하질 않나, 그러면서 치유술을 쓰질 않나! 마신관은 치유술 못 쓰지 않아? 대체 엘 씨는 정체가……!"

그때였다. 순간 팔찌에서 이상한 기운이 느껴졌다. 알리사도 무언가를 느낀 듯 추궁하던 것을 멈추고 얼굴을 잔뜩 찌푸렸다.

"뭐야, 이거? 점점 뜨거워지는데?"

"뭐?"

퍼어엉! 반응하기 무섭게, 팔찌에서 강한 압력이 터져 나왔다. 나와 이사나, 시벨리우스가 단숨에 멀찍이 밀려 나갈 정도로 강한 바람이었다.

"우왓!"

"엘!"

"헉! 뭐, 뭐야!"

넘어졌던 자세를 바로하고 서둘러 고개를 들자 사방에 흙먼지가 가득했다. 알리사를 비롯한 나머지 일행들은 정신없이 기침을 토해 내고 있었다.

'언젠가 이런 비슷한 경험을 한 적이 있는 것 같은…….'

왠지 모를 기시감에 얼굴을 찌푸리던 순간이었다. 뿌옇던 먼지가 걷히고 흐릿하던 시야에 누군가의 모습이 들어오기 시작했다. 모두 바닥에 주저앉아 있는데, 그 혼자 우뚝 서 있는 상태였다.

"으아, 이게 뭐야? 여기가 대체 어디야?"

정체를 가늠하려는데 홀로 서 있는 사람에게서 낯선 목소리가 튀어나왔다. 아니, 낯선 게 맞나? 어디서 많이 들어본 목소리 같기도 했다.

"누구……?"

그럴 생각은 없었는데 나도 모르게 입을 열었다. 그러자 먼지 속에 있던 사람이 바로 내 쪽에 반응을 보였다.

"응? 거기 누구 있어?"

저벅저벅

바닥에서 발걸음 소리가 울렸다. 검은 형체가 가까이 다가올수록 점점 내 얼굴은 굳어졌다. 심장이 있다면 세차게 뛰고 있지 않을까? 이상하리만치 무서운 예감이 들었다.

"자, 잠깐! 다가오지 마. 당신 누구야?"

나도 모르게 소리치자 걸어오던 그림자가 움찔하며 멈췄다. 이제는 어느 정도 형체가 드러난 상대는 나만큼이나 긴 머리칼을 지니고 있었다. 키와 체구도 나와 별 차이가 없는 것 같았다. 경계하는 내 모습에 그는 멋쩍은 듯이 머리를 긁적거렸다.

"아, 미안. 나 수상한 사람 아냐. 그냥 사람이 있는 것 같기에 반가워서. 내가 아무래도 그동안 어딘가에 갇혀 있었던 것 같거든."

"갇혀……?"

"으응. 뭐랄까. 전부 설명하자면 좀 긴데…… 실은 나도 어떻게 된 건지 잘 모르겠어서 말이야."

"무슨……."

"진짜야. 아, 그래. 이왕 이렇게 만난 거, 이것도 인연이니 일단 제대로 통성명부터 하지 않을래? 내 이름은……."

쏴아아. 때마침 불어온 바람에 먼지가 완전히 걷히고, 상대의 모습이 제대로 눈에 들어오기 시작했다. 흐트러진 머리카락이 귀찮았는지 그는 한 손을 들어 앞머리를 쓸어 넘기고 있었다.

그의 손길을 따라 단정한 이목구비가 천천히 모습을 드러냈다. 점점 보이기 시작하는 그 모습에 나는 크게 눈을 떴다. 허리까지 닿은 머리칼은 햇살을 머금은 듯한 화사한 금색. 우거진 초목을 담은 것 같은 짙은 녹안이 부드러운 빛을 담고 깜빡였다. 다른 건 그것뿐이었다. 그 외의 나머지는 전부…….

"'엘'이라고 해."

울고 싶을 정도로…… 나와 닮아 있었다.

＊　　　＊　　　＊

한적한 이른 아침, 라피스는 숙소에서 멀리 떨어진 광장에 나와 하릴없이 시간을 때우고 있었다. 평소라면 한창 단잠에 빠져 있을 시각임에도 불구하고 그가 거리에서 방황하고 있는 건 매시간 감시하듯 쫓아다니는 자칭 그의 제자, 에이프릴 덕분이었다.

신출내기 마법사인 그녀는 지적 탐구심이 심하게 뛰어난, 좋게 말하면 열정적이었고 나쁘게 말하면 집요한 성격이었다. 하도 달라붙어서 이것저것 물어대는 통에 처음 몇 번 순순히 대꾸해 줬더니, 요즘은 아예 시간을 정해두고 강습을 받으려고 들었다. 라피스로서는 상당히 귀찮은 일이었다. 가르치는 보람이라도 있으면 몰라도 죽어라 설명해 봤자 제대로 이해하지도 못하니(물론 라피스의 기준일 뿐이다) 시간 낭비라는 생각밖에 들지 않았다. 그래서 요즘 그는 하루 중 대부분의 시간을 그녀를 피해 다니는 데 소비하고 있었다.

"젠장, 진짜 못 해 먹겠네."

대체 내가 왜 이런 곳에서 이런 꼴을 겪어야 한단 말인가. 이미 지난 시간 동안 수십 수백 번을 되뇌었던 의문이 또다시 머릿속을 가득 채웠다. 본래도 그다지 참을성이 좋은 편이 아니었던 그는 날이 갈수록 인내심의 한계를 시험당하는 기분을 만끽하고 있었다.

그때 문득 고개를 든 그의 시선에 한 무리의 남녀가 들어왔다. 가벼운 가죽 갑옷차림을 한 용병들이었다.

"의뢰비는 받았어?"

"응, 드디어 목표액 달성!"

"하아, 이제야 겨우 떠날 수 있겠군."

용병들은 무슨 좋은 일이라도 있는지 화기애애하게 웃고 있었다. 그 모습에 라피스는 다시금 배알이 뒤틀렸다. 할 일도 없는데 시비라도 걸어서 싸움이나 할까? 한계에 달한 스트레스가 강한 충동을 불러일으켰다. 해 보고 나니 제법 나쁘지 않은 생각이라 그는 곧장 자리에서 몸을 일으켰다. 정말로 실행으로 옮길 생가이었다. ―용병들 속에 섞여 있는 그를 보지 않았더라면.

　"어?"

　눈이 마주친 건 우연이었다. 그렇게 생각한 이유는 상대 역시 라피스를 보고 놀란 표정을 짓고 있었기 때문이었다.

　"뭐야, 너."

　황당해서 저도 모르게 내뱉은 말에 상대의 표정이 난처해졌다. 그가 말을 걸어오는 걸 원하지 않는 티가 역력했다. 물론 그런 걸 신경 쓸 라피스가 아니었다.

　"네가 왜 여기에 있는 거야?"

　"……."

　오히려 있는 힘껏 소리를 지르자 조용히 눈치를 주고 있던 상대―트로웰은 머리를 짚었다. 그 모습에 그의 일행인 용병들이 어리둥절한 얼굴로 물었다.

　"왜 그래, 매튜? 아는 사람이야?"

　"아아, 네, 아는 사람이랄까요……."

　"뭐? 매튜가 엘 말고도 아는 사람이 또 있었어?"

　수군거리기 시작한 동료―샴페인 용병단원들이 라피스의 모습을 정신없이 살폈다. 우와, 굉장해! 끝내주게 잘생긴 형씨잖아! 어째서 네 주위엔 다 미남 미녀(?)밖에 없는 거야? 대체 어떻게 아는 사이인 건데? 속사포로 쏟아지는 질문들에 트로웰은 잠시 어색하게 웃었다가 이내 한숨을 내쉬었다.

"……미안한데, 잠시만 자리 비울게요."

트로웰이 라피스를 붙잡아 끌고 간 곳은 후미진 골목 안이었다. 어느 정도 일행들과 멀어졌다 싶었을 때쯤에서야 멈춰 선 그는 돌아서자마자 라피스의 다리부터 걷어찼다. 퍽! 묵직한 소리가 아무것도 없는 공터에 울려 퍼졌다.

"아프잖아! 뭐 하는 거야!"

"아프라고 하는 거야! 잘도 아는 척을 하는구나, 망할 대자(代子)님. 유희 중엔 마주치더라도 상황을 봐서 아는 척하는 게 규칙인 거 몰라?"

"알 게 뭐야."

"내 대자님은 왜 이렇게 귀여운 말만 할까? 응?"

"아파! 아프다고!"

볼을 잡고 양쪽으로 마구 늘리는 손길을 피하며 라피스는 악을 썼다.

"나 참, 대체 언제나 철이 들는지."

"신경 꺼! 그보다 내가 한 질문에나 대답해. 네가 왜 여기에 있는 거야? 엘이랑 헤어진 후에 바로 떠난 거 아니었어?"

"그러려고 했는데 못했어. 일행이 실수로 경비를 전부 잃어버렸거든. 할 수 없이 여기에 잠시 머물면서 돈을 모으는 중이었지."

"하! 정령왕 주제에 돈이 없어서 발이 묶였다고?"

"유희 중이니까."

"엘 녀석은 펑펑 잘만 쓰던데?"

"그와는 조금 경우가 달라. 그의 유희는 계약자를 돕는 게 주목적이잖아. 딱히 일행들에게 정체를 숨기고 있는 것도 아니고."

"언제부터 그런 걸 따지셨다고. 네가 멀쩡한 유희를 하고 있다는 것 자체가 이미 정상이 아니거든?"

차분한 대답에 라피스는 코웃음을 치며 대꾸했다. 무성의한 태도였지만 트로웰은 전혀 신경 쓰지 않고 말을 이었다.

"그런데 그러는 넌 왜 여기에 있는 거야? 엘은 대륙을 건너간 걸로 아는데?"

"흥, 재주껏 알아내지 뭘 물어봐? 남의 속 읽는 게 특기인 주제에."

"잘 아네. 하지만 넌 내가 유희 중엔 능력을 자제한다는 것도 잘 알고 있지. 내가 마음먹고 읽으면 곤란한 쪽은 오히려 너 아냐?"

"……."

"그냥 솔직하게 말해. 설마 따라가기 귀찮다고 남은 건 아니겠지?"

"그랬다면 어쩔 건데?"

"라피스."

"쳇! 아냐! 아니라고! 엘 그 녀석이 여기에 남아 달라고 했어! 됐냐?"

"그래?"

언제 엄격하게 바라보았냐는 듯 트로웰의 얼굴이 다시금 평온해졌다. 정말이지 노골적인 차별대우가 아닐 수 없었다. 한동안 이글거리는 눈으로 트로웰을 노려본 라피스는 대놓고 투덜거리기 시작했다.

"엘, 그 녀석 진짜 짜증 나! 계약 안 한다고 할 때는 언제고 지금은 남의 마나를 펑펑 써 대느라 바쁘다고."

"흐음~ 그런 건 오히려 바랐던 상황 아니었어? 게다가 어차피 드래곤들은 마나가 남아돌잖아. 쓰지도 않는 거 좀 나눠주면 어때서?"

"그것도 어느 정도껏이어야지! 얼마 전엔 피까지 토했다고!"

그 말에 빙글빙글 웃고 있던 트로웰의 표정이 설핏 굳었다. 하지만 그가 걱정하는 대상은 라피스가 아니었다.

"그래서? 엘은 괜찮대?"

"무슨 소리야? 내가 피를 토했다니까?"

"멍청한 녀석. 엘이 그 정도로 마나를 가져갔다는 건 그만큼 위급한 상황이었다는 거잖아."

"……."

거기까진 미처 생각해 보지 못했다. 그제야 깨달은 사실에 라피스의 얼굴이 뻣뻣해졌다. 얼어붙은 얼굴을 보며 그의 생각을 짐작한 트로웰은 한숨을 푹 내쉬었다.

"라피스, 넌 머리는 좋은데 상황 판단력이 느리구나."

"아, 아냐! 보통은 정령왕을 걱정하는 게 더 이상한 거거든? 멀쩡할 게 당연하잖아! 정령왕인데! 너야말로 그 녀석을 너무 과보호하는 거 아냐?"

"그렇게 보여?"

조롱하려고 던진 말이었는데 오히려 트로웰은 싱긋 웃었다. 정말로 기뻐하는 것 같았다.

능구렁이 같으니. 라피스는 차마 뱉을 수 없는 욕설을 속으로 삼켰다. 예전부터 그랬지만, 도대체 무슨 생각을 하는지 알 수 없는 작자였다.

"어쨌든 너무 놀고 있지 말고 엘의 안부 좀 잘 챙겨. 어쨌거나 네가 그렇게 원하던 계약자잖아. 소홀히 대하면 훌쩍 떠나버릴지도 몰라."

"여기서 얼마나 더 잘하라고? 그리고 놀고 있는 거 아니거든? 그렇게 걱정되면 네가 직접 알아보든가! 멀리 내다보는 능력은 어디다 써먹을 거야?"

"보이는 것만큼은 보고 있어. 아아, 그러고 보니 슬슬 만날 시기인 것 같네."

"만나? 누구를?"

"그런 게 있어."

어깨를 으쓱이는 그에게서 후후, 짧은 웃음소리가 흘러나왔다. 이상할 정도로 기분이 좋아 보이는 모습이었다.

"……그에게 기대하고 있는 인연이 있거든."

아련하게 울리는 목소리가 허공 속으로 천천히 흩어졌다.

여기서 말하는 '인연'이란 게 뭘 말하는 건지 라피스는 짐작조차 할 수 없었다. 다만 참 싫은 성격이라고 투덜거릴 뿐이었다.

『정령왕 엘퀴네스』 7권에서 계속

외전:
그들의 첫 만남

1.

와자작

어디에서부터인가 날카로운 소리가 울렸다. 아주 크지도, 그렇다고 작지도 않은, 몹시 신경을 거스르는 소리였다. 연거푸 울리는 소리를 겨우 깨닫고 나니 문득 지금 있는 공간이 매우 비좁다고 느껴졌다.

여기가 어딜까? 아니, 그보다 지금까지 내가 어디에 있었던 거지? 자각이 드는 것과 동시에 혼란스러워졌다. 온몸이 갑갑한데 꼼짝도 할 수가 없었다.

와자작 와자작

정체를 알 수 없는 소리는 점점 커지고 있었다. 그건 마치 나를 쫓아오는 것 같았다. 몸을 뒤틀어 피하려고 해 봤지만 그럴수록 더 커지는 것이 선명히 느껴졌다.

이대로 가면 전부 삼켜진다! 덜컥 솟아오른 두려움에 나는 서둘러 주위를 둘러보았다. 눈앞에서 희미한 빛이 들어오고 있었다. 나도 모르게 그 앞으로 손을 뻗었다.

쩌어억!

무언가 갈라지는 소리, 그리고 갑자기 허전해진 감각이 한꺼번에 덮쳐들었다. 무언가 탁 트인 기분을 느끼자마자 몸이 앞으로 불쑥 쏠렸다. 넘어진다고 생각했는데 부딪힌 바닥이 생각보다 푹신했다. 풋풋한 향기를 풍기는 것들이 바닥에 잔뜩 깔려 있었다. 그것이 풀이라는 존재라는 건 보는 순간 깨달았다. 분명 처음 보는 것이었는데 어떻게 알고 있는지는 별로 궁금하지 않았다. 그게 당연하다는 느낌이었다.

손바닥을 펴서 천천히 바닥을 쓸어보고 있는데 기척이 느껴졌다. 누군가 내 앞에 서 있다는 사실을 깨달은 건 오래 지나지 않아서였다. 고개를 들자 달밤 아래 나를 내려다보는 붉은색 눈동자가 보였다. 지독하리만치 무감정한 색이었다.

"드디어 부화했군. 이번 번식기의 마지막 알인가."

시선이 마주친 남자가 나른하게 중얼거렸다. 달빛을 받아 새하얗게 빛나는 얼굴 위로 결 좋은 머리카락이 흐트러졌다. 당연히 검은색이라고 생각했던 머리칼엔 푸르스름한 색이 비쳤다. 그래서일까. 왠지 모르게 그에게서 시선을 뗄 수가 없었다.

홀린 듯이 바라보고 있는 나를, 그는 일관적으로 무심한 시선으로 응시했다. 무미건조하던 입술 위에 얼핏 그의 미소가 스친 것 같다고 느꼈을 때였다. 닫혀 있던 입이 열리고, 머리 위로 차가운 음성이 떨어졌다.

"뭐, 이왕이면 귀찮게 굴지 말고 빨리 죽어라. 넌 어차피 오래 살지는 못할 테니까."

그건 내가 들은 최초의 악담이었다.

＊　　＊　　＊

"허억!"

숨이 멈추는 것 같은 충격을 느끼며 데르온은 눈을 부릅떴다. 반사적으로 쳐다본 창밖은 어느새 환한 빛을 품고 있었다. 아침이었다.

"또 그 꿈이군……."

긴 한숨을 내쉰 후, 그는 천천히 몸을 일으켰다. 머리부터 발끝까지, 온몸이 식은땀에 푹 절어 있었다. 그 꿈을 꾸고 나면 언제나 겪는 일이었다. 데르온은 낮게 욕설을 내뱉었다.

"젠장, 그 빌어먹을 영감탱이."

그날 자신에게 악담을 건넨 자는 '데자크 룬'이라는 이름을 지닌 마족이었다. 마계에 단 4명밖에 없는 공작 중 하나이자, 북의 주인. 생명의 숲 카르텐의 수호자. 또한 알에서 부화한 마족 유체들을 성체가 될 때까지 도맡아 보호하는 존재이기도 했다. 비록 이제 막 태어난 유체에게 저주를 퍼붓는 최악의 성정이긴 하지만 말이다.

사실 데자크의 입장에선 딱히 악담할 생각으로 건넨 말은 아니었다. 그는 단지 사실을 말했을 뿐이다. 알에서 부화하는 시기가 늦으면 늦어질수록 마족의 유체는 매우 약한 몸으로 태어난다. 데르온은 당시 번식기에 들어온 알들 중에서 가장 마지막으로 태어난 유체였고, 심지어 동기에 비해 부화가 한 달이나 늦었다.

꼴등. 지진아에 미숙아. 비실이. 무력을 숭상하는 마족으로선 감당하기 힘든, 수많은 불명예스러운 호칭들이 유년시절 내내 데르온의 뒤를 따라다녔다. 하도 주위에서 놀림을 많이 당하다보니 데르온 스스로도 막연히 자신이 금방 죽을 거라고 생각했을 정도였다.

하지만 운명의 여신은 우습게도 그의 손을 들어주었다. 성체가 되기도 전에 단명할 거라는 모두의 우려(?)를 모두 뒤집고, 당당히 건장한 성체가 된 것이다. 심지어 동기 마족들 중에서 가장 빠른 성장이었다.

뿐만 아니라 데르온의 마력은 성체가 된 이후에 기하급수적으로 발전했다. 그는 참여하는 모든 전투에서 이겼고, 가장 밑바닥에서부터 시작해서 차례차례 지위를 올려갔다.

마냥 데르온을 우습게 여겼던 마족들이 점차 그를 두려워하기까지는 얼마 걸리지 않았다. 그가 쟁에 참여한 지 불과 3년이 되지도 않아서였다. 십 년이 지났을 무렵엔 대부분의 마족들이 그를 똑바로 볼 수 없을 정도가 되어 있었다. 얼마 전엔 동쪽 영토의 공작에게 도전하여 압도적인 승리를 거두기도 했다. 이제 그는 명실공히 마계에 단 4명밖에 없는 공작 중 한 명이었다. 데자크 룬이 말한 예언(?)과는 정반대로 성장한 셈이다.

그럼에도 그는 여전히 처음 데자크 룬을 만났을 때의 꿈을 꾸며 시달렸다. 무감정하게 내려다보는 시선과, 어서 죽어달라는 말이 머릿속에서 떠나질 않았다.

데르온은 그렇게 마음이 약한 성격이 아니었다. 오히려 지독할 정도로 견고한 편에 가까웠다. 사는 동안 그보다 더한 취급도 수없이 받았다. 그러나 지금은 무슨 말을 들었는지조차 기억이 나지 않는 것들이 대다수였다.

그럼에도 불구하고, 이상하리만치 그때의 상황만은 뇌리에 각인돼 사라지지 않았다. 어쩌면 태어나서 가장 처음으로 접했던 기억이라 그럴지도 모른다. 일종의 떨쳐낼 수 없는 트라우마인 셈이었다. 그래도 최근 한동안은 잠잠한 편이었는데, 아무래도 날이 날인 만큼 신경이 예민해졌던 모양이다.

"후우."

데르온은 차가운 물로 얼굴을 씻은 뒤 숨을 크게 들이쉬었다. 바로 오늘, 본성에서 열리는 4대 공작의 만찬이 있었다. 그로서는 공작이 된 이후 처음으로 참여하는 공식 행사였다. ······그 얄미운 데자크 룬과 만나는 날이기도 했다.

날 알아보기는 할까? 아니, 그 남자 성격이라면 벌써 잊었겠지. 의문을 품자마자 너무도 쉽게 내려진 결론에 데르온은 한숨을 내쉬었다. 실제로 그는 악담을 건넨 바로 이튿날에도 그를 알아보지 못했었다. 단지 삼 센티 더 자랐다는 이유에서였다. 어릴 때의 빈약하던 모습이 완전히 사라진 지금은 더더욱 알아볼 리가 없었다. 그 사실에 왠지 화가 치밀었다.

자신은 최악의 첫인상 때문에 줄곧 악몽에 시달리고 있는데 정작 가해자는 그 사실을 기억조차 하지 못하다니! 그렇다고 찾아가서 기억을 상기시키자니 그건 또 그것대로 자존심 상했다. 어차피 그의 성격이라면 전부 털어놔 봤자 별로 신경 쓰지도 않을 게 뻔했다. 사과는 더더욱 바라지도 않았다.

어차피 악몽을 떨쳐낼 방법은 이미 알고 있었다. 이 짜증 나는 기억을 지워 버릴 방법은 단 하나, 그를 죽이는 것뿐이다. 그 무엇보다 가장 마족다운 방식이기도 했다.

'그래. 언젠가는……'

데르온은 주먹을 불끈 쥔 채 새삼 살의를 불태웠다. 떠오르는 젊은 지배자이긴 하나, 그는 아직 북의 주인과 겨루기엔 힘이 많이 부족했다. 좀 더 힘을 쌓아서 빠른 시일 내에 그를 죽일 것이다. 아니면 마왕이 되어 그를 자신의 발아래 두는 것도 제법 괜찮을 것 같았다.

성체가 된 이후로 단 한 번도 전투에서 진 적이 없던 탓에 그는 자신감이 충만한 상태였다. 4대 공작 전부를 깨부수고 자신이 마계에서 가장 강한 존재가 되리라. 그렇게 믿어 의심치 않았다.

그것이 허황된 꿈이라는 걸 깨달은 건 오래 지나지 않은 일이었다.

2.

"여어, 이게 누구야. 데르온 아닌가?"

본성으로 향하는 계단에서 들려온 음성에 데르온은 뒤를 돌아보았다. 반대편 복도에서 압도적으로 거대한 덩치를 지닌 남자가 걸어오고 있었다. 그는 얼마 전 서쪽 영토의 새로운 주인이 된 이바크였다.

"오랜만이군, 이바크."

"하하, 소식은 들었지. 무섭게 치고 올라가더니 결국 공작이 되었군."

"그러는 자네도."

정겹게 나누는 인사와는 다르게 맞잡은 두 마족의 손엔 강한 힘이 실렸다. 그들은 성체가 된 순간부터 오랫동안 경쟁관계였다. 데르온이 동쪽 영역을 기반으로 활약하고 있을 때, 그 역시 서쪽의 강자로서 이름을 날렸다. 그리고 결국 비슷한 시기에 공작의 작위를 차지함으로서 우열을 가릴 수 없게 되었다. 실제로 지니고 있는 힘 역시 엇비슷한 편이었다. 마음에 품은 야심 또한 같았다.

"후후, 공작들의 인정을 받아내면 마왕에게 도전할 수 있던가? 이제 두 명만 이기면 되겠군."

"두 명?"

"자네와 데자크 룬 말이네."

"마계 공작은 4명일 텐데?"

"아아, 남쪽은 신경 쓸 것 없어. 어차피 그자는 무조건 항복한 다더군."

뜻밖의 이야기에 데르온은 얼굴을 찌푸렸다. 마왕이 되기 위해선 4대 공작 전부와 겨뤄 이겨야 한다. 즉, 그들에게서 마왕이 정해지는 것이기도 했다. 그런 만큼 공작은 절대 쉽게 항복해서는 안 되는 존재였다. 마음에서 우러나는 충심이 없으면 차라리 죽기를 택하는 것이 이 직위가 가진 명예이자 긍지였다.

그런데 아무한테나 무조건 항복하는 공작이라고? 아무리 생각해도 섣불리 믿기 힘든 얘기였다. 그러고 보니 활발하게 활동하는 다른 공작들에 비해, 남쪽의 주인에 대해선 유독 알려진 바가 별로 없었다. 본토에서 떠나는 일이 거의 없는 데자크 룬조차 그 명성을 모르는 이가 없음에도 불구하고.

"남쪽 공작 이름이 루카르엠이었던가?"

"아, 맞아. 그런 이름이었지. 가장 나이가 많은 마족이라고 하더군."

"그렇게나 강한 건가?"

"아니, 오히려 그 반대야."

"반대라니?"

"겁이 많아서 최대한 싸움을 피한다고 하더군. 그래서 오래 살아 있을 수 있었다는 거지. 대대로 마왕들에게 최대한 빌붙어서 목숨을 연명하고 있는 모양이야. 그에게 오는 도전자들도 마왕들이 대신 처리해 줬다는 소문이 있어."

"……말도 안 돼. 어떻게 그런 자가 공작이 됐지? 다른 공작들이 그걸 가만히 내버려 뒀다고?"

"뭐, 언변 하나는 기가 막힌 모양이더군. 어떻게든 살살 구슬렸던 게 아니겠어? 하지만 그 세월도 이제 끝이야. 내가 공작이 된 이상 아무나 나와 동급으로 삼을 순 없지. 자격이 없는 자는 바로 갈아 치워주겠어. 기대해라, 데르온. 오늘이 바로 그 서막이 될 테니까."

잔인하게 웃는 얼굴에 데르온은 얼굴을 찌푸렸다. 이바크의 의도를 짐작했기 때문이었다.

"첫 공식 만찬에서부터 피를 볼 셈이냐?"

"크흐흐, 어차피 우리가 화합이 필요한 관계는 아니잖아. 어때? 가장 화려한 신고식이 될 것 같지 않나? 남쪽 주인 다음은 자네 차례야. 바짝 긴장하고 있으라고."

"흥, 할 테면 해 보시지."

노골적인 도발에 데르온 역시 도발로 받아 넘겼다. 두 마족 사이에 오가는 공기가 팽팽하게 달아오를 때였다.

"이번 서쪽 주인은 꽤나 멍청한 녀석이 차지했군."

"······!"

불쑥 들려온 차디찬 음성에 데르온과 이바크는 깜짝 놀라 고개를 돌렸다. 언제부터 서 있었는지 긴 머리칼을 지닌 마족이 무심한 표정으로 그들을 바라보고 있었다. 마계에서 유일하게 남청색 머리칼을 지닌 존재였다.

'데자크 룬!'

한눈에 그를 알아본 데르온은 꿀꺽 마른침을 삼켰다. 이바크 역시 마찬가지였으나, 조금 전에 그가 한 말 탓인지 눈빛이 사나웠다.

"방금 저한테 한 말입니까?"

"이 자리에 서쪽 주인은 한 명밖에 없지 않나?"

"이보십시오! 데자크 룬!"

"너 같은 녀석은 많이 봤지. 이제 막 공작이 된 기쁨에 흥분한 나머지 앞뒤도 가리지도 못하는 놈들 말이야. 남쪽의 주인을 갈아 치우시겠다? 그 터무니없는 포부에 경의를 표하는 뜻에서 경고 하나 해 주지. 목숨이 아깝다면 주제를 잘 파악하길 바란다. 공작으로서 첫 공식 석상에 서자마자 죽으면 아깝지 않겠나?"

차분한 말투였지만 명백한 협박이었다. 이바크는 모멸감에 부들부들 떨었다. 그러나 한 가닥 남은 이성이 달려들려는 그의 발을 간신히 붙잡았다. 북의 주인 데자크 룬은 아직 그로선 건드리기 힘든 상대였다. 결국 이바크는 이를 갈며 자리에서 물러나는 쪽을 택했다.

"쳇! 두고 보시오. 죽는 쪽이 누가 되는지."

으르렁거리듯이 쏘아붙인 후, 이바크는 씩씩 거리며 몸을 돌렸다. 데르온은 빠르게 멀어지는 뒷모습을 가만히 응시하다가 말했다.

"저건 오히려 자극해 버린 거 아닙니까?"

"그래서 말했잖나. 멍청한 녀석이라고."

마땅히 대꾸할 말이 없어 데르온은 얌전히 침묵했다. 그가 보기에도 이바크는 상당히 멍청한 편이었다. 그때 데자크의 시선이 그의 모습을 천천히 살폈다.

"뭡니까?"

"그러고 보니 자네가 이번 동쪽 주인이던가? 이름이 뭐였지?"

역시 기억 못 하는군.

이미 알고 있었으면서도 새삼 비참한 기분에 데르온은 쓰게 웃었다.

"데르오느빌입니다. 당신이 지어준 이름인데 기억 정도는 하시는 게 어떻습니까?"

"그렇게 치면 최근 몇백 년간 태어난 마족들의 이름은 전부 다 내가 지었지. 기억하는 게 더 이상한 것 아닌가?"

"정성이 부족한 겁니다."

"꽤나 겁이 없는 성격이군."

"해야 할 말은 다 하고 살아야 하는 주의라서요."

"흥, 제법인데. 처음 봤을 땐 얼어붙어서 한 마디도 대꾸 못 했던 주제에."

"그야 전 이제 더 이상 유체가 아니니…… 네?"

황망해서 고개를 든 데르온은 데자크의 무심한 시선과 다시 마주했다.

"서, 설마 기억하시는 겁니까?"

"뭘?"

"그러니까 절…… 후우, 아무것도 아닙니다."

데르온은 얼른 고개를 저었다. 그가 기억할 리가 없다. 게다가 기억하더라도 이제 와서 그게 다 무슨 상관이란 말인가. 그렇게 애써 마음을 가라앉히려는 그의 귓가에 다시금 무심한 목소리가 와 닿았다.

"죽을 날 받아 놓은 꼬맹이가 무사히 성체가 됐다는 건 알았지. 설마 그 뒤로 무럭무럭 성장해서 공작까지 될 줄은 몰랐지만."

"……!"

맙소사! 정말 기억한 건가? 자신도 모르게 번쩍 고개를 들자 데자크 룬은 피식 웃었다.

"그런 의미에서 자네에게도 한 가지 충고하지."

"무, 무엇을?"

설마하니 이런 식으로 대화가 진행될 줄 몰랐기에 데르온은 멍하니 되물을 수밖에 없었다. 데자크는 여전히 무심한 시선으로 말했다.

"남쪽의 주인에게 버릇없이 굴지 마라. 애새끼들 교육 잘못 시켰단 소리는 듣기 싫으니까."

3.

웃기고 있네.

데자크가 한 말을 들었을 때 데르온이 머릿속으로 떠올린 생각은 하나였다. 애초에 북쪽의 주인이 관여할 수 있는 건 유체들뿐이다. 이미 어엿한 성인 마족인 자신에게 그가 무슨 권리로 참견한단 말인가? 심지어 이젠 직위마저 같은 동등한 존재인데 말이다.

게다가 자신은 어차피 남쪽의 주인과 싸울 생각이 없었다. 그가 흥미를 갖는 것은 자신보다 강한 상대일 뿐. 싸우기도 전에 꼬리를 마는 자는 별로 상대할 가치를 느끼지 못했다. 심지어 오늘은 새로 구성된 4대 공작의 첫 만찬이 아닌가. 이런 날에 어울리지도 않는 피바람을 몰고 오고픈 생각도 없었다. 그래, 그러니까 이건 절대 그를 위한 것이 아니다!

데르온은 그렇게 생각하며 힐끗 옆쪽을 바라보았다. 그 옆에는 덥수룩한 흑발을 지닌 남자가 앉아 있었다. 피부는 햇빛 하나 받아본 적 없는 것 같은 멀건 흰색. 살짝 드러난 눈동자 역시 여느 마족들의 것보다 조금 탁한 색을 띄고 있었다. 그래선지 전체적

으로 그의 인상은 상당히 흐릿했다. 그가 바로 오늘 화제의 인물
(?)인 남쪽 영토의 주인, 루카르엠이었다.

맞은편에 앉은 이바크가 노골적으로 살기를 뿜어내고 있음에
도 불구하고, 그는 전혀 아랑곳없이 방긋방긋 웃고 있었다. 그 모
습 어디에서도 공작다운 위엄은 찾아볼 수 없었다. 평판만큼이
나, 아니 짐작했던 것 이상으로 연약해 보였다.

"이야아, 이번 공작들은 상당히 훤칠한 분들이군요. 이거 눈이
몹시 호강하는데요?"

심지어 말투도 몹시 경박하지 짝이 없었다. 대체 어떻게 이런
자가 공작이 된 것일까. 속으로 가벼운 의문을 품고 넘어간 데르
온과 다르게 이바크는 얼굴을 크게 씰룩거렸다.

데르온이 약한 자에겐 흥미를 느끼지 못하는 편이라면, 반대로
이바크는 약한 존재를 보면 경멸하고 죽이고 싶어 하는 성격이었
다. 예상했던 것보다 남쪽의 주인이 더 약해 보이자 그는 안 그래
도 치솟은 분노가 더욱 크게 치밀어 올랐다. 지금 당장이라도 목
을 틀어쥐고 싶다는 생각뿐이었다.

"왜 네까짓 놈이 남쪽을 차지하고 있는 거지?"

분노로 이성을 잃은 머리는 다짜고짜 시비를 던졌다. 쯧, 하고
데자크가 혀를 차는 소리가 들린 건 착각이 아닐 것이다. 하지만
루카르엠은 그저 이해할 수 없다는 듯 말갛게 웃기만 할 뿐이었
다.

"무슨 말씀이신지 모르겠군요. 그게 이상한가요?"

"당연한 소리를 하는군! 네놈이 어떤 수작으로 그 자리를 차지했는지 몰라도 공작은 너 같이 약한 놈 따위가 가질 수 있는 자리가 아니야! 네놈에게 털끝만치라도 양심이 있다면 지금 당장 직위를 내려놔라! 그렇지 않다면 내가 강제로 내려놓게 하겠어!"

"호오, 강제로 내려놓게 한다. 전 전혀 그럴 생각이 없는데요. 어떻게 하시려는 거죠?"

"당연한 소리를 하는군! 죽인다!"

이바크의 붉은 안광이 번뜩였다. 사납게 치솟는 마력을 감지한 데르온은 살짝 한숨을 내쉬었다. 우려했던 일이 결국 터졌다. 이제 그가 빼어든 검에 의해 루카르엠의 몸이 갈기갈기 찢겨 나갈 일만 남아 있었다. 만찬을 즐기는 건 글렀군. 데르온이 속으로 중얼거리고 있을 때였다.

"후후, 어린아이들은 역시 혈기왕성하다니까요."

위급한 상황과는 전혀 어울리지 않는 태평한 목소리가 들려왔다. 데르온은 무심결에 루카르엠을 바라보았다. 부드러운 음성과는 다르게, 이바크를 응시하고 있는 그는 전혀 웃고 있지 않았다. 왠지 조금 짜증이 난 것 같은 얼굴이었다. 단지 그것뿐인데, 갑자기 그의 분위기가 완전히 달라진 것 같았다.

"하지만 주변 어른들이 말해 주지 않던가요? 나이가 많은 사람은 공경하라고 말입니다."

"무슨 헛소리를……!"

흥분한 탓인지 이바크는 달라진 분위기를 감지하지 못했다. 데르온은 무심코 그를 불러 세우려 했다. 왠지 그렇게 하지 않으면 안 될 것 같았다. 그 순간 눈이 마주친 데자크가 고개를 가로저었다. 끼어들지 말라는 신호였다.

"커헉!"

데르온이 얼굴을 찌푸리는 것과 동시에 숨이 넘어가는 것 같은 소리가 울렸다. 이바크에게서 난 소리였다. 깜짝 놀란 데르온이 고개를 그에게 다시 돌렸을 땐, 이바크는 두 눈을 부릅뜬 채 몸을 부들부들 떨고 있는 상태였다.

'무슨……'

상황을 제대로 파악하기도 전에 끄르륵, 거품을 문 이바크가 테이블 위로 엎어졌다. 쿠웅! 육중한 몸체가 무너지더니 그대로 축 늘어졌다. 모든 것이 순식간에 벌어진 일이었다.

한동안 그 광경을 멍하니 바라보던 데르온은 황급히 정신을 차리고 이바크에게 다가가 목에 손을 짚었다. 그러나 당연히 잡혀야 할 맥이 전혀 짚이지 않았다. 이미 숨을 거둔 것이다.

"허……"

이날 데르온은 너무 놀라면 아무 소리도 나오지 않는다는 걸 깨달았다. 황망한 심정으로 고개를 들자 빙글 웃고 있는 얼굴과 마주쳤다. 데르온의 표정은 딱딱해졌다. 분명 조금 전과 똑같은 해맑은 미소였는데, 지금은 그 미소가 무섭게 보이다니 이상한 일이었다.

"아, 미안해요. 많이 놀랐나요? 나도 이러고 싶진 않았는데, 싹

수가 노란 건 일찌감치 정리하는 편이라서."

"정리…… 말입니까?"

"네에, 저런 성격은 마왕이 되면 골치 아파지거든요. 듣자 하니 서쪽의 강자 이바크는 영토의 주인이 되자마자 하인들을 비롯해 주민들을 마구 잡아 죽였다고 하더군요. 약한 자들을 짓밟으며 희열을 느끼는 전형적인 악당 타입이죠. 아무리 우리 마족이 호전적이라고 해도 적정선은 구분할 줄 알아야 하지 않겠습니까? 안 그래요?"

"그, 그렇긴 합니다만……."

왠지 모를 박력에 데르온은 서둘러 고개를 끄덕였다. 그렇다고 대답하지 않으면 그 역시도 지금 눈앞에 있는 이바크와 같은 꼴이 될 것 같았기 때문이다.

"아, 그러고 보니 동쪽 영토의 새 주인이 된 데르오느빌은 전혀 반대의 성향이었죠. 약한 자에게는 별로 관심이 없고, 강한 상대와의 전투를 즐기는 쪽이었던가요?"

"……."

설마 전부 주시하고 있었던 건가.

빙긋 웃는 얼굴에 데르온은 마른침을 꿀꺽 삼켰다. 그 정도는 봐주겠지만 그것도 적당히 하는 게 좋을 거다. 부드럽게 웃는 눈빛이 그렇게 경고하고 있는 것 같았다.

"면목 없습니다, 루카르엠 님. 다 제가 잘못 키운 탓입니다."

자리에서 일어난 데자크가 침통한 얼굴로 고개를 숙였다. 저

데자크가 저렇게 정중히 사과하다니! 믿어지지 않는 기분에 데르온은 몇 번이나 눈을 깜빡였다. 그런 그를 놔두고 두 마족은 태연히 대화를 이어나갔다.

"괜찮습니다, 자크. 언제까지나 자크가 아이들의 뒤를 돌볼 수는 없는 일이니까요. 게다가 마족이란 자들이 원래 좀 제멋대로 자라는 경향이 있잖습니까? 뭐, 어쨌거나 서쪽의 주인 자리는 당분간 공석이겠군요. 아쉽지만 4대 공작의 정식 만찬은 다음 기회로 미루도록 하죠."

"예, 그렇게 하겠습니다."

"어차피 공석 따위야 금방 채워질 테니 곧 다시 만나게 되겠군요. 부디 다음 서쪽의 주인은 좀 더 제대로 된 마족이어야 할 텐데 말이에요. 그나저나 데르오느빌? 데르온이라 불러도 되겠습니까?"

"네? 아, 예!"

생각지도 못한 질문을 받은 데르온은 경직된 상태로 고개를 끄덕였다. 그 모습에 루카르엠이 만족스럽다는 듯이 웃었다.

"후후, 좋아요, 데르온. 나도 루카라고 부르면 됩니다. 인사가 늦었지만 공작이 된 걸 축하해요. 앞으로 서로 힘을 모아 마왕 전하를 잘 보필해 봅시다."

"아, 가, 감사합니다."

"후후, 인사성이 바른 아이군요. 꽤 마음에 들었어요. 언제 한번 시간이 되면 남쪽 영토에 놀러오도록 해요. 언제든 환영할 테니까요. 그럼 전 정원에 물을 줄 시각이라 이만 가 봐야겠네요. 여러분, 오늘은 만나서 정말 반가웠어요.”

……정말 반갑긴 한 겁니까?

데르온은 그렇게 묻고 싶은 것을 초인적인 인내로 참아냈다. 훗날 돌이켜 생각했을 때, 그건 태어나서 그가 내린 결정 중 가장 잘 한 일이었다. 덕분에 루카르엠이 더 이상 그에게 관심을 보이지 않고 회장을 떠나갔으니 말이다.

“초반부터 애칭을 허하시다니. 네가 꽤 마음에 드신 모양이군.”

한바탕 폭풍이 지나간 심정으로 서 있는 그를 향해 데자크가 중얼거렸다. 새치름하게 쳐다보는 눈빛에서 진심으로 부러운 기색을 읽은 데르온은 얼굴을 한껏 일그러트렸다. 당신, 이런 쉬운 마족 아니었잖아?

“……별로 마음에 안 들어도 됩니다만.”

“정말인가? 마음에 안 들면 죽을 텐데?”

“아뇨! 생각해 보니 마음에 들어 하셔서 매우 기쁜 것 같습니다!”

“너도 참 웃긴 녀석이군.”

정색하며 답한 말에 데자크는 피식 웃었다.

이후 그가 회장을 나간 뒤에도 데르온은 한참 동안 멍하니 자리에 서 있었다. 흐리멍덩한 얼굴로 무섭게 웃는 루카르엠도, 순식간에 숨을 거둔 이바크도 전부 현실로 와 닿지가 않았다. 아까부터 혼자서 꿈을 꾸고 있는 것 같았다.

　다만 한가지만은 확실했다.

　내일부터는 기나긴 악몽의 내용이 완전히 달라질 거란 거 말이
다.

　그건 카류드리안이 아직 마왕으로 등극하기도 전의 이야기.

　까마득히 먼, 오래된 옛 시절의 일이었다.

이름: 아스모델

생일: 4월 6일

키: 178cm (성장 중)

종족: 마족

계급: 왕

성별: 남(男)

외형연령: 17~19세

머리카락과 눈동자 색: 긴 흑발, 적안

소개: 마신 카노스의 유지를 잇는 마지막 마왕이자, 물의 정령왕 엘퀴네스의 대자. 마신 카노스를 상징하는 박쥐 날개 모양의 문양이 이마에 붉은색으로 새겨져 있음.

대부 앞에서는 귀엽고 애교 많은 착한 아들로 행동하지만, 기본적으로는 마족 특유의 잔혹성과 호승심이 강한 성격. 때문에 지인들로부터 이중인격자라고 불린다.

캐릭터 복불복 QnA

Q. 이제 다 컸으니, 유모가 필요 없겠군요. 데르온을 시다바리로 쓰기엔 좀 아깝다는 생각 안 드나요?

A. 훗, 데르온은 그런 역할이라 더 빛나는 거야. 그 자리를 원하는 마족이 얼마나 많은데? 서로 견제하고 목숨을 노리는 살벌한 관계보다야 다정다감하고 좋지 않아?

Q. 데르온이 당신을 키웠던 정을 생각하면 당신은 어떤 말이 하고 싶은가요?

A. 날 보필해줘서 고마워, 데르온. 앞으로도 날 계속 모실 수 있는 영광을 허락할게. 기쁘지? 물론 거부할 권리는 네게 없어.

(아카루 님의 질문)

Q. 아스의 키는 얼마나 자란 겁니까.

A. 내 성체 키는 178센티야. 하지만 완전히 다 자란 건 아니라서 앞으로도 좀 더 자랄 거야. 180정도 예상하고 있어.

(A.RIN♣ 님의 질문)

Q. 후후후…… 아스 같은 동생 하나만 있으면 좋죠. 쓰읍— 올래……? 뭐 경쟁자가 많지만— 싱긋.

A. 정말, 누나? 그럼 나 갖고 싶은 거 말해도 돼? 지구엔 재밌는 물건이 가득 들어 있는 백화점이라는 게 있다며? 나 그거 갖고 싶은데. (헤실)

(고박춤 님의 질문)

Q. 엘과 함께 유희를 떠나려 합니다. 마계를 어떻게 처신할까요?

A. 부하(라고 읽고 데르온이라 쓴다)에게 몽땅 떠넘긴다. 이건 기본 중에 기본이지.

Q. 시벨리우스가 마계에서 사는 것에 어떤 기분을 느끼시나요?

A. 시벨을 볼 때마다 느끼는 건데 말이지. 유니콘이 신계에 소속된

건 잘못된 것 같아. 저 포악성! 까칠한 성격! 아무리 봐도 마계 체질이 야.

(서사람 님의 질문)

Q. 지금 가장 소중한 인물 3명을 뽑는다면?

A. 무엇보다 가장 사랑하는 대부. 내 근원이자 생명의 주인, 카노스. 음, 마지막은 지난 공로를 기리는 뜻에서 부하 정도로 해둘까?

(노스에아 님의 질문)

Q. 데르온이 더 이상 유모 역할 하기 싫답니다. 어떻게 할 건가요?

A. 좋아, 데르온. 우리 이번 기회에 상하관계를 몸으로 자세히 파악 해볼까? (우드득)

Q. 은인이 마신이 되셨습니다. 근데 예전에 마족들 때리지 말라고 은인에게 불덩어리를 던졌던 것이 기억납니다. 덮겠습니까? 아니면 빌 겠습니까?

A. 어차피 엄청 바빠서 나 혼내러 올 시간도 없을 거라고 대부가 그 랬어. 그러니까 덮는다! (헤헤~)

네 칸 만화

몸이 바뀌었습니다

누구세요

누구세요(2)

오해만 안 쌓이면 좋겠네.

앗, 엘~

아? 뭐야, 트로웰 왜 온거야?

멍

에…엘?

사춘기…?

살고 싶으면…

아하~ 둘이 몸이 바뀐 거구나?

라피스, 빨리 돌아올 방법을 구하는 게 좋을걸?

하? 왜, 재밌는데.

엘뤼엔이 이 모습을 보면 가만히 있을까?

소오오름…

최소 **소멸** 일걸?

다행히 곧 돌아왔습니다.